MINGUO TONGSU XIAOSHUO
DIANCANG WENKU

民国通俗小说典藏文库·程瞻庐卷

黑暗天堂

程瞻庐◎著

中国文史出版社

"滑稽之雄" 程瞻庐

萧 遥

民国初年的文坛上，小说的创作呈现出欣欣向荣之气象，一时间，不同题材、不同风格、不同旨趣的作品层出不穷、洋洋大观。正统的文学史教材里，往往将旧派小说即章回体小说置于次之又次的地位，一笔带过而已，然而在当时的社会，这类小说的受众群体是相当广大的，其畅销程度远远超过了如今被奉为正朔的新文学。

旧派小说被排挤，有其自身的原因，也有时势的原因。一方面是因为旧派小说家大多依靠市场存身，为迎合世俗口味，作品中不可避免地会出现低俗下品的情节，加之这一作家群体水平参差、良莠不齐，时日愈久，而"内容愈杂，流品愈下，仅就文字而言，到后来也是庸俗浅陋，没有早先的'哀感顽艳''情文并茂'了。这也是旧派小说历史过程中必然产生的现象，预示着它的日趋没落，不能自拔"（范烟桥《民国旧派小说史略·概说》）；另一方面，"五四"新思潮挟风雷之势而起，要求以新的文学风貌来迎接新的文明，扬新必要抑旧，特别是旧风尚依然有相当数量的拥趸，为着警醒世人，必须予旧派以猛烈的打击，矫枉的同时未免过正。

事实上，有相当一部分旧派小说家是自尊自重，并且要求进步的，他们借着章回体小说的壳子，同样创作出号召民主共和、自由平等的作品。特别是以写世情世风、人间百态为主旨的社会小说，更是用或写实或讽喻的手法，活画出清末民初新旧思想激烈冲突下的一幕幕社会悲喜剧。其中的一位代表人物就是程瞻庐。

程瞻庐，名文棪，字观钦，又字瞻庐，号望云居士。苏州人。出生于1879年，即光绪五年，1943年因病去世，享寿六十四岁。如以1911年辛亥革命胜利、民国政府成立为界，其三十二岁之前身在晚清，之后三十二年身在民国，新旧两个时代刚好各占一半。关于程瞻庐的生平，于今所见资料甚稀，仅能从周瘦鹃、郑逸梅、严芙孙、赵苕狂等好友为其所作之小传或序言中窥见一二。程瞻庐生于光绪初年，其时仍以科举八股取士，程幼时即厌弃八股，喜读古文，旧学功底深厚。二十岁左右，程瞻庐考入官学。不久，清政府废除八股文，改考策论。比起僵化刻板的八股，策论更注重考生议论时政、建言献策的能力，程氏"每应书院试，辄前列"，"年二十四，入苏省高等学校，屡试第一，遂拔充该校中文学长"（赵苕狂《程瞻庐君传》），可见其与时俱进之能。毕业之后，曾执教于多所学校，兼课甚多。程瞻庐脾气随和，性格优容，国学功底深厚，又能为白话小说，加之他住在苏州十全街，因此大家赠他一个雅号曰"十全老人"。"十全老人"诸般皆善，唯不堪案牍阅卷之劳形，"每周删改之中文课卷，叠案可尺许"。恰值此时，其小说作品刊行于世，广受好评。先有《孝女蔡蕙弹词》刊于《小说月报》，其后又作《茶寮小史》正续编，迅速奠定了他在文坛的地位。说到《孝女蔡蕙弹词》，还有一则趣事。当年《小说月报》倡导新体弹词，程遂将《孝女蔡蕙弹词》寄去，主编恽铁樵粗读之后，便予以刊发，并寄去稿费。等到刊物出来，恽重读之后，"觉得情文并茂，大有箴风易俗的功用，认为前付的稿酬太菲薄了，于是亲写一信向瞻庐道歉，并补送稿酬数十元"（郑逸梅《民国旧派文艺期刊丛话》）。此事传为佳话，亦可见程氏文笔在当时是很受赞赏的。赵苕狂为其所作小传中也曾提及："恽铁樵君主任《小说月报》时，不轻赞许，独心折君所著之《孝女蔡蕙弹词》，谓为不朽之作。"有此谋生手段，程瞻庐遂弃教职，专职著文。应当说，程瞻庐为师还是很合格的，不然当其辞职之时，也不会有"校长挽留，诸生至有涕泣以尼其行者"之情状。此后他陆续在《红玫瑰》等杂志连载多部长篇小说，并发表短篇小说及小品随笔数百篇。值得一提的是，程瞻庐亦如张恨水、向恺然（平江不肖生）等一样，是被《红杂志》《红玫瑰》等刊物包下文章的。所谓包下文章，就是凡程瞻庐所写文章，均在该杂志发表，而杂志则为其提供丰厚的稿酬，足见当时程氏文章之风靡程度，以及杂志对程瞻庐的信任和推崇。须知包圆作品是有一定风险的，倘若作家不能保证质量，劣作频出，对于杂志的销量和声誉是有相当影响的。但是程瞻庐对得起这份信任，时人称其有"疾才"，不仅速度快、文笔佳，而且"字体端正，稿成，逐句加以朱圈，偶误，必细心挖补，故君稿非常清晰，终篇无涂改处也"（严芙孙《程瞻庐小传》），可见其创作态度。民国著名"补白大王"郑逸梅曾拟《花品》撰《稗品》，分别予四十八位小说家以二字考语，曰"或证其著作，或言其为人"，如"娇婉"之于周瘦鹃、"侠烈"之于向恺然、"名贵"之于袁克文等，对程瞻庐则以"洁净"二字相赠。

程瞻庐的写作风格，总体而言，为"幽默滑稽"四字，时人以"幽默笑匠""滑稽之雄"号之。周瘦鹃曾为其《众醉独醒》作序曰："吾友程子瞻庐，今之淳于、东方也。其所为文，多突梯滑稽之作，虽一极平凡事，而得君灵笔为之抒写，便觉诙谐入妙，读者每笑极至于泪泚，殆与卓别灵、罗克同其神话焉。"幽默与滑稽看似同义，其实是有差别的。有人曾这样解释："所谓幽默，乃是内容大于形式；所谓滑稽，则是形式大于内容。"形式大于内容，一般是指以反常规的夸张的行为、语言、做事方式，令人们当即意识到故事和人物的荒诞可笑，瞬间爆发出笑声；内容大于形式，则是将褒贬夹带于正常的叙事逻辑中，通过细节的描述对某一人物或现象进行戏谑或反讽，令人细品之后，心中了然，会心一笑，余味悠长。这两点，都要做到已属不易，都能做好更是难上加难，而程瞻庐恰好是其中的翘楚。

例如程瞻庐有一套仿《镜花缘》风格的小说作品，包括《滑头国》《健忘国》《小器国》等，写的是兄弟三人外出游历，一路之上的所见所闻。"滑头国"中无人不奸，无人不狡，店铺中挂了"童叟无欺"的牌匾，却是狠狠宰客，客人诘问之下，店家居然毫不讳言，并表示是客人读反了牌匾，其实是"欺无叟童"，无论老人儿童，一律欺之骗之。"健忘国"中人人记性极差，姓甚名谁、家乡何处、家中几口，等等等等，通通不记得，因此要将所有的信息记录下来，甚至包括妻子的身材相貌、穿着打扮乃至情夫是谁，都贴在身上，招摇过市，毫无顾忌。由于这几部作品规模较小，结构上虽不显其高明，其主旨也一目了然，在于讽刺当时社会见利忘义、不顾廉耻的种种怪现象，但其中情节的怪诞、语言的机变，足以令人捧腹。

茶寮，是程瞻庐作品中经常出现的一个重要场所，也是程瞻庐创作灵感的重要来源。"君得暇，啜茗于肆，闻茶博士之野谈，辄笔之于簿，君之细心又如此。"（严芙孙《程瞻庐小传》）颇有几分蒲松龄著《聊斋》的风范。茶寮酒肆是各色人等聚集之地，也是各类消息八卦的集散地。程瞻庐日常喜好到茶寮听书，并借机观风望俗，将世间百态、人情冷暖作为素材，一一写入小说。他的《茶寮小史》开篇第一句就是："小小一个茶寮，倒是人海的照妖镜、社会的写真箱。"书中借茶博士之口，将一众悭吝卑琐、有辱斯文的读书人刻画得穷形尽相。"提起那个老头儿，真恨得人牙痒痒的。他去年在这里喝了六十碗茶，临算账时，他只给我小洋四角。我说：'差得甚远，每碗茶三十文，六十碗茶该钱一千八百文。'他把脸儿一沉，说道：'我只喝你十六碗茶，哪里有六十碗茶？'我揭账簿给他看，他说：'你把十六两字写颠倒了，却来硬要人家茶钱。'我与他理论，他竟摆出乡绅架子，把我狗血喷人般地一顿毒骂。……他昨天提起嗓子，喊算茶账，纯是装腔作势，叫作缺嘴咬蚤虱——有名无实。他把手插入袋内，假作摸钱钞的模样，直待人家全会了钞，他才把手伸出。要是人家不会钞，他便永远不会也不肯把手伸出，要他破费一文半文，比割他的头颅还要加倍痛苦。"程瞻庐脾气好，作文虽然尽多讽刺，但是语气并不峻切，而是不急不躁，不温不火，令人莞尔，不忍弃掷。

程瞻庐的另一代表作《唐祝文周四杰传》，以民间传说的"江南四大才子"为主角，至今仍为人津津乐道，据说很多影视作品也是以此书为底本进行改编的。四大才子虽然在历史上各有坎坷，周文宾甚至是杜撰出的人物，但传说中他们各自的风流韵事显然更是老百姓们喜闻乐见的。程瞻庐的这部小说摒弃了以往话本中明显不合逻辑的粗鄙段落，用自己特有的"绘声绘形""呼之欲出"的笔墨，将四大才子风流超逸又各具面貌的形象跃然纸上。唐伯虎的倜傥，祝枝山的老辣，文徵明的俊雅，周文宾的潇洒，栩栩如生，如在眼前。民国时期的《珊瑚》杂志曾刊登过一位读者的评论："长篇小说，总不离喜怒哀乐、悲欢离合，唯有程瞻庐的《唐祝文周四杰传》，却是一部纯粹的喜剧的小说。……瞻庐的小说，原是长于滑稽，这部纯粹的喜剧的小说，当然是他的拿手。全书一百回，处处都充满着幽默的笑料。"

程瞻庐的一生横跨清末与民国两个时期，亲身经历了辛亥革命这一重大历史变迁。新旧思潮的激烈冲突在他身上作用得非常明显。他自幼接受的是旧文化教育，一方面恪守传统道德，另一方面也见证了八股等糟粕对国家和知识分子的戕害，他的思想中有对变革的渴望和肯定。同时，晚清之后大力倡导的"西化"又令他恐慌并困惑，民国政府成立之后，各种蜂拥而起的新思潮、新现象令包括他在内的许多旧知识分子不由自主地抗拒，因此他的思想是十分矛盾的。以女子解放这一思潮为例，程瞻庐不赞成"女子无才便是德"这一说法，他认同男女都应该读书，都应该接受良好的教育，并且学有所成，报效国家；但是他并不支持女子接受西式教育，甚至对出洋的男子也颇有微词。他的作品中时常有对没有文化的老妈子的讽刺，对阻止女子读书的腐儒的不满，但也常见对留洋归来"怪模怪样"的男女的讽刺。他认同婚姻自由，反对包办，对于旧时姑表联姻等陋俗更是强烈不满，但同时又对过于自由浪漫的恋爱大加批判。他并不赞成妻子为去世的丈夫殉节，但又对真去殉节的女子啧啧赞叹。他鼓励女子放足，却又反对女子剪发……凡此种种，可见在那个特殊的过渡时期，从晚清走入民国的旧式知识分子的复杂心态。

总而言之，程瞻庐的小说在当时既有其进步性，也有一定的局限性；既体现了知识分子面对外忧内患的忧虑和担当，也表现出旧文人的保守和怯懦。这是由时代决定的，并不只是他个人的原因。从文学的角度，他的小说思路开阔，情节生动，可读性非常强，在"鸳鸯蝴蝶派"言情题材为主的作品中别具一格，在当时赢得了众多读者的青睐，在今天也依然有可供参考和借鉴的意义。

目　　录

自　序

　　生活简单之乡村，日出而作，日入而息，往来种作，怡然自得，此真天堂也。顾生长天堂者，往往不自以为天堂，而唯都市之是趋，灯红酒绿，纸醉金迷，不禁色然喜曰："天堂在是矣。"噫嘻！于都市中求天堂，此子舆氏所谓"下乔木而入于幽谷"也，黑暗孰甚焉！

　　吾著《黑暗天堂》一书，都十七万言，其所写者，不过都市罪恶史之一页而已。其事，则虚构也；其人，则乌有也；然今之社会，何奇蔑有？吾以为虚构，而自有事以实之；吾以为乌有，而自有人以符之。此非吾之指斥社会，实社会之自来印证吾书耳。

　　是书分四十章，排日刊载于上海报，刊毕越二月，过沪上发生一新闻，有嘉兴某乡之某女士，惑于小姊妹之言，谓上海系天堂福地，谋事易而获利丰，于是弃其粉笔生涯，来作上国之观光，而不知自堕魔窟，竟丧其处女十年之贞。其中情节，适与吾书相符，所异者吾书中之主角，能跳出魔窟，木为所浣耳。"在山泉水清，出山泉水浊"，大好天堂，实容垢污之总汇处，醉心都会者，可以返矣！

第一回

白马涧的泉声

大自然里面，哪里来的歌声？这音调是很简单的：

得乐，得乐，当乐，当乐。
当乐不乐，不得乐，不得乐！

同乐，当乐；独乐，当乐。
同乐不乐，独乐不乐；不得乐，不得乐！

同乐，必乐；独乐，必乐；
同乐，乐乐；独乐，乐乐；
同乐乐，独乐乐，得乐乐，必乐乐！

诸君，试猜这三阕短歌，是谁唱的歌声？

编书的，你太会开玩笑了，拢总没有说什么，便叫人猜这哑谜。

诸君，这不是编者弄笔头、开玩笑，其实，世上的芸芸众生，谁也逃不掉一个人生之谜。"未来事，黑如漆"，谁也不能预作一个适宜的答案。

这三阕短歌，节短音长，包含着一种乐天主义，这不是人籁，却是天籁。天籁是什么？是小桥旁边的流水声。

乡间的流水可谓自在之至了，自在地流，自在地唱，它不感觉着人生单调的枯寂，它只翻来覆去地唱这三阕没人欣赏的歌。

不知乐天主义的人，听了这流水声，便要感到没趣，以为咕噜噜、咕噜噜，倒不尽这柄天然茶壶里面的茶水，谁耐烦去听呢？谁知这单调的流

1

水声很有哲学意味。第一阕，叫人不要放过当乐的机会，当乐不乐，将来便不得乐了；第二阕，乐的方法不止一端，同乐也好，独乐也好，错过了同乐的机会，将来便不得乐了；第三阕，纯乎提倡着乐天主义，它一路地呐喊过去，不知道的只听得咕噜噜、咕噜噜，哪里晓得流水声中的口号是喊的同乐乐、独乐乐、得乐乐、必乐乐。

谁是厌听流水声的？这个人便住在小桥旁边的几间瓦屋里面，若问性别，却是一个她。和她同坐的，是一个五旬年纪的乡老头儿。虽是个农家，却整理得井井有条，前后明窗，带些半村半郭化。城郭中的人家都用玻窗，乡村中的人家都用纸窗，这家的前后明窗，周围糊纸，中间镶着几方玻璃，可见物质文明的潮流已侵入了朴素的村庄。屋里面的桌椅，虽不是西式，却一例地髹着广漆，拭抹得干而又净，光油油早滑倒苍蝇。从这器具上面便可以表示她的生性喜洁，比着两管鼻涕挂在嘴唇上的黄毛丫头，这便天差地远，大不相同的了。补壁的东西，当然没有什么名书名画，但是深青浅紫的画片，从那上海报纸的画报附刊上面取下来的，她便认为是绝好的墙壁饰物。而且，剪取的时候都依照着原图的轮廓，方形、圆形、椭圆形、梭形，无有不备，就中鸡心形的尤占着多数。图片上的人物，当然都是些摩登姑娘、电影明星，此外又有电影说明书、京剧文明剧的戏单，都成了墙上读物。这时，她上城时进过剧场、电影院的一种纪念品，宛似科举时代的报单，高高贴起，替墙壁上绷着场面。

这天，她坐在窗前，缝一件恰才裁剪的春衫，一针上，一针下，在那日长天气底下工作。本来有些懒洋洋地举不起手腕，偶一不慎，针尖儿刺痛了指头，她便迁怒到门前桥下的流水声。

"这魂灵头，讨厌来些，一天到晚地咕噜噜咕噜噜，流不完的破茶壶里的水，听得人心里麻烦。断命引线刺痛了指头，惹气，惹气！"

坐在旁边的乡老头儿闭着眼在那里养神，听了她的话，拭抹着倦眼，且笑且说：

"招弟，你不要讨厌，这泉水声，城里人当作宝贝呢！你不见住在城里桃花坞的陈先生，今年上坟来到这里，他听了这流水声，在我们小桥上踱来踱去，反背着手，乱点着头，嘴里喃喃地不知哼些什么。他告诉我，是在作诗，他又羡慕着我们的福分好。这座小桥，一弯流水，简直是神仙境界。这些话，你也曾听得。"

2

"爹，你忘怀了，陈先生带着小姐来到这里上坟，是今年清明左近的事，我不在家，我陪着同学游山去了。怎么记性这般地不好？"

乡老头儿搔了搔短发，又道："的确，你不在家中，陈小姐也曾问起着你。我说：'招弟陪着同学姊妹游山去了。'她说：'你女儿还在读书吗？'我说：'在小堂里得到了一张嚣嚣，便不去读书了。'她说：'再去读书也好。'我说：'小姐，我们乡下姑娘，须不比你们城里千金，读了几年的书，已成了拣出乡下人。这里白马涧一带的女孩儿，识字的很少，说一句不怕肉麻的话，叫作额角上摆扁担——头挑。'"

招弟微微地吁了一口气："爹，我不愿小鸡中做凤凰，我情愿凤凰中做小鸡。为着爹的年纪老，娘又早故了，昔年在小学堂里毕业，所得的学问只如痧药瓶里装的一些些东西，爹还要夸口，说什么头挑不头挑。唉！爹，若不为你老人家，似这般倒霉地方，我发咒也不愿住，下了一天的雨，这小桥底下咕噜咕噜地作怪，越叫人听了烦闷。"

"招弟，休得这般说，你听了烦闷，城里千金听了却是异常快活。上坟的陈小姐向我说，这里的流水越听越开胃了，城里人弹的缸盆也没有这般好听。"

"爹，弹的什么？"

"她说，弹的缸盆。"

"怎么弹起缸盆来？"

"她亲口向我说的，弹的是缸盆，大概宛似沿街挑着缸盆的担，一路走，一路当当地敲那缸盆，使人家知晓，这便叫作弹缸盆。"

"爹，亏你，笑得人肚子疼了。"

招弟伏在桌上，哧哧地好笑。

"难道我听错了吗？"

"不是爹听错了，难道陈小姐说错了不成？"招弟徐徐地仰起头来，理一理截短的青丝，依旧做那针黹，在做在说，"乡下人难怪要被城里人瞧不起，从前的老笑话，乡下人听得人家买纲鉴，只道买缸盖。现在的新笑话，乡下人听得人家弹钢琴，只道弹缸盆。"

"由着他们瞧不起吧，若没有我们乡下人，城里人怎有命活？饭都没得吃了，还能够买什么纲鉴，弹什么钢琴？"

父女俩闲谈未毕，但见板屏摇动，有一个女郎提着纸包，挨身而入。

"娘舅，什么钢琴，你也懂得钢琴吗？"

"荷珠姊姊，你是什么时候来的？"

"招弟妹妹，我是来听你弹钢琴的。"

"你听了一句'下颏残'，便把麦柴当作了令箭。你也不知'钢琴'两字的来历，我告诉了你吧。有一位城里小姐，向你娘舅说了一句弹钢琴，你娘舅听错了，只道是弹的缸盆。"

"妹妹，说起钢琴，我便想起一桩事来了。我们虎丘山上新建的冷香阁，你不是到过好几次吗？现在多了一张钢琴了，听说是王旅长的千金球姑娘把来安放在这里的。——娘舅，你到哪里去？"

"好甥女，你远远地跑来，现成茶都没有一杯。我到田岸上去唤长工来，泡一壶原生茶，你是难得到这里来的。你妈好吗？为什么不一起来玩玩？"

"娘舅，我们是穷忙，这几天正是袋袋花上市，各处的买花客人都到我们山上来收花，为这分上，我妈便没工夫来看你了。"

那女郎谈到这里，便把带来的纸包打开。

"娘舅，休得见笑，这一些些家园种的袋袋花是送给招弟妹妹泡茶吃的，本想多送一些，只为今年的袋袋花不是大年，妈说，待到珠兰花上市，可以多送一些来，今年的珠兰花胜比袋袋花。娘舅爱吃酒，浸几瓶珠兰烧，是很好吃的。"

"我没有什么东西送给你娘女俩，倒要你们破费。"

那乡老儿在纸包里面抓了几朵袋袋花，随手取了一柄茶壶，加些茶叶。

"这叫作困懒送枕头来，我正要唤长工去泡茶，加上几朵袋袋花，香喷喷的，便好吃了。"

乡老儿出门以后，随手拽上了板扉。屋里面便只有她们表姊妹了，她们俩得了喁喁谈话的机会，谈个不休。编书的免得诸君纳闷，且把书中人的略历在后面简单说明。

屋里面的两个她，一个是招弟，她的爹是田永根，累代耕田，传到田永根手里，在白马涧地方，算是个小康之家。田永根的上半世，家里虽然雇用着长工，但是自己也加入里面工作，不避风雨，当然也不避烈日，浑身皮肤和印度人一般的色彩，还要带一些尼格罗人的黑化。到了中年以后，人家都劝着田永根享一些福吧，多雇一名长工，费不了几许钱，何苦亲自下田去淌这血汗。田永根也有了相当的觉悟，便依了人家的劝告，好在自己这份产业足够下半世的生活了。膝下又无儿子，单有这招弟女孩子，坠地的时候，田永根替她取这个名字，意在讨一个吉利，有了女儿，便有儿子。谁料招弟是虚的，克娘是实的，三年断乳以后，招弟的亲娘便一病而死了。田永根虽是乡下人，即很有伉俪深情，更兼他的浑家是有名的村中俏，而且性情好，针黹又佳。浑家死后，要想再娶一个照式照样的妻房，踏遍了白马涧周围二三十里地方，休说踏破铁鞋无觅处，便是踏破了钢鞋也是枉然。田永根为这分上，便立誓不再娶了。乡下人的立誓是很简单的，只说一句死也不愿再娶填房的了，他果然永远不再娶填房，依着这信条而行，不比城中的知识阶级，左一句誓不承认，右一句誓不屈服，只把立誓字样贴上了墙壁，不承认的便无妨承认，不屈服的便无妨屈服了。又不比政府里面的大人先生，就职宣誓，说得十分恳切和真确，又有神气活现的监誓人员在旁监视，似乎可以质诸天地、告诸鬼神了。其实，宣誓的话都是说的反话，狗和坑缸赌咒，世上果有廉洁自守不上坑缸的狗吗?

　　她的妈既是村中俏，这个"俏"字，当然有传统的关系，她在白马涧地方也是个无出其右的美貌女郎。不过她皮肤也得着田永根的遗传色彩，虽没有她爹这般黝黑，但是总没有雪肤玉貌的希望。为着田永根爱着她，不忍叫她和寻常的乡村女子埋没在钗荆裙布里面，所以从小便不叫她下田，每逢上城，总买些花花绿绿的布匹替她做衣服。一班乡村女子见了招弟，都是望若神仙，以为白马涧周围三四十里的地方，只要生有眼睛，谁都承认她是乡间第一美人。便是瞎了双眼的人，指头上也有感觉，只需把她杂在许多乡村女子里面，瞎眼的摸来摸去，也会摸出她是众女子里面的头儿、脑儿、顶儿、尖儿的安琪儿。

　　"你女儿的面貌，是很聪明的，入校读书一定有出息。目今世界，不但城里的女子要读书，便是乡村女子也该读书，不读书便吃尽了亏。"这是那一年苏州绅士陈德甫到白马涧上坟向田永根劝告的话。那乡间的农夫，兼充看坟的坟客，本是一种相沿的惯例，坟和坟客见面以后，总道些琐琐家常。陈先生无意之中道了这句话，田永根也不过含糊答应，但是招弟听入耳朵里，把这句话永贮心房，待到陈先生回去以后，她便天天向她老子要求读书，非得达到她的目的不休。

"招弟，你要吃些好东西，穿些好衣服，都可应许你，你要识字做什么？"

"陈先生说的，现在的世界，无论男女，都要识字的。"

"城里人只说城里的话，我们乡下人识什么字？只需识人便够了。古老道人说的，不识字，天下去得，不识人，寸步难行。"

"陈先生说的，读了书便宜，不读书吃尽了亏。"

"这不过说说罢了，只好骗你小孩子，却骗不过我。旁的不说，只说我田永根，自从上代老祖宗传到我，都是一字不识的，倒也吃得饱、穿得暖，无忧无虑，过了好几代的快活日子，不见得吃尽了亏。若说一读了书便占便宜，那么城里的拆字先生都是读过几年书、喝过几年墨汁的，便宜又在哪里呢？每逢岁底，我上城去办年货，什么火腿、卤肉、彩蛋、笋干，至少要办百十块钱的东西，长工挑着在前头走，我提着长旱烟筒在后面行。每逢经过阊门外的吊桥，常见桥面上摆着几个露天拆字摊，在那很大的北风底下，口喊着：'小事谈谈，想吃一碗淡饭。'这些读书的先生们，都是瘦得三分像人、七分像鬼，身上也算穿一件飘飘荡荡的棉袍子。倒是四川来的，至少也有四五个窟窿，一壁招揽生意，一壁浑身皮肉在零碎活动。我虽然一字不识，却穿了一身丝绵袄裤，外罩一件黑羔皮的马褂，先在吊桥左近酒店里面喝过几两洋河高粱，路过吊桥时，任凭北风吹紧，总吹不进我的皮肤。"

田永根既这么说，招弟的读书问题当然搁起了。但是，不到几个月，从虎丘左近传来消息，说朱二嫂嫂的女儿荷珠也放下卖花的篮，在海涌小学校读书去了。这又打动了招弟读书的心，表姊也读书了，做表妹的若不读书，岂不差死？田永根便遏不住那时代的潮流，终于应允了她的请求。白马涧附近没有小学校，便叫女儿到海涌小学校读书，和表姊荷珠做了同学，在姑母朱二嫂家中寄住，每逢星期六才回白马涧省视老父。一共经了前期后期六年小学教育，在田永根心中，觉得女儿进了学校，自己冷清清，减少了家庭兴味，因此再三向女儿要约，待到小学毕业以后，无论怎么样，再也不得离着家乡到外面去读书。后来，毕业以后，她便不再上城去考中学，只在家中陪伴着老父，在那咕噜噜的流水声中过了两度春秋，她今年已是一十九岁了。

她在六年小学过程中，博得了一朵黑牡丹的诨名，小学中男女兼收，女生三十二人，谁都没有田招弟这般貌美。但是可惜，皮肤黑了一些，牡丹虽好，加上了一个"黑"字，总有些美中不足。她的表姊朱荷珠面貌还不如她，却比她白了许多，也有一个诨名，叫作白凤仙。凤仙本是寻常花卉，加上了一个"白"字，便觉生色，怪不得俗语说的，叫作"一些白免三丑"。招弟便吃亏在一个"黑"字上，任凭千娇百媚，多少总打了一个折扣。

　　虎丘一带是花市，海涌小学校里的女生大半是花圃人家的女儿，所以三十二个同学姊妹，个个都有花的诨名。黑牡丹当然可以领袖群芳，便是这朵白凤仙，也是二三等里面的人才，其他的花朵，如白茉莉、红玫瑰、美人蕉、粉菊花，都是上等人才。最难堪的，矮子唤作矮脚鸡冠，腊子唤作腊绣球，唇上缺着一块的唤作豁口喇叭花。

　　田永根唤长工泡水去，屋里的两个她，我已表明了她们的略历，诸君看到下回的表姊妹对话，便有头绪可寻了。

第二回

卖花声里人家

"姊姊好久没有来了，越叫人寂寞。这咕噜噜咕噜噜的水声，镇日镇夜地流，度这一天，比着十天还长。"

"我也知道你妹妹寂寞，妈唤我接你到虎丘去住这一月两月。这几天，游山的男女络绎不绝，管叫你不寂寞，顺便还可到小学校里去看看旧日同学。"

"我也很想到虎丘去，只是不能多住，多住了，我不寂寞，爹不要寂寞吗？海涌小学校中，好久没有去了，同学也似从前一般多吗？"

"好叫招弟妹妹得知，我们的学校一天发达一天了。你我读书的时候，是一位老先生做校长，常向我们提起这两句令人脑涨的话：女子家勤学为本，朴素为门。"

"现在的校长可是他？"

"不是他了，若是他，这学校办了一千年，也只是半开化的野蛮学校。"

"现在谁做校长了？"

"换了一位女校长，便是旧时手工教员周兰芬先生。"

"老先生呢？"

"说也好笑，一个人要死，自有预兆的。"

说到这里，朱荷珠扁着这张评论人家的嘴，表示她对于老先生的不满。

"难道他死了吗？"

"他不死，周兰芬怎会做校长呢？老先生忘却了自己年龄老大，又有头眩毛病，逢着星期日，既不去坐茶馆听讲《山海经》，也不在家中躺在藤榻上休养那六天来的疲劳。卖什么不相干的狠劲，高高地站在生公讲坛上面，召集了前村后村许多庄稼人，向他们演讲什么考弟忠信，卵子牵筋。"

"荷珠姊姊，你又要说粗话了。"招弟皱了眉头，又说，"亏得爹不在这里。"

"在这里便怎么样？"

"他老人家又有话说了。他说，不识字的嘴里倒干净。"

"妹妹不要生气，这位娘舅懂得什么来？须知方才说的不是粗话，这叫作顶呱呱的摩登话啊！休说我们小女子尽说何妨，便是赫赫有名的党国伟人、革命巨子，逢着公开演说时，也把男女的两件东西放在嘴里做材料，说什么口宽债紧。"

"不要说了吧，怪难听的。"

"只要摩登，管什么难听好听？妹妹躲在田角落里，怎晓得外面的摩登世界？一个人不懂'摩登'二字，便是虚生人世。我来接妹妹到虎丘去住，便是叫妹妹增长些摩登见识。摩登是千层饼，虎丘比白马涧摩登，苏州又比虎丘摩登，上海又比苏州摩登，宛如上天堂，有了三十一天，还有三十二天，又有三十三天。"

"姊姊又开着话匣了，休说闲话，老先生怎么样？"

"可笑这位老先生，他登着生公讲坛说法，也要说得顽石点头。谁料顽石没有点头，老先生反而一个头眩，扑地跌下坛来，霎时间口眼歪斜，作声不得，抬回家里，便即呜呼哀哉了。乡间人说是中了邪，得罪了山神土地。"

"老先生死了，这倒是很可惜的。"

"妹妹这句话又不摩登了，凡是摩登者，只知崇拜少年，不知怜惜老人。老人要死，宛比开残的花，当然要谢去的，假使老年人都不死，世上的饭食都被那老年人吃去了，叫少年人吃些什么？不是都要饿死了吗？"

"怎么姊姊的议论和我不同？我只知道年老的人值得我们的怜惜。"

"我不是说过的吗？住在虎丘的比在白马涧的人摩登，妹妹可惜了，住在田角落里，你若住在虎丘，管叫你不到半年，比着我还要摩登。"

田永根恰才进门，后面跟着长工，手提着一壶香馥的原泡茶，前来敬客。

"娘舅，又要忙你了。"

"这好算忙吗？你不来，我们也要泡茶的。不比我到了虎丘，忙得你们娘女俩脚不停地，又要添酒，又要添菜。"

"娘舅，要请招弟妹妹到我们那边多住几天，你肯放吗？"

"你肯去吗？"

"爹放我去，我便肯去；爹不放我去，我便不肯去。"

田永根托着茶杯，有些沉吟不决。

"娘舅，你便放着妹妹去吧，外面多在讲究摩登，住在田村角落，是瞧不见摩登的。"

"难道这里没有痴狗的吗？"田永根放着茶杯，很惊异地说。

"娘舅，笑话奇谈，我说摩登，你倒说痴狗。"

"外甥女儿，休得笑我，除非痴狗，才用得着你所说的两个字。"

"娘舅，看不出你倒会骂人，你说凡是摩登的都是痴狗吗？"

"怎说不是？这里白马涧便有两条痴狗，各各系上一个木镫，防它咬人。凡是挂着木镫招牌的，一望便知是痴狗。"

表姊妹听了，一齐拍手大笑，知道他把摩登误会作系在狗颈的木镫头了。这一误，比着误会钢琴作缸盆，尤其误得不可思议。

这一夜，表姊妹联床絮谈，大半夜地喁喁唧唧，不需我一一细表，扼要说几句：半夜絮谈的结果，解决了一个问题，便是田招弟已确定明天到姑母家中去小住，至少也要住十天八天，不是日间这般依违两可，要听着老子的话，才能定她行止的方针。

到了来日，梳洗才罢，田招弟趁着她老子没有到小茶寮去吃板茶，便把昨夜议定的话征求她老子的同意。

"要去这许多日子吗？"田永根且说且摇着头。

"娘舅太小心了，妹妹到我们家里去，怕我们教坏了吗？"

"爹，放着我去吧，我跟着姊姊多少总学些好处。况且姑母又是厚道人，一定可以得着教导，爹放心吧！"

田永根不忍拂了女儿的意，终于应允了她的要求。

白马涧和虎丘一水相通，往来的便船是很多的，表姊妹便搭船而去。田永根送到船边，殷勤叮嘱：

"招弟，你不要贪了游玩，忘却回家，至多不得过七天。"

"晓得了，你老人家回去吧。"

天真烂漫的招弟，虽然舍不得和老父暂别，但是隔夕听着表姊谈那虎丘近状，谈到有声有色，不由得起了好奇之心，要去看看虎丘一带的摩登程度怎样地突飞猛进。

虎丘的卖花人家，朱姓居多，听说大半是朱勔的子孙。大宋年间，苏州出了一个朱勔，借着花石纲引诱徽宗皇帝，专在一花一石上面寻取娱乐，只需访问得民间有了奇花异石，仗势欺人的朱勔便令人用黄绫封裹着，算是御花园中的点缀品。过了几天，便来掘树拔石，送给皇帝老子赏玩，拆毁着人家的门窗户壁，才能把这笨重东西运到汴京去进呈御览。

敝处苏州出了这么一个拆料匠，害得户户痛心、家家流泪，实在要使乡土历史上留着一个大大的污点。但是，话又要说回来了，范文正公也是我们苏空头，他的头脑虽空，肚腹不空，胸中藏着数万甲兵，一时有那很荣耀的口号，叫作"军中有一范，敌人吓破胆"。同时，大宋年间，出了一个小人，自有一个君子和他抵销。朱勔在当时，富称敌国，但是失败以后，园林毁灭，现在城中朱家园地方号称朱勔旧第，经了数百年的沧桑，已寻不出朱勔的一些纪念品。独有断斋画粥的范秀才，声名仍在天壤间，城中范庄前的石牌楼上，镌着他做穷秀才时候的两句标语，叫作"先天下之忧而忧，后天下之乐而乐"。

朱勔的子孙既然做了虎丘山下的卖花佣，倒也可以算得不脱花石纲的本色，祖先以花石得幸，子孙也靠着卖花活命。迷信因果循环的老先生将着长须说道："哎！这便是作恶之报啊！为着朱勔拆毁民屋，贻害苍生，所以上天降罚，使他的子孙永远卖花，不得发达。"

我以为朱勔的做人虽恶，还不是十二分恶，他的拆毁民屋是向徽宗皇帝献殷勤。专制时代的官僚，谁都要拍皇帝老子的马屁，《诗经》上说的"媚兹一人"，算不得朱勔的罪状。要是拍了本国皇帝老子的马屁，拆毁着民间房屋，上天便要罚他子孙永远卖花，不得发达；那么，拍了外国皇帝储君的马屁，拆毁着民间房屋，上天降罚理当加重，试问，他子孙做些什么营业呢？

我在这里推本穷源，替那卖花佣讨论家世，但是虎丘山畔的卖花佣大抵数典忘祖，谁也不知上代的祖宗有什么朱勔与朱粉。我不提起别人，我只提起朱荷珠的母亲朱田氏，她在这四月里天气，正逢袋袋花上市，忙个不了，家家园子里都做着批发生意。朱田氏的园子里也种着许多袋袋花，当然要应付顾客，所以没暇到白马涧去探望她的哥哥。

袋袋花和茉莉花一般大小，色香味都是仿佛的，但是不会舒瓣，状如一个个的小袋，因此唤作袋袋花。似这般娇小玲珑的花朵，一味甜香来得隽永，茶铺子里往往大批地收去，以备窨茶之用，和蔷薇、玫瑰、球兰、木樨有同等的价值。四方顾客来到虎丘山收花的，都是五百万朵一批、八百万朵一批，做那大批生意。在这当儿，家家户户都是排列着大大小小的栲栳，里面装满着袋袋花，沿街走过，只道是设着粮食铺子，其实呢，不是米粮，却是花粮。

收花的客人既以朵数为单位，所有大小栲栳里的花朵盈千累万，哪里计算得清？要是一朵朵点清以后才做交易，耗费的时间当然不在少数，但是事实告诉我，却得其反。任凭花朵有肥瘦，栲栳有大小，一经卖花客人点验以后，这支栲栳有花几万几千几百朵，那只栲栳有花几万几千几百朵，大约几百万的花朵，可以在三十分钟内点个清楚。虽然奇零的数目未必一一正确，但是大致总没有多少相差。

奇怪！做花商的不是成了千手观音吗？几百万朵的袋袋花，可以在三十分钟内验完毕，若不是一千只手五千只指头，断然数不清楚。这个问题似乎含有神秘的作用，其实呢，说破了，这方法是很简易的。他要知道栲栳里装有多少花朵，只需撮取一把袋袋花，在戥盘里平过轻重，一两重的袋袋花共有多少朵，先定了一个基本的数目，然后架着大秤把那装满袋袋花的栲栳一一称过。除去栲栳，共得净花多少斤，得了斤数，化成两数，得了两数，化成朵数，只不过在算盘上嘀嘀嗒嗒，用乘法乘这几下，便可以立时点讫无误。秤花已毕，还得生着炭火，把花朵烘干了水分，才可以装载到远处去，经久耐用，没有霉烂之患。

朱田氏的门前也摆列着几支栲栳，专候客人收买。路过的客人都知道朱田氏家中有一个妙龄女郎，好算一块活招牌，他们买花，却先要访问这块活招牌。

"朱二嫂嫂，这是你们的花吗？"

"是的，先生，照着市价称了去吧。"

"你的女儿呢？"

"到白马涧探亲去了，明天才得回来。"

"那么明天来称吧。"

如是这般地问答却有好几回。附近一带的花朵，大半都被花商收去，唯有朱田氏门前的花栲栳依然排列着，而不曾得到一个相当的主顾。要是贬价以售，立时可以销卖一空，朱田氏怎肯轻易售去？家里的活招牌明天便可挂出，仗着这块招牌，生意上便可生色。而且荷珠定下的计划，今年袋袋花上市，可以接取招弟表妹来住住，表面上接取亲戚，无非联络感情，实际上多添一朵交际花、一块活招牌外，又有一块活招牌。今年的袋袋花虽是小年，有了俏人儿，便可以卖着俏价。

朱田氏自己没有主张，一切唯女儿之言是听。荷珠不过在完全小学中勉强毕业，朱二嫂嫂的眼光中，已觉得她的女儿是数一数二的才女，才女定下的计划，当然可操胜算的。但是她怕哥哥田永根不放招弟前来，她知道哥哥钟爱这掌上珍珠，轻易不放她离开左右，她怕女儿去接取表妹徒劳往返，误了自己家中的主顾。朱荷珠拍着胸脯，表示她胸有成算，很爽朗地说："凭着区区不烂之舌，无论怎么样，总得请招弟妹妹来到这里小住。"

荷珠下乡以后，过了一天，还不见她回来。朱田氏坐在门前，一壁招待顾客，一壁盼望她女儿同了招弟早早回来。这时候，山门街上分外热闹，收花客人又在第二天收花了。来来往往的人七张八嘴地纷纷议论着：

"三老太家里的花没人顾问，削低了价目，才有人勉强收去。"

"这叫作人老珠黄不值钱啊！三十年前的三老太也是一块顶呱呱的活招牌，择底的花儿卖了俏价钱。"

"小金媛，人也生得俏，花价也卖得俏。买花客人把怀中的钞票一五一十地付给她，好叫人见了眼红。"

"你不要羡慕她，你只需和小金媛一般年纪、一般姿色，更兼伶牙俐齿，也把花商认作寄父，左一声寄爹爹，右一声寄爹爹。这些花商大半都是徽骆驼，希望在苏州讨几个两头大，你把迷汤一碗碗地灌下去，管叫那徽骆驼个个魂不附体，宛比汪二朝奉痴想钱家女儿一般，你的袋袋花自然可以卖俏价了。"

"亏你这般说，这不是卖花，简直是卖淫了！我又不做婊子，却叫我献这殷勤。"

"你倒有这志气，小妹妹，你只好饿断脊梁筋了。你不愿做婊子，人家却愿做；不但女人家愿做婊子，便是男人家也愿做；不但经商的愿做婊子，便是居官的也愿做。"

"臭嘴三婶婶，你这么说，没有一个不是婊子了。难道做了赫赫的官吏，也去学这婊子腔？"

"小妹妹，你休不信，王旅长的太太告诉我，她的丈夫便是学会了三分婊子腔，所以在齐燮元时候，齐燮元宠爱他，换了张宗昌，张宗昌又宠爱他，换了孙传芳，孙传芳又宠爱他。"

"朱二嫂嫂家里的花怎么还没人收去？"

"白凤仙到白马涧去了，待到白凤仙回来，管叫这几栲栳的花朵都卖着俏价。"

朱田氏听得人家这般说，益发盼望着女儿早早到来，以便开秤。自古道：等人心急。其实从白马涧到虎丘自有相当的路程，表姊妹搭舟而来，路上并无耽搁，但是朱二嫂嫂的心中，以为这时候不来，她俩今天不会来的了。

花商经过朱二嫂嫂的门前，又屡屡问起她女儿可要到来。朱二嫂嫂口说要来，心中却是忐忑不定。又有一个花商，带同一个西装少年，也来问讯。据花商说西装少年是他的小东人，为着羡慕虎丘山下多美人，特地前来访问，想要认得几个异性的朋友。可惜你们这位大姑娘不在这里。

"客人坐坐，我家女儿将要来了，来了好开秤。"

"看来我们无缘，只好另寻户头去了。"

收花客人和那西装少年已跨下了朱姓的阶沿，只需走过几步，这主顾便将失去。朱二嫂嫂又不能伸手拖住，便是去拖，也防着被他们摔跌一跤，只为老太婆的手腕是没有黏力的。谁料事有凑巧，他们跨下了阶沿，重又跨上，踮起脚尖儿仔细停睛，花商把手中的折扇向西一指，很高兴地说道："你看，来了！啧啧，妙啊！那一个尤其妙不可言。"

第三回

人和涧水竞走

这般比较式的论调，一个是妙，一个是尤其妙不可言，他虽没有说明白是谁，声入心通的朱二嫂嫂早已知道妙的是女儿朱荷珠，尤其妙不可言的是她的侄女儿田招弟。

她探头一望，不是表姊妹俩还有哪个？那一喜非同小可，宛比吃了喜茶、吃了喜酒，还带着一大包喜果、喜粽、喜蛋；宛比捧着欢喜佛，走着喜神方，还拥着阿喜、来喜、双喜、四喜这许多童仆，去登那喜马拉雅山。她为什么这般地大喜而特喜呢？她喜的是活招牌以外，更有一块格外道地的活招牌，门前栲栳里的袋袋花，卖的价钱一定比着旁的卖花人家俏上加俏。

朱二嫂嫂张开着两只手，搬动着一双束缚已久解放无效的缠煞脚，堆着笑脸去欢迎她的侄女儿：

"招弟小姐来了，好小姐，我伸着头探望了多时，为着你，把我头颈都拔长了三寸。"

田招弟抢步上前，握着她姑母的双手。她在小时节便认姑母做寄娘，到今日依旧用着这个称呼。

"寄娘，长久不见了，爹爹在家渴念着你。"

忍俊不禁的买花人忘却了到此收买花朵，见了这朵生香活色的黑牡丹，把折扇指指点点，向着朱荷珠探听这朵花的来历。

"和你同来的是谁？倒是顶呱呱崭货。"

"吴先生，你猜这么一猜。"

"不要猜了，你娘不是唤她招弟小姐吗？她不是唤你娘寄娘吗？是你的小姊妹，年纪比你轻一些，是你的妹妹，对不对？"

"你都猜着了，还要问我做甚？"

"我不知道她姓什么，住在哪里，你细细地告诉我。"

和那吴先生同来的西装少年，耸着肩，迷花着眼，也插着嘴探问根由。

"大姑娘，告诉我，她姓什么，住在哪里？"

朱荷珠向着少爷瞟了一眼，见他二十多岁的年纪，浑身西装，多么漂亮。只可惜生就了一副土耳其照会，有些土头土脑。她看着他的西装分上，笑着说：

"先生，好像和你初次见面。"

肥头胖耳的吴先生很高兴地做介绍，跷起着大拇指说：

"他是我们的小东，姓汪名慕仙，他是上海商科大学的毕业生，顶呱呱，一表人才，又风流，又倜傥，好得了不得。"

朱荷珠又把第二道的眼光把汪慕仙瞧了一下，这也是心理作用，似乎移转了眼光，竟瞧不出他是土耳其照会了，好像是一个小开，好像是一个富有商业学识的大学毕业生。

吴先生又把荷珠介绍与汪慕仙：

"小东，我曾向你说，虎丘山下多美人，她便是其中的一个，叫作朱荷珠，高小毕业，有才有貌，好得了不得。"

朱荷珠佯嗔地说：

"你这大块头，专喜钝人，你说好得了不得，便是说我丑得不得了。"

"荷珠，你请两位先生到里面来谈谈，自古道，立客难当。"

荷珠依着娘的嘱咐，便请他们到里面坐。

"汪先生、吴先生，妈说请你们到里面坐。"

汪慕仙待要举步，吴先生却不走，只把折扇在胸前豁绰豁绰地扇个不止，在扇在说："小东，且慢，大姑娘的令堂请我们到里面坐，大姑娘的本人却没有请我们到里面坐，我们便不好意思登门打扰。"

荷珠向吴大块头眨了一个白眼。

"大块头，你靠着扳差头吃饭，怪不得你吃得这般发胖。妈请你到里面坐，便是请你到里面坐，我们娘女俩分什么家？走吧！"绰拍。

绰拍之声便是荷珠在吴大块头背上拍了两下。

"小东，请啊！大姑娘一团好意，好得了不得，请我们到里面去，坐

16

坐何妨？"

"大块头，敬酒不吃，倒吃罚酒。尊你一声吴先生，你却推三阻四，骂你一声大块头，拍你两下背心，你便依头顺脑。"

挨了两下绰拍的吴大块头笑嘻嘻地说："这叫作打情骂俏啊，大姑娘好得了不得！"

在这当儿，田招弟已坐在第二进客座里面，眼见她表姊朱荷珠陪着两个男子一路打扯，没好相地走入大门，心中很觉诧异，便向朱二嫂嫂打了一个招呼。

"寄娘，长久没到你房间去，我去认认房间吧。"

吴大块头忽地停了脚步，又向荷珠放刁。

"大姑娘，我们不进去了，我们一进去，便要把你们的亲戚吓跑了。自古道，疏不间亲，小东，还是向后转，休在这里做那讨厌人。"

朱荷珠忙唤着："招弟妹妹不要躲避，我怎么向你说来？躲躲闪闪是乡曲化，不是摩登化。"

朱二嫂嫂也着了急，不管她侄女儿委屈不委屈，凑着招弟的耳朵，打那秘密招呼。

"招弟小姐，我也知道客不会客，你要躲避，怪你不得。但是大块头一走，我们的主顾便跑掉了！寄娘忙了几个月才有这几栲栳的袋袋花，大块头一走，卖给谁去？况且花市又将收场了，这不要急煞你的穷寄娘吗？招弟小姐，不看僧面看佛面，暂坐片刻吧。"

田招弟便不好意思走了，只得坐着不动。汪慕仙和吴大块头才到里面坐定，口里和朱二嫂嫂敷衍，眼光只射上这一朵生香活色的黑牡丹。探听了她的姓名、年岁和住址，还得探听她可曾订过亲事没有，这便羞得田招弟抬头不起了。

"提起我们寄女儿的亲事，好一块羊肉落在狗嘴里，谁都要替她可惜。"

汪慕仙和吴大块头都跟着说可惜可惜，尤其汪慕仙。

"可惜，可惜，一百个可惜。朱二嫂嫂，请你告诉我，为什么好一块羊肉不放在人的嘴里，却落到狗嘴里去呢？这只狗是谁？"

"寄娘，我要回去了。"

田招弟说时，便即离座。慌得朱荷珠挽住着表妹，连向她妈使眼色。

"不要贪说闲话，误了正经，门前的袋袋花还没有成交呢。"

"女儿，不是你提起，扁担粗的面也要糊涂了，我真是糊涂虫。"

朱二嫂嫂又向汪吴两人歪歪嘴：

"两位先生，快到外面秤花去吧，秤了又须烘干，迟了只怕赶不及。"

汪慕仙也知道时机未到，欲速则不达，听得朱二嫂嫂这般说，且笑且抬身道：

"朱二嫂嫂说得不错，我们为着收花而来，没的贪了闲谈，忘了正事。"

于是，一行人都出去了。田招弟向着荷珠悻悻地说："姊姊，你须原谅我，这是小辈不该说的话。寄娘做她的卖花生意，不该牵涉到我的身上，乱话三千，做她的生意经，什么羊肉落在狗嘴里，和她有什么相干？"

"妹妹，你住得偏僻一些，和我们两般见解，你觉得'羊肉'两个字有些触耳。"

"非但触耳，而且令人难堪。"

"妹妹，亏得他们到外面秤花去了，要是听得这般说，便要笑你这乡村女子所见不广。你可知肉是最摩登的名词，有了许多写于肉感的女青年，才能够造成浓浓淡淡花花绿绿莺莺燕燕的一座天堂般的世界。乡下人不懂肉感，被人骂曲死，骂土老儿，你可知道文明教科书的第一章，便是研究这肉的学说。我一时不及细谈，且待……"

"荷珠，快来和两位先生论论这花价。"

"来了！妹妹，你到后面园子里去走走，我去去便来。"

荷珠忸忸怩怩地去论花价，田招弟看不惯这般风骚态度，便到园子里去散步。这里面辟地成畦，有花架，有花房，有槿树扎成的篱笆，有山泉停潴的沟渠。朱二嫂嫂雇用的几名园丁正忙着在那里工作，瞧见了招弟，只唤了一声田小姐，依旧做他们的移花接木生涯。招弟默坐在石凳上面，心坎里在说：虎丘地方，毕竟离城近了，不比白马涧这般固塞。我住在固塞地方，觉得闷闷地没眽没眽，可是到了这里，又觉得一种放荡模样，有些不堪入目。寄娘向来是很拘谨的，便是荷珠呢，虽然活泼，也没有这般浪漫，为什么相隔一年半载，她们母女俩都另换了格局？我道是放荡，她们道是开通，我道是浪漫，她们道是文明。究竟开通和放荡，文明和浪漫，是不是相等的？这个问题，倒有研究的必要。

她又想到寄娘说的羊肉落在狗嘴里，把自己比作羊肉倒也罢了，把未婚夫比作狗，这话太荒谬了。

记得去年订婚时，寄娘向她这般说："你们俩已订婚了，这是天生的一对，地生的一双。做寄娘的是老实人，从来不省得拍人家的马屁一句说一句。"

她觉得寄娘的说话历历在耳，相隔只一年，天生一对，地生一双，变作了羊肉落在狗嘴里，自称不省得拍马屁的寄娘，现在竟开始拍马屁了。她拍汪慕仙的马屁不打紧，却不该把未来的寄女婿贬入了恶狗村。为这分上，她便越想越气闷了，为这分上，她便把三年前的旧事影戏似的在脑膜上搬演一回。

和风微微地吹着，涧泉汩汩地流着，一幅白马涧的嬉春图便在目前。

风气阻塞的地方，瞧见有人在空场上拍弄一低一昂的橡皮球，许多乡村孩子便已钉住了脚，看得眼花缭乱，以为见所未见。至于新流行的回力球、高尔夫球，他们做梦也想不到有这么的玩意儿。

拍皮球的是一个娇小玲珑的女郎，手腕轻松，这球儿仿佛和她的手掌结了不解缘。拍了良久，总似磁石引针般地跳上她的手掌而重又落下。

说也稀奇，这是校长老先生害了她，也是校长老先生成就了她。

春季考试的成绩，她做了鸡群之鹤，尤其是国文试验，她做了"人物是新的好，礼教是旧的好"这十二字警句。喜得校长老先生拊掌称善，一字一圈地圈成了十二个连环，传给诸女生观摩一番，又奖赏她十二个小皮球。她在这天玩弄的，便是十二个中的一个。

任凭心灵手敏，被那迎面一棵大杨树做了障碍品，球便脱手了，骨碌碌如丸走阪。她赶紧抢时，已觉不及，球滚入流水中了。她又到涧畔伸手去捞，谁料石上苔滑，一时站足不稳，竟跌入水中去了。

"不好了，田招弟落水了，我们去告诉田伯伯，好救她出水。"

孩子们口中叫喊着，都到田永根那边报信去了。这里离却田姓家中也有半里之遥，危在呼吸的当儿，哪有乞援讨救的余暇？幸而就中有一个较大的孩子，不和众孩子一般见解，人家逆着涧流准去报信，他却顺着涧流飞步奔跑，要设法援救这落水人出险。

涧里的水活泼泼的，怎有一息的停留？她是一个弱女子，哪有抵抗流水的力量？眼见这条性命牺牲在一个橡皮球之下，校长老先生的一番奖励不是害了她吗？

流水挟着这个可怜女郎，很倨傲地唱着凯歌，要把她从那"在山泉水清"的地方流到"出山泉水浊"的地方，终古沉沦在同流合污之中。使她永远不能自拔，使她永远做那潮流下的牺牲者。

但是，山涧曲折，不能够一泻便到前溪。好一个奋不顾身的孩子张水生，他拼命地沿着泉流飞步奔跑，好像和涧水竞走，跑出了一身极汗，才赶到地形稍曲、水势稍纡的乱石旁边，插足入水，在那里迎候。

汩汩的水流上面，隐隐地露出青丝。张水生怎敢怠慢？待到流近，把落水的田招弟努力拉住，只拉住了一条腿。要是招弟会得自己用力，乘这机会，便不难登彼岸。然而不能，可怜的她，差不多知觉要消灭了，如何会在水里挣扎呢？

张水生虽是个男子，毕竟比招弟小着一岁，况且他的立足点都是些硗确不平的乱石，两足没有踏稳，叫他手里如何发挥这充分的力量？他下死劲地拉住了招弟一条腿，要逆着水流把她援救出险。涧中的泉水却也不肯示弱，也是下死劲地要把她泻往下流。张水生好像和涧水做那拔河游戏，田招弟成了一根绳索，水生要把她向上拽，涧水只是把她向下流。论到力量，水生敌不过涧水，只为这里地势纡曲，涧水减却几分力量。水生呢——苏州人说的，用劲把力正提起着全副精神和水争胜，只需足下稳固一些，便可把招弟拖上岸来。无如才想移动脚步，便觉摇摇欲倒，要是两个人同赴泉流，便成了从井救人，死了一个嫌不够，还要添着浇头。

张水生虽不能把招弟救起，却也不放招弟泻下。水生和涧水成了一个功力悉敌的相持局面，双方的阵线都没有进展，也没有缩短。

似这般地相持不下，是宜暂不宜久的，水不会力，人却要脱力的。这时候急坏了张水生，倘一放手，流过了这纡曲的所在，下流绝无障碍，一泻而去，便是快马也追随不上，田招弟便没救了。倘不放手，立在这乱石上面动摇不定的，迟早总要跌入水中，和田招弟同归于尽。

也罢，拼着和她一起死吧！张水生咬咬牙齿，生死的运命只争在三五分钟，再没有人来，涧水里面便不免添了一双冤鬼。

霎时间，人声沸扬，飞也似的从西面过来。原来田永根得了消息，带同长工，会同邻右，前来救援他落水的女儿。事有天幸，总算早到了一步，才把田招弟从水中救起。

事后，田永根很感激着张水生，他虽是个农人之子，却也在小学堂里得过一纸起码文凭，家中也薄有些田产，认为是门当户对的好姻缘。他把亲事和女儿相商，招弟虽没有说什么，却是面含笑意；他把亲事和邻人相商，邻人以为知恩报德，正该如此；他又把亲事和妹子朱田氏相商，朱二嫂嫂连连点头，以为再好也没有，这天生一对、地生一双的马屁颂词，便是在那天说的。却不料到了今天，她竟把张水生一比作了想吃羊肉的狗，叫田招弟听了，当然闷闷于中，要在脑膜上搬演这一幕三年前的活动影戏。

"咦！我唤你良久，怎么不回转头来？唤你大姑娘，你不答应；唤你田小姐，也不答应；唤你田女士，也不答应。我便唤你一个最摩登的名称吧，我的亲爱的密斯。"

心头辘轳转动的田招弟，冷不防有人这般地叫唤她，回转头来，却是个极形可掬的西装少年汪慕仙。便算她富于忍耐性，在这时候也有些忍耐不住了，想不到身穿西装的人这般地侮辱女性。

第四回

蛇肚皮里的念头

忍耐不住便怎样？田招弟倏地起身，睬都不去睬他，径往那边去看种花的工人种花。

魔子的面皮比着钢板还厚，汪慕仙还待凑将上去和她调情，却被朱荷珠拉了拉他的衣角，颠颠眉，眨眨眼。旁边正有一丛鲜艳可爱的红玫瑰，荷珠借此寄讽道："汪先生，离开一些，防着这尖刺挂住了你的衣，抓碎了你的肌肤。"

"荷珠！荷珠！"

朱二嫂嫂在外面叫喊着。

"又是叫魂般地叫我做什么？"

"你陪着汪先生、吴先生在客堂中坐，我上街去买酒菜，难得两位主顾上门，又接到了我们的寄女儿，吃一顿苦饭，大家都不要客气。"

"你去便了，我自会招待的。"

朱二嫂嫂上街以后，忙煞了荷珠，又要招待主顾，又要敷衍这位表妹。先请汪、吴两人在客堂中坐定，回转身来，又到园子里去唤妹妹。

"妹妹，你也到外面去坐坐，他们又不是老虎，何用躲避？"

"姊姊，我懊悔万分，早知府上有贵客，我便缓来几天也好。"

"怕见男子的女人是十九世纪熟读闺门女训的千金小姐，现在是完全淘汰的了。快快出去，休惹人家说笑话。"

"我不愿意和他们见面，尤其是这个穿西装的。我在乡间时，只道穿了西装的都是文明人，现在看破了，穿西装的怎及他们的文明？"

招弟口说他们，指头却指着在园中工作的花匠。

"好妹妹，文明由着他，野蛮也由着他，你都不用管，只到外面去坐坐，高兴时和他们谈谈，不高兴时便不用瞅睬。你厌恶那西装的，我已嘱咐他，叫他规矩一些，不要在人前惹厌，你放心便是了。"走近几步，凑上招弟的耳朵，轻轻地说，"我们的花朵卖了大大的俏价，看着生意分上，才请他们吃一顿饭。老实告诉你，这个小鬼、那个大块头，我也看不上眼，但是人无笑脸休开店，和气不蚀本，舌头上面打一个滚，我和他们亲热，这是生意之道，妹妹，你须原谅我的。"

田招弟最重情分，听了荷珠这般入情入理之谈，便点了点头，也是轻轻地说："花价可曾付清了吗？"

"付了一半，还有一半，言明在饭后交付。这一顿饭的关系是很重要的，少间席上，他们要是唐突你妹妹，说些不干不净的话，你只算没有听见，千万不要和他们翻脸，这便是你照应了你的寄娘。"

表姊妹俩到了外面，汪、吴两人已等得不耐烦了，只在客堂中团团打转，一见姊妹花出来，才吃了安心丸。

跷脚阿梅是朱家走动的小大姐，提了一吊开水给客人冲茶，冲好了，待要到各人面前去送茶。荷珠不要她送，却是自己去送茶，且送且说："一跷一拐的阿梅，怎配送茶？记得正月里，娘舅到来，阿梅卖健，到客人面前去送茶，一碗茶泼翻了大半碗。"

"阿梅的脚怎么跷得这般厉害？"

吴大块头眼看着阿梅，露出诧异面色。

荷珠回答："跷脚已便宜了她，险些送了性命。去年，她在露台上晒衣服，失足跌下，跌断了腿骨。"

汪慕仙拍着腿道："可惜，可惜！要是觅得脆蛇，她便不会跷脚了。我们家里有脆蛇，专治伤筋断骨，百治百效。"

田招弟喜听奇闻，忍俊不禁地问道："什么叫作脆蛇？"

吴大块头拍着这个大肚皮："脆蛇的出处和用法我都知晓，可要讲给你听？但是，说来话长。"

荷珠看了吴大块头一眼："要讲快讲，我们这位表妹最是性急不过的，你休装腔作势。"

"既是大姑娘爱听奇闻，我便把脆蛇的来历原原本本讲个详细。说来话长，我先来润润喉咙。"

把杯子里的茶喝了一半，方才开讲这脆蛇异闻，又把折扇在桌子上拍了一下，算是说书先生所拍的醒木。

"敝东家中藏着的脆蛇，这是一种特效的药。只为敝东汪老先生曾到云南去经商，其时我也跟着同去，那脆蛇便是云南出产的东西。脆蛇和常蛇不同，只长一尺二寸，圆周和铜钱相仿，尖喙秃尾，黑背白腹。听得人来，蛇便从草莽中猛力上跃，约有半丈多高，重又落地，一跌便是一十二段，每段恰是一寸，脆到这般地步，所以唤作脆蛇。"

"吴先生，你遇见过脆蛇没有？"招弟急忙地盘问。

吴大块头很从容地回答："要不是目击情形，怎会知道得这般详细？田姑娘，我告诉你听。这一天，我正陪着老东去郊游，冷不防有这一条脆蛇，寸寸地裂断在我们面前，而且断的所在异常光润，宛比快刀截下的一般。我对于这条脆蛇异常惋惜，以为它是一条烈性的蛇，宁为玉碎，毋为瓦全。"

朱荷珠也觉得闻所未闻，笑问吴大块头："这十二段寸寸碎裂的蛇，你可曾拾取回来？"

吴大块头看了荷珠一眼："幸而没有拾取回来，要是不然，我再会到这里来吗？"

"你拾取脆蛇以后，难道便会成了仙吗？"

"成仙是没有希望，成鬼是一定的。我当时见了一段一段不连续的断蛇，认为一种好玩的东西，真个俯首去取。敝东家到过云南好多次，他是知道这毒蛇肚里念头的。"

"他知道你的念头吗？"朱荷珠笑着说。

"哎，朱姑娘，我不讲了，你要打趣我。"

"姊姊，休得打扯，吴先生快讲下去。"

"讲讲讲！我是看着田姑娘的面子才肯讲下去。敝东家久惯出门，知道脆蛇肚皮里的念头，它是蛇种中的哀党，故意一跌十二段，好叫人见了可怜。我正待俯身去拾，慌得敝东家把我揪住，向后倒退了几步，他说：'你好大胆，怎敢去拾取脆蛇？你活得不耐烦吗？'我说：'这条蛇不是跌死了吗？'他说：'我们不要讲话，屏着气，停着踪，悄悄地在这里远望，便可以解决它的死活问题。'"

"吴先生，这条蛇究竟是死是活？"

"田姑娘，你的性子真是急先锋，听说风便扯篷，买了一担大西瓜，个个打开要看里面红不红。"

这几句话说得众人都笑了，尤其是汪慕仙。

"老吴，你总是瞎三话四，人家大姑娘规规矩矩地问你，你却装痴作癫，胡诌这几句调笑的山歌。"

"小东，不要责备我，这便叫作血头啊！血乃书中之宝，不发血的书，凭你说得好，总是平常的。闲话剪断，言归正传。我听了老东家的话，真个默默无言，只远远地向着这一跌十二段的脆蛇注目。约莫五分钟，这一段段的断蛇蠕蠕活动，似乎在那里缩短阵线，连成一气。我见了，惊异不止。"

"怎么叫作缩短阵线呢，吴先生？"

"田姑娘，我知道你又要问我了，你不问我，我也得加以说明。原来脆蛇只有尺二长，一经分为十二段，宛似化为散兵线，每段与每段之间，大约有尺许的距离。一经蠕动以后，化散为整，左六段，右六段，都向中间移动，距离愈缩愈近，渐渐化而为一，依旧是一条整个的蛇。才一转眼，蛇已钻入丛草中去了。"

表姊妹俩都听得出神，尤其是田招弟，她在白马涧中听着乡老儿豆棚闲话，都说些平淡无奇的事，唯有今天所闻的却是闻所未闻。她又很起劲地向着老吴问长问短。

"吴先生，要是有人误把跌碎的蛇拾取在手，这便怎么样？"

吴大块头尚没回答，上街买酒菜的朱二嫂嫂已回来了，一手提着酒瓶，一手提着起码酒菜四金刚，魔体红是火腿、魔礼黄是肉松、魔礼白是斩鸡、魔礼青是彩蛋。

"阿梅，快去装盘子，烫酒，留心些，不要泼翻。"

跷脚阿梅也听得有趣，不舍得走开，临走时，向着老吴叮嘱："大块头先生，你的野味脚停一会儿，待我来了再讲。"

"啊咦！讲些什么野味脚，阿梅也听了出神？"

"寄娘有所不知，吴先生讲的脆蛇，异常好听。"

"我也知道的，少顷我来讲给你听。"

朱二嫂嫂一面回答招弟，又掉转头来敷衍她的主顾。

"汪先生、吴先生，怠慢你们，吃一顿淡酒苦饭，这里不比城里，要一样没一样，先买了些下酒东西，又在正兴馆唤了几样热菜。两位先生，休得笑我会算计，请你们吃顿饭，顺便又替我寄女儿接风，真叫作烧香望和尚，一事两勾当。"又掉转头来看招弟，"好寄女儿，恕我不另办接风酒了，千万看我分上陪陪这两位先生。"

招弟本来不愿意和他们同席，但是听讲脆蛇，听出了滋味，寄娘这般说，并不推辞。不过心头奇怪，寄娘不曾到过云南，怎么提起脆蛇，她也知道？便道："寄娘，你看见脆蛇没有？"

"这有什么稀奇？吃都吃过的，休说见过。"

"脆蛇可以吃的吗？"

"这是美味，怎说不好吃？可惜这里没有，要不然也可凑成一只盘子，把来敬客。"

"寄娘，愈说愈奇怪了，脆蛇也可以装盘子吗？这里没有，什么地方才有呢？寄娘又没有到过云南去。"

"这有什么稀奇？一到无锡，馆子里都有的，又脆又香，很是可口。"

朱荷珠听她妈这般说，也是诧异，睁着眼向她妈呆看，料定她妈发生了误会，直听到"无锡"两个字，才知她妈把无锡的脆蟮误会了云南的脆蛇。不禁笑得弯着腰，噼啪噼啪地自打着大腿，半晌直不起腰来。

"荷珠痴了，娘的说话又没有错，值得这般大笑。"

荷珠揉了揉胸脯，笑停以后，才说："妈，你这般缠误，冬瓜缠到茄门里来了。人家讲的是云南脆蛇，你竟当作无锡脆蟮；人家讲的脆蛇，碰都不能碰，你却要装盘子请客，真叫作'迷眯觑眼看斜纹布，大大地不对丝缕'。只听得说缠夹二先生，没听得说缠夹二嫂嫂。"

朱二嫂嫂兀自没有弄清楚，直待招弟把方才的谈话复述了一遍，朱二嫂嫂听罢，自己也好笑起来。

"我年纪不过四十多岁，我竟和七八十岁的一般糊涂，这般的缠误，好笑煞人。"

汪慕仙很起劲地说：

"老吴，这又是外加的血头，血乃书中之宝。"

跷脚阿梅已托着饭盘而来，总算知趣，烫热的酒不曾一起捧出，免得泼翻，打了一个折扣。

娘女俩大起忙头，娘忙着排座位，女忙着执壶敬客。所排的座位，第一汪慕仙，第二吴大块头，第三田招弟。娘女俩并坐在下首一条广漆长凳上面。

"寄娘，你坐得不舒服，你坐我的座位，我和姊姊同坐，我们都是小身材，坐在一条板凳上再好也没有。"

汪慕仙想利用这时机投机一下子。

"朱二嫂嫂身材大，便坐了田姑娘的位子，田姑娘是客人，不能和朱姑娘并坐。好在我也是小身材，田姑娘请到我这里来坐吧。"

田招弟知道他不怀着好意，便不敢和寄娘推座位了，却急于要知道脆蛇的详情。

"吴先生，跌碎的脆蛇，为什么不能拾取在手？"

吴大块头干了一杯酒道："跌碎的脆蛇，动都动不得。它为什么一跌便是十二段？这是它的诱敌之计。云南人都知道蛇肚皮里的念头，谁都不敢上当，听说从前有上过当的，以为蛇已死了，拾取一段玩玩也不妨。谁料拾在手里，寸断的蛇忽地两端各生出一个头来，把那人咬了几口，那人立时中毒而亡。这寸断的蛇依旧跃落地上，和其他的十一段连成一体，奏着凯歌也似的去了。"

田招弟正把筷儿夹着一块彩蛋，听到寸断的蛇也会生出头来，偶一吃惊，把彩蛋跌落地上。

荷珠笑着说："妹妹，这是一块彩蛋，不是一段脆蛇。你吓得这般模样，敢是怕它生出头来？"

汪慕仙又来投机，另行夹了一块彩蛋来敬招弟。招弟搁着不吃，又问这脆蛇的效用。

"吴先生，你说脆蛇可以治病，既然不能拾取，如何可以当作药料？"

"田姑娘，你吃了些东西再讲给你听。这一块彩蛋是汪先生敬你的，为什么不吃？"

招弟没奈何地吃了，慕仙心中好生快活，这是大姑娘给我的面子。

吴大块头又干了一杯酒，继续开讲："脆蛇虽然刁恶，终究吃了人的亏。凡是捕捉脆蛇的，十二人合为一组，每人手中各执着一个铁钳，以便钳取寸断的蛇。每逢脆蛇落地，寸寸裂断，十二人同时举钳，须得心灵手敏，不先不后地把十二段的断蛇一齐钳住。要是参差不齐，便有几段联合起来，向人进攻，那么捕蛇的人便有绝大的危险了。"

"捕捉以后，怎样安放？脆蛇既然没有死，难保它不想法逃走。"

田姑娘愈问愈凶了，打碎乌盆问到底，要问乌盆几块底。

“大块头，休得作难，你这里面装满着许多蛇的故事。”

荷珠笑着说，且说且指着老吴的大腹。

老吴笑向朱二嫂嫂说：“你的千金不及你这位寄千金的老实，动不动便要调侃人。今天横竖没事，花朵已收了，贪着闲暇，再把脆蛇做谈料。捉到脆蛇以后，手续也很麻烦的，要是把那寸裂的蛇放在一处，只需偶不注意，脆蛇仍会化散为整，连为一体，乘隙逃走，有时还要反噬。所以，捉脆蛇的须把寸寸的蛇安放在不同的地方。大约相距丈许，便失却了连为一体的可能，不怕它乘隙逃走了。然后把一段段的脆蛇挂在透风的地方，待到风干以后，自会发生金类一般的彩色，有些仿佛黄金，有些如同白银。”

汪慕仙接着说：“我们家藏的十二段脆蛇，段段都是黄金色。”

跷脚阿梅向着小汪央告：“汪先生，我这跌断的腿骨治得好吗?”

“假使你阿梅的腿骨是在三天以内跌断的，包在我大块头身上，一定向汪先生讨取了脆蛇，把你治好。可惜你跌断已久，没有法子可想了。”

这时候，正兴馆已送来四样热菜，两汤两炒，汤是脊脑汤、三鲜汤，炒是炒虾仁、炒鳝背。座中几个人都不客气，开怀欢饮，唯有田招弟不敢吃这一段段的鳝背。她向来喜欢吃鳝的，今天听了一段段的脆蛇，见了一段段的鳝，也有些不敢下箸。

闯乡邻的来了。

“你们今天请客人，也不叫我小好婆来做陪客？朱二嫂嫂，巴结了亲戚，冷落了乡邻。呀！原来还有两位买花客人!”

小户人家的大门是公开的，任何乡邻都闯得进。进来的是一个两鬓苍苍的婆娘，她自己报名字了。慌得朱二嫂嫂站起招呼道：

“小好婆，你来做陪客，再好也没有，你便和我寄女儿坐在一条板凳上吧。阿梅，添钟筷，荷珠敬酒!”

“闯得着，谢双脚，我竟老实了。咂咂，酒的味道很不恶。”

第五回

管城子和淫僧

朱荷珠手里敬酒，心里不起劲。小好婆咂嘴咂舌地赞酒好，荷珠却在肚皮里骂这不速之客：老太婆的鼻子这么长，住在下塘，嗅得着这里的酒香。请她吃几杯酒还是小事，她是著名的馋嘴小好婆，三杯下肚，便开了话箱，什么话都留不住。为着她有三百块钱借给我妈，这几年来拔本不计利息，算是天大的人情。她便老实不客气，一嗅着酒香，便挨上门来作饷。

小好婆的第一杯酒干了，荷珠又在敬酒，嘴里这么说："小好婆，多用一杯。"肚里那么说：生着馋痨病的老太婆，阿要改志，阿要气酥！

小好婆连干了三杯酒，自作解嘲语："这叫作来迟罚三杯啊！不要你们罚我，我自己罚自己，漂亮不漂亮？"

吴大块头是个和调人物，把大拇指跷起着说："呱呱叫，再要漂亮也没有。现在一等拿摩温的大人物动不动便是自己罚着自己，这叫作自劾，一经自劾，人家便不去弹劾他了。小好婆，瞧不出你，倒是官场中的摩登人物！"

小好婆把吴大块头瞧了一眼，那时众人正在夹鳝背吃，声明自劾的小好婆怎肯牺牲这权利？她赶紧吃了几条鳝背，腾出空闲舌头，才和在座的攀谈。

"这位大块头先生好像面熟，只是记不得尊姓。"

"区区姓吴，徽州人，久居苏州。"又指着小汪道，"顺便告诉你，他也是敝同乡，他姓汪，是我的小东。"

小好婆放下筷子，拍着手好笑。

"咯咯咯！天下有这般相巧的事，一个姓汪，一个姓吴，又都是徽州人。咯咯咯!"

小好婆这一笑,笑得在座诸人都是停筷不下,停杯不举,向着她呆看。荷珠肚里明白,馋嘴小好婆是不说好话的。招弟肚里纳罕,不知道巧从何来?尤其急于盘问的便是吴大块头,他说:"小好婆,这话不明不白,我姓吴,他姓汪,有什么相巧不相巧,巧在哪里?"

小好婆干了一杯酒,荷珠替她斟满了,她才说明这相巧的缘由。

"我小好婆讲一件事,总是根牢果实,话有话的来源,事有事的出处。这是十五年前赵三婶婶讲给我听的,讲的时候,她坐在我们家里的藤椅上面,手托着水烟袋,跷起着半爿卵子。"

吴大块头听着,哈哈大笑道:"这位赵三婶婶,难道是雌婆雄,会得跷起半爿……我不说了,有大姑娘在座,听了不好意思。"

且说且向招弟看了一眼,羞得招弟抬头不起。

小好婆倚老卖老地说:"吴先生,你休得捉人家的别字,话总是这般说的,把这条腿叠上了那条腿,叫作跷起半爿卵子,这句话是不分男女的。赵三婶婶扑落扑落地吸水烟,把那汪、吴两先生的故事讲给我听,怄得我一阵狂笑,笑得我腰都酸了。亏得我的外孙女儿捏着小拳头替我捶了数百下的背,方才复原。我向赵三婶婶说:'你以后讲笑话,须带着伤科医生同来,闪了我的腰,不是耍。'"

朱二嫂嫂笑着说:"小好婆,你讲了许多话,没有讲出什么名堂来,汪、吴两先生的故事怎么样?"

朱二嫂嫂:"不要慌,我自会言归正传。她说:'汪先生和吴先生都是徽州朝奉,彼此又是很要好的。两人的本领都差不多,只可惜两人的妻房性质不同,吴奶奶是个鉴貌辨色、能言善辩的人,汪奶奶却差得远了,是个呆头木相的算盘珠,拨一拨,动一动。但是,她自信聪明,道她是呆鹅,她一百个不承认。'"

说时,又向首座的小汪打了一个招呼。

"汪先生不要多心,我说的汪奶奶,不是府上的汪奶奶。"

汪慕仙笑了一笑,又向招弟瞟了一眼,口里却是这般回答:"小好婆,你讲便是了。姓汪的是徽州大族,汪奶奶不计其数,乖的也有,呆的也有。老实同你说,我还不曾娶过汪奶奶,我的未来汪奶奶,决计是个娇小玲珑、十全十美的女子,万万不会娶什么一拨一动的算盘珠,生什么心。"

"不生心便好了。待我讲下去，有没有这件事，我可不知晓，这是赵三婶婶告诉我的。"

"不要啰唆了，这句话你早已交代了。"

"二嫂嫂休得嫌我啰唆，这叫作根牢果实啊！据说，那一天，汪先生到吴先生家中，告借一本日历，吴先生不在家，吴奶奶出来应客。相见时便问伯伯贵姓，汪先生和吴奶奶初见面，但是知道她是学校出身，很有学问，便不肯直说姓汪，只给她一个哑谜，便道：'嫂嫂若问敝姓，叫作主人不见面，住在河半边。'吴奶奶脱口而应道：'原来是汪伯伯，主人不见面是王字，住在河半边便是三点水。'汪先生听了，连连点头。吴奶奶又问汪伯伯到此有何贵干，汪先生道：'向嫂嫂告借一件东西，这东西摸摸无节，看看有节，熟在中段，冷在两端。'吴奶奶更不思索，便把墙角挂着的一本日历取下，交付与吴先生。为这分上，汪先生益发佩服这位吴奶奶是数一数二的才女。回到家中，少不得在他妻房汪奶奶面前把这位朋友夫人称赞不止。汪奶奶未免动了妒忌之心，她向丈夫说：'姓吴的浑家有多大能耐，值得你这般称赞？'汪先生便把借取历本时的应对情形述了一遍。汪奶奶听了，益发不服气，她说：'这有什么稀罕？她会说，我也会说。'汪先生见浑家自信聪明，便想出一个方法，要试试她的对付本领。明天他告诉了吴先生，请人也想个哑谜，来试试自己老婆的本领，只算吴先生到汪家去访友借东西，汪先生的本人却躲在门外，潜听老婆怎样地应客。难道呆头木相的老婆会得一时福至心灵起来？"

在座的都听得呆了，朱荷珠忘却了敬酒，笑着说："小好婆，快些讲，下文一定有什么笑话来了。"

"好小姐，笑话易讲口难开。"

"小好婆，这话怎么讲？"

"你不见我的一张嘴干得要迸坼吗？你只管催着我讲，却停着壶不筛酒。"

众人听说，知道馋嘴唇婆子又在讨酒吃了。荷珠连敬了两杯酒，小好婆都是一饮而尽。朱二嫂嫂预备的酒倒有一半落在这臭嘴小好婆的肚里，忙遣跷脚阿梅再去添酒。在座的都急于要听这婆子所讲的笑话。她续道："这一下果然闹出笑话来了。汪先生是和吴先生同行的，吴先生进了汪姓的门，汪先生便躲在第二重门的外面，耳朵贴在门缝上听他老婆怎样地应客。但听得吴先生进门以后，汪奶奶果然出来应客，第一句说话却没有错：'请问伯伯尊姓?'吴先生不说姓吴，只道一句：'小小口朝天。'汪奶奶不假思索地说道：'原来是一位夜壶伯伯，夜壶的小小口儿是朝着天的。'门外的汪先生听着，几乎笑将出来。"

众人听到这里，一齐好笑。吴大块头指着小汪道："不但门外的汪先生听了好笑，座上的汪先生也是听了好笑。"

小汪看了老吴一眼道："夜壶伯伯，免开尊口吧!"

这几句打趣的话又引得众人笑了一阵。笑定以后，阿梅已添着热酒来了。荷珠站起身来，各敬了一巡酒。小好婆喝干以后，续讲道："要算是吴先生倒霉，被汪奶奶唤作夜壶伯伯。她问吴先生道：'夜壶伯伯到来，有何贵干?'吴先生是来借取一支笔的，他不肯直说借笔，只说笔的哑谜。他说：'向嫂嫂告借一件东西。这件东西，戴着帽儿不肯动，脱去帽儿便活动。头发秃了没有用，请它钻入垃圾桶。'汪奶奶听了，忽地不好意思起来，隔了片响，才说道：'夜壶伯伯，件件般般都可以借给你，唯有这件东西是借不得的。况且，俚耐也不知晓。'"

吴大块头又接嘴说："这位徽州奶奶也沾受了苏州化，提及丈夫，只说一声俚耐。"

小汪笑说："夜壶伯伯又要开口了，往下听吧。"

他们打趣，小好婆忙着喝酒，干了一杯，又说："这位徽州奶奶住在苏州长久了，提起丈夫自然要说俚耐。但是，吴先生听了，好生奇怪，知道她误会了什么东西。门外的汪先生听了，更觉诧异，什么俚耐不俚耐，其中定有道理。隔了片响，汪奶奶吞吞吐吐地说道：'这件事很秘密的，哪个嚼舌头的告诉你夜壶伯伯知晓?'吴先生莫名其妙，只说：'久已听得人说起，说的人也不止一个。'汪奶奶急问道：'你可曾告诉俚耐，说我偷和尚?'吴先生肚里明白，原来这婆娘是偷和尚的，呆头木相的人倒也死猫活贼，便道：'没有告诉尊夫知晓，只是一切的详情，嫂嫂不须瞒起他，快直说。'汪奶奶道：'我偷和尚，瞒得过俚耐，却瞒不过你夜壶伯伯。你恰才说的几句，把我偷和尚的情形都包括在里面，你已完全知晓了，还要差别我做甚?'吴先生假意说道：'你且讲一遍，看你猜得对不对?'汪奶奶道：'这有什么难猜?你句句都说着和尚，这和尚戴着皂罗帽，在我们家里做道场，端然不动，好一个规矩僧人，这叫作"戴着帽儿不肯动"。

后来和我有了花样，趁着俚耐不回家，和尚偷偷摸摸到我房里来，脱去了僧帽，便有不规则的行动发现了，这叫作"脱去帽儿便活动"。有一夜，外面闹着捉贼，和尚以为捉奸的来了，他是吃了秃顶的亏，恐怕被人捉住了，僧人偷婆娘，该当何罪？他吓得抖个不住。这叫作"头发秃了没有用"。后来我想出一个计较，防他出了后门走不出这条弄堂，叫他暂在垃圾桶里躲避片时，待到人声静了，然后出那弄堂，便可万无一失，叫作"请他钻入垃圾桶"。'汪奶奶这么说，躲在门外的汪先生放声大哭道：'和尚躲入垃圾桶，我也要钻入阴沟洞了。'"

小好婆讲罢这笑话，果然引得众人捧腹。

这时候，酒也喝得够了，阿梅盛上饭来。吃罢了饭，各各散席。

汪、吴两人去看烘花，把找付的花款开了支票，交付朱二嫂嫂，总算买花的事告一段落。

小汪又拉着朱二嫂嫂到外面去附耳密语，央告了许多话。朱二嫂嫂轻轻地说："汪先生，这是办不到的事，她已对了亲，是一个乡下人，她并不憎嫌，看来是前生缘分。我道了一句'好一块羊肉落在狗嘴里'，她便不高兴，在荷珠面前发话，道我失了长辈的体统。"

"朱二嫂嫂，这事全仗着你，你是寄娘啊，总可做女儿的主，办得到要办，办不到也要办。今天扰了你的东道，这一些些的孝敬，你受着吧，算是小辈孝敬你长辈。"

小汪说时，手里数着钞票，五元票数了四张，向着朱二嫂嫂一塞。

"啊呀！这是不要的，吃一顿便饭，怎能花费你许多？但是不受，又怕你生气。这不是川条约钓白鱼，竟是猫腥气钓大青鱼了。汪先生，谢谢你！"

说到谢谢你，这二十块钱已入了朱二嫂嫂的宝囊里面。

"寄娘，不要客气，这是小辈孝敬你长辈。"

"汪先生又说笑话了，你怎么也唤我寄娘来？折煞了我。"

"招弟唤你寄娘，难道我不能唤你寄娘？从此以后，我要一辈子地唤你寄娘。"

"妈，来啊！小好婆睡着在藤榻上了。"

荷珠高声唤妈，汪慕仙便借此作别，忙去招呼吴大块头，顺便还要看看这朵活色生香的黑牡丹。但是田招弟早已到园地上散步去了，客堂中只

33

见那个贪饮杯中物的臭嘴小好婆仰卧在藤榻里面，而且睡得没好相，两只穿着青袜套头和那正青布绣着洋板蝴蝶鞋头花的脚，高高地搁在椅靠上面，鼻息声仿佛抽风箱，间或下部放几个极屁，好像对于鼻息风答几个礼炮一般。朱荷珠在旁边掩着鼻，吴大块头在背后摇着头。

"老吴，时候不早了，我们走吧。"

"小东，你到这时候才来，等得我好焦急。你再不来，这接二连三的绿气炮，我可挨受不起了。"

汪、吴两人动身时，荷珠忙着去送客，直送到小桥边。小汪又向荷珠再三央告："大姑娘，这件事总得要你得力，我恰才已托过了寄娘。"

"谁是你的寄娘？"

"原来大姑娘没有知晓，招弟的寄娘也是我的寄娘。我恰才在外面认的，寄娘已答应了。"

"那么你不该唤人大姑娘了。我妈做了你的寄娘，我和你也该有个称呼。"

"大姑娘的说话不错，从此以后，我不唤你大姑娘，唤你妹妹了。妹妹，这件事重托在你身上，总得替你哥哥着力。"

"我的表妹是很难讲话的，况且住了几天，便要回去，我担不起这重任。"

"妹妹，休得作弄你哥哥，你妈已答应了。"

"她是马马虎虎的，我却不肯和你的调。没的答得喔喔应，忘得干干净。"

"妹妹，这一些些东西，请你买些花粉，算是你的哥哥一些些意思。"

小汪所说的一些些，又是五元钞票两纸，塞入荷珠手中，顺便握了握她的手。荷珠便唤起哥哥来了。

"哥哥，破费你了。小妹没有送给你，倒要你先施起来，祝颂你将来开一家先施公司。"

"妹妹，先施公司，后施公司，我都没有这条心，我只望妹妹成就我这件事。"

"哥哥，做小妹的只好帮你的一小部分的忙，其他大部分，要你自己着力。"

"叫我怎样着力呢？妹妹，请你教导我。"

"哥哥，你第一不要鲁莽。你若鲁莽，把她吓跑了，这便没有法子。可想自古道，烈女只怕空闲汉，你不嫌路远，须得常常到这里来走动，以便和她相亲相近，到那时再施手段。我呢，只好百般挽留，请她在虎丘多住几天，表面上算是亲谊关系，暗地里使你们多有接近的机会。再者，这位表妹最喜听人家讲那野味脚，方才若不是大块头演讲脆蛇，她怎肯和你们同席饮酒？哥哥和她亲近，最好常有野味脚讲给她听，她自然欢迎你，见了你不会躲避。你既然家中藏有脆蛇，不妨顺便带几段来，也叫她广广眼界。"

荷珠说到这里，小汪恍然若有所悟。

"亏得妹妹说起，我才想着这件好东西。这脆蛇，不但可以疗治跌打损伤，而且可以做得男女之间的媚药，可惜存放在徽州老宅里，没有带到苏州。但是不妨碍，可以打电报到原籍，嘱令寄到苏州的。"

"哥哥，你告诉我，怎么脆蛇可以做得男女之间的媚药？"

"妹妹，过一天和你细讲，不见大块头已下了船吗？"

于是，小汪和荷珠作别以后，便即下船。无多时刻，船已开了，所有收得的花朵都堆积在船舱下面。荷珠望不见了去船，方才回家，一路思量，便是打不破这个问题，叫作脆蛇怎么可以做得男女之间的媚药。

第六回

堵塞黄河坝的粉红手帕

花市过了，谁都知道朱二嫂嫂家中的袋袋花卖了俏价钱。但是，俏价以外，还有俏价，朱二嫂嫂的二十块钱，朱荷珠的十块钱，这是人家不知晓的。

到了来日，田招弟的旧同学都纷纷地来探望她。有些还在海涌小学校读书，有些早已不读书了，但是个个打扮得花花绿绿，足令田招弟见了自愧不如。豁口喇叭花陆三宝也是得了摩登的尖锐化，身上打扮得尤其艳丽，只为她的老子是城里服装公司的职员。可惜，件件般般都是摩登，开着小窗洞的嘴唇竟有些摩登不得，她要弥缝这缺憾，便大买其五光十色的绸质手帕，一打一买，两打一买，每月之中，她所用的手帕天天不同，每见了面生的人，尤其是异性，她常把手帕掩住着唇边，卖弄她的风骚。遨游虎丘的轻薄子，乍见之下，也认为是一个好女郎，但是这只掩着绸帕在唇边的手，太觉得机械化了，行也是掩着一张嘴，立也是掩着一张嘴，坐也是掩着一张嘴，不由人家不起了疑惑，而唱起这几句口号来。这口号是把黑眼镜陪衬香罗帕，唱的是：

> 粉面女郎戴了黑眼镜，两只眼睛至少一只有毛病。
> 粉面女郎唇边掩着香罗帕，罗帕里面至少决了一处黄河坝。

陆三宝倒抽了一口冷气，罗帕遮唇的内幕，也被人家道破。可见得穷遮不得，丑遮不得，自己的面貌不算丑，丑在一个大豁口，这真是无可奈何的事。她平日常有两种幻想：第一，最好盛行一种摩登化，女子家的唇边终日常用那罗帕掩着，那么自己便有藏拙的法子，人家见了，分别不出

36

谁是缺嘴，谁是不缺嘴。可惜，现代的女郎已打破了羞人答答的主义，罗帕遮唇式的美人久已落伍了，除非缺嘴，谁也不肯把罗帕掩在嘴边。她第一个幻想，是不能实现的了。

第二个幻想，她希望这"巾帼须眉"四个字成了事实。凡是女子，都生起一部美髯来，那么也好掩护这口腔上面的壕沟，便是不生须髯，只需盛行一种摩登化，做女子都挂了假须，自己的缺口便藏过了。可惜，现代的女郎只慕着名义上的须眉化，要是真个叫她们挂起须来，除却坤伶班中的须生，谁都不愿意在嘴上生毛。她第二个幻想，也是不能实现的了。在最近一年，倒被她利用一个机会，尽叫她在人丛里面行走，谁也不会疑惑她是个缺口女郎。这是什么机会？阅者诸君，不须急看下文，何妨猜这一下子。

这个机会，大家不算是机会，只算是个恐怖时代。唯有陆三宝别具肝肠，以为人家越是恐怖，我的缺嘴越是不容易被人家觉察。最好一年到头常常度这恐怖时代，那么我的缺嘴再也没有破露的日子，再也不会被那异性少年唱什么嘴唇上面开了黄河坝。

她所利用时机的一年，便是城厢内外盛行一种脑膜炎。有急性的，也有慢性的，沾染以后，十个之中要死却八九，便是幸而得活，也不容易复原状，多少总得带些病态。在这当儿，无论大中小的学校生徒，都挂上一个防疫嘴套。人家对于这嘴套，都觉得是一件累赘东西，叫作无可如何，方才挂上。唯有缺口喇叭花的机会到了，她挂上这个嘴套，除却饮食，再也不想卸下。虎丘山左右的人家，谁也都知道她是个缺嘴，戴嘴套和不戴嘴套没有什么关系。她所以爱挂这防疫嘴套，要在不相知的异性少年面前，卖弄她的风流。

往常呢，她在千人石畔、生公台下，顾影徘徊地吸引异性少年，无奈效用是等于零，只被人家似嘲似讽地道破她手帕里面的秘密。现在便不同了，她挂上这防疫嘴套，和许多小姊妹在虎丘山上遨游，那些骑马、骑驴的游山少年，见许多女郎都戴着嘴套，许多女郎里面，尤其是这个小圆面孔、肌肤白嫩、眉清目秀的女郎可以引动人们的欣赏。旁的女郎，肌肤的洁白差一些，挂上这雪白的嘴套，相形之下，益发衬出颜色的黄瘦了，谁似她的雪肤花貌，和那嘴套的洁白相得益彰。料想这洁白嘴套里面，隐藏着一颗甜美无比的朱樱，多么地荡人心魄而殢人梦魂啊！为这分上，少年们坐马的下马，坐驴的下驴，都跟随着她不肯相舍，有时抄在她前面，也是一步一回头地饱餐她的秀色。还有那会得诌两句牵丝攀藤的长句新体诗的，也在那里诗兴勃发地哼这几句莫名其妙的歪诗：

> 一个又圆又嫩又红又白的俏脸蛋儿，
> 挂上了一个又洁又净的防疫嘴罩。
> 不作美的嘴罩啊！
> 你罩住了一颗又红又圆的甜蜜樱桃。
> 不作美的嘴罩啊！
> 你遮断了我们亲亲热热两吻相接的玫瑰路一条。

这一首诗，麻醉了她的心灵。她是谁？当然是缺口喇叭花陆三宝了。她自出母胎，从来没有人欣赏她的一颗朱樱。这一首诗的荣宠，比着有那医唇圣手把她的缺口弥补得天衣无缝还得加上几倍的快活。

她在这得意忘形的当儿，恨不得扯去嘴罩，向着那人说：倷要亲嘴，来呀！小樱桃勒里间搭哇！

毕竟她受过多年豁口喇叭花的苦痛，待要扯去嘴罩，仿佛心灵上得了一种警告：陆三宝不要发痴吧，你得人怜爱，全在这个嘴套上面。嘴套一卸，怜爱你的人便要转身而跑。

过了几天，脑膜炎的恐怖渐渐减少了，消灭了。所有挂上嘴套的男女学生，一个个地撤去这障碍品。大家都嚷着："好了，好了！我们的嘴宣告自由了！"

陆三宝却是好人之所恶，恶人之所好，暗暗地惊慌，默默地叫苦：不好了，不好了！我的嘴唇又要挨受人家的讥笑了！待到个个学生都把嘴套撤去了，陆三宝兀自恋恋这障口的东西，依旧挂着嘴套上学校，被那女校长申斥了几句，说："现在没有防疫的必要，何必在嘴上加着障碍品，讨人家笑话？快快除去了。"

她到这地步，再也不能向防疫嘴套行那攀辕卧辙的挽留方法，终于眼泪汪汪地和她的恩物告别了。她的恩物，便是人人认为惹厌东西的防疫嘴套。

她现在不读书了，她对于那一天，挂上防疫嘴套，在虎丘山上邂逅新诗人赠她一首勾魂摄魄的诗，宛比留兰香糖似的常放在舌底咀嚼。每逢春夏之交，人人都防着脑膜炎流行到虎丘一带的地方来，她的心理又是比众不同，最好又发生这防疫恐怖，重把嘴套挂上，一辈子不再卸下，好叫人想象她的一颗甜蜜樱桃，好叫人想象这一条遮断的玫瑰之路。即使发生不幸，流行的脑膜炎沾染到本人身上而死于非命，她也没有恐怖，与其做那一辈子的豁口喇叭花，早年夭折了倒也干净。所以人人惧怕脑膜炎，她却眼巴巴地盼望这一颗救星。

今天，她去探望她的旧同学田招弟，恨不得也挂上一个防疫嘴套，只可惜今年初夏，地方上很是太平，没有挂上嘴套的必要，没奈何，只得掩着罗帕去访旧同学了。她也知道自己这个缺点瞒不过旧同学田招弟，但是，她有万一的希望，希望招弟出了学校的门，和旧同学疏隔已久，或者记不清自己的模样，那么暂把罗帕遮丑，也可以暂时瞒过了她。

朱二嫂嫂家中一时热闹得了不得。陆三宝卖弄她是时新服装职员的女儿，在人前来来往往，不肯坐定。只为坐定了便不能把适合乳腰臀三部分曲线美的衣服完全呈露，便辜负了时装公司的活动商标。

朱荷珠把陆三宝的衣服照着讲义的形式一一讲给田招弟听。怎样的质地、花纹、颜色，怎样的剪裁、缝纫、熨贴，才是真正的摩登化。

爱好天然的田招弟，对于各人的服装一一加以深切的注意，觉得自己的服装太落伍了，非但比不上陆三宝，而且比不上其他的同学。于是，很殷勤地和陆三宝比肩而立，挽着她的手，以示亲热，细细地和她讨论时代的服装。

陆三宝的两只手都不得暇，右手执着手帕，左手和招弟相握着，她的缺嘴躲在罗帕里和招弟讲话，说的是三年来的服装，换过几番花样，去年下半年如何如何的装束，到了现在，只给那准摩登化的徐娘派做时装。真正的摩登女郎，自有新流行的装束，都把去年的衣服叠在空箱里面去了。

田招弟瞧了瞧自己的衣服，还够不上准摩登化的徐娘装束，大概是反摩登化的老太婆装束吧。但是，她在白马涧，人人都把她当作村中皇后看待，这全村的女孩儿家，研究装束的都把村中皇后做目标。她的未婚夫张水生为着她舍身相救，险些同葬清波，成就了这段化险为夷的姻缘。他是个实心的孩子，对于她尤其奉若帝天，他曾向她说起，他在城内城外来来往往，眼见浓妆艳抹的女郎不知有多少，但是，谁都不配唤美人，便算是

39

美人，也只是惠山脚下的泥美人。真正的美人，只有那天拾球失足落水的田美人。这位美人，不但容貌美、身段美、品性美，便是她的装束，也胜过了城内城外多多少少浓妆艳抹的妇女。自经张水生这么宣传，那村中皇后的装束真个成了白马涧一带女郎的模范装束。谁料今天没有上城，只到了半村半郭的虎丘地方，村中皇后的装束便大大地失败了。要是到了城中，又到上海，又不知要惨败到什么地步了。一向在小鸡队中做凤凰，现在到了凤凰队中，连那小鸡的资格也没有，这是值得田招弟相形之下，不禁呆呆地发怔。

朱二嫂嫂起劲得了不得，用着上好的龙井名茶，还加着家园出产的袋袋花泡在盖碗里面，外加茶托，一碗碗地送客，送到陆三宝面前。

"陆小姐，请用茶！"

"不敢当，伯母。"

这一天送茶，却使那陆三宝左右为难了。左手呢，当然不能接茶，接了也失礼统，况且又给田招弟握住了。右手呢，还握着一方妃色的手帕，掩在朱唇上面，做那河工人员堵塞黄河坝的工作，要是放下手帕，便不免呈露这大缺口了。可见天老爷赋予人们两手两足，实在不大满足人们的欲望。相传俗语叫作"文官三只手，武官四只脚"这还算是清廉的文吏、忠实的武官，定要文官不止三只手，武官不止四只脚，那么政治黑暗了，但还不算黑暗到极点。凡是极度的黑暗世界，不论文武官员，人人都是不止三只手和四只脚，向老百姓要钱的时候，恨不得向千手观音告借一半手腕。逢到对外战争的时候，又恨不得化作双料的百足之虫，狠命地奔逃。

陆三宝虽没有做过官僚，但也感受着缺少手腕，至少添出一条第三者的手腕，把这碗茶接到手中。那么左手依旧和招弟厮握着，右手依旧堵着黄河坝的缺口，岂不是好？可惜她的理想不成为事实。

"三小姐，茶在这里。"

"伯母，有劳你了。"

朱二嫂嫂见她不来接茶，旁边又没有茶几可以安放茶碗，只得托着茶碗向她下几句激将之谈。

"三小姐，你不喜喝我们的茶吗？这也不能怪你，我们的茶是不好吃的，茶碗是脏的，茶叶是择底的，花朵是不新鲜的，烹茶的水虽是打发花匠到山上去吸取的憨憨泉。不过三小姐是吃惯惠山泉的，这里的泉水难怪你不中意。"

"啊呀！伯母的话比打还凶，叫我怎么担当得起？"

田招弟已放下了相携的手，陆三宝双手接茶，嘴唇上便显出了不可遮掩的漏洞。

座中有一位同学笑着说："三宝，你这般遮遮掩掩算什么？招弟姊姊又不是陌生人，你的漏洞她已深知其细，补它做甚？"

荷珠又替她分辩："你们没漏洞的，不知有漏洞的苦楚，时时刻刻防着人家嘲笑他们的漏洞。三宝姊姊把那罗帕掩嘴，也是没奈何的事。"

朱二嫂嫂笑着说："越是人家知晓的事，越要遮遮掩掩。不但三小姐是这般，现在做官的大半都是这般。"

田招弟听了好笑，便道："寄娘的话我有些疑惑，你说做官的大半是这般，我却没有见过手执妃色手帕掩在唇边的官员。"

"寄女儿，你是阅历不深，难怪你说这话。你寄娘不是卖老，一切世情都看得碧波清，你们都坐着，待我来讲。"

于是陆三宝放下茶碗，和招弟并肩坐着，听那阅世已深的朱二嫂嫂讲话：

"现在的官场，虽没有这一方遮遮掩掩的粉红手帕，但是，街头巷尾所贴着的一纸布告便是他们所用的一方粉红手帕。明明是贪赃的官，他在布告上偏说不要民间一草一木；明明是害民的官，他在布告上偏说保护民众是他的天职。所以布告上说的烟禁森严，他便在燕子窠里收受陋规；布告上说的肃清赌博，他便在赌场中做那护法韦驮。三小姐的一方粉红手帕掩着漏洞，还可瞒过陌生的人；他们的行径，早被我们老百姓看出了破绽，还要借着一纸布告来欺人，这算怎的？"

陆三宝听了不服气，便道："照么说，现在的官员是个个都有破绽的了。伯母可以做得监察院的院长，参他们一本。"

"三小姐，你休钝我，监察院里要我去做甚？我又不能去做红花瓶。况且我说的官场情形只是些芝麻绿豆官，料想做大官的一定不是这样。"

朱荷珠劝她妈道："不要谈天说地了，今天周先生约我们参加下午的游山会，人人都要浓妆艳抹，做那摩登的宣传使者，事不宜迟，快快准备着吧。"

第七回

女校长的口碑

什么叫作游山会？这是海涌女学校的校长周兰芬女士提倡的一种美的游行。

这"美的游行"四字，便是新发明的摩登教育。从前办学校的，只懂得三育并重，现在呢？这句老话已和张之洞提倡的"中学为体，西学为用"，都成了落伍的名词。只为摩登教育家所办的摩登教育，跟着时代之神的足迹而变换宗旨。说得好听一些，叫作四育并重，说得不好听一些，叫作一育独裁。

三育并进的一块招牌不好意思卸去，想一个变通办法，德育智育体育以外，加着一种美育，这般的教育，叫作四育并重。表面上是并重，实际上是偏重美育，德智体三育都可以马马虎虎，唯有美育却是货真价实，说一句四育并重，真是一种好听的话。

也有老实不客气的专重美育，其他的什么育，什么一切都不理会，这般习惯风靡一时。尤其是摩登女校长，她们抱定的宗旨，叫作女子有爱美的天性。只为女子有了这般的天性，美的范围大过了天，美的分量重过了地。德育不是天性，智育更不是天性，唯有美的教育才是天性，所以摩登女校当局任何都不管，所管的只有美。摩登女学生任何都不爱，所爱的只有美。三十年前的女校，以崇尚俭朴为宗旨，当时所唱的校歌叫作：娇娇这个好名儿，决计我们不要。女校为什么选皇后？皇后便是娇娇。女校为什么选学校之花？学校之花便是娇娇。女学生为什么贪做美貌里面的四大金刚？只为这是数一数二数三数四的娇娇。女学生为什么爱把自己的小影送入各报、各杂志中去登载？只为这是要做人人尽知、个个都晓的娇娇。注重了美育一门，娇娇是要的，德育不要，智育体育都不要，这便叫作一育独裁，也叫作娇娇教育。

周兰芬女士办的海涌女学校，当然也是一育独裁，不过课堂上面还写着"智仁勇"三字校训，是前校长丁老先生的手笔。丁老先生遗下的一切办法和规则都被周兰芬推倒了，唯有这"智仁勇"三字校训保留至今，这不是周兰芬对于这位已故校长的相当敬意。她对于老先生的感情是很坏的，老先生没有去世的时候，周兰芬常在背后骂他许多恶毒名词，什么老不死，什么老腐化，什么苍髯老贼，什么皓首匹夫，还有其他骂人教科书中新发明的名词，都一一奉赠予这一位已故校长丁春山丁老先生。

丁春山和周兰芬可有什么不解之仇怨？丁老先生是直心直肚的人，万不会和同校的女教员记下了仇怨，只是周兰芬误会了丁春山的好意。丁春山和周兰芬已死的父亲周月桥本是好友，月桥身后，只有这个女儿，好容易在师范学校毕业以后，由着丁春山的介绍，把她介绍到这里充当手工教员，兼授琴歌，按月三十元薪水。她一个老钱都没有供献于老娘，只把来制备妆饰品和摩登服装，而且还觉得入不敷出，按月反要向老娘索取一二十元的津贴。假使老娘不肯慷慨解囊，她便向老娘申斥，掮出这"女子有爱美的天性"一块大招牌，说："年老人处处落伍，连那美的教育都不知晓，这思想太恶劣了、太顽固了。"老娘没奈何，只好眼泪汪汪地取出自己节衣缩食的储蓄金，把来供给这位摩登女教员的美的粮饷。

周老太太遇见了丁春山，一把眼泪一把鼻涕地诉苦："以为把女儿培植到师范学校毕业，这不是容易的事，又经你丁伯伯把来介绍到虎丘做女教员，料想她领到薪水，总有几块钱津贴老娘，谁料不然，她没有津贴老娘，反而向老娘要钱。从前做学生时，要不了许多钱，现在要了十元，又要二十元，好的欲望愈大了。要是不依，她又向我絮聒，什么美的教育、丑的教育，总是她的理长、我的理短。今天遇见了你丁伯伯，总得拜烦你劝劝小女，'着衣看门面，吃食看来方'，不要专在服饰上讲究，忘却了孤苦伶仃的老娘。"

丁春山自仗是周兰芬的父执，又受了周老太太的嘱托，他想忠告善导，这是义不容辞的事，便把周兰芬请到校长室中，切实地开导一番，女子以高尚纯洁为美，不以服饰奢华为美。况且御叔有言："俭，德之共也。"司马温公有言："由俭入奢易，由奢入俭难。"他老人家搬了一肚皮的书，以为总可以折服这摩登女教员了。谁料他的期望恰和事实相反，非但不能折服兰芬，反而使兰芬记下深仇，怀恨这老头儿不识时务，在本人面前放这陈年缩垢的七十二个黄狼臭屁。

丁春山死后，海涌小学校的校长一席，又成了小学教员共同追逐的肥鹿。但是，他们的脚步虽快，总快不过这两只穿着肉色丝袜、高跟皮鞋的脚；他们的手腕虽长，总长不过这两条敷着雪花、搽着香水、套着足值两个月小学教员薪水的翡翠镯的手腕。教育局长下了委任令，这海涌小学校校长的雌雄竞争，结果是女性占了胜利，"鞭敲金镫响，人唱凯歌还"，周兰芬女士皇然做了这全校的领袖人物。

虎丘一带的学生家长，对于丁春山的感情很不恶，但是对于周兰芬也有相当的感情。不是佩服她的教法好、管理严，只为周兰芬爱花如命，襟上的插花、瓶中的供花，都去作成那附近种花人家，又大都是学生家长所开的花园子。有了这层关系，她做校长，居然也有一部分的家长欢迎。

"周先生做了校长，小学校里的供花生意都要作成我们了。"

"周先生做了校长，全校的教员，除却体操教员，都是很时髦的奶奶小姐。"

"周先生做了校长，引进了这几位穿红着绿的女教员，她们天天都要簪着鲜花，又作成了我们的生意。"

"周先生是个好先生，每星期总要开一次会，会场上总是摆满着高高低低、红红绿绿的奇花异卉，又作成了我们的生意。"

但是，学生家长们不尽盲从，其中有大部分不满意这位花枝招展的校长。

"'不见高山，哪见平地?'死了丁校长，小学堂里的功课全是马马虎虎，学生在里面，没有进步，反有退步。"

"这些穿红着绿的女先生，外表好看，内容却是个草包。那天，我写一封信，提起一件扶乱的事，写到那里，忘却这'乱'字怎样写法，只好搁笔不写了。趁着阿大上学校去，便嘱咐阿大去请教先生，毕竟怎样写法，须在放学后回来报告。我呆巴巴地等到四点钟后，阿大回来了，问及这个字怎样书写，阿大说：'问了两位女先生，又问周校长，她们告诉我的字，各各不同。'我说：'怎样不同?'阿大说：'问了一位穿红的张先生，她告诉我和根基的基字一样书写。又问了一位穿绿的李先生，她告诉我和饥荒的饥字一样书写。我听了糊里糊涂，究竟不知怎样地写法，索性去问周校长，她说："这个很普通的字，你还不会写吗？这和鸡鸭的鸡字一般写法，你须牢牢记着。"'我得了阿大的报告，依旧没做理会处。恰有一个鹑衣百结的乞丐，在阳光中捉虫，被他听得，一壁扪虫，一壁笑道：'这个乩字，既不是根基的基，也不是饥荒的饥、鸡鸭的鸡，只是左面一个占字，右面加着一勾。'我才恍然大悟，这个乩字，确乎在济生乩坛里面瞧见过的，被他一说便记起来。"

"这是大大笑话，三个女先生倒不及一个向阳扪虫的乞丐有才学，枉自穿着得红红绿绿、花花柳柳，一个是根基先生，一个是饥荒教员，一个是鸡鸭校长。"

"丁校长的办学毕竟不错的，非但学校中的功课顶真，便是放学以后，他老人家常到学生家里去探访，究竟回来以后，可肯认真预备功课。不是一出了校门，做校长的便不负责任。"

"丁校长还有一种好处，我们有什么难字疑义请教他，他总很详细地告诉我们。有时，他自己也有些怀疑，便肯回到学校里去翻字典，再来告诉我们，总不肯含糊回答，自欺欺人。你说基，我说饥，她又说鸡，她们三个臭皮匠，凑不成一个诸葛亮。"

海涌小学校的一般舆论大略如此。周兰芬也知道自己做了校长，满意的人少，不满意的人多，满意的只是少数卖花人家，不满意的倒是大部分坐在茶坊酒肆谈天说地的朋友。为这分上，她知道老先生的口碑还在人间，不能够把老先生的办学方法完全推翻，便是完全推翻，也得把"智仁勇"三字校训留在课堂上面，算是"聋子的耳朵——摆个样子"。

"满洲国"是傀儡招牌，"智仁勇"三字校训也是傀儡招牌，海涌小学校的内容当然和这"智仁勇"三字背道而驰了。但是，每逢开什么会，发行什么刊物，开宗明义的第一章，便要提起"智仁勇"三字，这又惹动了批评者的口吻，却在外面散有几句口号，叫作："何谓智？鸡鸭校长识别字；何谓仁？只重衣衫不重人；何谓勇？娇娇滴滴要人捧。"

这几句口号也有来历，听得二十余年前，宣统皇帝登基的时候，颁着恩诏，要督抚选举"孝廉方正"的人员，以备朝廷选用。试想清朝的季年，哪有公是公非？所有当选的"孝廉方正"人员，大都是夤缘钻谋之徒。其时，虎丘地方也选出一位"孝廉方正"人员，论他的品行，却和这四个字背道而驰。当时，曾有人在外面散布几句口号，叫作："何谓孝？

逼着娘亲去上吊；何谓廉？棺材伸手死要钱；何谓方？浑身都是杨梅疮；何谓正？媳妇公公同一枕。"

虎丘地方既有了这个先例，所以依样画葫芦，才有这"智仁勇"的口号。后来传到周兰芬的耳朵里，她对于这句"鸡鸭校长识别字"觉得有些触耳，至于"只重衣衫不重人""娇娇滴滴要人捧"这两句口号，她听了并不怀恨，既已守着"女子有爱美的天性"的信条，只重衣衫，为着爱美，娇娇滴滴也为着爱美，她以为这两句并非骂她，却是颂扬她。唯有鸡鸭校长的来历，定然是那天夏大官向她问字，她说了便是鸡鸭的鸡，夏大官回来告诉了家长，才替本人加着这个绰号。她便这么样地自言自语：夏大官太可恶，他把他老子写不出的字来问我，这分明和我捣蛋。我做夏大官的教师，又不做夏大官的老子的教师，教科以外的生字，不该来问我。便是我读了别字，也不该给我取绰号，便是给我取绰号，校长以上，什么字都好加，我是爱搽雪花的，便该唤我雪花校长，我是爱抹胭脂的，便该唤我胭脂校长，我是爱洒香水的，便该唤我香水校长。怎么美的名称都没有，而独唤我一声鸡鸭校长？这是一定要在夏大官身上报复的。

不多几天，便把夏大官记了一次大过，说他侮辱师长、不守课堂规则。又在布告处贴着一纸布告：

此后，教科以外的字，不许来问先生，违者严责不货。

这个"货"字，是"贷"字传讹，好在小学生的程度，不会捉先生的别字。货字也好，贷字也好，倘无来宾参观，永不会发现这个误字。

也有欢喜问长问短的学生，便问周校长什么叫作严责不货。

周兰芬引用这四个字，是从学校文告的底簿上抄录下来的，马马虎虎地写了，不曾下什么深切的研究。经这一问，为着要维持校长的权威，像煞有介事地向那学生宣讲："你们遇见了我这校长，才肯清清楚楚地讲给你们知晓，要是前校长，那便囫囵吞枣了。须知'严责不货'四字，重在这'不货'两字上，什么叫作不货？便是不把你们当作货色看待，上边人打话，叫作不是个东西。你们违了我的命令，非但严责，而且不把你们当作东西看待，这便叫作'严责不货'，你们记仔细着。倘不是我周校长，谁也不肯讲得这般彻底明了。"

男女兼收的小学校，相形之下，男生总不及女生这般惹人怜爱。海涌小学校是一所完全小学，前期的男生都是挂着鼻涕来上学，后期的男生又都顽皮龌龊，在操场上拦地十八滚，一件长衫穿只一天，已脏得不成了模样，一双鞋上了三天的脚，已是鞋头穿、袜头破，大拇脚趾宛比火车站上的卖票员，在那小洞里面露着脸。唯有女生比较洁净一些，又加着这位"女子有爱美的天性"的校长，所以学生们益发注重修饰了。前期小学的女生，只懂得女子爱美的校训，下那"美"字的初步功夫。进了后期小学，已在十三四龄左右了，经那校长的指导，已到了摩登发轫时代。美的教育已收了效果，周兰芬女士很得意地向学生报告："我主张的美的教育，比着'智仁勇'二者，容易见效。任凭智育德育体育三育并进，但是人家不能一望了然，须得试验以后才能知道他们的成绩。唯有美的教育，取得了相当的成绩，大家一见之下，便可以知道我们的美的程度。我愿你们依着美的门径而行，大家起来唤口号：美的教育万岁！美的学校万岁！美的师生万岁！"

这天恰是星期日，又值风和日暖，是游行的好机会，是美的表现的好机会，无论离校或留校的女学生，都可以加入这个盛会。所以朱荷珠、陆三宝得了消息，便来加入这次游山会。而且事有凑巧，游山会里又添入了一朵黑牡丹田招弟。哎！这次的游山会，不是寻常的游山会。

第八回

两个塌饼一条血印

游山会是美的游行，美的游行是美的教育的宣传品，美的教育是摩登女校长的新使命，摩登女校长就是这位抱定"女子有爱美的天性"的主义的周兰芬女士。

陆三宝虽然缺了一块嘴唇，她却是游山会里面的常务委员，这是她靠了服装公司老板的女儿的资格，和周兰芬有特别的联络，才能够充当游山会中的常务委员，彼此互相利用。周兰芬利用陆三宝，凡是最新发明的服装，须得尽先把式样呈览，以便可以赶紧制备，得那风气之先，向摩登社会中表示她的风头健而又健。陆三宝利用周校长，只为周校长是服装公司的推销员，有了她提倡新装，那么服装公司的新出品容易流行社会。陆老板又得了木屐儿的优等佣金，只为簇崭的新装大部分把劣货做原料，越是中国妇女爱摩登，越是博得木屐儿嘻哈嘻哈地笑，越是博得陆三宝的老子陆老板赚了麦克麦克许多金钱。

游山会的会期是每月举行两回，但是逢特殊的月份，须得每月举行四回。

什么叫作特殊的月份？便在暑假以前的两个月和暑假以后的两个月，在这时期，光阴先生已撒播着美的种子，使那天气不寒不暖，合于青年女子的美的表现。所有"只此女性一家别无分出"的曲线美，不至掩藏于冬季大衣、春季大衣的里面。况且，在这特别时期，又是四方游人登山最盛的时期，虎丘山虽只是一个小小的培塿，但是，它的魔力和吸引力大得不可思议。"到了苏州，不游虎丘，不是寿头，也是寿头。"人家听了儿童口中有这四句口号，谁都不肯自认为寿头，忙里抽闲，也得到虎丘山上去广广眼界。游山完毕，买几把麦柴扇子回去，算是虎丘地方的特产。这些卖扇子的儿童，便是唱这四句口号的儿童，口号里面含有宣传作用，只需人人怕做寿头，他们的麦柴扇子便有利市三倍的希望。

陆三宝既是游山会中的重要分子，朱荷珠也是常务委员之一。四月里天气，正是游山会的特殊月份，一月四游，万不可少，都择在星期日这一天。万一天公不作美，为着风雨而停止游山，周校长定要择日补游，宁可牺牲着学生的功课，不肯牺牲着学生的美的表现。

这一天，正是星期日，又是风和日暖，许多穿得花花绿绿的女学生都要去参加周兰芬的游山会。陆三宝、朱荷珠都撺掇田招弟加入，招弟很想去观光一次，只恨着自己的衣服不摩登，这又仗着服装公司老板的女儿陆三宝的力了。她格外要好，家中另有一套时装衣服，可以暂时借给田招弟，好在三宝和招弟的身材差不多，有了这称体旗衫，陪着她们游山，便容易增辉了。

今天的招弟，经她的表姊指导以后，浓搽着香粉，完全瞧不出是打从白马涧跑来的乡村女子，又加着换了一件招弟唤不出是什么名目的外国绸旗衫，益发漂亮了。打扮完毕以后，众人见了，个个称赞着这件旗衫，仿佛是量了她的身材而做的。但是，缺口喇叭花陆三宝具着一副深刻的批评眼光，她忘了自己的缺点，而专会批评人家的缺点。

"招弟妹妹，你不要生气，你穿了这件衣服，处处都好了，只有一处不好。"

"什么地方不好？三姊姊，请你告诉我。"

"我不说了，请你自己想吧。"

"难道是长了吗？我不觉长，并不打着脚背。难道是短了吗？我不觉短，并不吊在膀弯。三姊姊，告诉我吧。"

"长和短都不生问题，你再想一下子，便会知道了。"

"难道是宽了吗？我不觉得壳通壳通。难道是紧了吗？我不觉切着皮肤。"

"宽和紧也不生问题，你再想一下子，便会知道了。"

田招弟也是个聪明伶俐的女郎，但是对于这问题却不得一个解决，自言自语道："既然不长也不短，不宽也不紧，还有什么不好之处呢？"

朱荷珠忽地笑将起来，荷珠一笑，其他的同学都笑了。陆三宝掩着罗帕说道："自己的缺点真个自己不会知晓，须待人家直言谈相，才会明了。

未脱乡曲化的招弟妹妹，老实向你说了吧，你的不好之处，只需看看人家的胸部，你便明白了。"

招弟垂倒了头不作声。

荷珠便卖弄她的摩登学说："白马涧地方是不能久住的，乡村妇女的知识，比着什么人都落后。我们招弟妹妹还半开通，里面只穿一件小马甲，其他的乡下姑娘都是紧紧地束着抹胸，恨不得胸前都成了男子化。这两个天然馒头，不知和她结下了什么深仇，恨不得把高装馒头变作了扁馒头，又恨不得把扁馒头变作了薄薄的春饼，那么藏在抹胸里面，简直和男子的胸部差不多。而且大块的男子，还输与乡下姑娘胸前这般的平复。她们以为美观，其实呢，这般美观已成了历史上的陈迹。凡是摩登姑娘，没有不随带着两个玫瑰馅或者薄荷馅的糖馒头，半隐半现地给人家欣赏。"

荷珠的比喻，说得人家都笑了。

陆三宝掩着手帕说："到了你嘴里，总是加倍形容。两个馒头已足够形容了，你还要加着什么玫瑰馅和薄荷馅，这不是画蛇添足吗？"

"谁说画蛇添足？三姊姊，你开了馒头店，却没有知道馒头的性质。须知我们的馒头……咦！三姊姊怎么刮着脸羞我？"

"当然要刮着脸羞你，我生了耳朵，第一次听得小娘儿口中道一句我们的馒头，奇乎？奇乎？奇乎煞了！"

"啊呀！三姊姊，你也是摩登女子，今天竟说这迂腐的话，你的摩登程度要开倒车了。我们既开了馒头店，出笼馒头是我们顶呱呱的东西，主权既属于我，为什么不能自称为我们的馒头呢？至于我们的馒头，不是玫瑰馅，定是薄荷馅，绝不是肉馒头，也不是夹沙馒头。为什么不是玫瑰定是薄荷呢？但看蒸笼里的馒头，凡是这两种的，馒头结顶处，都戴着一个小小的顶子，作为特别的符号。要是肉馅的，便没有这结顶的顶子，要是夹沙馅的，非但没有这顶子，而且结顶处故意露出一个脐眼，以便瞧得出里面的夹沙馅。这两种馒头都不和我们的馒头相似，须知我们的馒头，结顶处都有顶子的，所以单唤作馒头，形容不算正确，须得声明是玫瑰或薄荷的馒头，才是深切的描写。三姊姊说我画蛇添足，画蛇添足是不行的，我们只是画馒添顶。试看在座的诸姊妹，除却我们的招弟妹妹，谁也都是怀藏着两个玫瑰或薄荷的馒头。"

田招弟提着荷珠的衣角。

"不要嚼蛆了,快讲正经话吧。"

"招弟妹妹,你的迂性未脱,多分是受了这位已死的丁老先生的毒。你从前作文,有两句前后矛盾的话,说什么人物是新的好,礼教是旧的好,这两句话简直不通,既是新人物,绝不会守着旧礼教,既是守着旧礼教,绝不能成为新人物。可笑这冬烘头脑的老先生,读了你这两句不通文章,把你十二分称赞,奖了你十二个皮球,这正是害了你咧,害得这般性情腐化。昨夜我再三劝你解放这个小马甲,你再三不肯,宛似抽你的筋、剥你的皮一般,你想可笑不可笑呢?"

众人听了,一阵好笑。田招弟又勾起前情,暗想:丁老先生的十二个皮球确实害了我,若没有这皮球,我怎会失足落水?但也是成就了我,若没有这皮球,我怎会和张水生订定婚姻?

朱二嫂嫂才从厨房里出来,身上还系着青布围身,听得她们谈论这束胸问题,朱二嫂嫂便坐在旁边,也来加入这解放束胸的讨论会。

"你们都是福气人啊!从小缠脚已便宜了许多,现在益发好了,连那肚兜都用不着了,从前以为可羞的东西,现在堂而皇之,可以出得客,可以见得人了。见了你们,想着自己,为着裹脚,已受尽了折磨,为着胸前的两个结顶馒头,要改造做两个扁扁的塌饼,又不知吃了多少苦楚。人家只知道小脚一双,眼泪一缸,却不知道改造两个塌饼,添了一条血印。"

众姊妹听了,都问怎样地添了一条血印。朱二嫂嫂不慌不忙地说:"说起来,又是可怜,又是可笑。小娘儿到了发身的时代,个个都是怀着鬼胎,似乎有两件东西见不得人,宛比扒手的怀里揣着两个银包,又好比私贩烟土的胸前藏着两包私土,最好可以避过人家的眼,才没话说。要是人家的眼光向着小娘儿的胸前注视一下,吓得小娘儿面都红了,心都跳了,似乎扒儿手和贩土的碰见了侦探,这两件东西已逃不过侦探的眼光,当然只好又羞又急了。幸而有这穿棉穿皮的日子,在这时候,我们两个羞人答答的东西不容易被人家窥出,所以肚兜的紧束政策也得放松一二。最不好的便是现在这夏季里天气,我们做小娘儿的,谁都要慌张起来。"

"这句话倒也奇怪,我们做小娘儿的,巴巴地盼望,便是这含有美的作用的夏令,到了夏令,我们的美处都可博得人家的欣赏,快活是有的,慌张是没有的。"

"三小姐,这叫作彼一时此一时咧。你们以为最美的,在我们做小娘

51

儿时代，却以为最丑。只为小娘儿正经不正经，当时的主张，以为只需看她们胸前所挂的招牌，要是胸前扁塌塌，只是隐隐地藏有两个塌饼，谁都称赞这是人家的规矩小姐，配亲时候，她们便占着优先权。要是像方才荷珠所说的，高高地顶起两个有顶子的大馒头，任凭三贞九烈，也要惹人家批评，这一定不是黄花闺女，那么这亲事便没望了，只好守着空闺，守到白头也没有人要。"

陆三宝听了，笑将起来。

"当时的男人，真是曲死，见了曲线美也不知赏鉴。越是胸前高耸耸，越是摩登美姣容。"

"小小姐有所不知，当时的男人哪里懂得什么曲线美、直线美？只知道胸前扁塌塌，是个规矩小姐女菩萨。说起来又好气又好笑，我便吃亏在这高耸耸上面，要是扁塌塌，我便不会嫁到种花树的人家来了。"

"太太，要起油锅了，这两条鲫鱼怎样烧法？快来，快来！"

朱二嫂嫂听得跷脚阿梅呼唤，正待进厨房，众人却听得耳朵里痒痒的，定要朱二嫂嫂讲完了进去。朱二嫂嫂也觉得在尴尬时候，骨鲠在喉，须得一吐才快，便高着声音吩咐阿梅："鲫鱼的烧法，你也看见我烧过多次了，你不是笨死虫，便该记得。难得和小姐们讲几句话，叫魂也似的叫个不停。"

阿梅受了责备，便不再在厨中呼唤了，朱二嫂嫂又继续她胸中欲说的话。

"三小姐和诸位小姐，我为什么说你们福气？只为我能够迟生二三十年，便不会吃这苦楚了。从前的男子都是瘟生，他们要在小娘儿的胸前看出规矩不规矩，这是算不得凭据的。也有生就时便是高耸耸的，这便叫作莲蓬奶，也有生就时便是扁塌塌的，这便叫作饼子奶。我告诉你们一件事，真叫人越想越气。"

"什么事？伯母快说！"

"三小姐也是个急性的人，和我的寄女儿一般。待我从头说给你听。我做小娘儿时，和我一个同年的小姊妹唤作德贞的，都没有许给人家，但是德贞的品行，却是不德不贞，十三岁上便会得偷汉，到了十七八岁，至少也曾偷了十七八个男子。可是便宜了她，天生一对饼子奶，站在人前扁塌塌地不大露形，人家不知道她的底细，谁也都是说她是规矩小姐。那年

52

议亲，她说起的一家亲事便是我说起的一家亲事，我们虽住在乡间，说的亲事却是苏州城内小康之家。小官人也是个白面书生，他有了两头亲事，便要在其中选取一头，因此派人接洽，约着我和德贞上城去游园，算是无意相逢，以便他在两女之中相定一女，那亲事便可进行了。

"我在其时，好不得意，自信这头亲事可以十拿九稳，只为我是规矩小姐，她是不规矩小姐。那书生果有眼光，便可以看出谁是处女，谁是非处女，那么婚姻成就，我便可以稳取荆州了。

"游园的日子，记得也是四月里天气，我们穿得单薄，都穿了一件纺绸衫。谁知在这上面，我便搣起霉头来了。相亲的结果，那书生看中了德贞，看不中我，单是看不中倒也罢了，他还在外面宣传，说我胸前高耸耸，这个女子一定雌赶雄。哎呀！这真是冤枉煞人，我做小娘儿的时候，雄苍蝇都飞不进一个，却为着高耸耸的缘故，害我担受这恶名，真叫人越想越恨。

"恨来恨去，我只恨着这两个高耸耸的东西不争气，我每逢束肚兜时，尤其用劲把力，要使得馒头上的结顶东西不敢在里面抬头。我偶然出外，遇见人向我看了一眼，我便做贼心虚，一定是这两粒馒头结顶又露了形迹。回到家中，牙齿咬咬，把肚兜的带儿又收紧一把，拼着吃些痛苦，总不叫这两个小魂灵头抬头。但是移祸江东，又叫作带累乡邻吃薄粥，两个小魂灵头在我压迫之下固然抬头不起了，只可怜无辜的背后皮肉切得太紧了，切出了一条血印，说不尽的痛苦。"

"后来你怎么嫁给朱伯伯呢？难道朱伯伯不嫌着你高耸耸吗？"

"三小姐有所不知，我这时站在人前，胸部也是扁塌塌的了。这扁塌塌，是一条血印换来的，你想痛苦不痛苦？但是到了后来，又吃了大大的痛苦。我初生的一个男孩出世，待要哺他的乳，只可恨这两个受压迫的小魂灵头，解放以后依旧不肯抬头，这初生孩子便没法可以哺乳了，以致不到弥月……"

"太太不好了，油锅里冒出火焰来了，快快来救火啊！"

跷脚阿梅的一片极喊声音便打断了朱二嫂嫂的谈片。

第九回

献出做娘的四川地理图

跷脚阿梅起油锅，引起了轰轰烈烈的满锅子火焰。要是没有法子遏住这一团烈火，朱二嫂嫂的几间祖传房屋怕不要化作了可怜焦土。

朱二嫂嫂又吃着裹脚的亏了，她走三步，人家只走得一步，何况她又受了惊恐，两条腿已不由着自己做主。厨房和客堂相隔没多路，已成了咫尺天涯，只是颤着声音地喊道："不好了，快快去抢抢东西啊！买……买……花客人，付……付……的三百块，压……压……在枕底，这……这……是我们的性命。"

朱二嫂嫂真叫作"口行身不动"，两条腿子抖得厉害，再也不会跨这一步半步。

"好了，好了，火已熄了！阿梅真是糊涂虫，锅中发火，却不知道用镬盖把来盖住了。若不是我跑得快，多分已弄出祸殃来了。"

说话的便是朱荷珠。她一听阿梅的呼号，便即一口气地奔入厨房，不说什么，只抢着这镬盖，冒着火焰，轻轻地向下一遏，镬中火焰立即消灭，一场飞灾消弭在她的只手底下。

朱二嫂嫂听说火已消灭，腿不抖了，脚步也会跨了，准备要把阿梅臭骂一顿，却被女儿阻住。

"妈，不用去骂她了，我已打了她一下，把她惩戒过了。这件事一半是阿梅不好，一半也是你贪着讲话，由着她去煎鱼。她是个粗笨人，第一次握着油铲刀，当然要闹出事来了。待到出了事情，你又口行身不动，只在外面唤这不好了的口号。你试想想，飞来横祸可是口号喝得退的吗？只怕你的口号没有喊毕，这所房屋已化为飞灰了。"

田招弟也赞成她的表姊的说话。

54

"荷珠姊姊的说话，即小可以见大。与其高呼着口号，不如用着敏捷的方法和祝融氏抵抗一下子，那么一场大祸便即消弭于无形了。"

于是，朱二嫂嫂便不敢再在外面闲谈，自到里面干她的烹饪生活去了。那些同学姊妹听了朱二嫂嫂的一席话，尚没有听得一个相当的结论，肚肠里面总觉得有些痒痒的，便嬲着荷珠，要她续讲朱二嫂嫂未完的话。

"我是不知道的，娘讲的当年旧话，我这时还没有出世啊！"

陆三宝听了不服气，一定逼着荷珠续讲下去。

"你没有不知道的，伯母生育的事，当然告你知晓。"

"妈虽向我说过，我只知道些大略。妈出嫁后，只生育过两个，第一胎是男，我是第二胎。听得我妈说起，生了男孩以后，不胜欣喜，小人家生男育女总是自己哺乳的，但是可惜这两颗馒头上面的结顶为着平日压迫又压迫，把它禁止抬头。这都是那年的亲事失败，有激而成，我妈恨极了，只为这两个小魂灵头破坏了一头好事，拼着背后的创痕永远地留着，总把两个小魂灵头压得服服帖帖，无论昼夜，无论冬夏，我妈的紧束政策总不肯放松着一丝半毫。到了后来，这两个小魂灵头变作了专制魔王蹄下的弱者，成了一种垂头丧气的习惯，我妈暗暗欢喜，从此以后，小魂灵头被我妈征服了。谁知嫁了我爹，到了来年，便即怀孕产子，好一个眉清目秀的男孩，可惜没有奶吃，只买些代奶糕充饥，七朝以后，便即一命呜呼。我妈谈起这件事，自恨做小娘儿时代太没主张，把肚兜束得过紧了，从前厌恶这小魂灵头，为着它们容易抬头，如今呢？到了紧要时候，要借重两个小魂灵头做那孩子的生命泉源，无奈这很可怜的弱小民族已养成了垂头丧气的颓废性，无论如何要它们抬头，它们总是缩着脑袋，和缩头的乌龟一般。它们不抬头，小孩子怎有命活？宛比自来水缺少了龙头，纵使里面充满着甘泉，但是没法可以吸取，我妈的头生孩子的一条小性命，生生地在这上面断送了。"

陆三宝听到这里，又发生着疑问："你的哥哥是生而不育，但是你又怎样活命的呢？这没龙头的自来水如何可以浇得你的渴吻？"

"我妈吃了这一次痛苦，痛定思痛，便立志要纠正自己的误点。从此以后，胸前的门户开放，平日所用的肚兜改充了抹布，待到有我在她肚里时，这两个小魂灵头渐渐有些舒头探脑。我妈还怕它们不中用，在必要的时候仍把头颅缩到腔子里去，那么第二胎的小孩——就是我，只怕也要害着渴奶的病而死。为着防备未然，先要训练这两个小魂灵头，只许抬头，不许缩头，那么逢到必要时，便不会做缩头乌龟了。"

三宝听了，拍手大笑："你越说越稀奇了，两个小魂灵头难道懂得人语？可以用什么训练方法把它们训练得吗？"

"自有方法把它们训练一番。从此以后，练成了一副强项气象，即使小刀子架在它们颈项上面，它们也不再缩头。"

"谁充训练员呢？"

"不要说吧，横竖你总猜得出的。"

"'鼓不打不响，话不说不明。'言论自由的时代，什么话都好说。要是吞吞吐吐，便开了倒车，去学那十八世纪羞人答答的闺阁千金。"

"横竖我妈在厨房里，我便倒倒她的叉袋底。据她告诉我：这小魂灵头的训练员便是我业已去世的爹爹。他的训练方法有两种：一是指头训练，一是口头训练，不论昼夜，总得训练过一百零八回，小魂灵头的脑袋自然硬朗起来了。"

"什么叫作指头训练？"

"三姊姊，你打碎乌盆问到底，要问乌盆几块底。"

荷珠正待披露这乌盆几块底的哑谜，却见田招弟向她摇摇头。

"荷珠姊姊，你少说几句吧！"

"那么我不说了，我的表妹不许我说。"

在座的诸同学怎肯罢休，定要荷珠说出这指头训练、口头训练的方法。荷珠假作无可奈何的模样，便道："我是服从多数的，多数的人要我说，我便不得不说了。况且我说的话又是很有益于一般女界，可算得是育儿福音。什么叫作指头训练？便是把这两个小魂灵头放在指头，每次捻弄一百零八遍，宛比吃素人捻弄念佛珠一般，不过吃素人是一手捻弄，我爹是双手捻弄，朝也是一百零八遍，暮也是一百零八遍，便是玉器也盘得光洁了，这是第一种的训练法。"

"还有口头训练呢？"

"这口头训练，和小说里面所讲的修道狐仙一般，凡是修道的狐仙，口头总有一颗吞来吐去的红丸。我爹便学习了这个法子，把小魂灵头当作红丸看待，每日清晨，便令我妈请出这两个小魂灵头，我爹把来含在嘴里，重又吐出，每一个小魂灵头须经一百零八次的吞吐……"

"前世事！有你这宝贝女儿献出做娘的四川地理图！不要讲了，快来搬菜吧！"

于是，朱二嫂嫂陪着小姊妹等便酌，恰恰坐了一桌。席间还提起着方才的指头训练、口头训练，和朱二嫂嫂取笑。

"你们不用取笑我，只把方才的方法提早练习练习，得益不少。"

朱荷珠摇了摇头："娘又要胡说了，她们都没有出嫁，便要练习，也没有训练员。"

"若要训练员，也很容易。凡是订过婚姻的，未婚夫便做得训练员。先叫他在指头、口头一一训练起来，绝不会有抬头不起的毛病了。好在现在的未婚夫不比我们当时的未婚夫，我和你老子订了亲后，直到成亲方才会面。现在的未婚夫，什么嫌疑都不避了，便叫他捻弄捻弄吃素人手中的念佛珠，或者把那两粒红丸吞来吐去，练习那狐仙修道的法术，尽管不妨。常见择日开张的菜馆，牌子还没有挂，吃客已老实不客气地前来大嚼。单是舔舔摸摸，并没有真个'这个那个'，已算是很规矩的未婚夫妇了，所以我说未婚夫做得训练员。"

朱二嫂嫂的主张又被女儿驳斥，她说："妈，你太不识相了，你看诸位姊姊，还用得着教导员吗？除却招弟妹妹的胸前似乎太落伍了，其他像三姊姊，像善宝妹妹，像庆宝姊姊，像金珠、银珠两位姊姊，谁都挺起了馒头的结顶，还用得着指头训练、口头训练吗？"

荷珠说到这里，便一一手指着在座诸姊妹的胸前。在座的除却招弟，大都若无其事，陆三宝反而挺了挺胸脯，笑问荷珠："我这两粒看得出吗？"

"看得出，远远地一望，便望见了你的馒头结顶。"

"那么还好。"

陆三宝说到"还好"两字，分明奖励这两个小魂灵头，替她挂起着摩登馒头的招牌。

"荷珠姊姊，你看我们的两粒可看得出？"

"个个看得出，个个挂起着摩登馒头的招牌。"

朱二嫂嫂笑将起来。

"同是一句看得出，倘在二三十年前说了，这两个小魂灵头活该倒霉了，一定加着非常压力，使它们永远低头。现在呢，听说看得出，便道一句那么还好，可见现在的世界真是小魂灵头出风头的世界。"

陆三宝笑着说："伯母的说话总是语中有刺，小魂灵头出风头，你分明骂着一般像煞有介事的小滑头。"

"三小姐休得多疑，我说的是奶奶头，不是小滑头。从前缩头缩脑，现在变作了强头强脑。'瓦片也有翻身日，困龙也有上天时'，奶奶头也会出风头。"

陆三宝忽地向陈善宝笑了一笑："善宝妹妹，你去年不是想出风头，闹出了一场笑话?"

陈善宝眨了一个白眼："你吃了新鲜饭，又要撒隔夜屎了，去年的事，说它做甚?"

田招弟不知道葫芦里卖什么药，忙问三宝："三姊姊，讲给我听，善宝妹在去年闹些什么笑话?"

但是，陈善宝又再三地叮嘱三宝不要讲。

三宝笑着说："讲讲何妨？又不是丑事，这是一桩爱美的珍闻，我们校长说：女子有爱美的天性。善宝妹是校长的信徒，对于'爱美'两字的师训，尤其奉行不倦。我把这桩事讲出来，只有替你宣扬，毫无菲薄的意思。"

"休替我戴上高帽子，要讲便讲吧！一件事到了你的嘴里，休想可以保守秘密。人家的嘴闭得住，你的嘴闭不住，便想闭住，终于在这缺口处漏了出来。"

"好好，我替你宣扬，你却把我戏弄，这叫作'狗咬吕洞宾，弗识好人心'。闲话剪断，言归正传来了。招弟妹妹，你是离了学校多年，从前的海涌小学校和现在的海涌小学校不同，从前的小学校是老丁办的，他是个冬烘先生，懂得什么？最好我们都跟着他去念什么"诗"云"子"曰，他才快活。他对于白话文不大喜欢，只不过处处都注重语体，他不好独异罢了。招弟妹妹记得吗？为着我们女生部都取了花名，什么花什么花，叫得热闹。老丁陡然板起了面皮，把女生大加训斥。他说：'你们要做花都到花园子里去，这里是学校，不是花园子，再听得有人提起什么花什么花，我便要记过。'他说这不合潮流的话，该死不该死?"

"三姊姊，这也不能怪他，老先生是注重功课的，恐怕把课外的游戏妨害了正课。"

"招弟妹妹，你的论调是偏于老丁的。这里一带人家，也有称赞老丁，说他是好先生，但是我听了总不服气。我以为老丁办的教育，是把人搀入鬼庙里去的教育，什么孝悌忠信，卵子牵筋，谁听了都要头涨。直到周先生做了校长，地狱化的教育变作天堂化的教育了。"

招弟不耐烦起来，她说："三姊姊，你说闲话剪断，言归正传。说了半天，依旧是闲话，毕竟善宝妹怎样地闹出笑话？"

"这是去年的事，但在去年，我已毕过业，不在校中了。为着我是游山会的常务委员，常到母校里去走动。周校长和我闲话，谈起了善宝妹的一件趣事，累我笑了良久，笑得直不起腰来。周校长向我说：'陈善宝的模仿性比全体学生都厉害，她知道我注重美的教育，尤其注重以身作则的美的教育，所以对于我的种种美的表现，她一般般都是模仿，画些什么眉，烫些什么发，以及一切的一切，凡属装饰上的美观，她只需见了一次，到了来日，便依样葫芦地接受我的师训。但有一桩，她却模仿不得了。这是什么？这便是胸前的两粒美的结晶。我比着善宝大七岁，我的发育已到了饱和点，这两粒美的结晶，宛比葡萄般地矗起在黑色乔其纱衫里面，若隐若现地合着一句"雾里看葡萄"的诗意。每逢游山会，可以把异性的视线都集中在我的美的结晶上面，这是多么的美丽与伟大啊！善宝虽已发育，但是，美的结晶却没有我这般葡萄化，她便要模仿，也只好束手了。谁知到了那一天的夏令游山会，善宝的一切装扮固然和我无异，最奇怪的，她这一双美的结晶也和我一般地葡萄化，隔着乔其纱衫，隐隐地矗起两个黑点子，也合着一"雾里看葡萄"的诗意。'"

田招弟听到这里，好生奇怪。

"三姊姊，这是什么道理？"

"不但你奇怪，周校长也是十二分奇怪。只为前一天遇见善宝，她胸前没有这般的特征，岂有隔了一宵，便会生出这两颗又结实又美观的葡萄来？敢是魔术家的顷刻开化的玩意儿，她胸前也生出两颗顷刻葡萄？周校长把精密的眼光在她胸前打量，又看不出什么破绽，大概是真的美的结晶了。谁料游山游得起劲，在那五十三参下来，周校长瞥见善宝的纱衫里面掉下两粒圆丢丢的东西，再看善宝胸前，不见了葡萄，只有两个扁扁的塌饼，到了这时，才知她的美的结晶是西贝的。拾起地上的两粒东西看时，原来是两粒莲子壳。善宝的心思真妙，把剥下的莲子壳剪取一半，和小人国的瓜皮帽相似，过了两三天，莲子壳由绿色而变为褐色，她便把来套在小魂灵头的头颅上面，掩护在衬衣中间。若不是半路掉落下来，谁也不知道小魂灵头各各戴着一顶小帽子……"

　　话没说完，周校长已打发校役前来催促她们，快到学校中去聚齐，美的表现的游山会，在这一小时中便要出发了。出发以前，还得向着新旧会员有一番很重要的美的训话。

第十回

战胜异性者的工具

虎丘山麓的优秀人物太多了，优秀人物是黑暗社会中的明星。任凭在什么穷乡僻壤，要是里面有了优秀人物，自有一种不可掩的光芒，会得接触你的眼帘。

优秀人物是谁？当然是中国主人翁的男学生，中国主人婆的女学生。

从前海涌小学校没有开办的时候，虎丘山下一带的市集都充满着两种空气：一是曲里曲气，一是土里土气。杂货店里高挂着号称"七里丢"的草鞋，小茶寮里坐满着跷起黄泥膀的土老儿，晴天的毡帽党、雨天的箬帽党，占着十分之九的势力。要觅一个戴着呢帽或草帽的先生们，宛比沙里淘金。要觅一个神气活现的西装少年，佩着金章和金笔头的自来水笔，携着摩登少女的手，在那里招摇过市，这是本地绝对没有的。偶或有之，也是从城里来的雌雄党，从申江来的海上鸳鸯。

海涌小学校开办以后，在先只有初级，没有高级，里面的学生十分之九是男生，而经办这学校的又是学些书呆化的丁老先生。那时市集上面的曲气和土气和以前还差不多，只是挂着草鞋的杂货铺子间或也挂着几只橡皮套鞋。小茶寮里居然也有几位头戴呢帽或草帽的教员先生，衔着纸烟在里面消遣。其他人家的黑墙上面，平添了许多白垩所写的字，或是写着几句残缺不全的猫弟弟和月姑娘的童话式教科书，或者把人家的墙壁当作算习练习簿，七曲八绕地写了几个似是而非的阿拉伯字母，这便是左近产生了优秀人物的表现，也是黑暗社会中透出了不可掩的文化光芒。

后来，海涌小学扩大了，成了左近唯一无二的完全小学，学生激增了，女学生每级都占着一部分了。后来，丁老夫子作古了，女校长当令了，校中的女学生倒占着大部分，就中服膺着周兰芬女士美的教育的，又占着大部分中的大部分。

这时候的虎丘市集和昔日大不相同了，小小地方，居然也开着洋货店了、化妆店了，推销洋货的跑街先生从来踪迹不到虎丘的，现在呢，一个月中也要来奔走好多回了。什么跳舞袜、高跟皮鞋，市集上都有购处，可以省却上城一走了。假使在飞机上鸟瞰，瞧得见各人头上所顶的帽，呢帽、草帽平添了许多，毡帽、箬帽渐渐地淘汰了，这都是物质文明的象征。

物质文明是点缀天堂的要素，谁都知道虎丘一带的市集比昔日漂亮了许多。这漂亮是谁带来的？当然是海涌小学校的现任校长周兰芬女士带来的。

何以见得是周女士带来的，她不是在学校里讲台上演讲美的成绩吗？阅者诸君爱听演说，我来介绍诸君去听这一下子。

游山会出发以前，周女士为着郑重其事，使一班学生对于这个"美"字都有正确的认识，所以她打扮得和洋板蝴蝶一般，向着许多游山会里新旧会员谆谆告诫："你们都是美的信徒，对这个'美'字，人人该有正确的认识。美是女界的专有品，所以说到'美人'两个字，并没有说明什么性别，然而人人都知道这位美人决计是女性，不会是男性。可见'美'字是专属于女子的。诸位须知'美'字专属于女子，已有了数千年悠久的历史，女子而不爱美，便是推翻着数千年的历史，便是剥夺着女子的专有权，便是引起着异性者的憎厌和藐视。"

众鼓掌。

"我是美的指导者，合乎美的条件我都欢迎，反乎美的条件我都嫉恨，你们不见讲堂上所挂的对联吗？你们齐着声调读这一下，一、二、三！"

周校长喝到"三"字口令，众会员便把"智仁勇"三字校训旁边的一副四言对联高声朗诵道："爱美如命，嫉丑若仇！"

"你们明白吗？我的教育宗旨都写在这副对联上了，我们的游山会便是发挥这个宗旨。好在全体会员都能领会我的意思，新旧会员中间，个个都是平头整脸的人，便是偶有缺点，也会使用一种美的补救，使人家瞧不出她的缺陷，这便是美的教育的神秘和伟大。"

会员中的陆三宝听到这里，把粉红手帕掩着嘴，大有一种自得之意。

"你们要知道女子是柔弱的、婀娜的，我们的假想敌便是男子，任何

62

女子须得把男子征服得死心塌地，全仗着一种制胜的工具，有了这工具，任凭异性者怎样倔强，怎样鲁莽，为着慑于我们的工具，毕竟也是无抵抗地屈服了。你们想想，这战胜男子的工具是什么？"

"校长，学生来答复这问题。"

说话的便是新从白马涧到虎丘来的田招弟。

"很好，我正要征求你的答案。"

田招弟站着说道："战胜异性者的工具，便是老先生写的'智仁勇'三个大字。女子们有了智，便可以学问战胜男子；女子们有了仁，便可以道德战胜男子；女子们有了勇，便可以运动战胜男子。校长，这个答案对吗？"

"田同志，你的答案错了，你所说的话，和前校长老丁的议论如出一辙。哎！怪你不得，是老丁的遗毒害人。幸而今天你来加入我们的游山会，趁这良机，我便可以解释你的疑惑。须知老丁的议论完全是认识上的谬误，女生们听了他的说话，便是自趋绝路，永远不得回头。"

"学生不能了解校长的训话，请道其详。"

"你且坐了，我来纠正老丁的谬误。"

于是在座诸人都知道周女士定有一番妙论，全场肃静，专候她开讲。同时周女士开讲之先，流目四顾，忽见讲堂门首有几个男生在那边舒头探脑地张望，周校长吃惊不小，好像发现了奸细一般。

"男子们禁止窃听，这是我们的秘密会议，怎容异性者在那边舒头探脑？快快回避，再不回避，便要记大过一次。"

这两个小学生听说要记过，吓得跑了。

陆三宝起立质问："他们都是我的弟弟，年幼无知，懂些什么？便被他们听了去，不生问题。"

周校长瞅了陆三宝一眼，道："陆同志，怎么说这写意的话？两位令弟虽然年幼无知，但是走漏了消息，自有年长有知的听入耳朵，到四方去宣传，便失却了我们的秘密。凡属男子，都是我们的假想敌，今天的讨论，绝对不能给异性者知晓，宛比留学生在日本学制造方法，遇到秘密的所在，日本教师只许本国人听，却叫异国人退席，这便是我今天逐出令弟的意思。"

众鼓掌。

"女子们有了'智仁勇'的资格，绝对不能征服男子，反而在爱情上容易起了裂缝。不是我说女界的坏话，实在做女子的不配有高深的学问，有了高深学问，便不免把眼睛生到头顶上面。她既傲睨一切，当然也把她的男子看得如同无物，在这上面，便不是家庭之福。我在亲友人家留心观察，凡是娶了什么女博士、女硕士进门，和顺的少，勃溪的多。要不是女博士、女硕士的面貌也和她们的学问一般优美，那么夫妇之间还可相安无事，可是'才貌'两个字，往往一者有余，一者不足。就我所认识的几位女博士、女硕士，生就了格外道地的学问，同时又生就了不堪领教的面孔，她们没有取得博士、硕士的学位的时候，她们也觉得自己的貌不惊人，所以待人接物总是含着笑容，露出一副谦和的态度。凡是做女子的，逢人常带三分笑，便可以掩却自己容貌上的缺点，她们在当时还不觉得十分丑陋。后来她们的学问上进展了，博士了，硕士了，可惜她们发生了误解，以为学问和面貌同时进步，有了十二分的学问，同时也会长成十二分的面貌。谁料适得其反，她们没有取得博士、硕士，仗着笑容的扶助，从宽给分数，大概六分不足五分有余；取得了博士、硕士，她们的眼界高了，她们的笑容也少了，见了人不大瞅睬，只把两眼在眼镜里面向人们傲视，有时还要扁起着她们的博士嘴、硕士唇，表示着她们的不可一世。你们试想：五六分姿色的女子，面部上除去了笑意，专做那怪瞧和扁嘴的工作，任凭美人，也变作不美了，何况她们本不是美人？在这当儿，她们的姿色为着学问深的缘故，变成了急转直下化。向来有五六分姿色的，这时候重给分数，给得宽一些，至多不过一二分，给得严一些，只好吃鸭蛋打零分了。你们试想，这不是学问害了她们吗？"

众大鼓掌。

"我不是毫无根据地妄说，这是信而有征的。我的姑表哥哥娶的是一位女博士，娶了不过三天，他竟立誓不愿进那新房，倘要相强，他便安排自杀。家人们莫名其妙，动问原因。他说：'不为别的，只为新娘子的一副博士面孔，端的难以领教。我消受了她的几个白眼、几次扁嘴，觉得新房里面不是我的安身之所，我只好退避三舍了。'家人们百般相劝，终于无效，后来男女双方大打官司，我那表哥情愿牺牲着三万元给予这位女博士，而把双方夫妇名义就此取消。后来，表哥又娶一位夫人，学问是很浅薄的，初中女学校还没有毕业，但是姿色却好，又兼着善于修饰，益发出落得丰神绝世。表哥娶了她已有三年之久了，但是伉俪间甜甜蜜蜜，依旧和新婚夫妇一般。我戏问表哥：'现在新夫人远不及三年前的那一位来得学问丰富，为什么一憎一爱，大不相同？'表哥回答：'我娶老婆的第一条件在面貌不在学问，学问丰富，和我有什么相干？我们的门第不见得要靠着她的学问养活，美的面貌可以安慰我，丰富的学问不可以安慰我。所以，我抛却有学问的老婆，而愿娶有姿色的老婆。'我听了表哥的话，仿佛把一班青年男子的心肠和盘托出。你们试想，做女子的要征服男子，究竟仗着学问呢，还是仗着姿色？"

大部分的会员都高嚷着："仗着姿色。"

田招弟徐徐起立道："请问校长，做女子的有了高深学问，到处都可自立，不须倚傍着男子，所以有学问的女子都愿守着独身主义，不比仗姿色的女子，工鞏妍笑地去做男子的玩物。"

周校长指挥着招弟坐下，笑着说道："田同志，你不要见气，听你的议论，依旧受了腐儒的毒，没有涤除。哎！老丁，你的教育端的害人不浅，合该你在生公台上一跤跌死。田同志，你再也不要相信老丁迂谬的话。他从前教训女生，动辄劝人俭朴，禁人装饰，以为打扮得妖妖娆娆，便是甘做男子的玩物，这是做女子的莫大之耻。其实呢，这几句话是三十年前的老话，到了现代已不适用。现代的女子，不妨时时刻刻做那男子玩物的工作，这不是降低了女子的身份，只为爱情的结合都结合在玩物上面。女子做了男子的玩物，同时，女子也可把男子当作玩物看待。玩物是相对的，不是绝对的，只需彼此都成了一种玩物化，那么结婚以后，便可以甜甜蜜蜜地白头偕老，而永远不会起着情的突变。"

众大鼓掌。但是田招弟垂着粉项，又似怀疑，又似害羞。

"老丁说的女子不能做男子的玩物，这是落伍的话，现在完全不成立了。现在的格言叫作：女子务须要做男子的玩物，而同时也要把男子当作自己的玩物。"

众大鼓掌。

"那些自命才高的女子，为什么夫妇之间仳离者多而谐和者少？为着他们横梗着女子不能做男子玩物的成见，那便在爱情上受着重大的打击了。她们不做男子的玩物，她们便成了男子的厌物，当然要闹得和我表哥娶着那位女博士一般了。至于田同志说的，女子有了高深的学问，到处可以独立，不必倚仗着男子，这句话确实不错，但是，就我个人的观察，这也是女界的不景气。我的朋友中间，很有几位仗着已有了独立的本领，不愿去做男子的玩物，经济上很是充裕，不受任何的拘束，似乎再要快活也没有的了。然而未必，我这几位独身主义的女友，每逢春花秋月，总是郁郁寡欢，精神上有无穷的隐痛，她们在人生哲学上不曾解决一个最重大的问题，这是多么纳闷啊！须知男婚女嫁，是天赋予我们的一种权利，也是我们应尽的一种义务。为着怕做男子的玩物，便在忧忧郁郁中消遣她们枯寂的人生，这不是学问害了她们吗？要是她们没有学问，或者虽有学问，而没有这般地高深，她们便不会抱定独身主义了。早已从密斯时代变而为密昔丝，从密昔丝时代变而为麦蚕，从麦蚕时代变而为拿来唔特麦蚕，到后来孙曾绕膝，岂不是好？无奈她们的学问太高深了，以致瞧不起男子，以致不甘做那男子的玩物，春花秋月，蹉跎人生。到后来，便是降格以求，肯做男子的玩物，也没有人欣赏，索性咬咬牙齿，做那一辈子的老密斯。人家但知道独身主义的自由，却不知道独身主义的凄惨，田同志，你明白我的意思吗？"

田招弟听到这里，也不禁连连地效那顽石点头。

"'智仁勇'的'智'字，我们女子不需要。其次，这个'仁'字，尤其不需要了。女子们沾受了道德化，在家时是一位迂小姐，出嫁时是一位迂奶奶，年纪大了便是一位迂太太，这有什么好处呢？其次，还有个'勇'字，女子们有了勇，除却在运动场上出风头，其他更无丝毫利益。逢到订婚，便容易发生阻力，做男子的见着她会跑会跳，先已胆馁了，不愿娶这健将式的老婆。做翁姑的益发摇头不休，以为娶了一个弄缸弄瓮式的媳妇进门，家庭中不要从此多事了吗？所以这个'勇'字，尤其不是我们女界的需要品，我们需要的唯有这个'美'字。"

众大鼓掌。

"今天的话说得太多了，时候不早，快快举行这美的表现的游山会。"

于是，全体会员在周校长领导之下，同到虎丘山去走一遭。

第十一回

东昌顺添了一只耳朵

今天举行的游山会，尤其比往日热闹，只为有几个锦上添花的人物在那里捧场。第一个捧场人物，便是陆三宝的老子陆桂轩。

陆桂轩经理的时新衣装公司，当然以推广营业为前提，虎丘一带的营业，为着小学校里更换了女校长而生意激增。饮水思源，当然要感激这位美的教育家周兰芬女士，今天特地制了一面东洋丝织品的旗帜，上面四个剪绒大字，叫作"美不胜收"。

有人赠旗，又有人赠银盾，上面錾的字样叫作"百媚千娇"。还有上下款，上款"海涌小学校游山会诸同志美容之喜"，下款"东昌顺全体同人敬献"。

东昌顺是开在山塘上的一家小洋货店，招牌上是自运东西洋货，其实呢，所运货物，有东而无西。不幸遇着了很热烈的抗日风潮，店主陈老板知道不妙，赶把劣货改头换面，都粘上了国货牌子，又把招牌上"东西洋"三个字用红纸贴去了，改写着"京广杂"三个字。这么一改造，洋货店变作国货店了。

女学界捐起着检查劣货的旗，在山塘上挨户检货。这些检查员，都是小学里的职教员，以及大学中学里的学生，对于东洋货的品类，哪有正确的认识？陈老板欺侮她们都是瘟字第一号的外行，又加着自己都有了准备，料想很容易地瞒过她们的眼睛。

"检查！检查！"

"这不是东昌顺吗？"

"这一家决计是贩卖东洋货的，招牌上面便有了证据，取的字号不唤西昌顺、南昌顺、北昌顺，而独唤东昌顺，可见是靠着东洋货吃饭。"

"照这么说，无须检查了，快快点明了里面的货物，贴着抗日检货会的封皮，送往商会里去。"

陈老板听了她们七张八嘴的论调，虽然老奸巨猾，却也担了相当的心事。这西贝的国货，如何可以送到商会中去？一经行内过目，便不免拆穿西洋的镜，戳破猪尿的脬。

他又自悔手续上太疏忽了，假使预先把东昌顺的"东"字贴去，便不会有这番的麻烦。事不宜迟，还是预备一个退兵之计。眉头一皱，他的计划便成就了。

一个手执旗帜的女检查员恰才进门，他便跑出店堂，行了一个九十度的鞠躬礼。

"诸位大女士辛苦了，抗日必须检货，检货才能抗日。哎！中国的奸商再专贩卖劣货，上不能对天，下不能对地，中不能对良心，简直狗彘不食，死无葬身之地。"

"先生，你这爿宝号，只怕免不了贩卖劣货的嫌疑。"

"大女士说哪里话？区区也是国民一分子，爱国之心未敢后人，怎肯贩卖着劣货？"

那检查员把旗帜指着东昌顺的"东"字："招牌上有了这个字号，大有可疑。"

"这个'东'字吗？是招牌上常用的字，何足为奇？为着'紫气东来'讨一些口彩，所以山塘上的店铺子把'东'字取作店号的，不止小店一家。再者城里观前街有东禄茶食店，又有大东阳火腿店，他们都把'东'字取作店号，难道也有贩卖劣货的嫌疑吗？大女士，毋庸怀疑，且到店堂里坐坐，喝杯茶去。在下虽是一个小小商人，对于爱国同志却是非常崇拜，尤其是检查劣货的爱国女同志。"

陈老板说到这里，高声唤他的女儿道："善宝，倒茶！你也是在学校里读书的，巴望你读成了书，也和这几位大女士一样地热心爱国，才不枉我一番栽培。"

女检查员大都爱戴高帽子的，经那陈老板这般殷勤招待，喝了一杯茶，正待离座而去，偏有一个检查员瞧见账桌后面放着几匣猪牌蚊虫香，便喊将起来："猪牌蚊虫香是劣货，被我们捉到凭据了。有了这一件劣货，旁的都靠不住了，快快遍贴封条，送到商会里去检验。"

"大女士，这猪牌不是东洋猪牌，商标上虽然绘着一只猪，但是下面明明写着唯一国货。"

"这是粘上去的，不算数，可恶可恶！你把东洋猪冒称中国猪，分明侮辱国体，你还口口声声说这爱国的门面话。越是奸商，越会说'爱国之心不敢后人'，今天非得把完全货色一律加封不可。"

任凭陈老板是老奸巨猾，到这地步，也不免稍带惊慌，猪牌蚊虫香匣子上面的"唯一国货"四个字，确乎是张冠李戴，从别处商标上揭下，把来粘贴在上面的。既已被她们看破端倪，这件事闹将出来，非同小可。

自古道，"天无绝人之路"，近来天助奸商，越是奸商越有路走。这一组的女检查员准备从皮包里取出封条，按件封裹，另一组的女检查员又是旗帜招展，打从东昌顺门前经过。早被陈老板看见那为首的一位花枝袅娜的女检查员，大可做得自己的救星，便高着嗓子招呼："周校长，周校长，你是小店的老主顾，你知道小店的货品纯粹国货。周校长，周校长，快来做个证人。"

陈老板的女儿陈善宝，本是海涌小学校的学生，第九回书中陆三宝说的模仿做摩登馒头，把莲蓬子做馒头结顶的便是她。在这空气紧张的当儿，忽见本校的校长来了，她便跑出店门，拉住着周兰芬，向她声诉："周先生，你是公正人，须得替我们保证一下，我们是否贩卖劣货，瞒得过他人，瞒不过你周先生。我们店中的布匹、器皿，你买了不知有多少，哪一件不是纯粹国货？"

周兰芬见这光景，只好替着东昌顺解纷，要是证实东昌顺贩卖劣货，自己便是购买劣货的人，张扬出去，岂不惹人家笑话？况且陈善宝又是本校的学生，陈老板对于周兰芬又很客气，一向交易，总比别家便宜一些。为这分上，她便竭力替陈老板做证，证明他是一个富于爱国性的商人。"所有货品，完全国货，无封存的必要。不过东昌顺的'东'字，似乎有了些文字嫌疑，好在老板姓陈，东字旁边，只需添着一只耳朵，唤作陈昌顺，便可嫌疑尽释，岂不是好？"

周兰芬善于排解，双方都有了面子。陈老板得了保证，便可免却封存货品；检查员一方面看了兰芬的情面，也只好马马虎虎，不再究诘。况且陈老板业已磨得黑浓，搽得笔饱，高高地立上柜台，把东昌顺的"东"字添一只耳朵，变作了"陈"字，好叫检查员的面子下得过去。一天风云，仗着周兰芬的排解，化为乌有。

抵制风潮一会儿便过去了，"东"字旁边的耳朵，只需洒了几阵雨，返本还原，陈昌顺依旧成了东昌顺。陈老板总算不忘这位女鲁仲连的排解之恩，送她几件东洋丝织品的旗袍料作谢意。周兰芬也不惜口角吹嘘，替东昌顺招揽生意，每逢举行什么盛会，总是指定在东昌顺去购衣料。

虎丘山的山门口，陆桂轩和陈老板都在那里守候，只需游山会的会员结队而来，准备赠旗的赠旗、赠盾的赠盾，好使这一次的游山会轰动远近，直接向学校献殷勤，间接替自己做广告。只为周兰芬预有约言，举行游山会以后，便须由游山会同人出面，在各小报上连登广告十天，颂扬时新衣装公司的出品花样入时，东昌顺的匹头花色完备，所以此次美的游行得到社会良好的批评。周兰芬有这计划，是模仿昔年女学生联名颂扬某姓所制镜面散的办法，试想一种化妆品，还值得女学生联名感谢，广登告白，何况衣服是障身之具，当然有颂扬的必要了。这交换条件三面言明以后，陆桂轩和陈老板才肯在山门口守候，替她们添那锦上之花。

一阵好风，送到悠扬婉转的歌声。

女儿第一胸部好，旗袍不妨小。
姊姊妹妹去逍遥，快到山上跑。
胸前挺起两面包，新近发了酵。
玻璃纸里有商标，两颗紫葡萄。
一……二，一……二，一……二……

女儿第二臀部好，旗袍不妨小。
姊姊妹妹去逍遥，快到山上跑。
任人去把曲线描，臀部高又高。
将来自会子孙招，包添小宝宝。
一……二，一……二，一……二……

女儿第三腰部好，旗袍不妨小。
姊姊妹妹去逍遥，快到山上跑。
窄窄身材娇又娇，生就小蛮腰。

阿侬不吃撑腰糕，软化杨柳条。

　　一……二，一……二，一……二……

　　似这般的游山艳歌，都在现身说法的妙龄女郎口中唱出，这是多么的美术化啊！唱歌的声调愈唱愈近，两旁观众都是踮着脚尖儿仔细停睛。渐见绣旗招展，"美的表现游山会"七个大字已映入观众的眼帘，一对对游山会员个个浓妆艳抹，一二的口令和咯噔咯噔的高跟皮鞋声相应。就中会员陆三宝的唱歌声音是从粉红色的手帕里面逗出，只为她的比众不同的唱歌是掩着手帕唱的。还有田招弟，羞于随声附和，始终不曾唱歌。

　　陆桂轩手执"美不胜收"的彩旗，跑上几步，向着游山会全体举行赠旗典礼。

　　一声立正口令，众会员都停了脚步，向着赠旗人鞠躬致敬。陆桂轩答礼以后，便把彩旗授给周校长，周校长高高擎起着，向众宣言：

　　"今天承蒙陆桂轩先生赠旗，这便是我们美育的园地里面收获的佳果。将来仗着这鲜明的旗帜，领导二万万女同胞，同站于一条美的阵线上面。诸位美的同志，随我唤三声口号：美的教育万岁！美的游行万岁！美的同志万岁！"

　　每喊一声，会员们除却田招弟，都是很热烈地高唤，每唤一声，便把手头的罗帕向上一挥。在这分上，陆三宝却吃了亏，粉红手帕离了唇，又发现了她的缺点。

　　赠旗完毕，会员们正待行进，东昌顺的陈老板又来敬赠银盾，会员答谢如仪。这时候，周校长手里的彩旗已交付在校役手中，她腾出两只空手，前来接受这玻璃锦匣里面盛着的大号银盾。银盾上面四个隶书的"百媚千娇"正对着众会员，周校长便据此宣言：

　　"诸位美的同志，这'百媚千娇'四个字，便是我们女界的生命线。陈先生赠给我们这般的荣宠名词，我们合该永矢不忘。记得三十年前办女学的，都是误会了宗旨，他们只知道'女子为国民之母'，所以很努力地授给女子相当的学问，却不知道'女子为国民之妻'，做妻的牢笼丈夫，脱不了这一个'娇'字。从前办女学，是要打倒一个'娇'字，兰芬办女学，是要拥护一个'娇'字。所以昔年女学生唱的'娇娇，这个好名词，决计我们不要'，这是违反潮流的话。兰芬依照昔人的歌调，纠正几个字，好叫美的同志都走那千娇百媚的道路，维持我们征服异性的阵线。诸位美的同志，快快打扫歌喉，随我唱那娇娇曲。"

娇娇，这个好名词，决计我们都要。
我不要做女文豪，我不要做女诗豪。
娇娇，染就血盆嘴，绘就加料眉毛。

娇娇，这个好名词，决计我们都要。
我不美人学问好，我不美人道德高。
娇娇，谁是女同志？认明摩登商标。

娇娇，这个好名词，决计我们都要。
征服异性立功劳，全仗百媚与千娇。
娇娇，美的讲义中，首章便是时髦。

"开步……走，一……二，一……二!"

周校长把银盾交付从人，一声开步令下，这许多美的同志都已进了山门，拾级上山。眼睛是人人有的，自古道："不知子都之姣者，无目者也。"这许多美的同志，虽然打扮得花花绿绿，其实都是庸脂俗粉，并无一个惊人姿色。惊人姿色的，只有那昨天才从白马涧上虎丘的田招弟。她昨天到来时，只是乱头粗服，已使那徽骆驼汪慕仙神魂颠倒，不知胡帝胡天，今天打扮得这般娇俏，又着了称体的摩登衣裳，黑牡丹的几分黑气已被什么雅霜、玉露霜、女儿霜掩蔽了。她在游山会里游行，她的姿色经那同行的庸脂俗粉一衬，益发见她的鸡群鹤立、熠熠有光了。

"谁家的女儿？漂亮得了不得!"

"我也不认识是谁家的女儿，大概是城里的小姐，临时加入的。"

"你怎么不认识了？这是多年前在小学校里毕业的黑牡丹啊!"

"她是朱二嫂嫂的寄女儿，她叫作田招弟。"

"不错的，我昨天听得人家说起，朱二嫂嫂的袋袋花卖了俏价，全仗这位寄女儿陪着卖花客人吃了一顿饭。"

"以前的游山会，田招弟没有加入，看了那些花花绿绿的大姑娘，还觉不恶。今天游山会加入了她，人家的姿色都被她的姿色掩去了。"

"回头一笑百媚生，六宫粉黛无颜色。"

"王老先生，你不去坐私塾，也在这里看热闹吗？你嘴里喃喃地念着什么诗句？"

"我念的是两句唐诗《长恨歌》，只为听得你说，人家的姿色都被她的姿色掩去了，所以触动了我的诗兴，回头一笑百媚生，六宫粉黛无颜色。"

在众人纷纷议论的时候，游山会的旗帜已到了千人石畔，正待散队以后，由着众会员自在游行。谁料散队的号令还没有下，忽地来了一个土头土脑的乡下小子，身穿闷青布袍子，足蹑杜做布鞋，肩上挎着一个青布长褡裢，一头纳些纸包，一头插一柄油纸雨伞，从山下跑到山上，跑得满头都是汗点。其时，众会员正是一线般地站着，专待散队令下。

那乡下小子也不管惹人憎厌，向着众会员一一注意，看待第十二人，不禁失声大呼："招姊姊，你在这里！"

"水生弟弟，你来了吗？"

周校长听得有人讲话，却是一个乡下小子和她的漂亮会员攀谈，认为有损本会的名誉，她立刻制止田招弟："会员未曾散队，不得与人接谈。"她又呵斥着乡下小子："曲死，不识相，好大胆！擅敢和我们会员接谈，冲动我们美的阵线，从人们，快把他攘下山去！"

第十二回

室雅何须大，花香不在多

张水生这小子在前一回的书尾露脸了，但是他的名字早已在本书中表过了好多次，谁都知晓他是田招弟的未婚夫。

他虽是个乡下小子，却很有志气。自从和田招弟订婚以后，他很想在学问上努力，做一个白马涧的优秀男子，好和优秀女郎田招弟成为嘉偶。要是自己不努力，便辜负了这十全十美的未婚妻。

乡间孩子读了几年的书，便以为功成名就，谁也没有力量去巴图上进，张水生当然不在例外。但是他和田招弟几次谈话的结果，大家都不愿做那胸无墨汁的村夫村妇，纵然不能和城里的知识阶级相比，对于各门科学有兼营并进的成绩，但是最少限度，在国学上面也得有相当的成绩。

论着家况，田家的产业远在张姓之上，招弟倒有继续读书的可能性，只因田永根仅生一女，招弟又不忍久离老父，所以搁起了她的读书问题。

水生不是单生子，家中尚有弟妹，水生出外求学，他的父母是不会感受枯寂的。只恨他没有继续读书的财力，他的父母又渴望着长子早早趁钱，以便减轻他们的负担，为这分上，水生便十分为难了。待要读书，父母负担不起；待要废学，怎舍得叫这十全十美的妙人儿嫁他一个识字无多的乡下小子？

"弟弟，你只管上城去读书，你的学费可由我们担任。你所研究的只是国文一门，读国文用不了许多钱，你放胆去从师吧！"

"姊姊，这是万万不行的。无论姊姊许我补助学费，伯伯未必应许，便是伯伯应许了，我的良心上也不应许。我得和姊姊订婚，已是万分屈辱了姊姊，论理，姊姊的学费该由我负责担任。我既没有力量帮助姊姊求学，反而我的学费要乞怜于姊姊，在道理上万万讲不过去。"

"弟弟，你说什么话？我的性命还是弟弟救起，区区学费，何能报酬万一？"

"姊姊，不是这般说。那年姊姊落水，哪有袖手不救之理？况且我又何尝救起姊姊？要没有田伯伯率人来救，姊姊便不能脱这危险。再者，算我有援救之功，姊姊的报恩已过了分量，只为姊姊已允许嫁我了，这是我受姊姊的恩，不是姊姊受我的恩，我成日成夜地要报姊姊的恩，现在姊姊又要助我学费，前恩未报，又受新恩，叫我如何报答得尽？所以姊姊的美意，我只好心领了。不是我不受姊姊的抬举，只为姊姊过于把我抬举了，受恩越多，我便一辈子也报不了你的恩。好姊姊，你难道要叫我做你的来生牛马吗？"

"你既不要我补助学费，你的读书问题怎样解决呢？"

"我听得老年人讲起，从前的读书人，便是没有学费，也会读书成功。《三字经》上说的：'如负薪，如挂角，彼虽劳，犹苦卓；如囊萤，如映雪，彼虽贫，学不辍。'古人是个人，我张水生也是个人，难道古人学得成，我张水生便学不成吗？"

张水生有志读书，又不愿得田姓的补助费，当然只好自己用功了。乡村地方，觅不到通人来指示，幸而他的书法是很工整的。在学校里的时候，推为第一，废学以后，旁的学问自修是很艰难的，唯有写字一门，却可以自己加功，所以天天临池，做一番写字的功夫。

他有一本石印的《玄秘塔》临本，这是小学生用的，他却秘为至宝，天天模拟，不论寒暑都没有间断。贴邻王老三是在镇上惜字会中挑字纸篓的，他知道水生性喜临帖，倘在废纸里面发现什么碑帖，一定带回给水生临帖之用，居然觅得几页旧拓的《玄秘塔》送给水生，当然比着石印的临本好了百倍。从此，水生的书法越发进境了。但是，除却田招弟，谁都不晓得水生的写字本领。

也是合该水生要出一回风头，水生的族叔张竹轩向在城中富绅赵公馆里司账，今天，他居然到乡间来了。

为着邱陇的关系，每年总有一度竹轩亲自下乡祭扫祖墓，顺便还和族人联络感情。张竹轩在白马涧号称"拣出乡下人"，只为他出身乡村而却能在城中奋斗，得到优越地位，做那富绅的账席先生。白马涧中男子，谁也比不上他，他是乡村中的出类拔萃人物，白马涧中的人都没有"出类拔萃"四个字在胸中，所以他们只会颂扬竹轩一句"拣出乡下人"。

拣出乡下人的张竹轩，这一天扫墓回乡，他既久居在财主家中，眼见那陈设的富丽、穿戴的华美、往来人物的漂亮，已成了见惯的司空。今日里重到那什么都落后的乡村，当然看不惯了，简陋的房屋，粗笨的家伙，比着赵大麻子的车夫所住的地方都不如，便不免引起了张竹轩的频频叹息。

再者，赵大麻子的门客，大概都会得谈谈书画、论论古董。竹轩的程度虽然有限，但是和那些清客叙在一处，多少也会得几句三脚猫。竹轩的性子又喜谈书法，所有专做黑老虎的掮客，挟着什么宋拓的碑帖，向那赵大麻子兜售，当然先向账房先生接洽，竹轩的眼光为着见多识广而自然进步。所有几部著名的碑帖，竹轩可以不看标题而断定这是什么碑、什么帖。

张竹轩到了水生家中，在白马涧地方，水生的住宅要算比较精洁的了。但是哪里看得上竹轩的眼，仿佛从文明国度走入了野蛮部落，看看自己的族兄族嫂，都有很浓厚的土里土气、曲里曲气，比着赵大麻子家中的粗使人等都不如。看看这位族侄水生多时不见，依旧是个乡下小子面目，听说他在小学校里也曾读过几年书，大概是见量的，是有限的，西瓜般般大的字，认识了一担两担，已了他不得。看看这个在旁帮忙的长工，益发和非洲黑人相似，生就獐头鼠目，又穿了千补百衲的衣裤，赤着脚，光着腿，这般怪模怪样的人，赵府里面是觅不到的。在这儿种种的感想，又引起了张竹轩的频频叹息。

"哎！咦！"

哎什么？当然是竹轩的叹息声。

咦什么？竹轩眼光一瞥，忽见了房门上贴着一副"室雅何须大，花香不在多"的对联。

论这对句，谁都知道是出于《神童诗》上的，毫不足奇。竹轩奇怪的便是这一笔很秀劲、很挺拔的柳诚悬书法。

"大哥、大嫂，这里来过了什么有名人物？"

张老夫妇听了，好生奇怪，都说："没有啊。"

"水生侄，你可曾上过城没有？"

"叔叔，这半年来只在乡间住，没有上过城啊。"

"那么这副门联是谁写的?"

"叔叔,这是我瞎写的。"

"哼!"

"叔叔怎说?"

"看你土头土脑,倒会说谎。"

"叔叔冤屈了人,我生平最恨说谎。"

"大哥,这对联果是水生写的吗?"

"果是他写的。"

"他会写这么一副对联,这是一团和气登坑——圆浜。大哥帮着儿子说谎,我问大嫂,这对联是谁写的?"

"是水生写的。"

"水生要写这么一副对联,这是背心上挂胡琴——挨弗着。我虽得到乡间,你们都不和我说实话,无怪城里人说,现在的乡下人都不似以前这般老实了。件件般般,你们都可骗我,唯有在这书法上面,要和我掉枪花,这是你们在鲁班门前掉板斧了。"

"叔叔不用疑惑,我们说的都是真话。"

"哼!真话,要放在蒸笼里蒸它一蒸的了。我既搬到城中居住,和你们的眼光大不相同,量晴测雨的本领,是你们乡居的好,论书评画的本领,是我们城居的好。你叔叔虽然不会写好字,但是一切名人碑帖见过了很不少,颜字、柳字、褚字、虞字,以及宋代的苏、黄、米、赵,明朝的文徵明、祝枝山、董其昌等,我都可一望而知,不须看什么题名。你们房门上的十个字,是写得很有结构的柳字,非但笔资好,而且功夫也不浅。我们小东家延请着一位写字先生,也是写柳字的,不过比着这十字对联,便比下去了。可见写这副门联的,断不是寻常俗手。城里有许多刊着润格的先生们,字还没有写得入毂,便插草标要换金钱,要是他们见了这十字对联,一定撕去润格,拜倒在这位大书家门下,愿做终身弟子。"

张竹轩的议论每喜言过其实,这是他的老脾气。本来这十字对联并没有他所说的这般好,为着张老夫妇定要算是水生所写,竹轩才把这作品捧到三十天,说它比着什么人所写的字都好。

张水生毕竟受宠若惊了,很局促地说:"叔叔,你太把我谬赞了,我是随笔乱涂,哪有这般的好。"

"哼！还要欺人，你会写这十个字，至少在红马桶里翻这三十六个筋斗。"

"叔叔，你若批评这十个字写得不好，我没有话说。你若说我欺人，我可当着叔叔挥毫，究竟是否欺人，便可水落石出。"

张竹轩见他口硬如铁，很觉出于意外，他肯当场面试，当然要叫他当面试试。水生自去取那纸墨笔砚，预备对客挥毫。竹轩瞧了他侄儿一眼，暗暗好笑：这小子真痴了，自不量力，冒充书家。他不去照照自己这副嘴脸，似这般土头土脑，一望而知是个小曲死，他会写一笔柳字？做梦！

水生铺好了纸张，已在临窗一张桌子上做那磨得墨浓搽得笔饱的工作。张老夫妇吩咐儿子："须得好好写，没的叫你叔叔笑歪了嘴。"水生应了一声，便在纸上嗖嗖地写。

可惜当时不曾招呼一位摄影师在场摄影，要是有了摄影师把张竹轩摄入开麦拉里，那么竹轩一副瞬息变化的面孔可以活现在银幕上面，而无须区区这支笨笔，做那不做底的描写工作。

竹轩反负着两手，懒洋洋地走到水生背后，看他开手动笔。其时，竹轩面上堆着冷笑，扁起着一张嘴，一种鄙夷不屑的模样充满在他的气色之中。待到水生落笔在纸，写得寥寥几笔，竹轩扁起的嘴已改换了模样，不过紧紧地闭着，颊上的肉一时抖将起来，大有一种怀疑的样子。待到水生写了两三个字，竹轩闭着的嘴又改换了模样，忽地扯将开来，颊上的肉也不抖着了，只是绷得紧紧的，分明一种异常惊讶的表现。比及水生写完了一幅字，竹轩的嘴微微地嘻着，脸上满堆着热笑，手拍着水生的肩头，在拍在说："好侄儿，我相信你了。真叫作'看他不像样，倒是个雕花匠'。"

竹轩知道了水生的写字本领真实不虚，便怂恿他到城中去求学，免得躲在乡间埋没了天才。水生也道，要达到自己的志愿，很想研究学问，只不肯加重着二老的担负。竹轩便想出了主意，为着自己在赵府充当账房，很要一个帮同书算的人。水生的书法既好，珠算也略有些程度，要是把水生挈往城中，一者可以帮助自己，二者赵府现请着几位西席先生，教中文的也有，教西文的也有，教图画的也有，教琴歌的也有，只要水生有志，近朱者赤，近墨者黑。赵大麻子虽不许别姓孩子在他书馆中附读，但是账房和书房距离很近，先生讲什么书，水生便可照样预备一本，受那隔着板壁的教育，岂不可以增长着学问？这个计划宣布以后，张老夫妇先已赞成，只为跟着叔叔在城中求学，没有什么不放心。水生更是欢天喜地，一方面帮助叔叔办事，一方面在学问上力求进步，正和自己半工半学的宗旨相合。

议定以后，竹轩先回城中，去和他东翁商议。过了几天，竹轩发了书信，叫他侄儿快上城，只为赵大麻子已应许着他带一个侄儿在账房中帮同办事。

水生临动身时，当然和他未婚妻话别。喁喁唧唧的话不必详细记录，但记他们的几句扼要话。

"姊姊的话不错，学问是城里的好，风俗是乡间的好，我去求学问，不去学风俗。"

"弟弟有了学问，须得转授于我。"

"姊姊但请放心，我有了一知半解，绝不自秘，一定贡献姊姊。"

"弟弟去了，何日回来？"

"难得上城，当然不能便回。但是，逢时逢节，一定回来探望父母弟妹，拜访伯伯，看视姊姊。乡间虽然寂寞，愿姊姊伴着伯伯度那清闲生活，无事不用上城，便是虎丘也不须常去走动，只为风俗是乡间的好，倘不为着求学问题，我怎肯轻离我们纯朴的家乡？姊姊自己珍重，我去了。"

第十三回

乡下小子的技能

张水生仗着他叔叔张竹轩的提挈，离却白马涧而在号称天堂的苏州城中生活。在他初入赵府的一天，饱听着以下种种的论调：

"张师爷挈了一个乡下孩子来了，有些寿头寿脑、土头土脑。"这是看门的老王说的。

"张师爷倒也好笑，请帮手，请帮手，请了一个阿木林来做帮手，只怕帮忙帮忙，越帮越忙吧。我不高兴去值账房了，没的蒲鞋服侍这草鞋。"这是值账房的小福，站在账房门外说的。

"啊哟，上当！听见账房里面来了一位小账房，特地前来探这一探、望这一望，他配坐账房吗？要在红马桶里翻一个筋斗，铁铲上面躺这一睏。看他这副嘴脸，面孔又黑，头发又黄，不是倒老爷的贵公子，定是缝穷婆的令公郎。"这是宅内的王妈舒头探脑地向账房内望了一眼，赶快回转头去，唱歌戴脸般地道这几句讥讽论调。

"张师爷不在这里，你休把你的笔墨乱动，你会写字猪狗众生都会写字了。看你这副嘴脸，吃饭也不会知道饥饱，写字也不会知道颠倒。"这是打杂差的阿四在账房中扫地的时候，看见张水生伏案写字，便把这般热嘲冷骂的话制止他在账房中做那临池的功课。

可怜的张水生竟包围在楚歌四面之中，要不是为着求学起见，无论怎么样，他总不肯寄人篱下，饱受种种的奚落了。但是，过了几天，奚落他的人物都撮起着一副和蔼可亲的笑脸，而尊他一声小师爷。

看门的老王说："小师爷，瞧你不出，倒会写一笔好字。你替我在门上写的'紫气东来'，十人看见九人赞，还有一人也在心头赞。"

值账房的小福说："小师爷，前天和你说说笑笑，并不当真。今天这一封家信，又得请你代写了。你写的信，字又好，说话又详细，不比测字摊上写的，脱头落攀，前言不对后语。"

宅内的王妈说："小师爷，又要讨你的厌了，你替我写的几块香牌，写得实在好，比着老师爷写得还好。费你的心，再写三块，依旧写是王门陆氏。"

打杂差的阿四说："小师爷，你真是个好人，奉承你也不喜，得罪你也不怒。我的表哥哥新开馄饨店，这择吉开张的牌子，请你代写了吧。"

先后不过八九天，以前奚落他的人物为什么一下变了态度呢？这是关系于主人赵大麻子数言之力。

赵大麻子虽然拥有多金，但是他的腹上须得贴着火烛小心的警告，除却看看每年各家店肆里面送来盈余的红账，以及各处田产上面收入租金的总数，旁的学问可以道一句"空空如也"。然而财主人总不肯自认学问空疏，他越是外行，越是要假充内行。看他口头的标榜，似乎古董也懂得，书画也懂得，吟诗作赋也懂得，然而按诸实际，却是"山东人吃麦冬——懂也弗懂"。

张竹轩是他多年的老账房，当然有相当的信用。听得张竹轩保举他的侄儿水生，说写得一笔柳公权的《玄秘塔》，赵大麻子好生怀疑，似乎名字唤作水生，便不配写得好字的。为着起了好奇心，便叮嘱竹轩且把这孩子唤到城里来察看一下，要是果然笔墨可观，便留着在账房中帮办庶务，却也未尝不可。

水生才进赵府的时候，赵大麻子正忙着有好几处的酬应，无暇面试这乡下小子的技能。但是，得着仆婢人等接二连三的报告，形容这乡下小子土头土脑、曲里曲气的模样，似乎是苏州城里找不出第二个的傻角儿。赵大麻子暗想：张竹轩枉称能干，这一次却失了风，他怕人不会发笑，却把一个刘少少引入了我们的大观园，惹得仆婢人等拍手拍脚地当作笑话讲。谅来这小子除却挑水打柴以外，更无能耐，不如到账房中察看一下，把这小子赍遣回乡，免得阖府中人笑得嘻天哈地不成了模样。

这一天，赵大麻子趁着早晨没事，口衔着一支雪茄，负着手踱入账房。但见张竹轩正忙着嘀嘀嗒嗒地在拨算盘，而沿窗一张桌子上却拥着笔砚，有一个乡下小子整备在那里写字。

张竹轩见是东翁来了，慌忙离座而招呼着他的侄儿。

"水生，快来拜见东翁，这是赵大先生。"

"不用拜见，作一个揖便够了。竹轩，你的侄儿大概久居乡间，难得上城。"

"东翁的眼光真好，舍侄上城连这次不过第二回。"

赵大麻子大模大样地坐了下来，张竹轩也在一旁坐着，小福送上香茗，水生却站立在账桌旁边。赵大麻子拍了拍烟灰，笑着说道："竹轩，你可知道我怎样瞧出他是难得上城？"

"敢是舍侄礼数不周？"

"非也，为的是他的礼数太周。"

"东翁的意思，在下不能仰测高深。"

"告诉了你吧，但看他唱着一个喏，不是苏州城里的喏，却是乡下人所唱的掼稻喏，只为掼稻掼惯了，所以唱喏的姿势也是用劲把力地和掼稻一般模样。亏得我退步得快，要是不向后退，不是被他打痛了鼻子，定是被他拍落了雪茄。你看，雪茄的烟灰都被他扑落到衣襟上来了。"

"东翁原谅，这小子许多不到之处，要请东翁训导。"

赵大麻子放下了雪茄，呵呵大笑。书童小福弯腰走出账房，也是大笑不止。

"愈说愈笑话了，谁有闲工夫来训导这乡下小子？便是训导也没用。竹轩，你在账房中支取几块钱，遣发他回乡去吧。掼稻是他的拿手好戏，唱喏功夫他是外行又加上一个'瘟'字，留他在这里唱瘟那外行般的喏，不如放他回去掼那拿手好戏的稻吧，哈哈哈哈！"

"东翁既不要他，当然遣他回乡，这是他没福，有什么话说。但是，东翁见过他的人，没有见过他的字，他连日所临的柳字，都在抽斗里，待在下一一拣出，暂污东翁的目。"

"管什么柳字桃字，拿来我看。好在柳公欢的字我也看得多了，但没有看过乡下小子所写的柳字。"

赵大麻子虽称赏鉴家，但是所读的字音往往不大正确，他总把柳公权唤作柳公欢，也不知说过了多少次，家中的西宾、清客明知他说了别字也不敢纠正，何况是掇臀捧屁般的账房先生，益发不敢和他商榷字音了。但是，水生的心中不禁老大地诧异，诧异这盛气难侵的大财主原来腹中不过尔尔，连那乡下小子不会读别的字他也读别了。

82

毕恭毕敬的张竹轩伸手开着临窗桌子的抽斗，在里面取出一叠写过的纸张奉献与赵大麻子观看。

赵大麻子对于书画虽然惯做假内行，但是在碑帖上面，毕竟略有一二分的门径。尤其是柳公权的《玄秘塔》，他确乎藏着多部，一部价值三百两说是明拓，一部价值八百两说是宋拓，他在没事时常把这两部帖放在一起，把各个的字逐一比较，觉得多出了四百两银子，似乎这部宋拓的《玄秘塔》来得精彩而有价值。他接取了竹轩手里的字样，在先很存着藐视的心，以为他们掉着班门的斧。比及接到手里，看了又看，不禁大大地奇怪。据着本人的眼光，似乎家藏的一部明拓《玄秘塔》也没有乡下小子所写的字字都有精彩。这几幅字，简直和价值八百两的宋拓《玄秘塔》一般地惊人夺目，不信一个乡下小子有这般的技能。

张竹轩见着东翁一副沉吟不语的神气，料定他涌起着满腹疑云，但是这疑云很容易打破，便吩咐着水生当场试验，再来一个对客挥毫。水生怎肯急慢，又照样地写了几幅字，直把这位大财主喜得搔耳扒腮。

"水生，你留在这里吧！再也想不到唱着掼稻喏的乡下小子，会得写这一笔柳字。但是，写得虽然像真，毕竟乡下小子的笔墨多少总有些破绽。这几幅字待我带去，和几位大书家研究研究，这里面一定有败笔、有破绽。"

"东翁，在下还有几句话奉告。"

"什么？"

"东翁明鉴，论到舍侄这般年纪，书法里面当然有不少的败笔和破绽。但是，东翁要测验几位大书家的眼光，万万不可先向他们说知这是乡下小子的笔墨，防着他们先存了成见，减却欣赏艺术的真价值。"

"放心，我绝不告诉他们是谁写的。非但不告诉，我并且要请教他们这几幅字像是何等样人的笔墨。"

赵大麻子袖着字样，自到里面去。张竹轩向着水生轻轻地说："危险危险，一个掼稻喏，几乎把你的饭碗打碎，亏得这几幅字是你的救命王菩萨。水生，你以后留意着吧！"

"叔叔，我在这里饱受奚落，觉得不及回到乡间去的自由。方才大先生要遣我回乡，我并不着急，金库银库，怎及家里的草窠？草窠里倒自由。"

张竹轩眨了水生一个白眼。

"你配说自由吗？城里的青年开口自由闭口自由，还闹出许多自由的笑话来。你一个黄毛小子，懂得什么？也要跟着人说自由自由，怕不要笑瞎了猫眼睛！假如你爱自由，为什么逼着你老子娘要替你设法读书？自古道：吃得苦中苦，方为人上人。你还没有吃苦，只听了几句嘲笑之言，便要回乡去享受自由，你的学问如何学得成呢？不受抬举的小子，我早知你是抱不上树的鸭蛋，便不该牵引你上城，以致丧失了你的自由。唉！"

水生见他叔叔生气，便再三地赔罪，而且很诚恳地说道："叔叔说的都是金玉之言，为着求学，当然要饱受痛苦。以后我再不敢说什么自由，若要自由，须待我学问成就以后。"

"这句话便对了。水生，休说是你，便是我初入赵府，也是常听得这般不尴不尬的话。我不似你这般地器量狭小，任凭他们热嘲冷骂，我只左耳朵进、右耳朵出，到了后来，他们见我得着东翁的信用，居然也来恭维我了。"

过了一天，赵大麻子笑嘻嘻地进那账房，张姓叔侄慌忙离座招呼。

"都坐了，坐了好说话。"

于是三人都坐了。水生暗想：主人的颜色和口吻，正和昨夜在《古文观止》中读着的两句"温乎其容，霭乎其言"差不多，大概这几幅书法的批评很不恶吧。

"竹轩，你这位令侄很不恶。"

"承蒙东翁谬赞，非所敢当。"

"令侄的年龄至多不过十六七。"

"他还没有满足十六岁。"

"竹轩，你道他不满十六岁，谁料他是一二百岁的人物？"

"东翁，取笑了。"

"不是取笑，赏鉴家是这般说。"

"东翁，请道其详。"

于是，赵大麻子抽了几口茄，弹去烟灰，放在桌子上，笑着说道："竹轩，我听了你的话，把这几幅字给人批评，只不说出是谁写的。在先，送给我们这位写字先生温通甫过目，温通甫接在手中，只看得两三字，便见他很露着惊讶的神气。他不问我是谁写的，只忙着翻阅那最后的一页，似乎要在这上面寻取写字人所署的年月和姓名。但是，他失望，他竟没有发现什么。"

"东翁，这是在下叮嘱舍侄，不要写年月和署款，只为眼见有许多自号书家的人，写的字还不成模样，便在上面标题着何年何月背临着什么字帖，又署着款，加着鲜红的图章，全不管旁人齿冷。所以在下叮嘱舍侄除去这习气，若要署名，非得写得出神入化的时候不可。"

"竹轩，亏得你叮嘱了，才好使温通甫大上其当。他既寻不到年月和署款，他便问我：'这是谁的墨宝？'我说：'你试猜这一猜。'他却为难了，摆平了看一会儿，竖起了又看一会儿，忽又问我：'定不是现代的人物？'我说：'你不用讨口气，就你的见解，判断一下。你以为古人便是古人，你以为今人便是今人。'他沉吟了一下，不看字，却看纸，他见纸张很旧，便断定是古人之笔。我说：'是什么时代的古人？'他道：'最近也是乾嘉时代。'我说：'不管古人今人，这几幅字写得怎么样呢？'他说：'写得很好，近代的人写不出，便是有了这般功夫，也没有这般天资。'他又问我：'究竟猜得对不对？'我说：'到了相当的时候，再来告诉你，现在只好暂守着秘密。'竹轩，你这几幅纸，却是很旧，你从什么地方购来的？"

"东翁，你忘怀了吗？这是去年天贶节，在下帮同府上晒晾古书画，在画箱里面取出，这是叠底的东西。东翁曾向在下说：'这张纸是很古的，还在康熙年间传到现在，专供画箱叠底之用。'后来发现纸张上有了蛀眼，方才取出。一向丢在账房背后，只为着弃之可惜，才唤舍侄把来废物利用，作为练字的稿本。"

"经这一说，我便记忆起来了。这一叠纸却是古物，曾经洪杨之变而没有毁去，在这分上，我便佩服宓翩孙的古董眼光不错了。我把令侄的写件又叫宓翩孙去审定。他说：'写字的是古人还是今人，我不敢断。但是，就这纸张上面，便可以研究出时代，这是清初的纸张，写字的便不是清初的人，也绝不会是近代的人。或者，是乾嘉时代的人用着清初的藏笺写的，看这笔法，大有乾嘉时代书家的意思呢。"

赵大麻子唤着水生走到面前，拍了拍他的肩头道："乡下小子，瞧不出你倒是乾嘉时代的大书家。"

水生觉得揄扬过分了，低着头，涨红着脸，想不出用什么说话回答。

忽听得一点一点的手杖拄地声音，赵大麻子道："宓翮孙来了，我们依旧守着秘密，不要向他说实话。"

第十四回

站在一条战线上的四金刚

赵大麻子府上，著名的人才济济，这位持着手杖点地而来的，便是他的门下号称四大金刚之一的宓翩孙宓跷脚。

宓翩孙以外，尚有其他三大金刚：写字先生兼文牍员温通甫温三秀才、西文兼算学先生邱逢辰邱大鼻子、账房兼招待员张竹轩张小胖子。

四大金刚中，要推着宓跷脚做首席金刚。自从他在赵府走动了六七年，旁的成效没有，他的住宅本来只租着三间两披的旧式房屋，现在呢，居然自置着一所空气清新的小洋房了。他的女儿在十岁左右的时候，常常蓬头跣足在门口手持着洗马桶的工具，哗啦哗啦地和对门的嫂嫂比较那同声相应的工作，现在呢，打扮得花枝招展，做了有名的摩登小姐和交际之花，见了旧时洗马桶的同志对门嫂嫂，她便别转了头，理都不理，睬也不睬了。就这两层上而下一个结论，宓跷脚在赵大麻子身上揩去的油，端的不在少数。

赵大麻子见宓跷脚跷进了账房，这是他的狎客，不用站起相迎，只道了一句："老宓，你从哪里来？"

"大先生，为着昨天见了这几页出神入化的柳字，倒累我……"

宓跷脚放下行杖，且坐且说，说的时候，把旁边坐着的乡下小子映入他的眼光一瞥之下。他便剪住了欲说的话，而向张竹轩笑着说："竹轩，你开发他出去便是了，怎么卖葱卖菜的乡下小子也在账房里坐？"

"老宓，这是竹轩的侄儿，唤作水生，新入账房来做助理员的。"

宓跷脚把鄙夷不屑的眼光瞧了水生一下，接着说："大先生问起我的行踪，今天在护龙街一带打了一个转，所有古董店、碑帖店都已一一问过，如是这般的几页柳字，可是他们送到赵府去的？但是，他们都说没有。这便奇了，大先生写藏的墨宝，哪曾经我一一赏鉴，这几页柳字却把我难倒了。究竟是康熙时人的手笔，还是乾嘉年间的名人手迹？"

赵大麻子听了，不禁呵呵大笑。坐在旁边的张水生也是忍俊不禁地笑了，这一笑，却笑出了宓跷脚的一派责言。

"竹轩，我和你熟不拘礼，有几句忠告之言。"

张竹轩知道老宓要发脾气了，便道："宓翩翁有话请说，有……"

"有什么？"

"有屁请放。"

"竹轩，我和你说规矩话，你却和我打趣。"

"请道其详。"

"我说你便要挈带侄儿到城里来观光，也得先行教导他的相当礼数，免得到了城中，动不动便闹笑话。不是我肆口轻薄，像他这副嘴脸，似乎不配在账房中坐，便是勉强在这里坐了，也得屏气凝神，不敢稍纵，和《礼记》上说的'侍坐于先生'一般才是道理。我们讨论字画，他只是'烧火棒作吹桶——一窍不通'，早该识相一些不要露出怪模样。大先生笑我，是应笑的，我实在眼光太差了，以致猜不出谁人的墨宝。他是什么虫豸，也来瞎子趁淘笑！你做了叔叔，怎不喝止他？"

宓跷脚沉着脸，絮絮叨叨地发话。但是赵大麻子和张竹轩叔侄俩都成了笑不可抑，赵大麻子更笑得厉害，捧着这个大腹道："老宓，好了，不要再引我们发笑了，我的肚子都笑得发疼咧。"

宓跷脚被他们笑得莫名其妙，知道自己的议论一定和事实背道而驰。他们四大金刚在背地里曾订着互相帮助的密约，宓跷脚趁着东翁俯着头在揉他的肚皮，连忙向张竹轩歪歪嘴，探取这事的内幕。竹轩也乘着东翁不注意，举手作写字之势，又指了旁坐的水生。宓跷脚不觉骇然，却大恍然。

赵大麻子揉罢了肚皮，方才抬起头来向老宓说："你的古董眼光只看出了一半，还有一半，你竟大大地失风。"

"大先生这句话道着了，我的古董眼光本来只有一半。古董茶会上说，苏沪一带识古董的眼睛只有两只半，两只在上海，半只却在苏州，便是宓翩孙宓跷脚。但是，大先生不妨把我看出的一半先行披露，留着大大失风的一半，再容我细细推敲。"

宓跷脚搔了搔头发。

"慢来，慢来，大先生分明说我宓某只识纸，不识字。我倒还要推敲推敲，才得寻出一些线索。"

"限你五分钟，你自去推敲吧，只不许向我们讨口气。"

"不讨口气，只由我宓某默默地悉心体会。"

于是，宓跷脚闭目凝神，做出一副搜索枯肠的态度。其实呢，他宛比吃了油火虫，胸中雪亮，但是劈口便说这是乡下小子写的，这篇文章更太觉真率，要惹赵大麻子看出破绽：原来你们已暗递了消息。宓跷脚再也刁滑不过，话在口头，也得打了两三次的倒车才肯破口而出。

过了一会子，赵大麻子催促道："五分钟限度，是这时候了。老宓，快说！"

"大先生，你要我说，我便说了。我也不管对不对，只就我的主张申说一番。我昨天的批评确乎有许多误解，但看纸张，未看黑色，这是第一误点；但看字的结构，未见字的姿势，这是第二误解；但知乾嘉年间的书家会写这般字，未知风俗淳厚尚存乾嘉年间风气的所在，也有书家会写这般字，这是第三误点。"

"现在推敲的结果，你怎样改良你的误点？"

"大先生，我恰才很深刻地考量了一会子，觉得昨天所见的几页临本，纸张却是清初的，不过黑色太新，昨天我说是乾嘉人用着旧纸写的，原是姑妄言之。我看这墨色，似乎是近人写的，不过说了近人写的，又怕大先生不悦，以为轻视了珍藏的墨宝，只好说一句是乾嘉人家的。现在实说了，这是现代的人在那最近时间写的，这是纠正我一误点。"

赵大麻子点了点头。

"大先生听讲，昨天我看了这临本，笔笔挺拔，却是柳公……"

说到这里，宓跷脚稍做停顿，他和旁人谈柳字，总说柳公权，他和赵大麻子谈柳字，不敢说柳公权，为着赵大麻子把"权"字读作"欢"字，只好跟着他读别字。要是读正了，岂不使居停主人面上难堪？他略做停顿，便把"权"字改唤为"欢"字。

"却是柳公欢的结构。后来回到家中，睡到床上，一时不容易入梦乡，便把日间所见的几幅字放在脑膜上面细细地推详。觉得字的结构固然笔笔似精钢炼铁，字的姿势却又笔笔似雏凤新莺。在这上面，可以知道是年轻人的笔墨，这是第二误点。又因近代的书家，都不脱三种习气，便是名士气、维帽气、尘世气。唯有乾嘉时代的书家，却扫尽这三种习气，所以我说是乾嘉时人的笔墨。后来仔细思量，这位书家当然是现代的青年，不过尘世中的青年绝没有这般的笔墨，大概那青年所在的地方离着城圈子一定很远，而且风俗淳厚，和乾嘉时代差不多。这是纠正我的第三误点。"

"一双眼睛！"啪啪！"一双眼睛！"啪啪！

赵大麻子听得满意，口唤着一双眼睛，两手却是啪啪地鼓掌。

"大先生，怎么唤起一双眼睛来？"

"老宓，你的眼光毕竟不错。老实告诉了你吧，写这几页柳字的，便是方才你骂他'烧火棒做吹气桶——一窍不通'的人。"

宓跷脚慌忙离座，一跷一拐地走了两三步，拉住了水生的手。

"小朋友，恕我冒昧，我所意想的乡村少年，却不料便在目前。"

于是，携着水生，叫他和自己同坐在一起，问了他年纪，又问了他习字中过程。一会儿连叹天才天才，一会儿又要和他订什么忘年之交。

"老宓，不要这般，相见的日子正长啊！你方才不是问我为什么唤起一双眼睛来呢？这便是我赏鉴你的眼光不错，你说苏沪一带识古董的眼睛只有两只半，两只在上海，半只在苏州，便是你老宓这话不大正确吧。据我看来，你不是半只眼睛，半只眼睛是在上海，不在苏州，你却是一双眼睛。"

赵大麻子又笑向张竹轩说："竹轩，你想苏、沪两处拢总只有两只半古董眼睛，我们家中却占有了一双，这是值得欣喜的。不过温老夫子的眼光太不济了，他对于古董眼光当然错一些，他不会指定这纸张是清初的纸张，我还可以原谅。但是，他做了数十年的书家，不该对于古代的字和近代的字都弄不明白，昨天他也是口口声声指定是乾嘉书家的笔墨。"

"东翁，不要怪他，或者他一时眼钝，再看几遍，他也会看出是近代人的笔墨。"

赵大麻子在鼻孔中哼了一声，似乎不以张竹轩之言为然。忽地值账房的小福送来一信，说是温师爷差人送来的。

赵大麻子看完了信，笑向着竹轩说道："你果然料事如神，温通甫的眼光也好，果然被他猜了出来。他信中说：'反服堆羊此墨迹，必非古人笔墨，定是乡间貌执少年所书。'这几句话也被他说中了。好一个貌执少年，令侄的面貌确乎有些固执的，温老夫子真厉害，他没有见过令侄，便知令侄是一个貌执少年。"

说罢，授信给竹轩过目。竹轩见了，却是态度如常。水生也凑过头去同看，不看犹可，一看时，竟是忍俊不禁。竹轩忙向他眨了一个白眼，才把笑声打了倒车，不曾发放出口。

水生为什么要笑呢？他听了赵大麻子的"反服""堆羊""貌执"等几个奇怪名词，正在心中纳罕，觉得这等名词在乡间不大听得的，难道城中文化激进，有这新发明的名词？待到看了原信，才知道大财主又说了别字。原信上只说："反复推详，此墨迹必非古人笔墨，定是乡间恳挚少年所书。"很普通的字，他又读别了，还要评书论画，水生如何不笑呢？

自从赵大麻子赏识了水生，一时合宅宣传，新来的乡下孩子倒是一笔写算的好本领，主人都抬举他，我们不要得罪了小师爷。于是仆役妪婢人等，一齐改称小师爷。好在张水生不摆架子，上下人等都是一律看待，于是论调一变，谁都说这位小师爷的好话。

乘着无人时，水生悄悄地请问他叔叔："那天，我很有些疑惑，宓先生的改变论调，是得了叔叔一种的暗示。温先生那边，没有人通知他，居然也说这是乡间恳挚少年所书，难道他真有这般出神入化的赏鉴眼光吗？"

"你是我的侄儿，我向你说真话。温通甫处是我隔夜向他说明了原委，他才能够写这转圜的信。这是秘密的计划，你万万不能向人说起。"

"叔叔，我又有一个疑问。叔叔既要主人不说起这临本的来历，以便试验温、宓两人的眼光，为什么你又自向他们传递消息呢？"

张竹轩向账房门外望了望，招招手，把水生引到卧室里面，推上了纱窗，放轻着声调，似乎很秘密的。他说："你是未经世故的人，做叔父的理该细细教导，才不枉着你爹妈的再三嘱托。宓、温、邱、张是赵府的四大金刚，我向你已经说过的了，须知四大金刚本有预约，对于老赵，须站在一条战线上面。"

"叔叔，这话怎讲？赵凤楼先生是你的主人，不是你的敌人啊！"

"不容讲，住口！"

张竹轩摇头制止他侄儿。

"水生，你又要妄作聪明了，长辈教导你，除却洗耳恭听，没有你讨论的余地。须知老赵虽是我们的东翁，不过我们要在俸给以外，多得他的金钱，彼此都要预定着一种策略，好叫老赵受着我们的包围，死心塌地地把大捧银洋钞票献给我们受用。我们在表面上做出不相联络的模样，而在暗地却打着统账，有了好处，总是四一二十二地均分；遇有为难之处，谁得着消息，便须悄悄通知，免得相形见绌。你看温、宓二人都把你的写件当作乾嘉时人的作品，我所以叮嘱老赵守着秘密，好叫温、宓二人不知原委，只好向老赵一味恭维，才得抬起你的写字声价。在这分上，温、宓二人的赏鉴眼光不免被老赵瞧不起，我又用着快刀切豆腐两面光鲜的手段，向着赵、宓二人暗送秋波，以便保留着他们的赏鉴眼光，而不破坏我们四大金刚同一的战线。水生，你年龄正轻，天下吃不尽的是米，世间学不尽的是乖，做叔父的一举一动，你须处处留意，一一模仿，管叫你不吃亏。"

水生听了，很不以为然，但是不敢和叔父强辩，只是没精打采地说："多谢叔叔指导，但是自觉愚鲁，只怕学不成吧。"

"只要留意，没有学不成的，你听踢踢踢走路，好没相的脚步声音，多分这只小猪猡来了，你须留意着。"

水生觉得他叔父太刻毒了，对于小东家唤着猪猡，不知他自居于何等。

"老张，小张，都在哪里？"

张竹轩赶把纱窗拉开，急急忙忙地跑出，堆着笑脸迎接小东家。

"天生官官来了，今天放学这么早啊？"

"先生要辞馆去了，才敲三点钟，他便放学出门。他说：'明天不来教书了。'"

"石先生教了多年书，为什么半途辞职？"

"老张，你休问我，去问磅秤。小张呢？"

竹轩隔着纱窗喊道："水生，快出来！天生官官瞧得起来，要和你白相咧！"

躲在房里的张水生暗笑他叔叔真做得出，才唤他小猪猡，现在却又恭而敬之地唤着天生官官。

第十五回

饭碗打碎在磅秤底下

我想《封神榜》说部中的顺风耳朵，幸而是特殊的耳朵，要是人人都有了这般听觉达于尖锐化的耳朵，不是气死，便是闷死。

赵大麻子的儿子，是旧历正月初九俗称天诞的日子诞生的，所以取名天生。赵大麻子只有这一位公郎，百般珍爱，当然不消说的。然而，赵大麻子珍爱天生，不如赵大奶奶珍爱天生。赵大麻子爱子，打都不敢打他，赵大奶奶爱子，碰都不敢碰他。倘使偶不注意，行路时微微地碰了天生一下，赵大奶奶便要请求天生谅解："这是做娘的不好，惊动了你这好儿子。"

赵大奶奶疼爱儿子，还不如赵老太太疼爱孙儿。赵大奶奶爱子，不敢碰他一碰，赵老太太爱孙，热气都不敢呵他一呵。小丫鬟偶不注意，吹熄那烛盘中的火焰，口角余风吹动了天生的头上短发，老太太勃然大怒，把小丫鬟骂了一顿，饿了一顿，算是热气呵了小主人的相当惩戒。

赵天生真是天之骄子，人人惧他、惮他、趋奉他。寄人篱下的张竹轩竟敢大胆地骂他一声小猪猡，这是明知他没有顺风耳朵，所以在背后骂他，至于在他面前，又是天生官官唤得震天价响。

"天生官官，请你告诉我，怎么先生辞馆和那磅秤有关？"

"老张，要我告诉你，须得向我鞠躬，你听我喝礼，鞠躬，再鞠躬，三鞠躬。"

账席先生本是东翁的玩物，在这喝礼声中，张竹轩便很恭敬地行了三度鞠躬礼。

"天生官官，你可以告诉我了。"

"不告诉，不告诉，若要我告诉，小张须得向我屈膝行礼。"

"水生，快快行礼，这是天生官官抬举你。"

"叔叔，免了吧，天生官官不告诉我，也没妨碍。"

"那么我不告诉你们了。老张，请你吃一只南腿，小张，请你一只北腿。"

赵天生口中这么说，伸起右腿，踢了张竹轩一脚，又伸起左腿，踢了张水生一脚。踢那老张时，老张迎上去接受这只南腿；踢那小张时，小张偏着身子，只接受了他的半只北腿。

天之骄子赵天生，在账房中打了一个转，又到别处游耍去了。张竹轩急于要知晓这磅秤问题，依旧没个下落，看了水生一眼，絮絮地责备他。

"水生，你怎么这般地不见机？'在他门下过，怎敢不低头？'你也该记得这两句话。小猪猡是大麻子的心肝，他要怎么，我们只有依着他干，如何倔强得？他要你行礼，你便行了一个礼，也不见得有什么损失，偏是你倔强，便少得了一个消息。再者，他恰才伸腿伤人，只有迎上去，如何躲避？躲避不打紧，万一小猪猡踢了一个空，跌倒在地，那么闹出滔天大祸，非但你要卷起铺盖，连带我的饭碗都要打碎了。"

"叔叔，我想先生辞馆，不和我们相干，知晓也好，不知晓也好。"

张竹轩向水生眨了一个白眼，鼻孔里哼了一声。

"水生，亏你说这风凉话。须知道前人倾跌，后人把滑。西席、东席都是吃着赵大麻子的饭，西席石先生为什么事碰破这只饭碗，确乎有研究的必要，这是巩固饭碗的预备法，怎说不和我们相干呢？水生，你的脑筋比我灵敏一些，且来研究一下子，石先生辞馆为什么和磅秤有关？"

"叔叔，这个哑谜不易了解，难道石先生弄坏了东家的磅秤不成？"

"呸！哪有这样事？石先生是个拘谨的人，况且磅秤不放在书房中，这是厨房中逢到上煤时方才一用。"

"叔叔，这却猜想不出了。石先生和磅秤有什么关系，敢是一句隐语吧？叔叔，这是我的命运不好，恰才买了一部《古文观止》，隔着纱窗听石先生和天生官官讲书……"

"什么天生官官，唤他一声小猪猡便是了。蠢孩子，你不省得当面呼人和背后论人，要分着两种称呼。"

"叔叔，我便改唤一声小东家吧。石先生和小东家讲书，句句明白，字字精细，只可惜小东家不肯听，常累石先生发恼。这时却便宜了我，倚在纱窗外，句句进耳，字字入肚，倒被我不了……"

"你听，皮鞋咯噔咯噔的声音来了，敢是西席教员邱逢辰先生吧。"

张竹轩话才说完，这一位西文教员邱逢辰已进了账房，他也是赵府四大金刚之一。他在外面是个西装少年，逢到要向这里来，便加着一件长衫或袍子，只为他听得赵大麻子说过，凡是穿西装的，宛比猢猴一般跳出跳进，实在不雅观。邱逢辰听在耳朵里，从此以后再也不敢西装上门，免得东翁眼睛里不雅观，所以把长衣罩住了短衣。今天上门，里面是西装，外面罩着一件哔叽长衫。

"邱先生请坐，水生，快倒茶，快敬纸烟！"

"不用忙，坐一会子便要走的。"

水生已奉上香茗，又敬了邱先生一支纸烟。

"邱先生，你今天来上课，比着往日早了一小时。"

"这是大先生派人来通知的，中文先生辞馆去了，叫我早一小时来上课。"

"邱先生，你可知道石先生为什么要辞馆?"

"我虽不知其详，但是早已料到这一天。石守信的馆地，不久总要起着突变。"

"邱先生，请你讲给我听。"

"我们到里面去谈吧。"

邱逢辰指着卧室，约张竹轩到里面去密谈。

"水生，你不要走开，我和邱先生到房里去谈一句话。倘有人来，你先在纱窗上弹指一下，免得被人窃听。"

"叔叔放心，我在这里看守着。"

于是，两个金刚躲到卧室中去坐定，轻着声音去做金刚会议。

"邱先生，这里可以畅谈了。"

"竹翁，外面人都唤我们作四大金刚，虽是取笑之言，却也很有道理。做了金刚，我们的饭碗也成了金刚不坏之体，永远不会打碎。石守信的学问虽好，只为不是金刚，便差了一些，到馆不过一年又三个月，毕竟碰破了饭碗而去。"

"碰破饭碗，毕竟为着什么原因?"

"因有近因远因，我还没知晓。若问远因，我早知道石守信这只饭碗不能维持到今年的岁底，这便是他吃了旧道德的亏，不肯误人子弟，以致收到这般的恶果。"

"邱先生的说话不错，我也觉得石老夫子教书过于认真了。"

"认真呢，也有认真的好处，只是看事行事，不能固执不化。讲究读书的人家，老夫子循循善诱，当然是尽其天职，遇到老赵这般的人家，还要尽心竭力地去教导这只小猪猡，那便大误而特误了。非但对牛弹琴，简直是对了泥制的牛而弹什么高山流水的古调，石守信不搠霉头，谁搠霉头呢？从前的老夫子，一月只教半月的书，石守信为着良心问题，天天到馆，不肯旷课，这是他的第一不识相；从前的老夫子，一个月也没有讲三五回的书，石守信偏不惮烦，天天讲书，还要小猪猡照样还讲，这是他的第二不识相；从前的老夫子，对于学生的缀法，完全没有这么一回事，石守信为着小猪猡的年龄一天一天地长大了，很努力地开通他这一座作文之关，想尽许多方法，在这一年中小猪猡居然会得作几行了，谁料俏眉眼只做给瞎子看，这是他的第三不识相。"

"邱先生的说话，千真万确，石先生便失败在这不识相上。恰才小猪猡到来，据他说起，石先生辞职问题和磅秤有关。这话很奇怪，邱先生可知道？"

"磅秤不磅秤，我却不知道，但是总而言之，千句并一句，总是他顶了石臼做戏，吃力不讨好。竹翁，我们都是时轮金刚法会的四同志，在这守财奴门下办事，要是都要摆正着良心，便违背了盛极必衰的天道。赵大麻子这般骄蹇，小猪猡又是那般顽劣，尽不妨拆拆烂污、拓拓烂药，并非我们坏了良心，这是茄特……你是不识西文的，这是上苍惩罚财奴的意思，这话你道对不对呢？"

张竹轩连连地点头，且说："邱先生和我同意，我在舍间闲谈，贱内常责备我不肯替东家实心办事，我答复她的话便和你先生的论调相同。"

"竹翁，不是我说一句刻薄话，石守信的辞馆是可怜而不足惜的。上月我曾向他进过忠告，叫他在功课上放松一些，自古道：'士为知己者用。'他不是你知己，何苦出什么死力？"

"石先生听了怎么样？"

"不识相的石守信正坐着吸水烟，听了我的话，他便放下烟筒，拍了拍身上的纸吹灰，抬一抬眼镜，板一板他的阿胡子面孔，手指着心坎，冷冷地回复我几句话道：'逢辰先生错矣，受人之托者，忠人之事。兄弟怎敢误人子弟？得人钱财，理当与人消灾。'"

"唉！石先生竟说出这般不通世务的话来，邱先生大概要生气了。"

"如何不气……"

"邱师爷，邱师爷，少爷唤你咧。"

有这般的声浪从备弄里唤将出来，接着便听得纱窗上弹指一下。弹指的是张水生，叫唤的是内宅王妈。

邱逢辰离着座，轻轻地说："小猪猡要我进去教西文了，也不道声请，却叫王妈来传唤。"

邱逢辰出了卧室，便是账房。他见了王妈，又另换着一种论调。

"王妈妈，我在这里候久了。少爷可在书房了？我马上便去。"

"少爷在那边，邱师爷快去吧！他读过半点钟书，还要出外看影戏呢。"

"那么迟延不得了，王妈妈，再会。"

邱逢辰说罢，急急地离这账房而去。张竹轩知道王妈是老太太身边的有势力娘姨，便向她竭力讨好。

"王妈妈请坐，王妈妈用茶，王妈妈，你有什么信札只管吩咐我的侄儿写，不用客气啊！"

"小师爷写的几个大字，写得实在好，老太太赞不绝口，老爷、太太也是赞不绝口。听说老太太新制天竺进香的香篮和香袋都要央托小师爷书写，只为小师爷既然写得一笔好字，又是童身，小师爷书写的香篮、香袋，到了灵山会上，佛菩萨也欢迎。"

张竹轩很恭敬地指着他的侄儿。

"水生，你且听着，老太太这般抬举你，粉身碎骨也不能补报。"

"张师爷，你可知道姓石的一只饭碗打碎了吗？"

"王妈妈，我正要问你，石先生的饭碗怎样打碎？"

"张师爷，这姓石的要请他改姓。"

"改什么姓？"

"他不配姓石，只配姓瓦，他的做人竟有些瓦里瓦气。我们少爷在书房中读书，不过解解闷罢了，又不是真个要在书本子里面起家立业，少爷有了这么大的财产，便是不识一字，也不见得损了少爷的身份。可笑这个

97

瓦老爷，看不出风云气色，他教少爷，也似教那穷小子的学生一般看待，读了还要背，背了还要做，认真过了火，倒比那拆烂污的邹先生尤其不好。邹先生不过教几个别字，遇着讲书只是干咳嗽，讲不到一句书，倒咳了三声嗽，大家都说他的本事太糟，老爷才把他辞去了，另请这个姓石的教书。谁料皇帝烂膀，御脚愈加不好了。老太太调查一番便动了气，便唤老爷入内，要他立时辞去这个害人不浅的先生。老爷也说这姓石的不好，立时写了辞帖，把他辞去了。"

"老太太从什么地方调查出石先生的不好？"

"张师爷有所不知，人家调查的少爷的功课，在书本上调查；老太太调查少爷的功课，在磅秤上调查。上年，老爷听了旁人的话，嫌着邹先生教书不认真，十天中要放四五天的学，想把他辞掉了，另请高明。老太太以为邹先生没有什么不好，他教了少爷多年的书，少爷依旧肥头胖耳，每过半年上一回磅秤，只重不轻，从这上面便见得邹先生的本领不弱，教法也很好。老爷执定主见，要把姓邹的辞去，另请姓石的，为着姓石的本领胜过姓邹的十倍。老太太向老爷说：'你要换先生，由你去换，只是请到的先生也得和姓邹的一般，教了学生，使他易长易大，年年上磅秤，年年加重着十磅八磅，才不愧是好先生。'老爷答应了，方才下聘，把姓石的请到家中。老爷和姓石的言明在先，须得使我们少爷又是学问好，又是身体好，将来便可以年年增加先生的束脩。谁料姓石的没福坐我们的馆地，两样都是靠不住，没怪老太太动怒，向着老爷蹬了蹬脚，要老爷立时立刻打发这石乌龟出门。"

"听说石先生的学问很好，只是为人固执一些。"

"张师爷信他呢！姓石的有了学问，我王妈也有了学问了。"

王妈说时，连连地扁起着这张说短道长的嘴。张竹轩忙问其故。

"王妈妈，怎见得姓石的没有学问？"

"我王妈虽然不会识字，但是却会识人。姓石的怎配有学问，上年的邹先生才有学问呢！邹先生一副和气面孔，遇见了我，总是哈哈腰，叫我一声王妈妈。邹先生是洞庭山人，只为我曾经在无意中向他说起洞庭山的枇杷甜、羊肉肥，他便记在肚中，每逢端午回乡去，上城时便送我白沙枇杷两大篓，每逢冬至回乡去，上城时便送我东山羊肉两大方，可见他是个很圆到、很玲珑的人，凡是玲珑、圆到的，都是有学问的人。说起这只石乌龟，令人又好笑又好气。我唤他一声师爷，他的身子动都不动，只在鼻孔里打了一个回声，松香架子十足，遇到节上休说没有东西送给我，连那照例的节赏也打了大大的一个折扣。从前邹先生开发节赏，总把我特别看待，逢节给我两块钱，轮到石乌龟，只开发着两只角子，凡是小气的人，他的学问也小，他哪里比得上邹先生？"

"请问王妈妈，为什么老太太这般大怒？"

"不由她老人家不怒了。去年姓石的教了一年的书，少爷上磅秤轻了一磅，老太太业已不高兴，今年只教得三月的书，少爷清减了许多，再上磅秤，又轻了四磅，老太太才骂起他害人不浅。"

王妈说到这里，听得备弄中有步履声，便道："这是老爷的脚步声，张师爷，再会。"

说罢，这嚼舌的婆娘撅起着屁股回到里面去了。

第十六回

邹先生的咸鸭蛋

赵大麻子踏进账房，慌得张竹轩肃然起立，顺便还向水生歪歪嘴，水生也不得不随同站起。

"你们都坐了。"

赵大麻子且说且坐在一张摇椅上面。东家坐下，大、小账房才敢坐下。

"水生的字，今天又用得着了，快写一份帖，具款'愚主人赵金海顿首拜'，签条上'邹兰西师爷'五字。"

"水生，你须留心书写，大先生瞧得起你，才吩咐你写柬帖。帖子和封签都在沿窗写字抽斗中的护书夹内，你自去取便了。"

水生应了一声，又问："'兰西'两字怎样写法？"

赵大麻子道："兰花的兰，东西的西，还有这个'邹'字，不要弄错了，休写'圈吉周'，须写'×脟邹'。"

水生听说"×脟邹"，不禁呆了一呆，稍加理会便明白了，原来这是六书中的象形字。于是，自到临窗，把柳公权的笔法写上了全柬的梅红帖子。

"东翁，预备着这副帖子，可是第二度延请邹兰西先生前来教读？"

"唉，不见高山，哪见平地？"赵大麻子且说且摇着椅子。

"从前呢，很有人谈论邹兰西的不是，说他是前清的一名蹩脚秀才，抄着了窗稿方才入学，肚里是火烛小心的，所以教了我们的天生多年，一些没有进步。我们绅富人家的子弟，在书房中读书不过挂个名儿，有进步没进步倒在其次，但是，我们家中的老夫子被人家讥笑是一名蹩脚秀才，似乎面子有关。"

"东翁这句话是极是极，绅富人家延请蹩脚秀才做西宾，面子上很不好看。"

"为着维持我们的面子，才把邹兰西辞去，另延石守信来教书。为着石守信是前清的名优贡，比着秀才高了一级，又听得他们博古通今，教法也是很好的。竹轩，我们这份人家，并不求在读书上发迹，先生的学问好、教法好倒在其次，但是，延请优贡先生做老夫子，总比着蹩脚秀才的牌子硬了许多。"

"东翁这句话是极是极，'优贡'两个字，比着秀才响亮了不少。"

"谁料大失所望，优贡优贡，只落得一个拆供。去年姓石的教了一年的书，天生上磅秤，轻了一磅，今年教了三月的书，天生上磅秤，又轻了四磅。哎呀，这不得了！我们延请石老夫子，不是老夫子，简直是一副刮肉机器，要是不把他辞掉，教到年底，我们天生还成什么样儿呢?"

"东翁这句话是极是极，这位老夫子太不讲卫生了，非得把他立时辞掉不可。"

"论理呢，半途辞去西宾，我们须得送他全年的脩俸。但是，石守信的烂污拆得太大了，我们天生受了五磅重量的肉体损失，不向石守信索赔已便宜他不少，所以我们送他的束脩只许送到本月底为止，其他几个月的干脩，为赔偿我们天生恢复体质的补药之用，彼此两讫了吧。"

"东翁的办法是极是极，罚去他九个月的干俸，还是便宜了他。"

"辞去了石守信，书房中没有先生，这也有关我们绅富人家的面子。家母说起，还不如重延邹兰西前来教书，包管孩子落去的肉容易复原，我从了家母之命，才到这里来预备请帖，重延邹兰西教书。"

"这位邹先生现在闲着没事，常到我们账房里来走动。东翁要延请他教书，他一定乐于从命。据着在下看来，也不须用什么请束，自古道'熟不拘礼'，待他到账房中来闲谈时，通知他一声便够了。"

"竹轩，你枉称能干，在这分上，便不……"

赵大麻子话没说完，张竹轩已直竖地站了起来，口中连唤着"是"字。

"坐下吧。"

张竹轩告了座，毕恭毕敬地静聆东翁训话。赵大麻子摇动着椅子说："怪也难怪着你，虽然在我门下理账多年，眼界广充了许多……"

张水生在旁暗暗地扳着指头，这是第一个别字，把"扩充"念作"广充"。

"但是，究竟在乡间长大的人，千岁狐狸也得现了原形。你想，我们请先生，不是三家村中请一个村馆先生，只需口头通知一声，便算定局。邹兰西虽然熟不拘礼，我们的帖子却不能不备，要不然，便失却了绅富人家的体统。"

赵大麻子道一句，张竹轩总应着一个"是"字。其时，张水生写好帖子，墨迹已干，呈请赵大麻子过目。

"写得还好，虽没有那天这般地有精彩，但是还不失柳公欢的笔法。你去套在封套内，写签条去吧。"

张水生收回帖子，自去写那签条，暗地里存记，"权"字念作"欢"字，又是第二个别字。

"竹轩，这幅柬帖，照列是要写世教弟的……"

水生暗记，读"例"作"列"，是第三个别字了。

"我想很不值得，先生是来教我天生读书的，又不是教我本人读书，我为什么要自称世教弟呢？况且，蹩脚秀才终究没有多大学问，我向他谦称教弟，只怕他没福担当。所以，帖子是备一副的，称呼却改变了。怕他消受不起，不称世教弟，只称一声愚主人，你道如何？"

"东翁的办法，最为妥当。其实呢，这般的穷措大，呼之即来，唤之即去。东翁在帖上自称愚主人，已给了他一个天大的面子，不是说一句尖刻话，似邹兰西这般似通非通的秀才，东翁便下着谕帖，上写'该秀才速来教授，休得迟延，切切特谕'，只怕邹兰西接到了谕帖，也得欢天喜地地前来坐馆。"

这几句话引得赵大麻子呵呵大笑，笑罢才说："竹轩，你这几句话并不尖刻，却是实在情形。邹兰西失馆一年有余，听说他家中时时伙食不继，所以常常到账房里来闲谈，遇着吃饭时，他便扰了一顿便饭而去。到了冬令，身下也不会出毛，只是衣敝温袍。"

水生又记了一个别字，把"缊"字念作了"温"字。

"我仔细想想，延聘这一位衣衫监褛的先生……"

水生又记着"褴"读作"监"，第五个别字了。

"在面子上不大好看，但是家母说起，若要天生恢复重量，非得邹兰

102

西到来不可。没奈何，只得请了他吧。"说到这里，沉吟了一下，便道，"且慢，假使邹兰西到来，说便向他说起，但是，不能作为定局。"

"东翁，为什么不能定局？"

"你遇见他时，说这馆地是有面子、有夹里。面子上须得请一位比着秀才阔气一些的人，算是我们的西宾；论到夹里，仍由邹兰西到馆教授，只是不叫他出面。这么一下子，便是双方兼顾。我们的西席总算不是蹩脚秀才，便挣得些面子，也不会给石守信在背后嘲笑；教书的先生依旧是邹兰西，那么天生的肌肉便容易复原。竹轩，这不是一举两便的办法？"

"东翁的办法，再好也没有，待到兰西到来，在下便向他这般谈便是了。"又吩咐着侄儿，"水生，你这签条也不用写了。"

"叔叔，已经写好了。"

"写好了也不妨，你搁起着，将来自有用处。只为东翁的意思，教书的是邹兰西，出面的不是邹兰西，这副束帖究竟送给谁的，现在还不能定局呢。"

在这当儿，赵大麻子已走出那账房了。

"东翁慢请！"

"哦！"

张竹轩侧着耳朵，听得赵大麻子的脚步声渐走渐远，而至于听不清楚了，才把脸一沉，紧握着拳头，把空气打了三下，咬咬牙齿，又向水生轻轻地说："你瞧瞧看，这大麻子多么可恶，怪不得时世反了，闹了政治革命，还要闹经济革命。似这般为富不仁，恨不得把他一拳打倒、两拳打瘪、三拳打死。"

猛然间，橐橐的步履声又是由远而近，张竹轩知道东翁从备弄中折回来了。幸而生就活络的面皮，方才绷得紧紧的，现在却又笑逐颜开，站立在门旁，欢迎主人到来。只隔得片晌，赵大麻子又进了账房，很匆匆地和张竹轩立谈了几句。

"竹轩，忘却告诉你一句话，假使姓刘的掮客又把赵子卯的墨迹送来，你说，这不像赵子卯的亲笔，这里不收，若有工笔的监田叔人物，这里却要，但是要真笔，不要假货。"

"是是，他若到来，在下和他这般说便是了。蓝……监田叔的工笔人物，他也曾拓过的。"

张竹轩正要说出"蓝"字，慌忙咽了一口涎沫，依着东家读作"监"字。水生肚里明白，主人翁又说了别字，"赵子昂"念作"赵子卯"，"蓝田叔"念作"监田叔"，总而言之，统而言之，他念了七个别字。

赵大麻子进去以后，张竹轩向水生吐了吐舌。

"幸而听得出他的脚步声，要是不然，被他窃听了，你叔叔便要做第二个石守信了。危险，危险！"

水生见他的叔叔的态度屡变，心中不以为然，但是口头也只好唯唯诺诺。正在叔侄闲谈时，又听得很迟缓的步履好似从外面进来。

"水生，你试试你叔叔的本领，似这般没精打采的步履声，我听得熟了，一定是失馆已久的邹兰西。"

"竹翁在里面吗？"

进来的正是那个失馆已久的邹兰西，面庞黄瘦，久没有光着胡子，绕颊的于思于思，和乱草一般模样。身上穿的一件素缎马褂，可给剃发匠做披刀布，而且袖子底下又挂着络络索索的排须，一件哔叽长衫已化作了泼凄长衫，偶一不慎，便是泼凄一声，拉了一条长长的裂缝，脚上的鞋袜当然脏得不堪入目。张竹轩所以决定来者便是邹兰西，就是在他的鞋袜上面得到的一种断语。邹兰西哪有闲钱购鞋袜？一双踏倒后跟的鞋子，趿着鞋皮时，破袜的后面露出两个脚跟，他在家里时，便老实不客气地拖着踢踏踢踏的鞋皮行皮，逢到出外访友，尤其是登那赵府的门，他总勉强把踏倒的鞋跟重又拔上，免得被那守门的老王所笑。只为有一天未及注意，跨那门槛时，把鞋皮在脚上打了一下绰板。老王唤一声："邹师爷，不要打碎了咸鸭蛋！"邹兰西忙问："蛋在哪里？"老王指着他的脚跟笑个不休。

邹兰西自从受了这一番奚落，每逢上门，益发举步迟缓，防着第二度的咸鸭蛋出现，行路时怎敢高提脚跟？只是在地上拖着行走。这种步履声一入了竹轩的耳中，便可以下这"来者定是邹兰西"的断语。

"兰翁两天没有到这里来了。"

"唉！"

邹兰西口中叹气，手中却自去取那水烟袋，把纸吹在盘香上取了火。真叫作"熟不拘礼"，不待人唤请坐，他已坐了下来；不待人唤用烟，他已泼洛泼洛吸起水烟来。

"兰翁，为什么一语不发，忙着吸烟？你的烟鳖虫想在闹饥荒了。"

邹兰西并不答话，只把头点了两点，他竟一本正经地吸那水烟，吸了一筒，又吸一筒，而且口口都吸入腹中，只放那残余的烟气从两个倒装烟窗似的鼻孔透出。吸了一口，又咽一下唾沫，这般地吸烟，真叫作"吃相难看"。水生瞧在眼中，只是暗暗地好笑。

"兰翁，你不解你的烟馋，便不肯开口。"

邹兰西又点了点头，直待半个纸吹烧完，方才放手，自己又倒了一碗热茶，浇他的渴吻。放下茶杯，方才有话说。

"竹翁，这两天不上门，只为贫而兼病，卧倒了两天，抬头不起。在床的时候，倒也不思茶饭，不想吸烟。今天病起，家中断炊，买了一碗光面，暂充饥肠，但是茶也没有，烟也没有，无法可想，只好到这里来揩油。"

"兰翁，你这番到来，再巧也没有，真叫作'说着曹操，曹操便到'。"

"谁说着我，竹翁？"

"不是别人，便是老东。"

"呀！说我什么？是好意，还是恶意？"

邹兰西说这话时，面上露着紧张之色。

"兰翁，猜这么一猜，是好意还是恶意？"

邹兰西未曾回答，先看竹轩的面色。竹轩故意板起着面皮，不露一丝笑意。兰西注视片晌，很慌张地说道："敢怕是恶意吧！竹翁，怜念我小病初愈，禁不起恐吓，休得玩弄我。"

"谁来玩弄你？请你自己思寻，东翁对于你，为什么要存恶意？"

"我也知晓，这一年来，常到账房里来讨厌，开饭时坐下便吃，这是没奈何的事，东翁也得原谅的。况且，东翁府上便是天天有人来吃闲饭，九牛亡一毛，不算什么事。"

"哼！好大胆！"

"竹翁怎么讲？"

"你揩了东翁的油，还在骂人，说什么九牛亡一毛，东翁是牛吗？"

"我真穷昏了，说出话来，动辄得咎。竹翁，你看我自己掌嘴，一、二。"

水生见邹兰西自打嘴巴，好生不忍，便道："叔叔，你把大先生的好意告诉了邹先生吧。"

竹轩瞧了水生一眼道:"谁要你多嘴!"

兰西瞧破情形,知道有吉无凶,便再三地向竹轩高拱手,低作揖。竹轩知道无可隐瞒,便把赵大麻子的意思一一说了。兰西喜得感激涕零,待要到里面去拜谢老太太和东翁赵大麻子,竹轩又是冷冷地说:"兰翁,你休喜得发疯,这件事尚在镜中。"

"什么,竹轩?"

"你是秀才相公,不能替赵府上增长门风,不成功,不成功。"

"啊呀,竹翁,这件事全仗你的斡旋之功。"

水生哧的一声,笑将出来。

"水生可是痴了,什么好笑?"

"叔叔,你和邹先生对白,句句都有韵脚,不是对白,竟是联吟了,因此好笑。"

第十七回

孙落拓的世家

久经失馆的邹兰西听说旧时东翁有意延他重主讲席，但自己是个秀才出身，不能替东家增长门风，这馆地又不免功败垂成，因此异常懊恼，只好央求着张竹轩斡旋其事。

"兰翁，不用慌张，法子是有一个在此。"

兰西听了，很惊讶地说："兰竹翁，快快告我知晓。"

于是张竹轩又把赵大麻子的意思告诉了兰西，只需觅得一个比较秀才更体面的人做代表，这馆地便成就了。兰西听说，喜得直跳起来，偶不注意，这件哔叽长衫又是泼凄一声，裂缝以外，又添了一条裂缝。他全不理会，只向着竹轩说："竹翁，要请人做代表，这是很容易的。秀才不中用，举人一定中用，家母舅是前清举人，我便请他做代表可好？"

"令母舅孙云甫先生，我也知道是前清的孝廉，但是你们舅甥同命，太觉名士派了，衣衫褴褛，也不能替东翁挣体面。东翁的意思，逢到第一天开馆宴师，这位高坐首席的老夫子，一须有骨子，二须有外表。骨子，便是举人出身；外表，便是要穿几件体面的长袍短褂，才不愧是大资本家延请的西宾。"

"竹翁请你成全了这件事吧，家母舅虽无体面衣服章身，但是暂时向人告借，也可混过一时，不会出丑。况且，他到这里教书，不过在开头时吃一顿开馆酒罢了。竹翁，请你好人做到了底，素知你的章身之具是很多的，借一套给家母舅体面一下子，开馆后便即奉还，感恩不尽。"

张竹轩瞧了瞧左右，见小福不在账房里，便轻轻地说："借衣服要看交情，我和孙云甫先生只不过是泛泛之交，没有交换条件，怎好应允？"

"奉赠你一瓶花雕。"

竹轩摇着头。

"花雕以外，再加上四两肉松。"

竹翁摇着手。

"那么，竹翁，开诚布公，请你自己说了吧！"

"我记得郑板桥的润格有这几句话：'凡送礼物食物，不如白银为妙，公之所送，未必弟之所好也。'我的意思，便和郑板桥一般。"

"竹翁，请你原谅我吧，原谅我手头拮据。"

"兰翁不用谦，目前手头拮据，一下了聘书，你便不拮据了。聘金是归我承办，十块钱是在意中的。你把聘金作为赁衣费，岂不是好？"

"要这许多？竹翁太开玩笑了。"

兰西说时，很有一副惊悚的态度。不但兰西，便是水生，心中也觉得他叔叔的手段狠辣。

"什么话？谁有闲工夫和你开玩笑！"

竹轩板起面孔这般说。兰西只怕他从中作梗，垂成的事又归于镜花水月，只得堆着笑脸，婉言相商。

"竹翁不要生气，待到送过聘金以后，以半数相酬，大概可蒙允许了。"

竹轩为着"半数"两个字，板起面孔便松了一半，轻轻地说："令母舅倘须衣服光辉，一件毛葛马裤、一件哗叽单衫，这是一定不可少的。我的衣服平日都是很矜惜的，件件和新的一般，不是说一句刻薄的话，令母舅是一副名士派，苏州人唤他一声孙落拓。讲到落拓不落拓，本不和我张竹轩相关，但是，我的衣服借与他，便和他发生了重大的关系，他若落拓，便脏了我的一套衣服。为这分上，我的衣服借给别人，很矜惜地穿了一天，便是送给我一瓶花雕或四两肉松，我也乐受不辞。唯有借给你们这位孙落拓先生，我的衣服便抱着牺牲性质，虽然穿得一天，但是烧两个焦孔，沾几点油污，都在我意想之中。烧了焦孔要织补，沾了油污要拓迹，也在我意想之中。兰翁，你细细计算，这十块钱的赁衣费并不贵啊！"

"竹翁，不瞒你说，家母舅借了你的衣服，还有头脚呢。头上这顶油光气的瓜皮帽，脚上这一双打补丁的鞋子，也都不能出客了。所以，借得衣服，自己也得置备一顶新帽以及新鞋、新袜，才能全体相称。假使这十块钱都做了赁衣费，衣服是光鲜了，头上戴着开花帽，脚上鞋头穿、袜头破，如何使得？"

邹兰西再三央求以后，张竹轩大发慈悲，允许打了一个七折，好叫孙落拓把这三块钱买帽、买鞋袜，打扮一新，择日到馆，吃这一顿开馆酒。

究竟孙落拓怎么落拓到这般地步？且容著者简短地报告一下。

他是四十年前的举人先生，他中举人时，年在弱冠左右，一时文名籍籍，谁都羡慕着他的家世。街头巷尾纷纷地有人在说："孙医生的家运很好，自己是一位名医，三个指头上博得巨万的家私，他的郎君又是新科举人，将来飞黄腾达，孙医生便是一位老封君了。"

谁知孙云甫是个嗜酒爱赌的人，在先还惧着老子干涉，待到一中了举人，自以为十年窗下已可以告一段落，不必再在书籍中研究，终日狂饮滥赌，耗费了许多金钱。孙医生渐渐得知消息，把云甫训斥了一顿，从此加以相当的防闲，饮酒只许在家中自斟自酌，非有要事，绝对不许出门。为着饮酒所费有几，赌博消耗甚大，但许他在家中饮酒，便可和赌徒断绝踪迹，那么孙医生挣下的许多财产，便不会消耗在儿子呼庐喝雉之中了。

孙医生的悬壶生涯实在太忙了，自从清晨起身，候诊的便挤满了他的医室，挨号诊病，每天总得过了正午，门诊才毕。比及午膳以后，又须坐轿出诊，挨到黄昏，才能回家晚膳。做了名医，入款当然不恶了，但是本人异常辛苦，一天到晚早已疲乏不堪，偶然遇有急病，便是深更也得出诊，哪容他在黑甜乡中寻求乐趣呢？

但是，孙医生的医道虽忙，他对于这位嗜赌的孝廉公子依旧加以深切的注意。午、晚两餐，须得云甫陪他同餐，方才放心托胆。午后，出诊以前，须在儿子的书楼下面倾着耳静听一下，但听得楼板上噔噔有声，分明是儿子在楼上踱着方步，而且嗡嗡地起着吟哦之声，孙医生点点头，知道儿子在家用功，很快活地坐轿去出诊了。晚饭后，临睡以前，又须在儿子的书楼下面倾着耳静听一下，但听得书声琅琅，分明是儿子在灯下读那八股文章，孙医生又点点头，知道儿子青灯有味，很安慰地回到卧室休寝去了。

谁知云甫镇日镇夜地在外面豪赌，何尝伏案用功？不过每日有两次应卯的时刻，凡是同赌的大家知道他有这玩意儿。

将近午刻，他在赌场中向同赌者拱拱手说："诸位，容我告假片刻，日间应卯，是这时候了。"

他便急匆匆地坐着飞轿，便是很快的轿，回家去应卯。在这当儿，正是孙医生的门诊完毕，到里面去午膳的时候，云甫陪着他老子吃饭，又在他老子出诊以前，预嘱丫鬟瞧见老爷要到里面来听取消息，须得赶在前面登楼报信。于是孙医生一到楼下，总听得楼上儿子在踱方步，在吟哦诗句，待到孙医生出门看病，云甫又坐着飞轿入赌场去了。

云甫一天要应两回的卯，日间应过卯后，到了晚间又要去应卯。也是同式地向赌友拱着手，告个假，同式地坐着飞轿回家，同式地陪着老子吃晚饭，同式地在书楼上朗诵八股。待到孙医生一入睡乡，云甫又坐着飞轿入赌场去了。云甫的夫人是很柔顺的，虽不以丈夫的举动为然，但也不敢去告禀公公知晓。只为告禀以后，公公不免大发雷霆，而丈夫又得怀恨着本人饶舌，家庭之间，从此不免多事了。为这分上，云甫的夫人只在肚里着急，却不敢泄露云甫的秘密。

孙医生得意极了，自己的医运亨通，年年增加着诊金，但是就诊的人也随着他的医金激增，按月所入，在同道中，谁也比不上他。儿子平日嗜赌，现在悔悟前非，闭户不出地在书楼上用功，只需会试考中了，自己便稳稳地可以做那封君。又有许多拍马专家向着孙医生献媚，说什么贤桥梓双星照命，儿子是天贵星照命，老子是天医星照命。在这"千穿万穿，马屁不穿"的时代，只这"双星照命"四个字，已博得孙医生心花怒放，便在睡梦中也会梦见天医星、天贵星同时下凡，说要扶助他父子俩，一个成为通国皆知的神医，一个成为独占鳌头的状元。孙医生一阵哈哈大笑，笑破了他的春梦。

唉！孙医生哪里知晓，天贵星照命是虚的，天医星照命是空的，晦气星照头却是孙医生最后的一页惨史。

孙医生在行医上起家，问舍求田，挣得了许多田产。一天，他去检查田单房契，都已不翼飞去，不禁老大地吃了一惊。问及老妻，他的老伴除镇日念佛外，旁的事一切不管；问及媳妇，他的媳妇吞吞吐吐，不敢说实话。孙医生气极了，十有八九是被儿子偷去，便要传唤那恰才在书楼上行吟的儿子下来质问，谁知云甫已晓得事情破露，早已一溜烟地出了后门，到外面躲避去了。

医生的身体怎由自己做主？只好暂捺着胸头愤恨，见了儿子的面再和他理论。外面轿役等候已久，还有几处加早的病家已接二连三地派人催着孙医生去诊病，其势不能不去，于是叹了一口气，上轿出诊去了。

在平日呢，孙医生临诊的时候，对于"望闻问切"四个字非常审慎，这一天，胸头藏着重大的事，但求早早诊视完毕，回到家中，拖住了不肖子，向他细细地盘问。田单呢？房契呢？快快取出，还可原谅，要是迟延，向官厅去控告他的忤逆不孝。这都是孙医生心口相商的话。

果然，这一天孙医生诊毕回家，比平日提早了两小时，回到家中，知道儿子兀自躲在外面，不敢回来，于是又向他的媳妇严训盘诘。这媳妇是可怜虫，瞧见公公声色俱厉，便把丈夫的秘密一一说破。这一年来，没有一天不赌，没有一天不是大输而特输。在先，把房中的金珠首饰做赌本，金珠首饰赌尽了，才把房契、田单，一件件拿去做抵押品。妻房在旁泣谏，总是无效，以致有今天的事情破露。

媳妇告禀完毕，已哭得和泪人儿一般。孙医生见这情形，便不忍再去责备她了。

所有房契、田单既然都做了抵押品，毕竟抵押在什么地方，抵款多少，非得面询云甫不可。于是，分途派人到几家著名的赌场中去找寻云甫回来。直到深夜，才从一家赌场找见了云甫，逼着他回家去见老子。

孙医生见了儿子，气得手足如冰，正待把他一场训斥，忽地外面传进消息，说某处病家不惜重金，要请先生当夜去诊视一次。

孙医生正在懊恨的时候，谁高兴当夜再去看病？遣着仆妇去回复，说："医生睡了，明天来诊病吧。"但是，仆妇去后，又来报告说："这个病人本来神志模糊，自从今天服了先生的药，便即清醒，在这转机的时候，关系很是重要，非得前去复诊一次不可。所有医金和轿金任凭先生要多少，病家绝不计较，总求先生大发慈悲，当夜去复诊一次。"

孙医生不禁动了怜悯之心，又因病家是他的当年主顾，而且很是富裕，深夜临诊的医金比着日间加早又须加倍。要是把他看好了，这妙手回春的大匾额稳稳地可以架上门楣。为这分上，孙医生只好到病家去走一遭。临上轿的时候，吩咐家人把少爷看守好了，待他看病回来，还得向儿子严行盘诘。

孙医生福无双至，祸不单行，这次看病，直叫作霉头撷到印度国了。原来日间出门临诊的时候，只为心事重大，未免玩忽了自己的职务，身在病榻旁边，心却在自己的房契、田单上盘旋，以致看朱成碧、张冠李戴，在他精神恍惚中，竟把治疟的医方开在患伤寒的病人药方上面。这病人在很危险的时候，服了这"医案不对病症"的药方，立时一蹶不振地死了。自有明白医理的检视药方，便发现了绝大的错误，明明是经了四候的伤寒，医方上却写的是三阴疟疾，医案一错，自然药剂也错了。为着庸医杀人，便连夜去请孙医生复诊，把他赚到里面，然后取出方案，向他请教。孙医生喊声："哎呀！怎么方才鬼摸了头，把前一家病人的药案开到了后一家的医方上面？"便不由得高拱手低作揖向人家道歉，自认精神恍惚，以致有了这错失。

药死了人，岂是几声道歉便可甘休？这一夜，病家把医生扣住了，锁在死人脚上。抬轿的得了消息，回去报告。医生夫人是没脚蟹，除却磕头祷告菩萨，更无他法。孙云甫为着老子骂了他，负气不肯出场。这一夜，孙医生竟在死人脚畔度这可怜的长宵。

到了来朝，丧家又遣了打手，把孙医室打得落花流水，所有"妙手回春""卢扁重生"的匾额一齐拉下，踏成了碎片。这一块银杏木的男女方脉招牌被他们取了下来，挂在附近的厕所门口，方才罢手。

扣住在丧家的孙医生，当然饱受了侮辱，虽有同道中人前去说情，但是丧家所死的是个要紧人，痛定思痛，决不肯把杀人的庸医轻轻释放。待到后来，总算承认了他们的条件，孙医生方才恢复自由。

什么条件呢？第一，孙医生坐的簇新蓝轿被丧家扣住了，须得当众焚化，化给死者在冥间代步；第二，死者年轻，没有子息，须得孙医生披麻戴孝送那死者入殓；第三，在三个月内，暂行停业，不许给人家看病。这三个条件都是很严格的，孙医生急于要求释放，也只得一一应允了。

搠霉头的孙医生回到家中，又羞又愤，卧病没多几天，便即一命呜呼！孙云甫死了老子以后，任意狂饮滥赌，不必回家干那应卯的玩意儿。如是这般地过了三五年，好好的一份人家，竟成了一贫如洗。

死了老子以后，老娘又死了，娘子又死了。凡是颠沛的人家，倒运的事自会络绎而来。幸而他曾中过一名举人，在那前清时代，看得科名尚重，人家见他这般地落拓，自有士林中人加以相当的辅助。

入了民国，孙云甫的生活一年窘过一年了。在先还在人家教读，为着他没有坐性，教读的生活又断了。好容易荐入女师范学校充当国文教员，他的人品落拓，他的国文程度还不错，但是，教了一年，他又放出他的名士脾气，摸了一个白虱放在教桌上，用指甲掐死。女学生都是爱清洁的，见了大哗，一哄而散，他的教员生涯又断了。

这天正枯坐在家中，百无聊赖地害着酒馋的病，忽见外甥邹兰西跑来，向他报告这代表开馆有吃有着的事，把他的馋虫都引了出来，口角流涎地说道："好外甥，谢谢你！"

第十八回

秋冬叠宝塔，春夏剥笋壳

今天，是赵大麻子择了吉日延请西席孙云甫先生开馆的日子。

席上的陪宾已备着知单预日邀请，都签了"恭陪""敬陪"，或者一个"知"字。仆人邀客回来，把知单给主人过目。

宓翩孙师爷	恭陪
邱逢辰师爷	敬陪
温通甫师爷	恭陪
张竹轩师爷	恭陪
汪慕仙姑爷	知
张水生师少爷	恭陪末座

赵大麻子延师，怎肯降低了自己财主的身份，和那酸气冲天的西席老夫子同座饮酒？所以，这张知单上面先写四大金刚做陪宾。

第五位汪慕仙，这是阅者诸君曾经相识的人，虎丘山下和田招弟同席的人便是他。他有家藏的十二段脆蛇，并非是信口吹牛，的确有这宝贝。他自从遇见了田招弟以后，这颗在腔子里跳荡的心，简直没有一时半刻的停止。他的娘子便是赵大麻子的千金，唤作珍珠小姐，她的芳名可谓名副其实。要是她仰卧在沙发上面，实行那"大珠小珠落玉盘"的玩意儿，把她的玉容当作玉盘看待，握着一把大珠小珠，向着她的面庞抛去，照着《琵琶行》上说的"大珠上珠落玉盘"，滑溜溜遇着滑溜溜，当然一颗也不会停滞。但是，她的玉盘出于例外的，编书的可以替她保证，大珠小珠从她面庞上滚过，至少总有十分之二恋恋她的玉容，就此停留在上面而不想活动。原来，她的玉容承袭了赵大麻子的家风，有一个个天然的珍珠垫儿，把那滚面的大珠小珠嵌在这垫儿里面。她毕竟是财主人家的千金小姐，好一个富丽的芳名唤作珍珠，好一个富丽的面庞玉盘里镶嵌着一颗颗的大珠小珠。

本来赵大麻子的千金小姐须得嫁给一个门当户对、有财有势的富贵人家子弟，为什么降格以求，嫁了一个开着茶叶铺子号称徽骆驼的公郎？这要怪着天公的不作美，无端地演一出天女散花的活剧，散花散花，散到了珍珠小姐的面上，她在七岁上便留了这缺憾，当然只好降格以求了。汪姓的财产很丰厚，又和赵大麻子素有往来，因此把赵珍珠小姐嫁给汪老板的儿子慕仙为妻，在赵大麻子的意思，宛比古人说的"王姬下嫁于诸侯"，这是一段很迁就的婚姻。

知单上面，人人都签着"恭陪""敬陪"字样，唯有这一位汪姑爷却签着一个"知"字。凡在知单上签着"知"字的，是在或来或不来之间，不比写着"恭陪""敬陪"，是含着"未吃先谢敲钉转脚"的意思。论理，丈人翁邀他做陪宾，汪慕仙断无不来之理，为什么行止未定呢？

原来，汪慕仙自从那天托名收花实行访艳以后，立志便要勾通了朱二嫂嫂母女，把田招弟弄得到手，做他的额外夫人。他分明已有了妻房，他在外面宣言，总说不曾娶过妻子，好叫小家碧玉钻入他的圈套。他在外面拈花惹草已不知有好多回，但是所见的无非庸脂俗粉，谁也不配做他的额外夫人。他看得十二分满意，以为适合额外夫人之选的，只有这卖花人家的寄女儿田招弟。只是可惜已有了婆婆家，而且听得朱二嫂嫂说起她是崇拜礼教的女郎，休想可以弄得到手，分明是一朵有刺的玫瑰花。

从来做浪子的通病，"隔墙果子分外甜"，越是不易到手，越是涌起着舌底馋涎。田招弟的一副正经面孔，断难加以非礼，他在朱嫂嫂家中业已领略过了，他非但不灰心，反而激起着他的热恋。他见田招弟天真烂漫，喜听故事，吴大块头讲的脆蛇落地，听得她津津有味，这便引起他蛊惑良家女子的心，若要田招弟堕他术中，须得打从脆蛇入手，只为脆蛇却是一种特效的媚药啊。

脆蛇是汪姓的传家宝，无论至亲好友都不肯借出，除非有了跌打损伤的病痛，向汪姓乞取灵药，汪老太太方才亲自动手在那风干的脆蛇上面刮取一二分重的残屑，便可以得到一种不可思议的神效。至于整个的脆蛇，借到外面去供人欣赏，这是万万办不到的事。

这不是汪老太太的吝啬，只为她知道这般的灵药，有一利必有一弊，接骨接盆，其效如神，这便叫作利。万一有人把它作为媚药之用，只需在连接的两段，将脆蛇上面各各刮取一小片，分藏在男女双方的裤带里面，一经得到丹田的暖气，无论双方情如冰灰，也会陡然间发生热恋，变作了如胶如漆。要是不良子弟得了这媚药，便可破人贞操、坏人名誉而有余，这便叫作弊。

当年汪老板得了这整条的脆蛇，以及其他的零星脆蛇，被汪老太太知晓了，只许存放在徽州老家，不许携带出外。汪老太太是恪守旧道德的，以为脆蛇的效力敌不过它的弊端，纵使医好了十个跌打损伤的病者，只需破坏了一个清白妇女，那便罪恶超过了功德，将来不免要堕入泥潭地狱。汪老板听从母命，便把这脆蛇交付老母收管，人家乞药，只把其他的零星脆蛇作药齐，而这整个十二段的脆蛇，依旧很完好地锁在铁箱里面。

汪慕仙的初意，本想拍一个急电到原籍老家，嘱令把这整个脆蛇封裹完好后，寄往苏州应用。但是转念一想，祖母老太太为人素来谨慎，且又多疑，无端拍电去索取脆蛇，非但索不到手，并且要引起她老人家的疑云。不如借着省问老祖母为名，到原籍去走一遭，顺便觑个机会，在十二段脆蛇里面窃取打着连号的两段，带往苏州，那么一本正经的田招弟，不怕不做他金屋所藏的阿娇了。

汪慕仙挂着省亲的幌子，正待整装出门，忽地丈人家送来一纸梅红知单，专请他在翌日午刻陪着新聘的西席老夫子孙云甫孝廉饮酒。他正急于动身，谁有闲工夫赴这事不干己的筵宴？但是，丈人峰的命令又似乎违拗不得，没奈何，在知单上签着一个骑墙式的"知"字，表明来与不来未敢预决的意思。

赵大麻子看到了知单上面的签字，只有张水生写的"恭陪末座"四个字最为端正，似乎温通甫也没有写得这般结构。其中最不堪的，这便是他的令祖汪慕仙所书的一个"知"字。非但歪歪扯扯，而且左半的"矢"字，写成了"失"字，很普通的字还要误写，端的太不成模样了。再者，人人都写"恭陪""敬陪"，唯有他一人签个"知"字，赵大麻子益发不悦，向那仆人盘问底细。

"你曾面见姑爷吗？究竟来不来呢？"

"面见姑爷的，他正在收拾行李，要到安徽去。我们姑奶奶说，请老爷不要等候他，来与不来，不能说定。"

"我也知道他要回徽州去，但是早不走迟不走，偏是我们请他陪着先生吃开馆酒，他便急急地要动身了。你再到姑奶奶那边去走一遭，你传我的话，倘使今天吃开馆酒，请不到姑爷做陪宾，从此以后，姑爷那边有什么宴会，我也永远不去赴席的。"

"是，是，遵着老爷的吩咐，去催姑爷到来。姑爷不来，只需姑奶奶的嗓子一响，他便不敢不来了。"

仆人去后，赵大麻子兀自余怒未息，喃喃地自言自语："这小子真不识相，我们金枝玉叶的名门闺女，嫁给他一个市侩的儿子，他还不识好歹，专在外面胡行乱走，逢着朔望，常常忘却到丈人家中来请安。"

待到赵府设宴延师的时候，许多陪宾同时齐集，这位祖腹东床汪慕仙先生，在那泰山压卵之下，当然不能缺席，只好展缓一天回乡取脆蛇，且到丈人家去一走，敷衍赵大麻子的门面。

号称落拓的孙云甫老夫子今天浑身打扮一新，坐着漆光可鉴的包车来到赵府，行开馆礼。入门以后，赵大麻子勉强相迎，在花厅上分宾主坐定，略谈了几句寒暄的话。张竹轩便来代表东翁陪着先生用茶用点。赵大麻子只向孙落拓拱拱手。

"老夫子，再会，再会。"

孙落拓待要离座答礼，赵大麻子早已还身入内去了。张竹轩代表着东翁，陪伴这位孙落拓孙老夫子，名曰陪宾，实则监视。这个差使是竹轩面向东翁请求的，赵大麻子正要有这一位代表，当然接受着他的请求了。

张竹轩为什么要求做监视员呢？实在孙落拓的名声太大了。他有两段落拓史，苏州人大半当作笑话讲。其一，每逢新雨初晴，孙落拓兀自穿一双落伍已久的黄皮旧钉靴在街坊上行走，诸人见了已是好笑，谁料他更有可笑之处。有一天，朋友去看，只为宿醉未醒，他兀自高卧板床，朋友把他唤醒了，他才揭开被头，慢慢地伸那穿着钉靴的脚跨下床来。朋友大笑道："孙先生，你太诧异了，天晴已久，尊足尚穿钉靴，而且盖在被窝中，睡在板床上面，一些不知肮脏，真个笑话其鼻涕，诧天下之大异了。"孙落拓正色答道："你休少见多怪！"昔人"不脱襄衣卧月明"，孙云甫不脱钉靴卧板床，正是一般的"雅人深致"。

其二，孙落拓所穿的衣服，自秋至冬，用着叠宝塔的方式，自春至夏，用着剥笋壳的方式。怎么叫作叠宝塔？便是叠了一层又是一层。他在新秋时，把一套夏布衫裤当作基本衣服，天气稍凉了，夏布上面加着木棉衫裤，再加夹衣，再加棉衣，加到一件七穿八裂的呢大衣，这时候，已在严冬天气了。怎么叫作剥笋壳？便是剥去一层，又是一层。到了春天，东风解冻，他身上这件破大衣穿不住了，这便是第一层笋壳，须得首先剥去。天气又暖了，剥去夹衣单衣，直剥到贴肉的基本衣服夏衣夏裤，这时候已是盛夏天气了。

张竹轩的监视，便是监视孙落拓身上所穿的借来衣服，他暗暗懊悔，不该把这十块钱的赁衣费打一个七折，看他穿了体面衣服，全没有丝毫矜惜之心。方才赵天生拜见先生，照例立受学生行礼，不须答拜，孙落拓偏做谦谦君子，还他一拜，还他一拜不打紧，但是苦了张竹轩的衣服，未免沾受些灰尘。孙落拓的吸水烟又是一等大量，抱着这一支业已落伍的水烟袋吸了一筒又一筒，非到烧去三个长纸吹轻易不肯放手，不肯放手不打紧，但是苦了张竹轩的衣服，未免沾受些烟灰，偶不注意，或者烧了几个小窟窿。

尤其使张竹轩见了攒眉的，便是孙落拓的袖子里面还露出很肮脏的葛布衬衫。料想里面一定有许多蠕蠕活动的小生命，万一突出重围，又苦了张竹轩的衣服，待到物归原主，一定有一部分的节足动物做赠品。

恰才当着东家，不好通知老夫子留心衣服，现在赵大麻子到了里面，张竹轩再也忍耐不住，便轻轻地说道："孙老夫子，你手里的水烟袋可以放下了。"

孙落拓向张竹轩瞪了一眼道："竹翁，倒也好笑，我吸的是主人翁的水烟，何须足下横加干涉？"

"老夫子忘怀了，你吸的是主人翁的水烟，穿的却是兄弟的衣服，你看水烟筒头里的水渍滴到长衫上来了，快放下这水烟袋吧。"

孙落拓放下水烟袋，却去解着马褂上的纽扣。

"老夫子做什么？"

"竹翁既然舍不得这套衣服，孙某可以脱下奉还。宁可礼貌不周穿着短衣，不可放下水烟袋饿煞烟鳖虫。"

"老夫子不用宽衣，你吸你的水烟便是了，任凭你吸到什么时候。"

张竹轩说的是负气话，孙落拓却老实不客气地重又捧着这只不合潮流的水烟袋，泼洛泼洛地吸个不止，当胸解去的纽扣也不想扣上了。转是张竹轩见了过意不去，代他扣上了。

贪了这笔赁衣费，苦了这位张竹轩先生，他接二连三地替孙落拓尽那不相干的义务，手执着帕子，挥去那落在衣服上的纸灰和烟屑。赵姓仆人见竹轩向这位西席先生这般殷勤奉承，怎不老大诧异？谁知竹轩奉承的是自己衣服，不是奉承孙落拓，只需孙落拓还了他的衣服，无论孙落拓落在水中或跌入坑里，他一定不来援手。

待到午刻，筵席设在花厅上面，一切陪宾都到了，便是不愿前来的汪慕仙，也只好列席相陪。坐首席的当然是孙落拓老夫子，坐末席的便是曾唱掼稻喏的张水生。

张竹轩为着保护衣服起见，便坐在孙落拓的左侧，每逢敬酒、敬菜，总是这般说："老夫子请留心衣服。"

温通甫和宓翩孙大谈其书画，邱逢辰只顾吃菜，连连称赞今天的开馆菜特别讨好。汪慕仙和张水生初次相逢，问了他的姓名，水生一一说了。

竹轩便道："他是舍侄，新从白马涧上城，一切礼貌规矩都不晓得，要请慕翁原谅。"

汪慕仙听到"白马涧"三字，忽然想着田招弟也是白马涧人，忙道："你原来也是白马涧人，我要问你，白马涧有一位美人叫作田招弟，你认识吗？"

水生猛不备有这一问，面都红了，轻轻地答道："她是我们乡间的人，汪先生怎么知道她？"

"岂但知道她，并且……"

"并且什么？"

水生问这话时，音都颤了。

"并且和她同席饮酒，她和我坐在一张板凳上。唉！这么一个美人，据说配了乡下小子，好一块羊肉落在狗嘴里。"

水生陡地一惊，手中的牙筷跌落地上，和煮酒论英雄的刘皇叔一般仓皇失措。

第十九回

门槛与裤子

　　张水生一个惊惶，筷儿落地，在座的除却张竹轩，谁都不知道水生的心事。竹轩是灵巧的人物，忙替他侄儿掩饰道："水生，你不脱乡下孩子气，今天赴宴，是你自出母胎第一遭，手忙脚乱，筷儿落地。亏得大先生没有同席，要不然又得把你一顿训斥，和那天唱了掼稻喏一般。"

　　汪慕仙笑着说："同是白马涧的人，俊的太俊，蠢的太蠢。俊的呢，眼睛里都会说话，似我所见的田招弟，竟是一朵解语的花。蠢的呢，第一次赴宴，手脚都没有摆处，便是同席的小张，宛比着一只呆鹅。"

　　在座的听了，很有几个人向着张水生注视。水生好觉没趣，又碍着叔叔在座，不能和汪慕仙抢白几句。宓翻孙也是个登徒好色，最喜谈那脂粉队中新闻，便问着慕仙："你和她并坐饮酒，可曾有什么花头？"

　　"花头呢，迟早总有一天。"说到这里，向左右望了一望，见老丈人不在这里，只有小福在旁边伺候，便道，"小福，你不是搬唇弄舌的人，我知道你是很老实的。待我从徽州回来后，多荐你几次充当拆管，好叫你多赚些外快。"

　　"姑爷放心，我只会替姑爷添好话，不会放姑爷的红老虫，这是姑爷知道的啊。"

　　温通甫拈着几茎鼠须，笑说道："慕仙，大丈夫须得侃侃而谈，为什么畏首畏尾，欲言又止？"

　　"老温，你可知道犯着忌讳吗？在公安局门前不谈赌，在大雄宝殿上不讲嫖，在结婚人家不唱宁波人哭小郎妙根的娘子哭青天，在老丈人家中不谈白马涧中的美人田家的雌儿叫阿招。"

　　宓翻孙停着杯道："慕仙快说，你的老丈人和老丈母恰才进城看戏去

120

了，你的太丈母是在里面念佛，天生官官拜过先生后，怕叫他念书，已不知躲到哪里去了。在座的都是吾道中人，不肯搬唇弄舌，小福又不放红老虫，但说何妨？"

说的这一句，宓翩孙的馋涎已流到了嘴唇外面，惹得邱逢辰笑将起来。

"老宓谈到女色，总是这般穷形极状。慕仙休得讲给他听，让他难过。"

"小邱，你姓了邱，你的行为也邱极。慕仙谈他的艳史，和你何干，要你从中干涉？"

在座诸人只有张水生如坐针毡，觉得坐在这里不是，离开这里也不是。坐在这里听人家谈论他的未婚妻，精神上异常痛苦；离开这里，又不知小汪口中要说出什么话来，须得听个清楚，才有对付的方法。他又暗自安慰，以为他的未婚妻绝不是摩登女子一流人物，任凭小汪怎样诱惑，她总是守身如玉。

"讲便讲给你们听。今天坐首席的是这位孙老夫子，我们谈些吊膀子，恐怕亵渎了老夫子，孙老夫子，你不怕亵渎吗？"

孙落拓高坐首席，百不关心，只努力于他的饕餮工作，他怎有这个空闲舌头和在座的敷衍？他以为多敷衍一句话，便是少吃了一些东西，最好众人不去睬他，由着他开怀独酌。偏是在慕仙不识相，唤着孙老夫子，他便不得不说话了，但是，他的喉咙里受了一块排骨的压迫，只好含糊说道："不怕亵渎，我只努力我的吃局。"

张竹轩轻轻地说道："老夫子努力吃局，还得留心衣服。"

张水生暗暗地在那里联句道："我的心里，不由得必卜必卜。"

于是，汪慕仙干了一杯酒，细谈他的片面的恋爱道："田招弟便是卖花人家朱二嫂嫂的寄女儿，朱二嫂嫂卖袋袋花，要拉拢我这大主顾，便央告她的寄女儿陪我饮酒。田招弟羞人答答地不答应，怎禁得朱二嫂嫂再三央求，她便勉强答应了。答应虽然答应，可是她不肯和我一板凳坐。"

张水生咬了咬牙齿，暗暗地骂一声朱二嫂嫂老虎婆。

宓翩孙催促道："往下讲吧，她不肯和你并坐便怎样？"

"又亏得朱二嫂嫂转圜得好，便向她寄女儿道：'坐得正，立得正，哪怕和尚道士同坐一板凳。汪先生是规矩人，你便并坐何妨？'田招弟便微微一笑，和我在一只板凳上坐了。"

张水生只饮得一杯酒，面上已烘烘地热了，但是暗自宽慰未婚妻不是这般人，耳闻是虚，眼见是真。宓翩孙却又挂着馋涎道："同坐在一板凳上便怎样？你可曾摸摸索索？"

"岂有此理！你当这位田小姐是何等样人？"

慕仙沉着脸道这几句，宓翩孙似觉出于意外。但是，水生听了，不禁点头拨脑：原来小汪也知道我未婚妻的贞洁，他合该知难而退了。

"慕仙，你休像煞有介事，同坐在一板凳上面，哪有不摸摸索索的？你只是在我老宓面前假撇清。"

"老宓，你不要把她当作路柳墙花。"

"不当作路柳墙花便怎样？"

"她是一块无瑕的美玉，城里的女子休想比得上她。"

"怎见得呢？"

"一者，比不上她的姿色。城里的女人，三分颜色七分装，唯有她却是七分颜色三分装，听说乡村中是出产美人的，从前的西施，也只是个乡村女子。二者，她这副端庄稳静的态度，和我坐在一起，却不见半点轻狂，凭我害着色情狂，也不敢冒昧尝试，有这摸摸索索的卑劣手段。"

"慕仙，你休骗我，不信一个小家女子会得这般持重。"

"老宓，你说这话，你的门槛不精了。越是小家女子，越是不容易到手，你不听得有几句老话吗？'大人家，铁门槛，纸裤子；小人家，纸门槛，铁裤子。'"

"这话怎么解？"

"有什么难解？你看赫赫炎炎的人家，门上都用一口京片子的家丁照墙左右添着岗位，设着请愿警，小白脸、拆白党休说无法闯入他们的大门，便是在门口舒头探脑，也要惹他们守门人吆吆喝喝，或者把'形迹可疑'四个字当作罪名，立时交付岗警，解到局子里去。老宓，你试想想，这不是铁门槛吗？只需你有本领闯得进这一重铁门槛，不受京腔守门人的吆喝，不会交付岗警捉将官里去，由着你大模大样直入内堂。到了里面，那便如入无裤子之境了。我先补着漏洞，不是里面的眷属，都和着模特儿一般，她们的裤子是穿的，不过她们所穿的裤子都成了纸头制的，而且不是坚韧的桑皮纸、牛皮纸，只是小儿写字的竹帘纸，一碰便破，费什么吹

122

灰之力？这便叫作如入无裤之境，这便叫作纸裤子。"

在座的听了，除却努力饮食的孙落拓、满腔心事的张水生以外，谁都笑不可抑。尤其是宓翩孙，笑了一阵，又催着小汪往下讲。

小汪举着箸道："菜来了，吃些菜再讲。你看闷不发声的孙老夫子，专用着偷营劫寨的方法，一碗鸽蛋，拢总只有十枚，倒被他吃了五个。"

孙落拓受人讥笑，依旧不答话。他对于美酒佳肴是很努力的，对于热嘲冷骂却是视而不见、听而不闻。这真是刘伶《酒德颂》中所说的"静听不闻雷霆之声，熟视不见泰山之形，不觉寒暑之切肌、利欲之感情"。

小汪饮过一杯酒后，又继续他的谈话：

"什么叫作纸门槛、铁裤子呢？便是一门两闼的小户人家，任凭张三李四，尽管可以借脚上阶头，跨进他们的大门槛，只为这门槛宛比是纸做的，一踏便破，没有什么坚固的阵线。但是，进门以后，你要和他们的大小姐有什么花样，这是难上还得加着一个难字。一者，二瓦两舍，沿街浅屋，如何避得过众人的耳目？不比大户人家，有许多空着的屋子，什么鸳鸯厅、什么蝴蝶轩，尽可以去做那鸳鸯交颈、蝴蝶双飞，供给那鸳鸯蝴蝶派的小说家去描写。二者，小户人家的大小姐，虽然常和男子见面，但是除却说说笑笑以外，休想有进一步的工作。不比大户人家的眷属，每逢出门，便有许多丫鬟拥护着，坐在车中，做出端庄模样，谁敢去盯她们的梢、转她们的念头？但是，有人闯得进她们的门槛，便是你抢我夺，和林之洋进了女儿国相仿了。老宓，你可知道这位田招弟小姐，非但穿的是铁裤子，而且铁裤上面还通着电流，要是冒昧去碰她一碰，管叫触电而死。"

宓翩孙听了，半疑半信。但是，张水生的心头，宛比掇去了一块石，暗暗自慰：这才是我的未婚妻，朱二嫂嫂枉费着心机，看来小汪也只有知难而退了。

谁知小汪忽又很高兴地说道："老宓，不是我在你面前吹牛，要是门槛不精的朋友，到这地步也只好罢休，独有我小汪生就冒险的精神，任凭她穿了铁裤，通着电流，我偏要攻破她的铁裤，截断她的电流。"

当的一声，水生手里的银杯子跌落在地上，便惹着老宓说笑。

"竹轩，你这位从白马涧上来的令侄又闹笑话了。亏得是银杯，要是玉杯，那便碎了。"

竹轩明知水生受了这重大的刺激，以致失手堕杯，但是不好明言，只得向水生说："你休要闹笑话，这般土头土脑，使我面上不好看。"

水生拾起着杯子，肚里这么想：我的未婚妻被人家侮辱，做叔叔的也未必有面子。

"老宓，我心头实在气不过，好一朵鲜花插在牛屎上。听得朱二嫂嫂说，她已是许给了一个乡下小子，幸而没有过门，要不然，这朵鲜花非但插在牛屎上，而且深深地埋在牛屎里面，这不是大大的罪过吗？"

邱逢辰久不说话了，忽又替水生解嘲："乡下小子里头也有人才，即如竹轩的令侄，虽是生长乡村，却写得一笔好字，怕不好说是一堆牛屎吧。"

其时，小汪已有了些酒意，笑说道："任凭写得一笔好字，也只是一堆牛屎，不过牛屎上面加些香料罢了。田招弟的未婚夫，朱二嫂嫂不曾告诉我是谁，据我想来，无论有香料，没有香料，总不离乎是一堆牛屎。幸而田招弟遇见了我小汪，多分她命里不该埋没在牛屎之下，所以得见救星。"

"你怎么地救她？"

"老宓，不用性急，管叫你在最短期间……"

小汪说到这里，便摸酒壶，遣开了小福。

"小福，酒冷了，你交给炉子上，烫得热了拿来。"

小福走后，小汪轻轻地说："他虽然自称不肯搬唇弄舌，但是瓶口扎得住，人口扎不住。讲到紧要关子，须得把他打发开了，才好说话。老宓，须知我最是侠气冲天，惯替世人抱不平，老天爷生下一个十全十美的妙人儿，非同小可，要是真个由着她埋没在牛屎堆里，岂不要哭煞了天下多情男子？第一个哭煞的便是区区汪慕仙。"

在座的听了，大半替他肉麻，唯有水生听了，激起着心头的火，要不是碍着他叔父的饭碗问题，早已一巴掌飞去，打得他七荤八素。

温通甫徐徐地说一句冷话："慕仙，你依旧好好的没有哭死啊？"

"温先生，你说这句话，我要省去先字，唤你一声温生了。你听话不管上文，端的可笑之至。我说她真个埋没在牛屎堆里，我要替她哭煞，但是，她遇见了我这义侠冲天的汪慕仙，她便不会埋没在牛屎堆里了。我有本领把这一朵插在牛屎里的鲜花拔取下来，用清水洗濯干净了，供入羊脂白玉瓶里，放在美丽的洋楼上面……"

"姑爷!"

"小福，酒壶呢?"

"酒随后便来了，姑爷，你可知我们姑奶奶也回来了吗?"

"是什么时候来的?"

"恰才回来，我得了消息，便来告禀的。姑爷，留神说话，我小福不会搬弄是非，姑奶奶的身边却是耳报神很多。"

自从小福报告以后，恰才健谈的汪慕仙装作了秋后寒蝉。老宓、老温也都识相，不再去盘问他的艳遇，防着这位珍珠奶奶飞出一只长二式的板凳。什么叫作板凳? 这事有补叙的必要。

有一天，宓翩孙、温通甫两人在汪慕仙家中小酌，他们都是无话不谈的熟人，酒酣耳热以后的谈话，渐渐说到女色上面。起初，小汪有所顾忌，由着宓、温两人谈论，本人不敢参加一议。然而酒的别号很多，有的说是钓诗的钩，有的说是扫愁的帚，我以为这是酒的副作用，不是酒的正作用。何故呢? 只为酒称钓诗钩，遇着不能作诗的人，这钩便失其效用了;酒称扫愁帚，遇着无愁可扫的人，这帚便如同虚设了。所以，扫愁帚、钓诗钩，只占得一部分的效用，只好说是副作用。酒的正作用，叫作开动话匣的钥匙，任凭静默不言的人，到了"三杯开大道"以后，也会滔滔不竭地谈论起来，这是很普遍的酒后常态，所以说是正作用。

小汪饮到有了几分醉意，一杯杯的酒都是话匣上无形的钥匙，不知不觉地也跟着宓、温二人大谈其花天酒地的经历。谁知侍奉左右的人都是醋娘子的暗探，外面的谈话，自有头报、二报的报入珍珠奶奶的中军帐中。珍珠奶奶不听犹可，一听这个消息，翻转石榴皮的面孔，堆满着许多怒意，提起着一条长凳，匆匆地奔往他们饮酒的地方，直向酒席上抛去。哗啦啦，杯盘尽碎，激起着许多羹汤，溅得主宾身上淋漓尽致。

宓、温二人得到了这个教训，便即变换着论调，今天不敢谈风月，只谈些规规矩矩的话，慎防她第二条板凳从里面飞来。

未及席散，已不见了张水生，众人只道他不胜酒力，逃席而去。谁知他换了来时的衣服，穿一件闷青布长衫，摄一双杜做布鞋子，肩上挎着一个青布长褡裢，一头纳些零碎东西，一头插一柄柏油雨伞，前来向张竹轩告别。

“叔叔，我要回去了。”

“水生，你休鲁莽，且到房中，我有话和你说。”

“叔叔，我的方寸已乱，不及恭听叔叔的教训了。”

水生道完这几句，三步跨作两步地出门而去。

第二十回

楚歌四面的未婚夫妇

张水生不待席散，已改换着来时的衣服，掼上褡裢，插上雨伞，牺牲着豪富人家的小师爷，去做他白马涧中的乡下小子。他所切切在念的，便是小汪口中的田招弟，他一离着赵大麻子的门墙，便急急地雇着车到虎丘去走一遭。

诸君大概记得吧，第十一回被周兰芬校长呵斥着："曲死，不识相，好大胆！擅敢和我们会员接谈，冲动我们美的阵线！从人们，快把他撵下山去！"她所呵斥的，便是离着盛筵来寻未婚妻的张水生。

做了一校的女校长，当然是全体女学生的表率。一听校长呵斥，她们便同声响应起来。

"小瘪三，滚开来！若不滚开，打煞你这小瘪三！"

"乡下曲死，死里死气，滚你娘的蛋，放你妈的屁！"

"叫花坯，好大胆！冲动美的阵线，宣告你的死罪，快快快，推出辕门去斩！"

诸君，你看美的游行队、简直名不虚传，不愧是美的教育中培植的出色人才。她们不但装饰美、声调美，全身表现着乳臀腿的三部曲美，便是在那骂人的学问上，也曾淋漓尽致地受着美的洗礼。听吧，这呖呖的莺声，骂瘪三的、骂曲死的、骂叫花坯的，都带些歌曲化，可以填入五线谱里，这是多么的艺术美啊！

土头土脑的张水生并不软化莺嗔燕叱之下，他竟硬朗朗说道："校长先生，你是教育界中人物，怎么出口伤人？这位田女士业已离校多年，一切行动不受你校长先生的干涉，我是她的未婚夫婿，我们谈话是我们的自由，着甚来由要受你们的呵斥和侮辱？我只知道办理教育的，须得三育并

127

重，似这般艳妆游山，是教育界中未有的怪象。你引诱自己校中的学生，和我不涉，你不该引诱我的未婚妻加入你们这伤风败俗的团体。你无权把我撵下山去，我却有权把你的渎职行为向教育厅去控告，你挂着三育并重的幌子，三育并重在哪里？"

周兰芬女士梦想不到乡下小子口中有这一大篇的理由，着了一呆。其时，教育厅中正有训令要挽回教育界的颓风，张水生声称要向教育厅去控告，这是要真便真、非同儿戏的事，她又不禁呆上加呆。游山会中的陆三宝却替周校长大抱不平，掩着粉红手帕，走上几步，向张水生大加训斥：

"你这瘟乡下人，休要在这里瞎三话四。你算扳着了我们差头，横一句三育并重，竖一句三育并重，以为大道理压倒了我们。哼！瘟乡下人，你道我们的三育是德育、智育、体育吗？那便你做了缠夹二先生了。"

"不是德育、智育、体育，此外还有什么三育？"

"哼！瘟乡下人，你年纪还轻，你的脑筋却是腐化的脑筋。什么德育、智育、体育？这是腐化分子主张的三育并重，现在已落伍了。我们簇簇生新的女学校，另有我们的新三育，你这瘟乡下人哪里晓得？"

"什么叫作新三育？我却从来没有听得。"

陆三宝正要发表她的新三育，周兰芬却着了急，这"新三育"的名词，是本人捏造出来哄骗学生的，恐怕陆三宝一时嘴快，说给那乡下小子听了，又被他拾着了差头。于是拉了陆三宝的衣袖，连连地止住她：

"三宝，休和他多讲，他是个呆子。"

"校长先生，我气不过，他越是呆子，我越要教导他一下子。喂！乡下人听着，我们的三育不是从前丁老头儿主张的德育、智育、体育了。我们的三育是我们亲爱的校长周兰芬女士发明的新三育，她有一首《新三育歌》，我念给你听，也好叫你减少一些瘟气。

何谓新三育？
新三育分三部曲。
第一部曲第一育，
名字叫乳育，
乳的教育要高矗，
越是高矗越有福。

128

第二部曲第二育，

名字叫臀育，

臀的教育线而曲，

线而曲兮风头足。

第三部曲第三育，

名字叫腿育，

腿的教育要露肉，

肉既露兮动人欲。

"喂！瘟乡下人，你笑我们不是三育并重吗？瞧吧！你瞧我们的乳育、臀育、腿育，不是达到十二分的美满吗？"

张水生却是一个少年老成者，听了这荒乎其唐的新三育，长长地叹了一口气道："唉！害人不浅的教育，谬种流传，愈办愈不是了。姊姊，我们下山去吧。"

田招弟正要跟着水生下山，却被旁的会员拉住了。她的表姊朱荷珠尤其扫兴，便把招弟拖过一旁，轻轻地说这许多咬耳朵的话："招弟妹妹，不是我撺掇你，今天游山，你坍得下这个大台吗？目今世界，男女平权，男有男的自由，女也有女的自由。你还没有过门，这乡下小子便摆出丈夫的声势，气昂昂地跑到这里干涉你的自由，待到将来过门以后，不是益发要把你缚手缚脚吗？你听他的说话，好像空棺材出殡——目中无人。得罪了同来的会员，又得罪了校长，宛比痴狗般地任意咬人，开口一声未婚夫，闭口一声未婚夫，他这未婚夫可卖多少钱一斤呢？招弟妹妹，我告诉你，休说他是你的未婚夫，便是真个和你成了夫妇，似他这般地横冲直撞，你也须得和他活动头，现在呢，不过和他定了婚约，益发轻描淡写了。城里不比乡下，到处都有律师，和他解除婚约，免得受他的气。你这头亲事本来是错配的，我妈说'好一朵鲜花插在牛屎上'，我看他这副嘴脸，分明牛屎要压到你这一朵鲜花上来了。招弟妹妹，趁这机会，你快和他翻下脸来，我们全体都肯帮你的忙，只需你骂他一声，我们便结着骂的团体，骂得他十七八代的祖宗都在地上发疼。只需你打他一下，我们便结着打的团体，打得他走起路来一跷一拐。好妹妹，快快骂啊，快快打啊！"

田招弟心中也怪着张水生突如其来，经着朱荷珠这般撺掇，她虽不肯骂他打他，但是也不肯跟着他走。

张水生见招弟欲行又止，便又催促道："好姊姊，休得受人愚弄，我和你乘舟下乡去吧！"

招弟尚没有应答，陈善宝又把她拖过一旁，轻轻地咬着耳朵说："我是看着会员分上，须得向你进一番忠告。这个乡下小子太无礼了，架子十足，摆出了丈夫模样，不管你面上难看，把你吆吆喝喝地押下山。你若甘心下山，便是扫尽了我们全体会员的脸。平权世界的女子，大家都争着要抬头，簇新头衔的美的游行队的女会员竟被一个乡下小子唤狗似的唤着便跑，我们的女会员还有抬头的日子吗？关系你个人的面子还小，关系我们全体的面子便大了。今天的事，便是男女平权的大决赛，你快快鼓动着你的勇气，只要你一破口，我们便下着骂的总动员令，只要你一举手，我们便下着打的总动员令。"

田招弟也觉得跟着水生走，确乎和自己的面子有关，打他既不忍，骂他又不愿，只是连连地向水生摇手，表示她不能接受他的要求。

"好姊姊，你难道忘却了我们的爱情吗？"

张水生很紧张地说这话，但是许多女会员听了，个个都扁起着这张嘴，只有躲在粉红手帕里的一张陆三宝的嘴没有明显地扁在外面。其时，田招弟的周围拥着许多人在替她献谋划策。

"姊姊，你向他说，谁和你有什么爱情？"

"妹妹，我做了你，便刮辣松脆地说，我不认识你这瘟死。"

"姊姊，你怎么配了这瘟生？须得及早赖婚。"

"妹妹，你今天的台坍得不小啊！再不翻脸，你也要受人家唾骂。"

田招弟觉得众人的计议都有相当的见解，今天花团锦簇的游山会，未婚夫不该这么打扮地前来寻找，惹人家左一声乡下小子、右一声瘟死，好叫我难受。她其时芙蓉的嫩脸上，便有些怫然不悦的表示了。

"好姊姊，时候不早了，你是肯听我的话，你不记得曾说我是你命运中的灯塔吗？不记得曾说将来我到哪里你也跟我到哪里吗？好姊姊，若是下山，是这时候了。"

田招弟芳心微动，又想跟着水生下山。她的表姊朱荷珠拉着她，不许她走。"招弟妹妹，我好容易请你到虎丘来，住得没多几天，你便跟着他走，你对得住我吗？对得住你寄娘吗？对得住周校长以及其他的姊妹吗？"

陆三宝也来参议："招弟妹妹，你不给他一些厉害，还得唠唠叨叨在你面前嘈个不休。"

陈善宝也来划策："今天很荣耀的游山会被这曲死一闹，闹出了许多笑话，简直是倒了十七八世的霉。招弟姊姊，听得吗？他说你把他当作灯塔看待。我想不见得吧，生得白白净净、穿得挺挺括括的西装少年，你或者把来当作你命运中的灯塔，他是一根蜡烛，他配做你的灯塔吗？招姊姊，快快当面申斥他，休在这里坏人名誉，捏造什么谣言。你若不言，你便是默认了。你想我们很摩登的游山会会员，竟把一个蜡烛式的曲死认作很光明的灯塔，你便不羞，我们也得替你羞死了。"

陈善宝这么一说，其他的会员都来撺掇田招弟否认这句灯塔的话。休说会员，便是不相干的闲人也是恨恨地说："这乡下小子太无赖，不和他翻脸，他便越扶越醉了。"

在这楚歌四面之中，竟使田招弟不由自主地向着张水生说道："你要回去，你回去便是了，谁和你说的你是我的灯塔？"

田招弟只是轻轻的几声，然而会员们已仿佛下着骂的总动员令了。

"曲死，不要你的面颊骨，喷你的蛆，嚼你的舌！"

"乡下赤佬，不要你的面皮，嚼你的舌，喷你的蛆！"

"瘟赤佬，杀千刀，你再强凶霸道，拖下去便是三百记藤条！"

"阿木林，弗要凶，你要吃天鹅肉，你到剑池旁边去照照这副癞蛤蟆的尊容！"

张水生益发惶急了，众人骂他，他不发急，发急的是田招弟否认他是命运中的灯塔。他含着热泪说道："姊姊，你难道忘却我是你的未婚夫吗？"

他的颤颤的声音抨击着她的心扉，陡觉芳心一软，田招弟也有些珠泪盈盈了。但是朱荷珠怎肯功败垂成？她认为今天的未婚夫妇小冲突，是她从中生利的大好机会，只需今天一决裂了，小汪托她的事便可以立时进行。她见招弟含泪便是情丝未断的象征，她又从旁撺掇着："我的妹妹，这小赤佬益发削你的脸了，当着许多人，自称是你的未婚夫，这不是明明侮辱你吗？你瞧，许多姊妹们都在笑你，千人石上的许多看客们都在笑你，要是忍下这口气，小赤佬益发大胆了。他以为未婚夫有无上的权威，论不定扯住了你这烫成波纹的短发，一口气拉下山冈，你不声张，我们也没法把你救回。我的妹妹，二十世纪的女权世界，做妇女的莫大羞耻，便是一举一动受着丈夫的干涉。况且他又不是你的丈夫，只需你一否认，他的婚约便不能成立了。"

陆三宝掩着粉红手帕，向着招弟催促道："你快说吧，只需你不承认他是未婚夫，这婚约便成了废纸。他不服罪，我们可以在旁助威。"

陈善宝伶牙俐齿又去挑动观众不平。

"诸位，这小赤佬不是发了狂吗？他和我们的田招弟同志，不过是同住一乡的关系，他竟来干涉我们田同志的自由了。欺侮着田同志是个琐琐女郎，他竟在人前自称是田同志的未婚夫了。诸位试看，田同志是个千娇百媚的人，怎会许配这个人不像人鬼不像鬼的乡下小子？要是任着他把田同志逼往乡间，我们游山会中立时减色，只为田同志是游山会中一颗光芒十足的明星。"

陈善宝的挑拨手段好不厉害，她若在山下的小茶寮中说这一席话，里面的茶客纯是旧式社会中人，还没有忘却"夫为妻纲"这一句落伍的话，对于陈善宝的挑拨，非但不肯盲从，而且要引起全茶寮的反响。唯有她在千人石畔，向着两旁观众这么一说，他们肯跟着游山会拾级登山，当然都是寻芳队中的魁首、逐艳会中的领袖了。没有听得挑拨的话，已替田招弟不平，何况陈善宝在那里推波助澜呢？于是，两旁观众激起了一片不平声。

"瘟赤佬，瞎三话四，你再说是田同志的未婚夫，试试你穷爷的手段！"

"小鬼头，不识相，你要把游山会中的明星逼下山去，万万不能！"

"田小姐，不要慌，我们都肯替你出力，只需你当着大众，声明他不是你的未婚夫。"

这时，田招弟可为难了：默认他是未婚夫，经着众人这般地沸沸扬扬，本人的面子上确乎下不过去；不认他是未婚夫，在道德上、良心上益发下不过去。她在忖量时，怎禁得包围她的男男女女催的催、激的激，哪有她从容考量的余暇？仙人都怕包围，何况是凡人呢？她不由得皱着柳眉，惨淡着梨花面，道了一个"罢"字。朱荷珠这一辈人听了这"罢"字，觉得有胜利的希望，当然是很快意地听下去。然而，惊坏了乡下小子张水生，忙向着招弟哀告道："姊姊，你忘却了春间一句话，你不是说

'我的性命还是弟弟救起'吗?"

田招弟听了,珠泪直抛地说道:"罢,罢!我只对不住……"

说到这里,咽住着说不下去。

朱荷珠催促道:"对不住什么?快快说下去,好叫他断了这念头。"

田招弟回了一口气,才好说完她未完的话。她抹着泪道:"只好对不住荷珠姊姊,对不住寄娘,对不住游山会中的诸同志,我要跟着我的水生弟弟回去了。"

这是出人意外的话,人头挤挤的千人石上立时鸦雀无声,为什么呢?只为他们都听得呆了。

第二十一回

骂人艺术的批评

人声嘈杂的千人石畔，一时会得静默起来，只为他们听得田招弟说到"对不住"三字，哽哽咽咽地不即说下，这是人人意想中，以下一定紧接着"水生弟弟"四字，谁料她连说三个对不住，却是荷珠姊姊和寄娘以及游山会的诸同志，而对于众人唾骂的瘟赤佬、小鬼头的张水生，竟情情愿愿地跟着他走。这般出人意外的事，值得众人睁圆着眼、扯开着嘴、屏住着气，不约而同地都成了苏州人说的"天打木头人"。

一支笔写了一面，抛却一面，事实是同时并进的。众人发怔的时候，张水生和田招弟已一起走下山岗。

"姊姊，你不怪我冒昧吗？"

"弟弟，你既这么说，我只好跟着你回去。但是，寄娘面前不能够不别而行，无论怎么样，我们须得去辞别一声。"

"不要去吧，她也不配做你的寄娘。"

"弟弟，你这句话太过分了，我的寄娘便是你的寄娘。"

"唉，姊姊，我有要言告诉你听，这里不便说，回家去说。"

千人石畔的闲人睁眼四看，不见了招弟和水生，便又三三五五地跟踪下山。还有包抄在前的，竟阻住了这未婚夫妇的去路。

"诸位让让路，我们还得去乘船，误了时刻，须不是要。"

"小赤佬，这般容易，便是田小姐肯跟着你去，我们也不放她去。"

"这是什么话？"

"这是唐伯虎的画。"

"诸位，这是我们的自由。"

"自由卖多钱一斤？我们不放她走，她休想走。"

"招弟姊姊，我劝你不要上城来，你不肯听，才有今天的烦恼。"

这时候，朱荷珠也追下山来，拍着招弟的肩道："你好意思的吗？顾了这乡下小子，什么都不管了，准备六亲断绝吗？"

陆三宝也赶了过来，隔着粉红手帕埋怨招弟："招弟，你愿跟着乡下人去，这是你的不长进，我们也无法挽回。我只怪你早不去迟不去，偏在游山大会没有完毕的时候前来拆散我们的场子，这是我们不得不向你大开交涉的。你便要走，也得散了游山会以后，才许你自由行动。再者，你身上这套衣服可是自己置备的吗？难道你也穿着回去，以便做你的嫁时衣吗？"

田招弟唤声啊呀，确乎自己穿了别人的衣服，本图在人前出风头，却被陆三宝当众说破，面上烘烘地热，觉得去又不是，留又不是，只得向未婚夫说："我不能立刻同你回去，你先去吧，我今天不得下乡，明天总可下乡的。"

朱二嫂嫂也是远远地上山来了，她迈动着这一双束缚已久、解放无效的缠煞脚，张开着两只搭着兰花式的手，一步几摇地迎着田招弟而来。人尚未到，絮絮叨叨的话已随着飘风吹入招弟的耳朵。

"好小姐，你原来好好地在这里，没有被老虎衔了去，你寄娘为着你险些急死。"

招弟知道寄娘发话了，大概水生先到寄娘家里，总有说话冒犯了她，所以她语中有刺。未婚夫得罪了寄娘，只好自己上前去赔罪。

"寄娘为什么生气？敢是他有了什么言语高低？"

"好小姐，你哪里知晓？做寄娘的不过穷了一些，自从你寄爹死后，谁不说我三贞九烈？胳膊上跑得过马，拳头上站得起人，硬朗朗、香喷喷，虎丘山上有名声。休说你寄女儿在我家里只不过小住几天，不曾有什么破绽落在人家眼里，便是整年整月在我们家里住，我也写得一纸保单。我的几间破老棚比着银行保险箱还得严紧，谁也不能在我朱二嫂嫂那边转什么念头。况且你是我亲哥哥的女儿，千朵桃花一树生，我哪有不特别保护你的道理？哎！气苏，霉头搠到黑水洋，像煞有介事的小伙子，不买了四两棉花去访访，他把我三贞九烈的朱二嫂嫂当作马泊六的王婆看待，开口第一句便说你好，小姐在你寄娘家里住，带累他不放心。"

招弟听了，益发为难起来，安慰着寄娘，又须对付着未婚夫。

"寄娘，瞧我分上，平下这口气吧。他得罪了你，我却没有得罪了你。水生弟弟，你太鲁莽了，寄娘是长辈，你怎么出言都没有高低？我本来今天要和你回去，为着你得罪了寄娘，我尽着今天要替你在寄娘面前谢罪，一定要寄娘息怒以后方才下乡去。你要下乡，你先去吧，我大约在明后天动身。你虽是我的救命恩人，你也须体谅我的一片苦心。"

说到这里，有些泪汪汪的模样。张水生觉得未婚妻的处境为难，便不忍强迫她下乡。

转是朱二嫂嫂很努力地催促招弟动身："好小姐，你休叫我受冤枉了，寄娘家里你万万住不得的，不有老虎衔着你去，也有獐猫鹿兔拖着你走。世上的人谁都靠不住，靠得住的只有这从乡下来的小伙子。他是你的卫队，他是你的保镖，你快快跟着他去吧，好叫你寄娘卸下这副千斤重担。唉！时世反了，没有过门的小姐，未婚夫可以来充当她的卫队和保镖，可以得罪她的嫡嫡亲亲的姑母、亲上加亲的寄娘。"

朱二嫂嫂大做其反逼文章，越是催着招弟下乡，招弟越发不能下乡，水生越发不忍强迫招弟下乡。在这相持的当儿，一班瞧热闹的闲人，和那游山会中的会员，又是七张八嘴起来。

"田小姐，你要是有志气，须得很决裂地回绝这曲死。"

"田小姐，二十世纪的女子被男子呼之即来、唤之即去，这是莫大的耻辱，汲尽剑池中的水也洗刷不清。"

"田同志，你为着这瘟赤佬，竟肯辜负你寄娘表姊以及游山会的师生，这般没志气的话，辱没了多多少少的女青年。"

"田同志，这是我们最后的忠告，你肯听，便是走着天堂光明的路，你不肯听，便是进那地狱黑暗的门。"

徘徊于众人所谓天堂地狱之间的田招弟，到这时竟没有了主意。朱二嫂嫂又来补充她的反逼文章："诸位，不用骂了，防着我们寄女儿心疼。他不是曲死和瘟赤佬，他是我们寄女儿眼光中的王孙公子和白面书生。"

周兰芬校长受了这口闷气，良久没有发泄的机会，便向她们美的同志行一个激将之法。

"全体会员不可在这里逗留，大家赶快整队回去吧。现在的教育厅长是受着乡下曲辫子的直接管辖，论不定我们的郊外旅行也违犯了特殊的禁令，经那曲辫子轻轻的几句说话，便要惩治我们抛头露面、伤风败俗的罪名。"

诸同志的无名火本在方寸的园地中发烧，禁不起朱二嫂嫂、周校长各执着吹火管在她们耳孔中拼命地吹，吹得她们熊熊的怒火几乎烧破囟门。先是不相干的男子替她们做喝打的先锋队。

"打这曲死！"

"打这瘟赤佬！"

"打！打！打！"

一片男子的喝声，怎及妇女们的优美？男子喝打以后，妇女们也喝打了。这般软语缠绵的吴侬骂山门，也是苏州人的特别土产。但听俗语所称的"情愿和苏州人相骂，不愿和宁波人白话"，苏州人的相骂，可以买得人家一个"愿"字，尤其是少年妇女的骂声，尤其是唱惯卖花声的虎丘卖花女郎骂声。

"瘟耐个赤佬，路耐个倒尸！阿要拨两记耳光耐搭搭？辨辨啥滋味？是甜，是苦，是酸，是辣？"

"耐格种人，真真少有诧见个嘘！耐阿是鬼摸子头？耐阿是热昏子心？耐再要强头强脑，贼头狗脑，个末老实弗客气哉！拳头浪弗生眼睛，耐弗要怪倪。"

剪断正文，先来批评，批评这卖花女郎的骂人艺术。"瘟赤佬""路倒尸"当然是很恶毒的骂人名词，不过出于卖花女郎的声调，纵然恶毒名词，也觉得袅袅可听。而况每个名词中又插入"耐个"两字做衬托，譬如急流的水，经了一个转折，那来势便和缓了。接一句"拨两记耳光耐搭搭"，意思是要"给他尝两下嘴巴"，这句话很有些严重态度，好在上面加着"阿要"两字，那便化严重为游戏了。打人者和被打者相商，问他可要尝尝嘴巴的滋味，这般的骂人论调，不是笑天下之大话，竟是幽四海之巨默了。以下连用四个"是"字，打嘴巴尚在磋商时间，忽而问起耳光的甜酸苦辣来，奇乎不奇？妙乎不妙？再者，她的骂人都不作肯定语，句句含有疑问口气，这般骂人艺术是值得批评的。

第二个女郎的骂人艺术也是个中的专家，开端骂他"少有诧见"，这不好算骂，只不过说他有些特殊状态罢了。"鬼摸头""热昏心"这等骂人名词，才是正面冲突了，但看她上加着两个"耐阿是"，可见得是不是尚在未定之秋啊。此等句法，大有《左传》的笔意。《左传》晋吕甥和秦穆公辩论，道两句"以德为怨，秦不其然"，上一句似乎和秦穆公正面冲突，有了下一句"秦不其然"，那么然不然尚在未定之秋了。卖花女郎不见得读过《左传》，但是骂人的章法却和左丘明一个半斤、一个八两啊。以下"强头强脑，贼头狗脑"似乎在骂人了，接一句"老实弗客气"，又似请求谅解的口气。"拳头上弗生眼睛"，似乎在动手了，接一句"耐弗要怪倪"，又似在那里道歉了。一开一合，一纵一横，一把砂糖一把屎。嘿！休小觑了卖花女郎，保举她们到日内瓦去办外交，大概也去得。

批评已毕，又写正文。

田招弟毕竟不曾歪了良心，她见众怒难犯，休叫未婚夫吃了眼前亏，便连连地向着两旁鞠躬。

"诸位不用生气，看我分上，宽恕了他。"

"一定要打！"

"非打不可！"

"为着爱怜你田小姐，才来打这不识相的曲辫子！"

男子喝打以后，优美的卖花声又继起了。

"阿要死啊？实梗骂耐，还弗滚唔笃娘十七八个五香茶叶蛋！"

"耐阿是等吃耳光介？天打木头人，动匣弗动。打耳光弗是搂，吃子耳光一世弗色头。耐着乖些，脚底下明白吧！"

水生也想离开这里，但是在赵府中不待终席，气吁吁地跑来，既不能偕同意中人还乡，又饱受那不相干的男女声声辱骂，他怎不发生愤慨呢？他便恨恨地喊了一个"罢"字，指着周校长和其他的游山会同人："罢！我和你们拼了吧！"

这一句愤激话，又引动了她们的诘问。

"哪哼拼法？阿是卖一块豆腐去撞煞？"

"耐阿是活得弗耐烦哉！耐要拼，耐去拼，弗关倪啥事！"

水生很郑重地向众声明："我虽没有着高深学问，但是，对于教育也有一知半解。你们这般地艳妆游行，出于常人还可，出于一般女学界，这是什么教育呢？这是害人教育，亡国教育，我拼着花去盘费，定要控告到教育厅去。这不是和你们为难，实在替苏州教育界谋个彻底的改良。"

周兰芬听了，又是一惊，凑到朱二嫂嫂那边，和她咬着耳朵商量："这曲辫子可有什么来头？"

"有什么来头呢？猪头三的公郎，寿头码子的令孙。"

"既没有大来头，为什么说这大话？"

"理他呢？不是发了痴，定是中了邪。"

"朱二嫂嫂，你看我们怎生对付他？"

"懒驴子牵磨，不打不走。重重地打他几下，他便不敢在这里停留了。"

"既这么说，你为什么不打他呢？"

"周先生有所不知，他没有和我们招弟离婚时，总是我的寄女婿，我不便打他。周先生，你尽可打他，你不便动手，好叫校役动手，打退了他，大家出一口气。"

"没有打他，还要去告教育厅，动手以后，他怎肯甘休？"

"信他呢，休说教育厅，便是见了人家的茶厅、轿厅，也吓得他不敢进去。乡下人怎有胆量，见了一个巡官，便当作天下兵马大元帅，已够他屁滚尿流跪在地上别扑别扑磕响头。"

附耳商量的结果便壮了周兰芬校长的胆。胆既壮了，发于中而形于外，便有一种柳眉倒竖、杏眼圆睁的表示。

"气极了！气极了！不给他些厉害，他益发要'害人教育，亡国教育'，闹个不休。校役们，拖着他下山，他不肯走，没头没脑地打他下山去！"

只需一人喝打，其他的喝打声又似春雷般地发动了。校役放下彩旗和银盾，用着强制的权威，把张水生横拖倒拽向着山下走。田招弟要救护，却被朱荷珠、陈善宝左右扯住了。

"你着急些什么？只不过吓吓他，催着他下山罢了。"

招弟的手被她们挟住了，招弟的眼泪她们阻止不得，一颗颗断线的珍珠直向胸前坠落。慌得陆三宝忙把自己的粉红手帕替招弟拭泪，也顾不得自己的缺口呈露了，这不是陆三宝和田招弟特别要好，她也和张竹轩一般，生恐弄脏了自己的衣服。

提起张竹轩，张竹轩竟到了。他按月要到一回虎丘，代主人收取各租户的房金，所以虎丘山下的人大半都认识他，大半要趋奉他。为着"阎王好见，小鬼难当"的缘故，必须讨好这位张师爷，才能够在征收房租的时候通融一二，要不然，便板起这只老鼠扒不上的面孔，只错时辰，不错日子，休想可以延迟着一天两天。海涌小学校的房屋也是赵姓的产业，周兰芬虽是一校之长，却也不能不在张竹轩手下讨生活，这可见得账房先生的权威了。

校役们正在拖着张水生下山，周校长正在后面呖呖莺声地喝着"打他下山去"，田招弟正在惨声高呼"打不得"，忽地有人看见了张竹轩带着小福迎面而来。

"咦！张师爷来了！"

"张师爷在本月中已来过了，为什么又来呢？"

小福抢步上前，瞧见了被人侮辱的水生。

"这是我们小师爷，你们拖着他做什么？"

慌得校役一齐松了手，闪在一旁发怔。

张竹轩看着周校长一眼道："他是我的侄儿，你为什么要难为他？"

慌得周兰芬满口支吾起来："张先生，我们没有难为他。"

"扭着他做什么？"

"请他演习跳舞。"

"嘿！以后的房租，不能够为着补助教育分上减收八成了。"

"哎！张先生暂息雷霆，我们得罪了这位小先生，稍停备着粗肴，替这位小先生压惊。"

那时，人声清静了许多，方才高兴喝打的一溜烟地都不知躲到什么地方去了。

第二十二回

前倨恭后的校长

突如其来的张竹轩，有补叙的必要。

竹轩见水生不终席而去，明知他为着小汪谈论他的未婚妻，他听了有些坐立不安，所以牺牲一切，要赶到虎丘去保护他的未婚妻。但是，竹轩心中很不以水生的举动为然。

唉！水生毕竟薄福，是个抱不上树的鸭蛋。他在这里帮办账房事务，这是一只可遇而不可求的金饭碗，怎么为着一个乡下姑娘，好端端地把这只金饭碗抛掉了呢？

小汪家中很有些家私，又是个色鬼，小汪看中招弟这是再好没有的事。水生尽可遮眼遮瞎，任凭招弟在他身上榨取些油水，这是一种外快的生意。可惜小子没福，一时痰迷心窍，丢掉了金饭碗，错过了好机会。

张竹轩勉强陪着孙落拓饮到席散以后，正待要把张水生的告退情形从电话中报告与东翁知晓，谁知赵大麻子在戏院中看戏，忽地想到明天送给一位绅士的寿联，须得吩咐一笔柳字的小张书写，他可以挣得很大的面子。只为他的府第成了人才的渊薮，随意叫一个小子写几个字，也可以胜过其他有名的书家。

于是，赵大麻子着令戏院中的案目金生，通一个电话给宅里账席张师爷，传述他的意思，须得小张师爷立刻挥毫，好在这副寿联的句子已经温师爷撰就了。隔了一会子，案目来说："已和张师爷通过电话，这位小张师爷已不在府上了，不知为了什么事，他不愿停留，据说他依旧要做他的乡下小子去了。"

赵大麻子听说大惊，以为金生所传的其中难免有什么误会，他便自到电话间去和张竹轩接话。

"你是竹轩吗?"

"是的,你是东家吗?"

"我已吩咐案目和你通过电话,防他弄不清楚,特地亲来问你。"

"东翁,有什么见教?"

"水生真个走了吗?"

"小子没福,他竟走了。"

"为什么要走?"

"原因不大明了,想是恋恋家乡。"

"他已经下乡吗?"

"或者还在虎丘停留,只为他有一个亲戚住在虎丘。"

"敢是你逼走他的吗?"

"在下怎敢?东家要他回来,在下可以赶到虎丘,逼他进城。要是他不在虎丘,在下也可赶到乡间,逼着他明天上城。"

"那么这件事要你负责,无论怎么样,总要逼着他进宅。只为小书家的名声已出在外面,我们账房里有这么一个人才,倘然由着他脱离而去,人家不知道的,不说我薄待了他,便说你妒忌着他,逼他下乡。"

"是,是,在下马上就去逼他回来。"

"竹轩,定要拉他回来,拉他不转,哼哼!"

哼哼声中,已表示着严重状态。张竹轩接过电话以后,应了两句"一则以喜,一则以惧"的古话。惧什么?惧的拉不回水生,自己的饭碗动摇。喜什么?喜的自己物色的人才,果然合了东家的眼,将来只要我们叔侄俩合作起来,说不尽有许多好处。

于是,张竹轩挈带着小福,各坐包车,绝不耽搁地出城。到了胥门马路上,另换马车,径向虎丘而去。他知道水生一定去寻田招弟,而田招弟又住在朱二嫂嫂家中,朱二嫂嫂又在着赵家祠堂旁边的余屋,一向不出房钱,兼替祠堂里照料房屋,逢时洒扫,作为豁免房钱的交换条件。每逢竹轩到虎丘去收取房钱,朱二嫂嫂一定邀着他到家里去小坐,香喷喷的茶、热腾腾的点心,还加着朱二嫂嫂母女在旁边,用着很缠绵的说话、最软温的手段来款待这位贵客。所以,张竹轩和朱姓母女颇有相当的感情。

今天,竹轩到了朱姓家中,不见母女俩,只见几个种树的花匠。据称,荷珠是陪着小姊妹结队游山去了,朱二嫂嫂好好地在家里,来了一个小伙子，和她谈不到几句话，大家都是面红颈赤起来。小伙子先走，隔了片时，她也出门去了，她临走时，说要上山去寻见了田招弟，交还这个小伙子，只为小伙子是招弟没有过门的丈夫。

竹轩心中知道了水生已和朱二嫂嫂发生了口角，料想总在虎丘山上寻觅他的未婚妻。

竹轩离了朱家，径往虎丘山上来，人还没有进山门，已知道了游山会的大略情形。

"张先生，今天又到这里来了，大概不是收房钱，是来看游山会的。"

"不错，是来看游山会的。游山会怎样地热闹？"

"热闹异常，现在已上山去了。这一次的游山会，有一位田小姐加入，瞧热闹的人没有一个不称赞的。可惜她红颜薄命，许配一个乡下小子。这小子又不识相，气呼呼地跑上山来，强逼田小姐回去，惹起了众人的不平，论不定要吃眼前亏。"

竹轩听说大惊，忙遣小福先去探听情形。小福去不多时，便来回报说："才进山门，已听得喝打的声音。张师爷快快上山，迟一些，防着小师爷要吃亏。"

竹轩和小福赶到了虎丘山上，只需声明这乡下小子是赵宅的小师爷，是张师爷的侄儿，一霎时，在场的人都变换了一副面目。本来大声喝打的，现在噤若寒蝉了，本来准备挥拳的，现在把个脚底给人看了。周兰芬面上红一块白一块地表现着窘相，深深地向水生行了一个鞠躬礼。

"小张先生，你是器量宽大的，方才冒犯了你，请你不要见怪，待到下山以后，水酒一杯，替你压惊。校役，快替小张先生拾起这个褡裢，恰才我请小张先生到校中去参观，都是你们这辈粗人不好，毛手毛脚，把小张先生的衣服都弄皱了。真个张飞请客，要拉断了人家的臂膊。小张先生，我来替你拽一个直络。"

周兰芬真做得出，蹲着身子，替水生拽那衣服。一阵阵的粉香、花露香、口脂香直向水生鼻观中冲来。

"校长何前倨而后恭也？我的衣服便是拉破了也不要紧，不过你是一校之长，破坏了全校学生的名誉，却是非同小可。"

"小张先生，这是你的金玉良言，兰芬何幸，得到这般的箴规？待到回去，须把小张先生的良言写在礼堂黑板上，和'智仁勇'三字校训一同张挂。"

朱二嫂嫂也来向水生献媚。

"你是我的侄婿，又是我的寄女婿，水酒一杯，该是我来做一个穷东道。荷珠，你陪着张先生和你的妹夫小张先生先下山去，到家中坐坐。"

荷珠扭股糖似的扭将过来，举着手在水生肩上轻轻一拍。

"你是招弟妹妹的弟弟，也是我的弟弟，好弟弟，亲弟弟，不嫌怠慢，到舍间坐坐去吧。"

"你不是撺掇你表妹要和我离婚的吗？我不敢去。"

"好弟弟，亲弟弟，做阿姊的同你玩玩，和你搂搂。似这般年纪轻轻，已在赵公馆里做上宾，再要照样一个，踏破铁鞋也没处寻。方才的话都不是真，你只算了听了小热昏。"

其他游山会的会员出风头只出了一半，看看时候不早，便来催促周校长整队回山。周校长却已改变着论调。

"不用游行了，你们各自回家去吧。恰才小张先生的指导，我越想越有滋味，现在国难重重的当儿，做女子的当然要从荆钗布裙的方式去努力救国，把一切奢侈费、化妆费竭力地节省，以便化无用为有用，这便叫作节俭救国啊！你们回家以后，须得到处宣传节俭主义。我呢，也得在'智仁勇'三字校训旁边，添着一个'俭'字，大家努力，休得忘记了小张先生的一篇好话。"

说到这里，她便向着陆三宝、陈善宝一辈美的健将歪歪嘴、眨眨眼，暗暗地通了一个"这话不当真"的无线电。回转头来，笑向着水生说："小张先生，我的谈话是不是呢？你可以到我们校里去演说了。"

朱二嫂嫂怎肯落后，也要款待这位贵宾："周先生疏不间亲，寄女婿须得上了寄丈母的门，才能够……"

"朱二嫂嫂，不是这般说，你说疏不间亲，我说私不敌公。上你寄丈母的门是私事，到敝校中演说是公事。"

张竹轩笑着说："我这个侄儿是我们大先生心爱的人，为着他到这里来访他的未婚妻，大先生知道了，很不放心。只为他是打扮俭朴的人，在那只重衣衫不重人的社会里行动，多少总要受着人家的冷淡和侮辱。这里的社会当然不是势利的社会，但是，这里的狗只怕都是势利的狗，万一狗眼看人低，向着他狂吠起来，须不是要。为这缘故，我们大先生才委托我

144

做代表，迎取侄儿回去，马车便停在张家祠堂左近，诸位的好意心领了。"又携着水生的手，"侄儿，我们回去吧。"

张水生已厌弃了城市生活，觉得虎丘有许多势利的狗，城市中的狗又比这里势利了许多，还不如故乡白马涧的狗，只吠财主不吠贫人，倒是一反其重富欺贫的态度。忙说："叔叔，我不回去了，大先生的好意，我也心领了。"

"你对得住我吗？备着马车，跑着大远路，前来接你。"

"叔叔的好意，我也只好心领了。"

"你对得住你的爹妈吗？希望你成家立业，再三地央托我挈带你出门。"

"叔叔，这也不妨碍的，我回去时，自会在爹妈面前说明我的苦衷。"

"唉！水生，早知你这般地不长进，我懊悔把你荐进赵姓的门，现在呢，拉了砖头压痛了自己的脚。大先生向我说，不能把你迎取回来，便是我也不能再上大先生的门。"

"大先生真个这般说吗？"

"真个这般说，我又不是势利狗，怎会人前语人话，鬼前说鬼话？"

"我想，去留是我的自由，和叔叔不相干，大先生总可原谅的。"

"嘿！你说这轻描淡写的话，假使大先生肯谅解，那么我气吁吁地跑来做甚？只为你一脱离，我的饭碗也跟着你打碎。你试想想，我是赵府多年的东席，一向得着大先生的信任，为着你而打碎饭碗，这个冤枉向谁申诉呢？好孩子，瞧着你叔父的饭碗分上，一同回去吧！"

被人讥讽势利狗的周校长、朱二嫂嫂也都老着面皮来劝水生进城。

"小张先生，你既然得着东翁的赏识，这是绝好的机会，还是跟着令叔回去的好。敝校的压惊酒，只好虚邀了。"

"寄女婿，不是我倚老卖老，赵公馆里的金饭碗，谁都舍不得去丢弃，你今天跟着张先生回去，明天我便送寄女儿下乡，免得你不放心。"

水生谁高兴瞅睬这一辈势利狗，他只看着招弟的面，要她指示方针。

"姊姊，我毕竟回去不回去呢？"

"弟弟，你当然跟着叔叔回去。我这里但请放心，明天寄娘送我下乡，到了乡间，我再和你通信，时候不早，去吧。"

口中说去吧，娇容上很有一种依依不舍的模样。水生得到了未婚妻子指示，又却不过叔叔的面子，只好再向势利门庭去托迹。但是，临别之时，便不免约着招弟走过几步，唧唧哝哝地讲几句体贴的话。

"姊姊，你一定明天下乡吗？"

"要是没有阻碍，明天便可下乡。弟弟，你听了谁的话，来和寄娘理论？"

"赵大先生的女婿汪慕仙，可曾和你同席饮酒？料想不见得吧？"

"汪慕仙确曾同过桌子吃饭的，这是寄娘的经济办法，一方面请寄女儿吃饭，一方面又要款待买花客人。小人家的排场，不过如此，说不到男女分席而坐。况且目今世界，凡是大富大贵的人，每逢宴会，也是男女合坐。弟弟，你须放宽着眼界，女子的规矩不规矩，不在形式上判别。姓汪的虽然打扮得漂亮，只需一开口，我便知他是个绣花枕头。在座时，很有些油头滑脑的模样，我益发鄙薄他，终席不和他交谈。弟弟，你气吁吁地跑来，敢是姓汪的在外面捏造了什么谣言？"

"姊姊，经你这么一说，我的疑云都破了。姓汪的即有谣言，狗嘴里当然落不出象牙。但是，方才的游山会，我以为无加入的必要，请姊姊注意才好。"

"弟弟，你便不向我进忠告，我也深悔自己加入游山会的孟浪。在先我以为爱好天然，便是加入也不妨，后来听了她们的歌曲，见了她们的浪漫表现，我也觉得这是丑的游行，而不是美的游行。弟弟放心吧，我上了这一次的当，决不会上第二次的当。"

"姊姊，你的慧眼在美与丑的问题自会辨别，我不再啰唆了。"

"弟弟，你在城里一定增进了许多学问，将来回乡时，须得一一讲给我听。"

"姊姊，说也惭愧，我进了赵公馆，竟是老大的失望，除却看见些势利面目以外，一些都没有进步。好好的一位品学兼优的先生被他们辞去了，他们不觉得可惜，我替自己打算，却认为绝大的损失。"

张竹轩见水生和招弟絮絮不休，暗自好笑：女的打扮得太摩登了，男的又是格外地土头土脑，要是摄入开麦拉里面，绝好的一幅牛女相会。

一切美的游行里面的姊姊妹妹，大半都是势利狗，谁都不敢骂曲死、骂瘟赤佬了，谁都不敢撺掇招弟提起离婚活动头了。陆三宝的一张匿在粉红帕里的缺嘴，到这时已变换了论调："男子最忌清中浊，最好浊中清。

146

油头滑脑的小白脸，只可粗看，不可细视，这便叫作清中浊。唯有这位小张先生，粗看是一个乡下小子，越是细看，越见他的眉清目秀，怪不得城里的赵大先生这般地瞧得起他。"

陈善宝也在旁边锦上添花："瞧来瞧去的未婚夫妇，总没有他俩的十全十美。男的是一个少年老成，女的是一个美貌佳人。"

朱二嫂嫂在旁边咯咯地笑："我的哥哥拣选着这个好女婿，我早已说过，和我的寄女儿恰是天生的一对、地生的一双。"

张竹轩为着东家器重水生的缘故，他便改良了对付侄儿的态度。水生和招弟细语喁喁，他不敢上前去催促，直待未婚夫妇在那边言别的时候，他才走上几步，很和缓地说道："水生，可以回去吧?"

"叔叔，尊命难违，只好伴着你老人家进城了。"

那时，虎丘山上，人影散乱，张竹轩叔侄俩坐着马车，小福和马夫坐在一起，鞭丝扬动，向着斜阳光中疾驰而去。

朱二嫂嫂母女俩拥着招弟回来，才到里面，却见桌子上放着一纸卡片。荷珠眼快，已瞧见了"王龙骧"三字姓名，很惊慌地问那花树匠："这是王旅长的卡片，怎么放在这里?"

"是王公馆里当差的送来的，只为旅长太太知道我们新到了亲戚，特地相请，明天午后三点钟，请田小姐和荷珠小姐去赴茶会。"

荷珠喜得几乎发狂："这是天大的喜事，堂堂的旅长公馆也来请我们姊妹去赴会。"又拍了拍招弟的肩头，"这是靠着妹妹的福。"

第二十三回

铺啜声中的颂词

"王龙骧"三字卡片，虽有些突如其来，但是王龙骧的姓名固然在本书中初次展开。王龙骧是怎样一个角色？参看本书第二回，朱二嫂嫂门前的闲人在那里议论什么婊子腔，有一个臭嘴三婶婶说道："赫赫的官吏，也须学这婊子腔。王旅长的太太告诉我，她的丈夫便是学习了三分婊子腔，所以在齐燮元时候，齐燮元宠爱他；换了张宗昌，张宗昌又宠爱他；换了孙传芳，孙传芳又宠爱他。"臭嘴三婶婶的寥寥数语，抵得一篇王旅长的小传。

王旅长是谁？便是上回书中所说的王龙骧。他在孙传芳失败以后，旁的孙系军官都似饮了蒙汗药酒般的，一个个地被人喝着："倒也！倒也！"唯有王龙骧却不曾跟着孙系军官一同倒地，他依旧好好地在苏州享福，这不是他的幸运，这是他的手段。

王龙骧的财也发得够了，苏州有一所别墅，杭州也有一所别墅，苏州的别墅是建筑在虎丘山麓，杭州的别墅是建筑在灵隐山麓。他不须在军界中活动了，他只在山林胜处逍遥自在，已比着昔日的戎马生涯来得安稳和闲适。况且，他又因手段灵敏的缘故，在某种机关中博得一个委员做做，虽是挂名的差使，但他利用了这个名义，便可以做那旧军阀的遮丑面幕。他有了这新头衔的面幕，便没有人指摘他是旧军阀了，他益发可以逍遥自在地度他的快活生涯了。

他有两处别墅，他也有两位太太。在苏州的一位向人说，她是王龙骧王旅长的正室夫人，在杭州的只是一个偏房；在杭州的一位也向人说，她和王龙骧王旅长是结发夫妻，在苏州的一个只是土娼出身的小老婆。其实呢，谁的说法正确，谁的理由充足，一个是半斤，一个是八两。据那深知

148

情形者说起，王龙骧的嫡妻尚在江西原籍，这是他做小贩时代和他同过患难的老伴，不幸他的原籍曾被恶徒几番蹂躏，他的老伴已不知死活存亡了。他得了消息，只叹了半口气，待要叹下去，已被苏州太太喝住了，说是"天大的喜事，叹什么气"，他便偎着苏州太太说说笑笑，方才未叹的半口气，早已化为乌有了。

他又是很均平的，在苏州有一个女儿，在杭州也有一个女儿，苏州的女儿唤作珠姑娘，杭州的女儿唤作宝姑娘。本书第二回朱荷珠向田招弟说起的："虎丘山上新建的冷香阁，现在多了一张钢琴了，是王旅长的千金把来安放在这里的。"这位千金是谁？便是苏州太太所生的女儿珠姑娘。

这张钢琴虽然位置在冷香阁上，但是一向锁着，非得珠姑娘的允许不能在阁上奏技。珠姑娘也曾受过几年学校教育，后来嫌着苏州学校的跳舞远不及上海的得着风气之先，她又转学到上海去了。在上海读了半年书，她又觉得上海姑娘的身份在学校里跷着大拇指的何止一个，什么面粉大王的千金，什么洋行买办的小姐，她们的手段都是阔天阔地。论到势力呢，省主席的女公子、军长师长的姑娘，这里面应有尽有，珠姑娘的身份比不上她们，当然要落后了。珠姑娘的性子，愿做小鸡队里的凤凰，上海姑娘多凤凰，苏州姑娘多小鸡，所以她又回到苏州，住在虎丘山麓的别墅里面。附近都是卖花人家的女子，尤其是小鸡里面的小鸡，珠姑娘这般的凤凰，当然是唯一无二的了。

小户人家的妇女都是崇拜军人的，休说她是旅长的小姐，便是附近住了一个连排长的女人，她们也会"连长太太""排长嫂嫂"叫得震天价响。王龙骧所博的许多财产，据说都是仗着克扣粮饷搜刮良懦的玩意儿弄来的。但是，虎丘山麓一带的居民，谁也不肯相信这话是真。只为受了旅长太太的小恩小惠，逢时逢节派着当差的按户都有馈赠，立夏日每家赠送酒酿二斤，端午节每家赠送大肉粽四只，在那哺啜声中，谁也都说王旅长是一位菩萨心肠的军官，谁也都说王旅长太太是一位大慈大悲、救苦救难的观世音。

馋嘴小好婆益发说得活灵活现了，她说今年大正月里，旅长太太四十寿辰，她在夜深时，望见王公馆的洋楼上面，结着一块五色绒毯般的彩云，而且隐隐约约还听得云端里仙乐悠扬，分明大贵人四十生辰，诸仙都来祝寿。她向人这般说时，兀自指天誓日，表明她的千真万确。还防着人家不信，拉着她的外孙女做见证，以为那夜的彩云仙乐，她和外孙女是共见共闻的。原来馋嘴好婆的住宅恰和王公馆相对，可以不出户庭望见王公馆的高大洋楼。她既然这般宣传，迷信的听了，当然深信不疑。也有深知她在那里嚼什么蛆的，但是，要想博得旅长太太的欢心，谁也不敢搠破馋嘴小好婆的谎话，反而替她加着一层保障，说小好婆向来不说谎的，她听得诸仙来祝寿，一定是旅长太太的福分好，感动了上界的仙灵。

这一派胡言乱语传到了旅长太太的耳朵，当然不胜欢喜，还恐怕传言不实，又遣丫鬟来请她老人去谈话。小好婆见了旅长太太，连忙扮起着一本正经的面孔，又是指天誓日，表明她的千真万确。旅长太太忙把人家送给她的寿酒掇一瓮给小好婆，又给她一脚白毛南腿，这一份酬劳很不薄，倒便宜了小好婆天天在家里喝酒吃南腿，足有一个多月的受用。

便宜了小好婆，便是害了小好婆，害得她一张嘴越吃越馋了。朱二嫂嫂备酒请客的一天，她做不速之客前来闯席，兀自说她的馋瘵话，什么"闯得着，谢双脚"。只为旅长太太带着珠姑娘在这几天内到上海游玩去了，她没有地方讨酒吃，只好老着面皮来叨扰朱二嫂嫂，这是第五回书中的话。

旅长太太回来的一天，正是周兰芬校长领着游山会的会员在虎丘山上游行，她的身份大了，不肯插身在游人队里，只和女儿站在自己的洋楼上面，打着望远镜凭着栏杆，看这一队花蝴蝶游山。审美的眼光是人人有的，她们凭栏眺望的结果，也认定田招弟是鸡群之鹤，但是她们不认识田招弟，派着当差的出外，打听着标致女郎的姓名，待到回来报告，才知她是朱二嫂嫂的侄女儿。旅长太太生怕田招弟只耐远看，不耐近看，意欲唤进公馆来细看一下。后来一想，唤她进公馆不好，还是请她进公馆吧，只为旅长太太和周校长异常莫逆，结为异姓姊妹，若把游山会的会员唤入公馆，会长周兰芬面上不好看，因此吩咐当差的取着旅长的卡片，把田招弟请到公馆里开茶话会，还怕她不来，索性把朱荷珠一同请了。料定朱荷珠是个趋炎附势的人物，听说道声请，似得了将军令，倘使田招弟不肯来，她也会替着旅长太太拉客，把田招弟拉入王公馆。

果然不出旅长太太所料，朱荷珠捧着王龙骧的名片，觉得无上的荣宠，讨些糨糊，把来粘在里面板壁上。又以为粘得进了一些，不能够显突豁呈露，重又揭下，粘在"姜太公百无禁忌"的字条下面，自言自语道：

"小好婆，你休逞能，我这里也不输你。"

田招弟莫名其妙，忙问缘由："荷珠姊姊做什么？"

"妹妹，这是我们靠着你的福，王旅长的卡片居然也会送到这里来了。小好婆常向我们跷起着大拇指，以为王旅长的卡片只有她的家里高高地粘着，旁的人家休想有这大面子。到了来朝，我要拉这婆子来看看，我们的面子大不大？她只有一张光杆卡片，已侥幸得了不得，我们的卡片上多这几行字，还有你我的名字写在上面，我们的面子总大过了她。妹妹，这是靠着你的福，才有这吐气扬眉的日子。"

"姊姊，明天的茶话会，单是你去吧，我不去了。一者，我和旅长太太不熟悉，怎好去叨扰她？二者，我今天努力游山，又费着许多意外的唇舌，觉得疲乏了，再也提不起什么兴致。三者，明天无论如何我要下乡去了，久在这里耽搁，爹要记挂的。"

"妹妹，你不去赴会，万万使不得，你说三件理由，一件都不成立。你怕陌生，俗语说的：'一朝生，二朝熟。'你去过一回，便不陌生了。你说今天疲乏了，又不是今天便请你去赴会，你睡过一宵，便可以恢复疲劳了。你说明天要下乡去，这便是你怪着我妈得罪了你的未婚夫，因此不愿意在这里久住。况且，来时节你曾说要在这里多住几天，怎么三四天便要下乡呢？这是万无此理的。休说我不答应，便是我妈也不答应。"

挪动着缠煞脚的朱二嫂嫂走到田招弟一旁，拖着一条长凳坐着说道："寄女儿，照顾了你寄娘吧，住在洋楼上的王旅长是我们虎丘山一方的土皇帝，怎敢违背他的圣旨？你瞧，皇帝老子的名片都降到我们破屋子来了，这是天大的幸运，怎么可以错过？寄女儿，你一定要去的。"

"寄娘，你们要巴结皇帝老子，你们去了不好吗？我回我的白马涧，我又不是他们的子民。"

"寄女儿，你说的风凉话全不顾做寄娘的心头着急，你可知道这一张名片，不是旅长太太瞧得起你穷寄娘，却是旅长太太瞧得起你好小姐。你若一走，你果然不是她的一子民，你可以不怕他们恼怒，但是苦了你穷寄娘。王旅长快活时候是一尊欢喜佛，恼怒时候是一位活阎罗。旅长太太身份高，脾气也大，她若翻起脸来，责骂你寄娘不知好歹：'枉自立夏送咸蛋，端午送肉粽，结了多少人情，叫她帮一些忙都不肯，有意放着她的寄女儿下乡，好叫我们预备着茶点，请不到贵宾，干这第一回丢脸的事。'

旅长太太平日不大骂人，骂起人来也泼辣，指着人的鼻头，什么骚货、贱货、烂污货，开着百货公司似的骂个无休无歇。你穷寄娘的面皮虽不是钢铁厂里的出品，却也和城砖墙一般坚厚，挨着旅长太太的骂是不打紧的，又不会痒，又不会疼。所怕的是王旅长发怒，王旅长一动怒，那便完了。"

"寄娘和他有何关系？俗语说：'桥归桥，路归路，河水不犯着井水。'你怕他做甚？"

"好小姐，你一家不知一家的事，只为你寄爷早死了几年，寄娘挑着这副重担子，实在不容易啊！还加着荷珠入了游山会，一年的衣装也是大不可以小算。我曾向小好婆借三百块钱，按月拔本，不计利息。小好婆哪里有这闲钱借给我？听说便是旅长太太的，只不过她不肯居名罢了。我若得罪了旅长太太，她一定要吩咐小好婆到来催这笔钱债，我若没法归还，只需王旅长一开口，便够了你穷寄娘的受用，要丢掉了生意去吃官司了。"

田招弟是慈软心肠的人，怕叫她寄娘吃官司，便答应了朱二嫂嫂的请求。

一宿无话，到了来日午后，王公馆的会客室里又坐了许多花枝招展的女宾。田招弟、朱荷珠以外，游山会中的周校长、陈善宝、陆三宝，都在被邀之列。旅长太太这么大的年纪，也是涂脂抹粉。珠姑娘更不消说的了，今天在小鸡中做凤凰，打扮得珠光宝气，只这一条项串、两只钻戒，已照耀得众女宾"眼花缭乱口难言，魂灵儿飞去半天"。

久居乡村的田招弟自从离却母胎，第一次来到这天堂也似的住宅里面。这会客室的陈设富丽，简直难以形容。单就这又软又厚的五彩地衣，田招弟暗暗地连说罪过罪过，似这般的好东西，怎好放在脚下践踏？墙壁上挂的西洋名画，都是不着裤的姑娘们，田招弟又暗暗地替那画中人害羞。有了画片还不够，壁炉上面又陈设几个粉搓玉琢的女性模特儿。哎呀，真不得了！不穿裤儿也丑不可言，转要把这条赤裸裸的腿向上跷起着，要想献什么宝呢？田招弟不好意思再看，只把目光移还到别处。却听得周校长不绝口地称赞道："西洋的美术，毕竟胜过了东方。这几幅画已美极了，然而白石雕刻的西方美人，益发美得不可思议。"

田招弟暗暗奇怪这个"美"字，她想：一丝不挂的西方美人，再加着跷起这条腿，只有丑得无以复加，怎说美得不可思议呢？难道目今世界，事事颠倒，古之所谓美者，便是今之所谓丑者吗？古之所谓丑者，便是今之所谓美者吗？似这般的美，我只好谨谢不敏了。

她在感想的当儿，珠姑娘已吩咐着两名穿红着绿的小丫鬟，捧着福建金漆盘，里面堆满着名点与佳果，川流不息地前来敬客。旅长太太凑近着田招弟，把她仔细端详，看得她不好意思，垂着粉颈只不作声。珠姑娘拍着手道："田家姊姊不是来做宾客，是来做新娘子的，便是新娘子也没这般文静。"

周校长笑着说道："她却是来做新娘子的，但不知这里可要这一位新娘子？"

珠姑娘大笑道："怎说不要，觅都觅不到呢！有了她做新娘子，以前的两位都比不上了。周校长，便请你做了大媒。自古道：'拣日不如撞日。'趁着今日好天气，便请田家姊姊和王家公子拜了堂吧！"

这几句话吓得田招弟玉容失色，赶紧离着座，要想逃出这会客室，却被珠姑娘双手拦住，欲出不得。可怜的田招弟，几乎急得要哭了。

第二十四回

银盾上的颂词

她是张水生的未婚妻，怎好和什么素昧平生的公子哥儿结婚呢？这一惊直把她惊出了两行急泪，便拼命地要想夺门而出。却不料珠姑娘双手拦住，遮断了她去路，两个小丫鬟又是很伶俐的，不待珠姑娘吩咐，已把会客室的洋门锁上。会客室中的周校长以及游山会中姊妹们都是拍手大笑，陆三宝是除外的，她的笑声只在粉红手帕里面透露。

她益发慌了，便向荷珠恳求道："荷珠姊姊，你向小姐说，这是使不得的，我已有了……"

"有什么使得使不得？招弟妹妹，恭敬不如从命。"

"快向小姐说，我已有了他，怎好再和人家结婚？"

这又引起了在座的笑声。周校长忍着笑，向招弟招招手，引她到折叠屏风后面，和她喁喁细语。

"你太忠厚了，珠姑娘说的结婚，是游戏结婚，你答应了何妨？"

"周先生说什么话？般般可游戏，结婚可以游戏吗？"

"十九世纪的小姑娘啊，看你面貌漂亮，心地这般糊涂。你答应了，只不过儿戏般地行一个结婚礼，彼此勾着颈、偎着脸，说几句肉麻话罢了，此外不会有进一步的关系。你太胆怯了。来来，我来做赞礼员，珠姑娘说拣日不如撞日，快到外面行礼去吧！"

招弟到了这里，才懊悔昨天没有和水生弟一同下乡。乡间女子只合乡间住，越是光明地方，越是黑暗得了不得。周校长枉做了学校当局，却在这里拉皮条，不禁芳心生怒，粉面含嗔地说道："周先生，你昨天当着他的面，说些着什么好听的话？原来你口是心非，竟敢引诱我做这不端的事，你不惭愧，我很替你惭愧咧！我虽是个乡间女子，却懂得一马不驮二

154

鞍、一女不配二夫。"

周校长忽又笑将起来，且笑且说："乡村地方真个住不得的，真夫妻和假夫妻都弄不明白。若是真夫妻，当然一马不驮二鞍、一女不配二夫，你可知游戏结婚是假夫妻吗？"

"你休胡闹，和男子勾着颈、偎着脸，还说是假夫妻吗？"

"老实的乡姑娘啊，你又要引我发笑了。谁叫你和男子做夫妻，你真胡闹了。"

"珠姑娘要我和王公子结婚，王公子不是男子吗？"

"原来荷珠没有告诉你，王公子便是珠姑娘，现在男女平权，男可以称公子，女也可以称公子。珠姑娘不愿意人家唤她一声女公子，她把女字圈去，自称为公子。"

招弟听了，才知自己发生了误会，便低着头道："早知是说一句开玩笑的话，我又何必认真呢？"

周校长又凑着招弟的耳朵说道："招弟，这也是你的机缘，珠姑娘肯和你游戏结婚，便是瞧得起你。名曰结婚，实则不过和你做个结义姊妹，你休违了她的美意。"

外面的珠姑娘喊道："你们不要躲在屏风后面咬耳朵吧，快到外面来坐，不做亲也不妨，难道这里面有老虎把这朵黑牡丹一口衔了去吗？"

招弟转有些不好意思，便和周校长转出屏风，一齐归座。珠姑娘便不提起结婚的话了，只和招弟并坐着，携着她的手，问她可会钢琴，可会跳舞。请她在这里多住几天，爱学钢琴便学钢琴，爱习跳舞便习跳舞。珠姑娘肯做她的义务教师，要她老实说，不用忸忸怩怩说什么客气话。

"小姐……"

"且慢，你这称呼便不对，周先生，你没有通知她吗？"

周校长笑着说："招弟，你老老实实地唤一声公子吧。"

"公……"这个称呼很难出口，似乎属于男，不属于女的。

荷珠忍不住要开口了："招弟妹妹，你说来说去，总带着几分迂夫子气，这是死鬼老先生的遗毒。我来举个比例，譬如从前的校长先生是男子，现在的校长先生是女子，我们见了男校长先生，不过尊一声校长、唤一声先生，我们见了女校长先生，也不过尊一声校长、唤一声先生。即如这位周校长先生，背着她或者唤她女校长先生，当着面，断然没有尊她一

155

声女校长，唤她一声女先生。"

招弟觉得荷珠的话很有理由，便轻轻地说道："公子，承你瞧得起我，但是我已来了多天，防着家父要盼望，明天便要下乡，只好日后来领公子的教吧。"

珠姑娘便问荷珠："你表妹的话，只怕是假的吧？"

荷珠巴不得招弟在虎丘多住几天，自己留不住，便把跳板串到珠姑娘那边。

"公子，信她呢，她上来时亲向我说，至少要住一个月，谁料只住得三四天，她又吵着要下乡去了。这也难怪她，我们是穷亲眷，住也住得不安，吃也吃得不好，当然留不住她了。但是你公子的地方，装饰得和天堂一般，许她一同奏钢琴，许她一同习跳舞，她要是瞧得起你公子，总不会明天便要下乡的吧。"

珠姑娘拍着招弟的肩道："妹妹，我是爽快的女子，声明在先，不许忸忸怩怩说客气话，你怎么又说客气话呢？我们多也不留你，只留你在虎丘再住十天，你若不答应，你便是瞧不起我。"

旅长太太和女儿是一鼻孔出气的，女儿要留招弟，她也来凑个趣儿。

"小妹妹，公子留你十天，我也来留你十天，一共二十天，你爱住朱二嫂嫂那边，便住朱二嫂嫂那边，你爱住我们这里，便住我们这里。好在我们老爷住在杭州姨太太那边，我们这里除却当差的别无男子，你只管在这里住。你若不答应，你便是瞧我不起。"

这时候的田招弟真有些左右为难了，待要不答应，怕触怒了旅长太太和珠姑娘，况且这般富丽家庭，错过了机会，只怕第二次不易进门。再者，自己又性喜音乐，从前在小学校读书，只不过弄弄风琴罢了，难得珠姑娘肯教她很名贵的钢琴、很摩登的跳舞，错过了机会，再向何处去寻访这义务教师？待要答应，又想到未婚夫临走时叮嘱之方，要是长期停留在此虎丘，如何对得住水生弟弟呢？

珠姑娘见她沉吟不语，又干脆地说："妹妹，不用吞吞吐吐，你瞧不起我们母女，便摇摇头，我们都是识相的人，立时送你出门，免得委屈了你。你瞧得起我们母女，便点点头，我们明天便请你来这里吃饭，还得和你结为夫妇，这是一句俏皮话，实则和你结为姊妹。你反对嘛，把头摇这么摇，你不摇头，便是赞成了，快把头点这么点。咦！你既不点头，又不摇头，'花木瓜，空好看'，你可是泥制美人?"

在座的人都是张竹轩所说的势利狗，都是很努力地替旅长太太母女俩留客，尤其起劲的是朱荷珠，喁喁唧唧地耳语，险些把招弟的耳朵都咬去了。

田招弟又受包围了，接二连三地咬耳，朱荷珠咬过了，接着周校长来咬，又是陈善宝来咬。轮到陆三宝来咬，她才肯放下这一块粉红手帕，横竖有招弟的俏耳朵做掩饰，她的缺嘴贴近着招弟的耳孔，絮絮叨叨地说这许多炎凉的话。招弟为着热烘烘的一股气直向耳孔中戟刺难熬，忙把头偏向一边，却又作怪，俏耳朵偏过一寸，缺嘴便凑近一寸，偏过二寸，便凑近二寸。陆三宝真熟悉东洋矮子战阵学的，她把缺嘴比陆军，把招弟的俏耳朵比飞机，飞机到哪里，陆军也跟踪到哪里，总不肯失却掩护的时机。待到耳语完毕，陆军式的缺嘴又钻到铁甲车里面去了，这铁甲车便是她的一方粉红手帕。

耳语的结果，当然把"情不可却"的四字做炮弹，轰破了招弟"急于回去"的阵地。总算是旅长太太和珠姑娘的面子很大，招弟竟面允着再留三五天，过了三五天，无论如何总要回去的。

"太太的面子大得了不得，我们母女俩再三地挽留这位招弟妹妹，但没有用，她不肯看寄娘的面，也不肯看表姊的面，只有你太太的几句话才发生了效力。"

"不但太太面子大，公子的面子也不小，我虽是一校之长，又是游山会的领袖，我再三挽留多住几天，她只当作耳边风，独有公子的话才发生了效力，这面子多么大呢。"

朱荷珠和校长先后颂扬旅长太太母女俩的好大面子，这是依着"千穿万穿，马屁不穿"的公式而行，一来可以博得母女俩的欢心，二来留得住田招弟，明天请客，她们总做陪宾，又可以修理那五脏殿了。

珠姑娘和田招弟毕竟有缘，携着她的手，问长问短，问她："可有婆婆家?""昨天我们在楼上望见的乡下小子是谁?""你认识了我，是你的幸运。""好好的人，住什么乡村，这是黑暗地狱。""妹妹，我总不叫你住黑暗地狱，一定叫你住那光明的天堂。"

珠姑娘断断续续的话，田招弟有答有不答，是觉得这位风流倜傥的珠姑娘却是自己的良友。久住虎丘在事实上办不到，她准备回去和老父商量，最好搬家到虎丘，以便和这位好友时时有接近的机会。

"妈，你陪着众位用些点心，我要领着这位妹妹到各处去走走。"

于是，珠姑娘携着招弟的手，到各处去散步。这是玻璃花房，这是秋千，这是篮球场，这是自流井。走遍了水门汀的甬道，又领着她登楼。招弟很惊异这衬地的毯子是怎样织成的，铺在走廊里的有这么长，还要从楼下铺在楼上，登着这又平又稳又软的楼梯，宛比蹑着云雾而行。想到一句俗语，叫作"一跤跌在青云里"，这支楼梯便是青云梯，招弟一登了楼，见那稳稳陈饰的富丽又胜过了楼下的会客堂。这是她住在白马涧时梦想不到有这么的富丽住宅、富丽陈饰品。

她暗自思念：王龙骧只是个军官出身，又不是财政巨头、银行老板，这些金钱是从哪里得来呢？只怕有些不明不白吧。想到这里，便认定王龙骧总是善于搜刮的小军阀，这些陈设都是民脂民膏的结晶，他的家庭是富丽了，正不知丧掉了几许老百姓的身家性命咧。

但是，珠姑娘把她领到一个所在，瞻仰之下，她觉得方才的理想完全违反了事实。原来这里是王旅长的写字间，陈设富丽本是意想中事，但在许多陈设品中发现了一个大号的银盾。上面镌着"爱民如子，疾恶若仇"的八个大字，上款是"扬声连长德政"，下款芜湖各界领袖的姓名。分着上下四行镌刻，约莫总有六十余人，若说他是不良军阀，哪里来这颂扬德政的银盾呢？

"公子，这银盾上刊的扬声连长是谁？"

"便是我的爹，这是他在芜湖当连长时，本地商民公送的。"

"'爱民如子，疾恶若仇'，博得民众这般的颂扬，是很不容易的。"

"妹妹，你又要书腐腾腾了，这般话说它做甚？来来，到我房里来。"

珠姑娘的房间，当然装饰得和琼楼玉宇相仿，叫那乡姑娘见了，只有欢喜赞叹，再也不能有什么言语来形容。梳妆台旁陈列的一对白玉美人是雕刻的二乔观书，这真当得一个美术的"美"字，非但面庞惟妙惟肖、神气活现，便是衣褶书本也都雕刻得精细无伦，外面装着红木座子的玻璃罩儿。招弟竟越看越爱了。

"妹妹，这有什么好看呢？"

"公子，这般的雕刻品，实在是我们东方的美术，比着楼下会客室中的模型，似乎不可同日而语。"

"少要咬文嚼字吧，她们在楼下坐得不耐烦了，我们下楼去吧，厨房中的虾仁水饺大概做好了。"

待到她们下楼以后，厨房中恰恰送出热腾腾的点心，主人殷勤敬客，这一次的茶话会直到傍晚才散。珠姑娘要留着田招弟在这里过夜，招弟再三推辞，她们也不便强留了。

从这天起，招弟和珠姑娘认识以后，便觉得非常投契。第一天是茶话会，第二天珠姑娘便办着筵席款客，非但请到朱二嫂嫂母女、周校长、陈善宝、陆三宝做陪客，便是那个馋嘴小好婆也交着吃运。过了一天，又是周校长请客。这几天来，田招弟很有些倦于应酬，但是应了一处的宴会，那么"一客都是客"，万不能"拣佛烧香"。

匆匆地五天已满，待要回去，珠姑娘哪里肯放？便是招弟也有些犹豫不决：一者，珠姑娘和她新认姊妹，感情正佳；二者，她在珠姑娘那边学琴歌才有头绪，舍不得就此中止。不过回想到未婚夫叮嘱之言，加着近来水生又有信通知她："自己在财主门下帮办庶务，很感着精神上的痛苦，迟早总要设法摆脱，情愿做一个识字的种田夫。"又劝招弟："不宜在虎丘勾留，他觉得那天游山会的会员，虽然打扮得袅袅婷婷，其实她们的心地都是狰狞险恶，无论如何，总得和她们疏远的好，免得被这势利之气扑灭了这一盏圣洁之灯。"为着未婚夫的几番相劝，招弟向珠姑娘说："公子，再会吧，来日正长咧。无论如何，我今天要下乡的。"

"不许叫公子，要叫哥哥。"

"那么，哥哥放我回去吧。"

"无论如何，我总不许你回去。"

"哥哥原谅，须知我久不下乡，要望穿了我们老人家的双眼。"

珠姑娘见荷珠在旁边，便问荷珠："你表妹的话，可是真吗？"

"真的，要放在蒸笼里蒸它一蒸咧！她的未婚夫昨天又有信来逼她下乡，信上什么话我不知晓，但是我的眼睛是爱克司光，不须看信，一定知道信里面不说好话，说我们这辈小姊妹都不是东西，久住在这里，是要教坏了她。所以，她没有接到这封信时，并无一定要下乡的意思，接到了这封信，她便上了心事，坐立不定地和热锅上的蚂蚁相似，那么信中的说话，一定被我猜个正着。"

"好好，我们小姊妹都不是东西，为着这句话，我一定要留住了你，起码再住五天。"

"哥哥，你休听她，这是猜测之词，当不得真。他的来信并没有这般说话。"

"既没有这般说话，取信来看。你不把信给我看，可见荷珠的猜测不虚了。你要洗刷这猜测的话，只有再住五天。你若少住两天，你便听信了你未婚夫的话，算我不是个东西。我不是个东西吗？我要提起诉讼，向你未婚夫索赔名誉损失，当差的，快去请律师来商议诉状。"

珠姑娘接二连三地发话，招弟插不下嘴，见她愈说愈紧张了，忙说："哥哥，你休误听人言，他的信上绝对没有这句话。"

"没有这句话，取信来看。我哥哥是豪爽性子，快快取来。"

招弟满口支吾，呈不出这封未婚夫的书信，又怕珠姑娘闹脾气，真个把这事闹翻了，无可如何，又承允着展缓五天的归期。

第二十五回

杯酒话天良

　　田招弟拗不过珠姑娘再三挽留的情意，在虎丘多住了五天，又住五天。她虽然违背了未婚夫的再三忠告，但是踏进了社交之场，自有种种为难的情状。她一面敷衍着珠姑娘，一面写一封恳切的信安慰她的未婚夫，大意是说：这一盏圣洁之灯是任何罡风所不能吹灭，现在虽然小做勾留，但自己有十二分保全清白的把握，你大概不会误听人言吧？愿你信我这出于肺腑的言，也似我深信你在豪富门庭决计可以保全你的清白一般。

　　珠姑娘的为人，虽然脱不了骄纵的性格，但一种豪爽之气也可以表现她的特色。她不和这个人要好便罢，既经要好以后，她便心直心快，任何说话都肯告诉她的知己，王旅长的猪尿脬也被这位女公子完全搠破。

　　田招弟在这几天内，没有一天不到王家别墅中去看珠姑娘，对于别墅中的一器一皿、一花一木，除却这模特儿陈列品外，件件般般都引起她的欣赏。尤其欣赏不已的，便是那天所见的大号银盾，和珠姑娘房中的白玉雕成二乔观书。在银盾上，可以知道王旅长是一位模范军官；在白玉雕像上，可以知道中国的美术实出于欧化式的秽画淫像之上。

　　这一天，珠姑娘在冷香阁上指导田招弟独奏钢琴，一曲奏罢，西山落日已渐渐地匿入云屏。冷香阁虽是公开的登临之地，毕竟偏在郊外，总逃不掉"夕阳在山，人影散乱"的公例。不多一会子，冷香阁上的游人只有珠姑娘和田招弟一主一宾了。

　　为着王旅长别墅便在山麓，珠姑娘当然不必急于回家，又值这一天是月圆之夜，西峰才送金乌，东岭已高升着玉兔。珠姑娘和田招弟谈得起劲，便吩咐当差的把酒肴搬上山来，和田招弟对饮赏月。所有伺应的人，非奉呼唤，不许登阁，以便她们畅谈心事。

"妹妹，你生就这副漂亮面孔，不该有那古董脾气。听得荷珠说，你对于这个乡下小子异常要好，虽没有发生同居之爱，但是，你已抱定了从一而终的宗旨，差不多生是乡下小子的人，死是乡下小子的鬼，这话可真吗？"

"哥哥，你休听她加油加酱的话，不过'从一而终'四个字，却是小妹的抱定宗旨。小妹以为婚姻的事，要是没有什么无可忍耐的大问题，万无轻于破裂的道理。所以'从一而终'四个字，古今来颠扑不破，不因为时代潮流而贬损其价值。"

珠姑娘听到这里，不禁拍手大笑。

"哥哥笑什么？"

"笑你这二十世纪的女郎，生就那十八世纪的头脑。什么叫作从一而终？这是古人骗人的话，休说现代行不通，便是古代也没有实行。三千年前已按下了风水，女子家的丈夫至少限度也须有两个。"

"哥哥休说笑话。"

"谁说笑话呢？这是我在上海读书时，有一位年轻的男教员讲给我听的。他说三千年前有一位造字的圣人造出这个夫字，是二人凑合而成的。可见这位圣人并不要女子从一而终，如要女子从一而终，他造这夫字时，便该和大字一样写法了，为什么不把大字代表黑漆板凳，而把夫字代表黑漆板凳呢？可是黑漆板凳的至少限度便该有两条了。"

"哥哥，这位教员是在开玩笑，做幽默文章，你不要信他。"

"怎么不信他呢？全校的学生都是极端信仰他的。妹妹，告诉你，这位教员初入学校的时候，同学们都瞧不起他，说他是绣花枕头，又说他是桂花教员。自从那天他发明了这个夫子的真谛，诸同学便起着这条极端信仰的心，说他并不是绣花枕头，却是文学的巨头，并不是桂花教员，却是一等拿摩温的好先生。只需一人说好，便人人都说好了。他本是低年级的教员，自从有了这夫字的发明，他已充当了全校的教务主任了。"

田招弟听了，疑信参半，沉吟不语。珠姑娘敬了她一杯酒，笑着说："我是什么话都肯告诉你的，你不要把说话藏在肚子里不肯直说。妹妹，你究竟真个恋恋这乡下小子，还是另有别情？不见得吧，你要是真个恋恋于他，你的眼睛里便掺着石灰了。"

招弟低着头不作声。

"你又要这般迂夫子气了，怎么我和你相处了多日，不能脱化你这迂气？目今世界，只有漂亮人占便宜，妹妹，不是恐吓你，若不改良你的脾气，是要吃尽一世的亏。有话快说，你若不说，灌你一大壶酒，好叫你藏在肺腑里的话浮到喉咙口；你再不说，又灌你一大壶酒，好叫你浮在喉咙口的话一股脑儿都向我倾吐。我唱着口令，一……二……你再不说，开始灌酒了。"

招弟怕饮罚酒，只好直言相告："他的性情是很好的，又曾救我出险，我很感激他。但这般的打扮，简直贻笑于人，我的面子上也不好看。待到遇见了他，我要劝他在装束上注意一些，不要打扮得和阿木林一般。"

"妹妹，不是嘲笑你，那位尊未婚夫不是阿木林也是阿水生，你要他改良打扮，装煞鹅头仍旧是个鹅颈儿。依我的意思，休说未婚夫，便是已婚夫，也得和他立时离异。不瞒你说，我虽是十九岁的姑娘，但我已曾解过三次未婚夫的婚约，脱离过一次结婚才满半个月的丈夫。二十世纪是我们女子抬头的世界，天赋我们的伟大女权，尽可发展我们的权威。若是你这般地拘泥古礼，这叫作'天与不取，必受其咎'。妹妹，到了明天，我替你延请律师，赶紧和乡下小子脱离婚约，不要你多花钱，他是我们的常年法律顾问，价廉物美。"

招弟乱摇着头："哥哥，万万不可，张水生是我的救命恩人，我若变了卦，天良何在？"

珠姑娘正含着一口酒，听到"天良"两个字，这一口酒便似成衣匠喷水般地喷将出来。若不是招弟侧过半边，险些喷一个满襟满袖。

"哥哥，什么好笑？"

"笑你这'天良'二字。"

"天良有什么好笑？"

"你说天良何在？我回答你一句：'天良在迂夫子的词典里。'越是漂亮的人，越是排斥天良，人有了天良，一辈子不会起家立业。"

"难道得意的人都没有天良的吗？"

"当然没有天良，有了天良，如何会得意？"

"那么请问哥哥，似尊大人这般的身份和威望，难道也是没有天良的吗？"

"当然没有天良，有了天良，他老人家便没有这般的身份和威望。"

"哥哥，你真把我当作易于受欺的小娃娃了，我虽没有见过尊大人，也没有知道他的详细政绩，但在那天，我明明瞧见这'爱民如子，疾恶若仇'的大银盾，这是天良换来的证物，哥哥还要骗我吗？"

"你真是个实心实肚肠的人，见了银盾上的字样，你便信以为真。这是一种假宣传，表面上'爱民如子，疾恶若仇'，实际上'爱恶如子，疾民若仇'，你说银盾是天良换来的证物，谁知适得其反，这是丧尽了天良才博得民众有这大银盾的贡献。"

"哥哥的话愈说愈奇了。丧尽了天良，民众会得贡献大银盾，说给任何人听都不会相信的。"

"说给你迂夫子听，便以为愈说愈奇，其实一些也不奇，凡是漂亮人物，都会干这玩意儿。好在你我都是自己人，这件事情已相隔多年了，便是拆穿西洋镜也不妨，只不过你不要到外面去讲，虽然不怕什么，但老人家的意思，还不愿揭破他的秘密。你若不讲给人家知晓，我便把他二十年前的秘幕在你面前尽情披露。"

"哥哥既这么说，出于你的口，入于我的耳，绝不向第三人说。"

"我是相信你的，这事说来话长，我们一面饮酒，一面细谈。大家都不拘客套，杯中空了，自己斟酒，我讲得痛快，我可以多喝几杯，你听得有趣，你也可以多喝几杯。我先干着一杯，你也陪着我一杯，不用敲着闹场锣鼓，正戏已来了。

"妹妹，你道我的妈是他老人家的原配吗？不是，我的妈是他在芜湖当排长时认识的，我也不是他的真骨血，他认识我妈时，我已六七岁了。这时当上级军官的，无一不是把克扣军饷当作发财的门径，他只是一个小小排长，当然也在被克扣的里面。已有三五个月没有关饷了，军士们不敢向上级军官要求发清军饷，只好向小百姓算账了。在先不过是强赊硬欠，在百姓身上占些便宜，后来又是一个月不发饷，积欠有半年之多了，弟兄们秘密会议，索性横一横良心，把繁闹市面上的铺户抢个一干二净，然后纷纷散伙，自去过那快活日子，胜如在这里做一名久不关饷的饿兵。会场中有了这议案，居然全体一致通过，克日便要实行。"

招弟放下酒杯道："那么便是兵变了？事关重要，尊大人为什么不加禁止？"

"岂但不加禁止，而且热烈赞成，他便是兵变中的一个激烈分子。"

164

"哥哥又要骗我了，参加兵变的军官，怎会爱民如子，疾恶若仇？"

"你不用怀疑，须知这般奇奇怪怪的世界，都在你忠厚人的意想以外。他为什么不参加兵变呢？营里不发饷，我妈的日用他不能欠，不去爽爽快快地向老百姓抢掠一下子，我们的生活问题如何解决呢？便在这一夜，所有实行兵变的弟兄们，虽非全体，却有半数，彼此放着空枪示威，大开营门，分头抢掠。营长在公馆里陪伴姨太太，不及阻止，便是营长在营中，到了这时也无法制止，论不定要被叛兵枪毙呢。"

"那时尊大人怎么样？"

"他老人家便在这一夜交起好运来了，他所闯入的一家，是芜湖的著名富豪孙少卿住宅。他入内时，是涂抹着脸面的，这是他的细心，手下的一排弟兄也学着排长，个个都把乌煤抹着脸蛋，打破了门户，一哄而入。先把孙少卿捆住了，把手枪对准财主人的胸口，威逼他交出铁箱上的钥匙，孙少卿要保留他的生命，便把一应钥匙完全交出。这番抢掠的结果，他老人家的财运最是通，金珠宝物以及钞票银洋，价值巨万。妹妹你所赏识的二乔观书白玉像，也是当日赃物之一啊！"

招弟很惊异地说道："抢来的东西，怎好作为己有啊？"

"妹妹，罚你一杯酒，你只静听我的谈话便是了，谁要你发这腐化的议论？快快喝干了，一杯到肚，也好洗洗你的迂腐之气。"

珠姑娘待到招弟喝干了一杯酒，才继续她的谈话道："你算读过书的吗，却不知道'窃钩者诛，窃国者侯'。国度都要用着抢掠的手段作为自己的基业，只需逆取顺守，谁都要歌功颂德，永远不忘。他老人家抢些金钱和古董，稀什么罕呢？我陪你一杯酒，再往下讲。

"妹妹，他老人家把乌煤抹了面孔，这便是他的福至心灵，须知现在的世界，都要把假面向人，才能够做一个起家立业的人。要是给人瞧破了真面目，管叫你走投无路，到处吃亏。他打劫了孙少卿家，把所有的赃物运到我妈的宅里，先行分派，所有现洋钞票按份给予弟兄们，很是公平，其他古董金珠暂时不能变钱，防着发现原赃，容易破案，所以这东西都归他老人家暂时寄顿在妈的房中，须到了相当的时候，才好变换银钱。弟兄们得了银洋钞票，非常快活，彼此讨了一盆面水，把脸上的乌煤洗去了，便想换去军装，四散逃走，又催促他老人家一同逃避，免得到了来日，无法脱身。他老人家哈哈大笑，笑得弟兄们都是莫名其妙。"

"哥哥，我也莫名其妙了，尊大人为什么好笑？"

"待我干了一杯酒，讲给你听。你的量浅，陪我喝半杯，你往下听吧。弟兄们忙问道：'排长，你笑什么？'他道：'我笑你们都是呆鹅，分得了银钱，不会安安稳稳地享福，却要四散逃走，走这危险的道路。到了来朝，营长四处拍电，截捕逃兵，虽不会全数被擒，但是总有一半弟兄难逃他们的生命。放宽一步说，便算一时幸免截获，然而你们身边都藏着整百的银洋钞票，一经露眼，便容易引起人家的猜嫌，将来也不免捉将官里去，审问你们的银钱来源，你们这一走，不是很危险的吗？'弟兄们忙道：'走是危险的，难道不走便安稳？'他道：'不走便是万稳万妥，我们加入时，为什么要抹脸呢？非但防着事主窥破，便是同叛的弟兄们也不会认出我们的真面目。现在我们便可以回营去了，趁着忙乱的当儿，谁也不知晓回营的人便是加入兵变的人。若再迟延，待到营长前来一一地点名，那便糟了。弟兄们，快把你们所抢的银钱暂存这里，我们装作没事一般回我们的老营，岂不好吗？'弟兄们听了，一齐赞成，便不敢迟延，跟着他回营。全排的兵士一个都没有缺少。"

"营长可曾觉察呢？"

"会得觉察吗？要是觉察，他老人家已同全排兵士一起吃卫生丸了，会得有今日之下吗？其时，营门开放，营长还不曾到来，只是躲在姨太太那边发抖。我们这位尊大人领着全排兵士回去，谁都没有觉察。待到来朝，逃兵已四散了，营长才敢到营里来调查兵变情形，第一过门便是揭开名册，一一点起名来。应名的都是不为利诱的模范军了，不应名的当然是抢了东西逃往别处去了。其时，全营的兵士十成中少了四成，唯有点到第十一排排长王龙骧的手下弟兄，竟一个都没有缺少。营长大喜，便十二分奖励这排长王龙骧。"

"哥哥敢是醉了吗？做小辈的不能直呼父母的姓名。"

"呸！你又要说迂话了。王龙骧是我的晚爷，不是我的亲爷，便是我的亲爷，我呼他的姓名，也是我的自由。你说我醉，再饮一百杯也不会醉，你如不信，我饮给你看。"

"哥哥，你没有醉，这是我的妄言，请你往下讲吧。"

"营长为着其他的连长、排长纵然本身不加入叛变，难免弟兄们不加入叛变，若要手下的弟兄们完全无缺，除却第十一排排长王龙骧，再也觅不出第二个人。营长为着王龙骧替他挣得了许多面子，便把王排长升为第三连的连长，从此以后，王排长变成王连长了。"

招弟正要往下听，楼下有茶房高唤道："朱二嫂嫂来接她的寄女儿回去了。"

第二十六回

两般恩怨不分明

珠姑娘讲得起劲，田招弟听得出神，忽听得楼下唤着："朱二嫂嫂来接她的寄女儿回去了。"珠姑娘把酒杯在桌子上一碰，三脚两步地走到扶梯旁边，一手撑腰，一手扶着栏杆。

"茶房，为什么大呼小喊？究竟谁来了，却在楼下叫魂？"

茶房没有答应，朱二嫂嫂抢在楼梯底下，手提着灯笼，仰着头说道："公子爷，不要紧，是我老太婆。"

"你是招弟的寄娘，招弟在楼上陪我喝酒，由着我们高兴，喝一夜也好，喝半夜也好，你来做什么？扫我们的兴，太不识相。"

"公子爷，对不起，是我老太婆不识相，只怕……"

"寄娘，你来了吗？山上不好走，你是脚小伶仃。"

珠姑娘见招弟也到楼畔来了，忙说："你不许来，你仍旧去坐着，我遣发了老太婆，回来要和你讲话。"

楼梯下的朱二嫂嫂仰着头说道："寄女儿，你陪公子爷喝酒吧，我在楼下和茶房谈谈说说，很有趣的。这是公子爷抬举你，她不叫你走，你不要走。做寄娘的是磨惯夜作的，我只在楼下坐着，等候一夜也不妨，等候半夜更不妨。"

惯受人家抬举的珠姑娘方才回嗔作喜道："朱二嫂嫂那才识相了，你张着手，我有东西给你。"说时，便从衣袋里取出一只纹银烟盒，捺开了盖子，抽出三支茄力克，向着楼下便说道，"老太婆，仔细着，请你在楼下慢慢地吸烟，这是上等纸烟，为着你识相，赏你这老狗。"

朱二嫂嫂张手来接，居然没有一支落空，笑着说："公子爷，老狗在这里谢恩，可惜我没有尾巴可摇，只好鞠一个躬了。"

珠姑娘又唤着茶房道："茶房，你替朱二嫂嫂泡一壶茶，放上一盘南瓜子、一盘西瓜子，都写在我公子爷账上。"

茶房一声答应，朱二嫂嫂却在楼下自言自语："'走得着，谢双脚。'今天该是我老狗交运了，有茶、有烟，又有西瓜子、南瓜子。"

珠姑娘在楼上笑着说："朱二嫂嫂，你说错了，你既是老狗，你有四只脚的，该说'走得着，谢谢四只脚'。"

那时，珠姑娘又拉着招弟同归座位。珠姑娘自己点着烟，却授一支给招弟："你也吸一支。"

"哥哥，我不吸，吸了要头疼。"

"待我吸完了这支烟，再往下讲。方才讲到什么地方呢？"

"讲到尊大人从排长高升着连长。"

"不错，不错，王龙骧升着连长了，不许我唤王龙骧，我偏要唤王龙骧。"

招弟见珠姑娘这般骄纵，很有些不满意，但胸中没有城府，要说什么便说什么，在这分上，对于她又有相当的钦佩。

茶房又添上酒来，珠姑娘的纸烟只抽了半支，顺手撩入痰盂里面，又喝了半杯酒，便继续她的谈话。

"方才停顿，只算书场上打了一个尖，现在又往下讲了。我爹王龙骧不是升了连长吗？只因没有逃，才保全了性命，又升了官。我妈又干得秘密，把所有的赃私，可以变钱的便设法变了钱，不容易变钱的藏在家里，待到相当的时候，再行变钱。我们又用不掉许多钱，把整数存在银行里，把零数放给小贩打印子钱。这时候的爹，不但升官，又成了有产阶级了。有了金钱，当然不再干那抹花脸抢东西的玩意儿了。爹又做了些小信小义，把那慈善的面孔对付地方上体面绅商，尤其是那位孙少卿先生。且住，你可知道孙少卿是谁？"

"哥哥，你方才讲过的，不是被劫的事主便叫作孙少卿吗？"

"你说到'事主'两个字，怎么这般地低声下气呢？招弟，我们楼上谈话，还怕人窃听吗？孙少卿被劫以后，在许多事主里面，唯有他的损失最大。这便应着一句'强盗发善心'的俗语了，爹见了孙少卿，总是和颜悦色，表示着好感，时时慰问他的受惊受吓，说：'都是不良军队，害尽了苍生。'又说：'自从芜湖兵变以后，我们军人的名誉一落千丈，这叫作恶人带累了好人，他们捣蛋，带累我们面子上难看。'又说：'你孙先生是明白人，当然看得清谁好歹，总不曾把人家一笔抹煞。但不知皂白的人总说"好铁不打钉，好人不当兵"，见着我们侧目相看，背着我们指指点点，数说我们的不是。'又说：'孙先生，人家闯了祸，只好我们来赔罪，当兵的确实不好，不能保民，反而害民。但是，孙先生，从此以后，放着胆吧，我已吩咐弟兄们，不分昼夜，在尊府前后左右严密睃巡，不许府上再有一草一木的损失。要是不然，我王龙骧便不是人养的。'爹在孙少卿面前接二连三地灌着迷汤，却灌出了孙少卿的许多鼻涕眼泪。"

"哥哥，这倒奇怪，孙少卿为什么哭起来呢？"

"他为什么不哭？这便叫作感激涕零啊！他便在爹的面前说了一大篇感激涕零的话。爹在空闲时，常向我们娘女俩谈起当年孙少卿所说的话，他说：'听了孙少卿的话，自己几乎笑将出来，但是如何可以笑得？倘一发笑，便要惹起孙少卿的疑惑。便想出一个极主意，先给自己吃一些痛苦，才好把笑声强压下去。于是，悄悄地捏着蟹钳拳，下死劲地在自己大腿上搉了一把，皮肉上一吃了苦痛，这笑声便无形地打消了。'"

"孙少卿的话怎样好笑？"

"如何不好笑？要是你也在旁边，除非不知内容，知了内容，没有不发笑的。妹妹，这里面又有噱头来了。"

"怎样的噱头，哥哥？"

"喝干了一杯酒，讲给你听，一杯不能，也得喝半杯。"

招弟勉强喝了小半杯，珠姑娘却把满满的一杯酒一竖而尽。

"那时，孙少卿抹一抹涕泪，向着爹说道：'王连长啊，要是中华民国的军官都像你王连长一般，中华民国的军人都像你王连长手下的弟兄一般，那么芜湖也不会兵变了，我孙少卿也不会损失着巨万家私了。'爹听了，已觉好笑，但是假扮正经，问他怎么损失了许多。他说：'单是金珠已值了二三万金，还有白玉雕成的二乔观书，尤其价值昂贵，非但雕刻精细，而且这一块纯洁无比的白玉却是于阗出产，现在已没有这么好的大料了。当时太监们从清宫里偷盗出来，卖给古董商人，商人携往南方销售，我出了一万二千块钱，方才买得到手，一向宝贵，万不料给那强盗军人抢去。旁的东西我还可以割爱，唯有这白玉二乔观书被劫以后，我没有一天不记挂在心。'爹听了，心中暗喜，在他口中已探出了白玉二乔的来历和

170

价值，那么这件东西倒有保存的必要呢。心中这么想，口中却说：'孙先生的损失很不小啊，这强盗军人简直是罪该万死。孙先生，你认得强盗军人的面目吗？'他说：'面目不认识，只为瘟强盗抹了满嘴满脸的煤灰，个个都和鬼魅一般。就中为头的一个瘟强盗尤是可怕，两只眼睛中发出凶焰，不知是什么恶星宿下凡，在指挥着手下群盗把我捆绑，这一座白玉二乔便是经那狗强盗抢去的。我想他迟早总要服法，这是上天所不容的。'爹听了，已觉好笑，却忍着笑问道：'孙先生，照这么说，你该见了丘八避如蛇蝎了。为什么又和我们接近呢？你不疑及我们也是瘟强盗、狗强盗吗？'孙少卿指着自己的双眸道：'王连长，休得取笑，我孙少卿毕竟也有两只眼睛，谁好谁歹，逃不过我的眼睛。那夜的瘟强盗、狗强盗，虽把煤灰抹面皮，却掩不住他一双贼眼睛。倘使那恶贼尚在面前，我只需看了他眼睛里的凶光，立时可以指出首凶，送官惩办。连长有所不知，人的好歹，都在眼睛里挂招牌，你连长虽然也是行伍中人，但是你的眼睛里充满着和平慈祥之气，和那夜的恶贼大不相同。假使那夜的恶贼也有连长的一副慈善眼睛，那么我孙少卿便不受丝毫损失，一座白玉二乔依然好好地在我家中了。'爹听了这一席话，便险些笑将出来，笑那孙少卿自称会得辨别好歹，其实他的眼睛早已瞎了，他不知道慈善眼睛的连长，便是那夜眼睛里发出凶焰的瘟强盗、狗强盗。"

招弟听得好笑，向着珠姑娘扑哧一声，幸而没有含着酒，否则喷将出来，难保不喷湿了珠姑娘的衣襟。

"这不是一个噱头吗？你也笑起来了。"

"哥哥，你讲了半天，没有讲到颂扬德政的银盾啊。"

这时候，一轮圆月已高挂在天空，珠姑娘瞧一瞧手表，将近十一点钟了。

"妹妹，我是直爽脾气，最不喜卖关子，有时唤了唱书的堂差，逢到关子头上，我一定要他唱下去，多费些钱不算什么，只是不许卖关子。唱书的唱得口枯舌燥，实在唱不下去了，我依旧不放松，直待他用了'挑三针'的方法，把重要情节一一地表过了，方才罢休。"

"哥哥，你不许人家卖关子，你却在卖关子了。"

"不错，我不穿插，一直讲下去了。后来，大约隔着一年吧，我爹奉命调往安庆填防，芜湖绅商得到了这个消息，动了公呈，环请上级军官，要把王龙骧王排长挽留在本镇，以便保护绅商。上司当然是不准的，绅商为着挽留无效，便排日设席，替我爹饯行。那时，绅商的领袖便是那位孙少卿先生，他是商会的会长，又兼着本地的议员，他发起的什么事，谁都不肯反对的。他和我爹异常莫逆，把我爹当作爱民如子的好官，却不知他便是持枪行劫的瘟贼。"

"哥哥，你怎么骂起尊大人来了？"

"这不是骂，这是道破他的本来面目。可怜孙少卿不知我爹的本来面目，他竟发起公送一面大银盾，就是你那天所见的纪念品。妹妹，你可知道，目今是强盗世界，越是强盗越有面子，这一面大银盾不是随随便便送给我爹的。爹在得意时，常常提起那年送盾的荣华光景，用了五色绸匹扎成了一座彩亭，把那光彩焕发的银盾供在居中，雇着役人高执着纪念旗，旗上标语都是'德政在民''民不能忘'的种种肉麻颂词。后面跟着全部大军乐，大吹大擂地簇拥着彩亭，在大街小巷上游行一周，作为良好军队的特别宣传。一方面借着商会的议事厅，开一个盛大的留别会，所有商会会长、农会会长、教育局局长，以及县会议员、地方绅士，衣冠济济地来了不少。备着红柬，请我爹驾临商会，和他们握别，以及接受这留别纪念的天字第一号大银盾。"

"尊大人不见得去吧，我想他是很惭愧的。"

"你又发迂话了，他为什么不去呢？这是他数一数二的体面日子，管什么惭愧，大模大样地去赴会，而且高坐在演说坛的后面，饱听他们的马屁演说。商会长演说以后，农会长来了，农会长演说以后，教育局长来了。有的说：'不见高山，哪见平地？不有那夜强盗化的军队把我们害得暗无天日，哪有今天纪律化的军队，永远给予地方上一个良好印象。'有的说：'中国的军官，实在好的太好、歹的太歹，好的军官宛似天堂上的福星，歹的军官宛似地狱里的恶鬼。王连长移防以后，便是芜湖镇上绝大的损失，从此以后，天堂上的福星移照安庆一方的人民去了，我们芜湖商民不要又受着地狱里恶鬼的骚扰吧。'"

"尊大人听了，难以为情，只怕要避席而去吧？"

"你又要迂了，我爹不似你这般迂，他听了演说，一不肉麻，二不面红，很端庄地坐着，一些没有改变着态度。那时坛下的拍掌声仿佛雷震，中间还有很热烈的呼声，什么'还我好官'，什么'挽留王连长'，在那喧呼声中，那游行市上的银盾彩亭已由八名扛夫扛进了商会的大门，一阵噼噼啪啪的霸王鞭炮，和军乐队相间而作。商会会长兼县会议长孙少卿先生很恭敬地把那'爱民如子'的银盾送给那持械打劫的王龙骧连长接受。我爹便老实不客气地接受了爱民如子的银盾，还站在坛上说了几句很冠冕的话，他说：'身为军人，该有保商安民的责任，这不过履行我的应有责任，倒叫诸位绅商这般地抬举我，使我王龙骧非常惭愧。'妹妹你想，我爹也会道出'惭愧'两个字，这是口头的惭愧，他的心里简直不知什么叫作惭愧。他向我们说：'这是孙少卿的惭愧，不是王龙骧的惭愧，孙少卿瞎了眼睛，误认我王龙骧为好人，不是他的惭愧吗？'"

田招弟听到这里，暗暗叹息。楼下的朱二嫂嫂藏着纸烟、西瓜子、南瓜子，都在衣袋里落在公馆，预备取回家去，送给荷珠受用。酽酽的一壶原泡雨前茶，她喝了几杯，依旧没有淡，她懊悔着没有先见之明，早知道有这一壶好茶，便该随带一把茶壶来，这灯笼倒是不需要的，只为圆月当空，越照越光明了，提什么月下的灯呢？她在先还和茶房闲谈，后来渐渐地倦了，便一起一伏地打起盹来。惹得茶房拍手道："朱二嫂嫂，快不要拜佛了，你不听得楼上已吃罢了吗？"

楼上罢饮以后，珠姑娘还要拉着招弟同奏一会儿琴，招弟不忍叫寄娘挨着深夜在楼下打盹，便辞了珠姑娘下楼。珠姑娘也不相送，独自在楼上鼓琴一曲。当那朱二嫂嫂和招弟下山的时候，兀自有袅袅不绝的余音在空气中盘旋播送。

朱荷珠也没有睡，见她们回来了，便笑欣欣地向招弟说："妹妹的人缘儿真好，这一条银红罗挑绣的裤带，你看多么好啊！这是人家送给你的。"招弟听了，不禁疑云涌起，怎么人家送东西，送起一条裤带来呢？

第二十七回

写字是日间功课

久没有提起汪慕仙，现在有了提起的机会。

汪慕仙急急地从徽州回来了，这倒是出于赵珍珠意料以外，只为她知道丈夫是个色中饿鬼，无论到哪里去，总不肯克期便回，总在外面干这拈花惹草的勾当，多少总要出于规定的归期以外。独有这一次不然，回了本籍，只住得一宿，匆匆地又回到苏州来了。

赵珍珠听得丈夫回来，在先以为是化妆万能，本人的面皮上既然有了这缺陷，除却不怕蚀煞老本，拼命地拍粉以外，还把种种助媚添娇的贵重化妆品有一样买一样。这一回有志竟成，丈夫出门没多几天，居然恋恋家庭，恋恋妻房，恋恋这贵重化妆品的大主顾珍珠夫人。这是值得赵珍珠堆起着满面春风，在粒粒麻斑里面都包含着笑意，去欢迎这位从徽州回来的汪慕仙。

但是，见面以后，赵珍珠便打破了她的幻想之门。她见小别重逢的丈夫相见之下，并没有什么特殊的亲热，只和未出门的时候一个样子。到了家里，坐席未暖，便匆匆地起身，说什么要去探望岳父岳母，又要去探望其他的亲戚朋友，路上的情形，一句都没有讲，徽州老家的近状，半句都没有提。

赵珍珠的权威，最少限度也可把汪慕仙强留在家庭至二十四点钟之久。但是，她今天失望之下，存着一个"谁稀罕他，由他去吧！"的念头，汪慕仙席不暖地要往外面走，她不置可否，由着他出门而去。既去以后，她又对于自己的尊容怀疑起来，便在妆台前面照了又照，觉得今天的妆饰可谓毫无遗憾，难道他是没有眼睛的吗？想到这里，便轻轻地道了一句"红颜薄命"。但是，一转念间，忽把消极的态度一变而为积极，她自言自语道："说什么红颜薄命？薄不薄都由自己做主，他能使我薄命吗？嘿，谈也休谈！"

富室的女儿，动不动便要发出她的彪劲，她深悔着方才不该由着慕仙出去，这是自己的失算。他怕在家里停留，我偏强着他停留，看他强过了我，我强过了他。

她传唤丫鬟小翠，又由小翠传唤车夫金生，立时赶回娘家，看丈夫可在赵宅。任凭她转变得快，可是汪慕仙在赵大麻子家里打了一个转，讲得三五分钟话，便又匆匆地走了。待到姑奶奶到来，这位汪姑爷已在十分钟前出了岳家的大门。赵大麻子夫妇要留他，他在丈人丈母面前说几句入情入理的话，赵大麻子点了点头，表示着满意，便由慕仙辞去。

慕仙说些什么话？他说："你老人家不须留我吧，我今天回家，卸了行李，坐都没有坐定，便来向岳父岳母请安。请过了安，便要回去部署部署，有许多带来的土产，也得一一支配，以便赠送亲友，再者，令爱还等着我回去谈话，虽然一番小别，但是总有许多家庭细事，须得和我面谈。老人家请留步，缓日登门，再来听训。"

汪慕仙兴辞以后，赵大麻子夫妇正在那里批评这位乘龙快婿。

"慕仙这个人，一向糊里糊涂，恰才说的几句话，倒也不错。"

"你可知道他怎样地有起青头来？"

"没青头的少年忽地有起青头来，这是我们姑奶奶的命好。太太，你道是不是呢？"

"一半是我女儿命好，一半也是我女儿的手段好，她把男子管束得紧，任凭没笼头的马也会管得他循规蹈矩。"

在后面念佛的老太太，佛在她的嘴里，儿子媳妇的谈话却又在她的耳里。恰才汪慕仙唤她一声太岳母时，她只把头略点，不肯打断她的经文。其实，她口头念佛，却不肯放弃她的耳官作用。赵大麻子夫妇的话，她听得句句在耳，一个夸奖珍珠的命好，一个夸奖珍珠的手段好，老太太听了不服气，便停着念经工作，先向菩萨请一个假道："阿弥陀佛，暂请片刻的假，说完这句话，再做功课。"又向外面说道："你们听着，孙女婿现在成人了，你们口口声声只说珍珠命好、手段好，这叫作'吃了对门谢隔壁'，你们全不知道是谁的功劳。我直说了吧，这是我千念佛，念佛保佑了我们全家，还得保佑我们的众亲百眷。孙女儿是我肉上的肉，诸佛菩萨没有不保佑的，你们牢牢地记着，孙女婿回心转意，都是我们好佛的功劳。好佛，是不是呢？好佛，我不是打断经文说闲话，这是宣布好佛的功劳。我又要念经了，南无佛，南无僧，佛说有缘，佛法相因……"

"姑奶奶回来了。"

外面的仆妇人等都是这般呼唤着。赵大麻子夫妇暗暗奇怪着，以为女儿的手段太厉害了，女婿既已这般地依头顺脑，还来监督他做甚？待到会面以后，问起情由，赵珍珠不信任慕仙会得赶回家中，好在物质文明的世界，只需向家中通一次电话，便知道小汪并没回家。赵珍珠已是满面怒容，粒粒麻斑益发起了深刻化，贵重的化妆品完全失却了效用。她母亲向她安慰，也许女婿在路上遇见了朋友，略费着一会子立谈的工夫，少顷便要回家的。赵珍珠又在电话里吩咐自己家中的仆婢，要是少爷已回了家，快在电话里通知一声。良久，良久，电话是有的，只是旁的地方打来的，问赵大先生镜架可写好了，请赵太太夜间看戏。最后一个电话才是汪宅打来的，赵珍珠以为慕仙到了家中，忙不迭地去接电话，谁知又落了空，这是他公公从茶叶店里回家，听说儿子已到了苏州，却不见儿子的面，所以打电话给媳妇，慕仙究竟在哪里。赵珍珠正没好气，愤愤地在电话中回答道："谁晓得呢？"一霎时，便把电话挂断了，自到里面。却见她老子正看着小账房张水生在里面写那镜架里的泥金笺，这是送给人家挂在新房中的。

"可是慕仙到了家里？"

"慕仙吗？不知赶到哪里去了，不识相的老汪倒在电话中问我，我正要问他呢！"

珍珠说话时，眼光渐渐注射到张水生身上。但见他和初来的时候大不相同了。衣服都是新做的，倒也匹配他的身材，皮肤也没有以前这般黑了，莫怪他写得一手好字，他的手腕上的肌肉何等饱满和结实。慕仙的肌肤虽白，但是没有腕力，当然字也写不好。

赵大麻子不知道珍珠赏识水生的手腕，只道珍珠赏识水生的书法。

"这小子的书法越写越好了，我们的人家，件件般般总胜过了人，所以人家没有这般的小书家，我们家里却有。"

赵珍珠眼看水生，嘴里却说："他写的字，越看越令人生爱，写的笔醋墨饱，力透纸背。爹，我想着了，我们家里有许多上等名笺，可惜没有人写字，未免辜负了名笺，你女婿的一支笔是提不起的，其他的书家，我看了也平常，所以长久搁着，没有人书写。"

"这是很容易的，我吩咐小张给你写了。你把笺纸交给我，趁着今天写镜架，砚里还有余墨。你记得放在什么地方？打电话到家中，叫小翠拣取出来，送到这里。我们这位小书家是很随便的，件到即写，没有大书家的脾气，件到后久搁不写，还要吃光人家的笺纸。"

"我的笺纸记不清放在哪里，我想回去以后拣取出来，请这位小书家到我们家里去写。也好使我们汪姓的人眼见这位小书家确实名不虚传，并非是爹的夸奖。"

这两句话说中了赵大麻子的心，拍着手说："不错，不错！我正要叫小张到各处去显显本领，只为人家见了他的字，总带着几分怀疑，以为十余龄的孩子，未必会写这成人所写不到的字。"

赵大麻子说话时，佣妇来请他去接电话，说是县政府里打来的。崇拜势力的赵大麻子听得"县政府"三字，便忙不迭地去接电话了。那时，花厅上面只有赵珍珠和小张两人，赵珍珠听到"童子"两个字，便起了一种冥想，好像急色儿听得人家谈起了处女一般。她又把水生估量了一下，估量他是不是真价实货的童子。可是水生太老实了，他只埋头写字，怕把头抬起，他虽然知道有人在旁边向他呆看，但在肚里打量：这位姑奶奶敢是欢喜文墨的吧，她看我写字看得出神了。大概她也会写字的，所以旁的书家她都看不上眼，什么"笔酣墨饱"，什么"力透纸背"，这都是在行的话。瞧不出佻健行为的小汪会得有这般的风雅娘子。我今天写字须得努力一些，休得被她看出了破绽，使我丢脸。

赵珍珠越看他越像是个真价实货的童子了，她想：把什么话来打动他，看他可懂得我的双关语意？要是懂得，他便不是天真烂漫的小伙子了。要是不懂，那么他还没有开动这风情月意之门，这便是我所需要的老实童子了。于是，借着品评写字，和水生问答起来。

"小张先生，你的字实在一笔不苟，多么有力啊！"

"姑奶奶谬赞了，我的字是见不得人的。"

说时，停着笔，只把头略略举起，并不抬眼看人。她知道小张是很浑朴的，童子牌的保证有了一二分了。

"你肯替我写几幅字吗？我是很赞成你的笔力。"

"只怕写得不好，涂坏了姑奶奶的名义。"

水生说这话，赵珍珠不知水生是有意说的，还是无意说的，便即紧逼一句。

"这是我的一片诚意啊，我的名笺非得你小张先生动笔不可。"

"姑奶奶既不嫌小子的丑字，小子理当效劳。"

"能得你小张先生动笔，这是再好没有的了，你愿效劳，但不知你何日到我们家里来效劳？"

赵珍珠心中最好说今夜便来，但是，她还受着一些旧礼教的余毒，似乎直言谈相，有些开口不出。却见小张斜倾着笔杆儿在砚台上拈墨，且拈且说："姑奶奶约定了日子，待我禀明了大先生，便可到府的。"

"是日间呢，还是……"

"当然是日间，最好在清晨，清晨写字，得着新鲜的空气，一尘不染，写的字便容易起色。到了下午，便要减色。至于电灯下面写字，是绝对写不好的，小子以为写字是日间功课，不是夜间功课。"

赵珍珠见他老实到这般地步，他的童子牌号又得了三四分的保证。但是，趁着觌面谈话，左右无人，不妨再试他一下。

"我以为夜间写字也是很好，一者，更深人静，异常适宜；二者，夜间所写的字，比日间容易有力。"

"这怕不见得吧。灯光耀眼，我是不惯写的。记得有一次，大先生盼咐我写的一副新房对，只为是灯下写的，毕竟字有大小。到了来日，我起了一个清早，重写了一副，比隔夜写的毕竟好了许多。"

水生停着笔，一本正经地如是答复。赵珍珠可又保证是五六分童男子了，索性再试他一下。

"你写字可拣着纸张？"

"任凭什么纸都可写的。"

"写残的纸张，你喜写吗？"

"这有什么妨碍？"

赵珍珠又误会了他的意思，只道言中有意，又紧逼着问这一句。

"为什么没妨碍呢？"

"只需是大幅纸张，便是写残了，也可把有字的裁去，其他的空白依旧可写字。"

178

赵珍珠皱了皱眉头，这小子简直未开情窦，童子的保证岂但是七八分，简越是十成赤金。

　　"姑奶奶，请用点心。"

　　仆婢等这般呼唤，赵珍珠只好撇却小张，自到里面去用点膳。赵府的点心都是厨房里办的，今天的点心是鸡肉水饺，除却老太太吃素，其他都是每人一碗。天生在书房里吃。西席先生也有一碗，仆婢正待搬到外面的时候，老太太停了念经，吩咐佣妇："邹师爷的一碗，要和天生官一样的。邹师爷教了天生官，和姓石的大不相同，天生官的面色好了许多，都是邹师爷的功劳。快去开一瓶狮力牌童子鸡汁，邹师爷的碗里倒半瓶，天生官的碗里也倒半瓶，好叫他们师生俩都吃些补品，补得身子和狮子一般。"

　　老太太言者无心，赵珍珠听者有意。她听说狮力牌童子鸡汁可以清补身子，补得和狮子一般健，不由得联想到另是一种童子鸡汁，须向小张身上的吸收，但不知服了小张的童子鸡汁，身子可会和狮子一般强？

　　"姑奶奶趁热吃，你的一碗里面，也有狮力牌的童子鸡汁。"

　　赵珍珠听了，又向着自己的碗里呆看了一会子。

第二十八回

香罗带的效力

赵珍珠对于狮力牌的童子鸡汁正在呆呆地出神，同时，她的丈夫汪慕仙已急匆匆赶往虎丘，和朱二嫂嫂母女会话。

汪慕仙携带的徽州土产，不急急于奉献丈人丈母，而急急于奉献朱二嫂嫂母女。他往丈人家，只是空身入内，所有的土产都放在包车上面，待到从丈人家出来，坐车出城，恐怕包车夫回去搬唇弄舌，他便另雇车，而把自己的包车遣发回去。

朱二嫂嫂母女的眼孔很浅，见那车夫捧着左一个篾篓、右一个纸包，一共大小有八件，都排列在客堂的长台上面。朱二嫂嫂喜得一个不亦乐乎，朱荷珠喜得一个不亦快哉。

"啊呀！不敢当，怎么送给我们这许多东西，说也惭愧，把我们几间老棚都要塞满了。"不亦乐乎的朱二嫂嫂这般说。

"东西送得太多了，我们怎好无功食禄呢？受了一半，还了一半吧。"不亦快哉的朱荷珠这般说。

"寄娘不用客气，荷珠妹妹也不用说这生疏的话。我的礼物合该孝敬你们娘女俩的，何用挂在嘴上？这一番到徽州去，匆匆便回，不曾买得许多东西，一些些土产，只不过略表寸心。过了几天，我要到上海分号里去盘桓，待到回来时，我一定在先施永安两公司多买些得用东西，奉献与寄娘和荷珠妹妹。什么衣料、化妆品，件件都有，总胜过了徽州的茶叶、芦笋，只是些不大漂亮的东西。"

"汪先生，多谢你，我是未吃先谢，敲钉转脚。永安先施公司许多花花绿绿的东西，荷珠是受用的，我老太婆要是也打扮得和摩登姑娘一般，不是成了老怪吗？"

"寄娘，这是不要紧，你不用，可以送给人的。'宝剑赠予烈士，红粉送予佳人。'你不会送给你的寄女儿吗？这位田小姐为什么不见，敢是回转了白马涧吗？只怕不见得吧，难道躲在里面不成？"

那时有一个花树匠走来，朱二嫂嫂向小汪眨了眨眼睛，小汪才不敢多嘴。待那花树匠到了花圃子里去工作，朱二嫂嫂撅起着臀部，挪动着缠煞的脚，拖一只广漆骨牌椅子，挨着小汪的肩坐着，于是一手遮着嘴，凑着小汪的耳轻轻说道："你说招弟吗？她还没有下乡，仍在这里……"

小汪不待说完，便道："寄娘，这是天缘，我的预料，以为她早已下乡去了。但昨夜忽得一梦，梦见招弟仍在寄娘府上住着，而且……"

"她到了这里，人缘儿很好。今天有人请她到冷香阁饮酒去了。"

"她不在这里，我才敢说我的梦话。寄娘，这梦很奇，昨夜梦见她和我亲亲热热，不似以前同桌吃饭时的生疏模样。她在梦中向我说：'我没有下乡啊，我依旧在寄娘家里等候你，好哥哥。'待到梦醒以后，我总道是春梦是幻梦，只为荷珠妹妹曾向我说，田女士在虎丘小住数天便要回去的。现在相距田女士来时已有半月之遥，田女士绝不会仍住在虎丘，无非是我的痴心妄想罢了。今天我到这里来，候候你寄娘，顺便还得探探田女士的行踪，要是田女士业已下乡，那么梦境无凭，我便打断我的痴心妄想，如果田女士没有回家，那么我这个梦便做得很有道理了。寄娘，这是要仰仗你的。"

"汪先生，我听说你是赵大先生的女婿，你有了这般大富大贵人家的女儿做夫人，还要动什么妄念？你断了这条心吧！"

"寄娘，谁告诉你的我是赵大麻子的女婿？"

"似这般阔人家的女婿，怎么瞒得过人？况且，我这婆子只需胳膊上挽着一只花篮，便可闯千家走百户，你还要瞒我吗？你的太丈母，是个矮婆婆，终日里念弥陀，可对吗？"

小汪点了点头。

"你的丈母娘是个扁蒲脸，十天有九天在外面看戏，对吗？"

小汪又点了点头。

"你的这位夫人是一个有福相的人，休说大模大样的身材我们寄女儿万万比不上，便是她这费着精细功夫的面孔……"

"你不用说了，我代你说了吧，是个雕花面孔，再不然，形容得厉害一些，便是翻转石榴皮，雨落灰堆里，钉鞋踏烂泥，我替你一起说了吧。唉！寄娘，要是赵大麻子的麻子不传了种，不是只传女儿不传儿子，我便不会在外面花花柳柳，所以这个麻面婆娘早和我貌合神离，总有一天和她提起离婚。她不是我的夫人，我的夫人除却我心中眼中永永不忘的那一个，还有谁呢？寄娘，你明人不消细说吧。"

荷珠忍耐不住了，她说："请你不要提起吧，险些连我们娘女俩都受没趣。我们表妹的未婚夫虽是个乡下人，但他运气好，在赵大先生府上充当小账房。不知他在哪里听了什么谣言，也许便是你放的野火，说什么田招弟怎样和陌生男子同桌饮酒谈心，异常莫逆，他便吃起醋来，一口气跑到虎丘，替我妈为难，疑及我妈喝了元宝汤，做了马泊六。"

小汪猛然想起了小张，忙道："她的未婚夫难道便是张水生？"

"除却张水生还有谁？他虽然穿的是青布长衫，背的是破雨伞，人不出众，貌不惊人，但是他的风头比你慕仙哥哥还健。赵大先生欢喜小账房胜过了自己女婿，为着他单身到虎丘，怕有失错，立时派着大账房张师爷，随带着书童，雇着簇簇生新的马车，接取他回府。哥哥你想，这般风头十足的人，我们怎敢碰他一碰？只不过叫招弟做一回陪客，已引起了多少口舌，我们再敢在太岁头上动土吗？我劝哥哥不要在她身上转念头吧，你爱虎丘的花，除却黑牡丹，好花尽多。下一次举行游山会，你可来参观，你爱上哪一朵花，无论有主无主，我总替你着力，放心吧，我们娘女俩总不会白吃你的一份礼物。"

"除却黑牡丹，谁都不要。我这番回徽州，便去取宝物，有了这宝物，无须你们着力，她自会和我接近的。"

朱荷珠猛想起那天谈起的脆蛇，忙道："哥哥，难道你那天谈起的东西真个取了来吗？"

"没有取来，我来拜望你娘女俩做甚？"

于是，朱二嫂嫂母女忙不迭地要向慕仙讨这脆蛇看。慕仙不慌不忙在他随带的皮包里面，取出一条很芬芳、很漂亮的丝织品裤带，指着裤带说道："我今天的来意，便是央恳你们娘女俩想个法儿，赚她系上了这条裤带，那么任凭她三贞九烈，也变作了四淫十骚。"

娘女俩听得这般说，朱二嫂嫂便慌忙离座，退后了三四步。

"寄娘做什么？"

182

"这不是耍，怕要咬人，我的老命不保。"

小汪拉着朱二嫂嫂，仍坐一旁，轻轻地说道："不要大惊小怪，慎防传到外面，走漏风声。这条裤带，并非是脆蛇变的，何用担惊?"

"不是脆蛇变的吗? 汪先生特地送来，究有何用?"

"寄娘，你轻一些讲话，这条带是一种法宝，破贞为淫，化烈为娇，有不可思议的效用。我特地赶回徽州，便是为着制造这条不可思议的裤带。我在祖母那边赚出两条连号的脆蛇，悄悄地交付药铺子里，分别磨为细末，裹成两个纸包，藏放在两条裤带里面。一条是男性系的，我已系在腰里，一条是女性系的，我便要恳你们娘女俩想个法儿，撺掇田招弟系在腰里。为着女性是喜欢香艳的，我所以置备这条颜色美丽的裤带，还遍洒着上等香水，好叫她系在腰间，可以发生热恋。"

朱二嫂嫂母女俩检视这条香罗带，果然颜色悦目，芬芳扑鼻，知道招弟是爱漂亮，赚她系在腰间并不费力。但是，一经系在腰间，和小汪发生了热恋，自己总脱不了相当的责任。所以，母女俩彼此歪歪嘴、眨眨眼，已互通了无线电报。

"小汪先生，你果有本领尽可自己把裤带赠给她，我做了寄娘，怎好阴损我的寄女儿? 良心上说不过去。"

"慕仙哥哥，你送我们的礼物，只好原物奉璧，我们的豆腐肩架，实在担不起这副重担子，你的礼物是烫手的。"

小汪不慌不忙，又取出一叠钞票，作为先付三成的谢意，事成以后，还得找付七成。娘女均分，各得三十元，事成以后，彼此还有七十元的希望，当然不再留难了。于是，秘密商议了一会子，议定这条裤带只算游山会的奖品，不说是小汪所赠，免得被招弟挥诸门外。再者，招弟系上了裤带，只好放着她下乡，交还田永根，减轻着自己责任。那时，便和小汪发生了暧昧，是她下乡以后所干的事，不是在虎丘时候发生的，朱二嫂嫂母女当然不负任何的责任了。

小汪对于这两条提议都表赞成，托言游山会赠品，这计划很好，只为每次举行游山会，自有好事者赠旗赠盾，以及一切衣饰和化妆品，招弟接受了礼物，绝不会疑及是小汪的阴谋。至于系上裤带，放她下乡，这个方法也很好。只为这条香罗带的效力，系上一天，春困绵绵;系上两天，她的一寸芳心便若有所感，若有所怜;系上三天，她便不怕道途跋涉，自会骚形怪状走到恋人前。

这一夜，朱二嫂嫂在冷香阁守候招弟，便是得了小汪的贿赂，不管裤带灵不灵，只需她系上了裤带，便可向小汪索取这七成谢意。

偏是珠姑娘留着招弟夜饮，冷香阁上杯酒话天良，直到深夜才休。回去以后，荷珠还在灯下候夜，招弟心中很是过意不去。

"姊姊，劳你守候了，我初意便想回来，只为珠姑娘谈锋很健，她谈起了头，非得把这件事谈到结尾不可，以致回来得迟了。这条裤带究竟是谁送来的呢？"

"妹妹聪明人，猜这么一猜。"

"难道是珠姑娘送我的吗？但是她方才并没有提起啊。"

"不对，你再猜。"

"除了珠姑娘，只有周校长了。"

"近情了，再猜一下，便猜着了。"

"难道是陆三宝、陈善宝送我的吗？我没有东西送她们，不见得吧。"

"又猜到歪垛里去了。"

"姊姊，你休刁，告诉了我吧。"

"告便告诉你，但是告诉以后，你须把裤带立时系上。"

招弟听了，不禁好笑。

"你把我当作三岁孩子了，便是一世不曾系过香罗带，也没有连夜系上，说着风便扯篷。况且，我又不知是谁给我的。"

"你不肯连夜系上，我不告诉你。"

"不告诉也罢，我不贪图这样香罗带。回乡以后，惹乡间人嘲笑，说我系上了裤带，差不多成了戏台上的小旦。"

招弟把裤带交还荷珠，两手上伸，打了一个哈欠，大有"我醉欲眠卿且去"的模样。荷珠暗想不好，不能再卖关子了，她便见风转篷起来。

"我是个特别脾气，你要我说，我不说，你不要我说，我偏要说。老实向你说了吧，这条裤带是游山会的奖品，每次游山会，总可以得到社会上的种种赠品，鼓励我们的美的教育。投赠的人有具名的，也有不具名的，今天这条裤带，便是不具名的赠品，你看多么艳丽，多么芬芳啊！妹妹，这是你的姿色冠绝了一时，所以人家热烈欢迎，把这美术化的裤带作为赠品，你的荣光，也是游山会全体的荣光。妹妹，请你拴在裤上，试这一试腰围吧。"

"姊姊，笑话！夜半拴着香罗带，拴给谁看呢？你既爱这劳什子，我便借花献佛，转赠予你吧。哎，倦极了。"

说时，又伸着一个懒腰。荷珠知道当夜拴带是不可能的了，倘再督促，招弟是聪明人，便不免被她看出了破绽，于是笑着说："妹妹器量大，肯把奖品转赠予我，但我哪里有这福分？乡下人不说熏田鸡，折煞小人了。要是旁的东西，你不赠我，我也得向你索取。这奖品是指定奖给你的，你若移奖我朱荷珠，我怎敢拴在腰间出风头？防着被人识破，当面嘲笑起来，我不是求荣反辱吗？好妹妹，今夜不拴香罗带，明天再拴也好，这东西非同小可，请你收拾了吧。"

招弟见荷珠这般说，只得接着香罗带，自去安寝，很容易地一宵过去。到了来日，招弟起身略迟，白马洞已有人来寄口信，说田伯伯在乡间寂寞，久候女儿不回，无论如何，今天不回，明天也得回去。要不然，他老人家便要自己来接取女儿了。

招弟听了来人的口信，一种爱父之心油然而起，便托便人带一个口信回乡，今天不回乡，明天一定下乡，由寄娘伴着回去，请老人家不须记念。

原人去后，邮政局又有信来，这是张水生寄来的，只为他听得汪慕仙业已回苏，慕仙是个轻薄之徒，上一次奉陪孙落拓饮酒，曾把田招弟的名誉毁坏，这一次他又回来了，难保不在外面说什么无中生有的话，所以奉劝招弟早日下乡，免得这轻薄子发生妄想。信中又提起："汪慕仙是东家的女婿，慕仙不喜文学，这位东家小姐却是性喜临池，她看中了我的笔墨，要把家藏的名笺请我一挥。为这分上，我无暇来看你，过了几天，我一定请假下乡，和你到响水涧边，听听高尚圣洁的流泉，把耳朵里的俗气排斥一个净尽。"

招弟立时写一封回信，便把自己本要下乡的意思告诉张水生，至多再留着一天，明天一定在流水声中，陪伴着老父闲谈家常了。

朱二嫂嫂母女俩听说招弟决意下乡，却不像以前这般强留，反而原谅那归心如箭的田招弟。

"寄女儿，我不敢多留你了，我们这里有说有谈，哥哥那边冷冷清清，今天屈留你一宵，明天我送你下乡去。"

"妹妹见了娘舅，替我包荒一些，不要说我强留着你，只说小姊妹们不放你走，免得娘舅把我怀恨。"

招弟忙着要动身，不敢去向珠姑娘、周校长那边辞行，防着她们不放自己下乡。谁知珠姑娘早已得了消息，又遣人约招弟去吃夜饭。

这一夜，席设王公馆，顺便又请朱二嫂嫂母女俩做陪客。这是她的饯行酒，须得喝一个爽快，预先在书面上声明："陪客不醉无归，田女士醉而不归。"只为她和招弟投契到十二分，所以今夜饯行，还得留着招弟住宿一宵，假使招弟不应允，她使用着强权，届时不放招弟下船。这便值得招弟左右为难，朱二嫂嫂母女俩又再三撺掇她不能却情，住一夜不打紧，也好尝尝住在高大洋屋的滋味。

招弟无奈，便应允了。只需一应允，荷珠便立劝招弟系起这条香罗带来。

"妹妹，你今天做客人，定要系上这条香罗带。你的裤带只有一条花扁带，要是临睡的时候被珠姑娘瞧见了，岂不要笑你寒酸？我劝你快快换去了吧。再者，这条裤带倒是你的纪念品，你回了乡间，便由着你说得嘴响，城里人往往嘲笑乡姑娘，说什么'乡下大姑娘，有吃没看相'，你拴了香罗带，便可表示着乡姑娘的姿色胜过了城里姑娘。要不然，怎会得到这很有价值的香罗带呢？妹妹，我劝你一辈子地拴着，这就是外国斩宝星、中国的徽草。"

田招弟被她戴上了高帽子，怎知人心险毒，竟把这条藏有媚药的裤带约束她的纤纤腰肢了。

第二十九回

盲词式的家书

赵珍珠约定了张水生，要他到汪宅来写条幅。张水生说："只需大先生答应了，没有不可以的。"

赵珍珠便在赵大麻子面前再申前请，赵大麻子点了点头："你既赏识他的书法，我便吩咐他到你家中来当差，今天十五是来不及了，明天十六，我这里还有写件，叫他后天来吧。"

赵珍珠是常住在母家的，但在这一天，赵大麻子夫妇都劝着女儿回去，只为汪慕仙新从徽州回来，曾经小别的夫妇会面以后，当然有许多欲说的话。况且，今朝又是旧历望日，要是不回夫家，岂不辜负了人月双圆？

赵珍珠回到夫家以后，忽从徽州寄来一封快信，是汪老太太寄给孙媳妇的。信面写着"汪赵珍珠女士亲启"字样，这便惹起了珍珠的骇怪。问及小翠，才知道快信来不多时，老太太写信直接寄予孙媳妇，这是破题儿第一遭，其中包含着秘密，这是可以不言而喻的。她拆开了书信，独自瞧览，瞧几行，哼一声，哼起了脸上粒粒麻斑。这封书信是老太太自己执笔，也是难得的事，旧式妇人虽会写信，难免有几个别字，而且，老太太是爱看唱本的，难免带些弹词唱本的腔调。老太太的信上这般写：

> 字付珍珠贤孙媳，老身吓得战金金（兢兢）。
>
> 修书非别，为着孙儿不好，不免要做不端之事。路远摇摇（遥遥）回来，非为别事，为偷肥蛇而来。

珍珠看到这里，怔了一怔，什么叫肥蛇？但一转念，便明白了。老太

187

太写别字，把"脆蛇"写作"肥蛇"。她想：不好了，丈夫路远遥遥回乡去偷脆蛇，这东西是合媚药用的，他一定看中了人家的雌儿，雌儿却看不中他，才想出偷取脆蛇做媚药的计划。我曾听他说过，把脆蛇合成了媚药，无论三贞九烈，也成了四淫十骚。可惜由老太太掌管，不能够乞取几段弄这玩意儿。他现在推托回家乡省视祖母，原来要去偷取这劳什子，看他偷得成还是偷不成。

> 肥蛇非别，是作眉（媚）药之用，老身掌管在家庭，不许人家来乞药，如果接骨还可说，如作眉药丧良心。不肖孙儿汪慕仙，他说探望祖母身，老身心中喜扬扬（洋洋），留他同住在一房，谈谈说说家常事，谁知起了不良心。

珍珠摇一摇头，觉得盲词化的书信，实在不堪领教。既没有韵脚，又是说了再说，说过丧良心，又说不良心，太觉叠床架屋了。但要知晓书信的内容，也只有一口气读完这书信。

> 老身起来的时候，不肖孙已出外去也。待到下午三点钟，不肖孙又转家门，他说："一得了上海信，立时立刻要动身。"老身留他全无用，他便辞别祖母身。不肖孙出去以后，老身疑惑在心中，看他行动忙六六，难免老身要疑心，老身疑心非为别，疑心慕仙不肖孙。

说了再说的书信，惹得珍珠皱了皱眉，但是依旧一口气读下，不做停留。

> 其时老身偶进后房，忽见一只官箱上失去了锁，锁到何处去？大大可疑心，疑心非为别，只为不肖孙，他已偷了肥蛇去，偷了肥蛇去害人。老身吓得战金金，忽然来了周先生，这位先生非为别，乃是药店伙计身，他今天到来非为别，乃是前来说事情。所说事情非为别，乃是说到慕仙身。

连说几个非为别，又惹得珍珠摇头不止，究竟药店伙计前来做甚？又忙不迭地要看下文：

> 我今告诉贤孙媳，你的丈夫不成人，偷去肥蛇来合药，研成细粉两包分。一包装入男裤带，一包装入女裤带，两条裤带分两处，自会并到一处来，一男一女分两处，自会并到一床来。药店伙计来报信，我今一一听分明。孙媳替我想一想，如何不是战金金？我恨孙儿非为别，恨他要去害女人，我今告诉贤孙媳，你要暗暗去当心，如果寻出肥蛇粉，快快抛去莫留停，免得将人妇女害，害人妇女罪万分。丁竹（叮嘱）丁竹又丁竹，看完此书付丙丁，休被慕仙来看见，丁银（叮咛）丁银又丁银。

汪老太太的书信要算得别字连篇，倘比着赵大麻子，还是汪老太太的别字程度高出这位富绅之上。只为汪老太太会得写别字，赵大麻子仅会说别字，而够不上写别字。便就这封信而论，汪老太太写得虽不好，毕竟可以使人了解。若要赵大麻子照样地写这一封，今生休想。但是，论到幼时的栽培，赵大麻子家中是连年请着西席的，可惜所请的西席都是邹兰西一流人物，又加着赵老太太的百般溺爱，赵大麻子的千般不用心，所以做了面团团的富翁，却不会写一纸寥寥数行的短信。汪老太太幼年时，还是女子无才便是德的时代，她拢总只读得三年书本，但是亏得看了几部弹词唱本，居然触类旁通，会得写这委委曲曲的书信，别字虽多，须得加以原谅。曾见某某大学毕业生所写的书信，一篇之中，往往有几个别字，这般地写别字，便不得加以原谅了。由小学而中学而大学，读了十六年的书，父兄枉费了多少学费，结果只是培植了一个写别字的大学毕业生。汪慕仙是这一流人物，倘和他的老祖母相比，同一写别字，慕仙简直可以愧死。

总算是人月双圆，在那蟾魄腾辉的当儿，汪慕仙从外面酒醉回来，赵珍珠也不问他和谁饮酒，转是小汪搭讪着脸，说是有人替他接风。赵珍珠不加可否，仿佛听之而不闻。小汪是有惧内癖的，瞧见赵珍珠态度不对，便不敢多说多话，在房中小坐了一会子，早已哈欠连连，先自上床安睡。赵珍珠由他自便，仿佛视之而不见，听之而不闻。

小汪知道赵珍珠冷待他，但是不为珍珠的冷待而抱悲观，转为珍珠的冷待而抱乐观。要是不冷待，自己便不免敷衍珍珠的面子，今夜哪有清清净净地睡一夜呢？况且，小汪已系上这条脆蛇裤带，在他的理想中，以为其他的一条早已系上招弟的纤腰。脆蛇有特殊的联合性，只需男女双方彼此系上连号的脆蛇，任凭一在天涯、一在地角，自会异性相迎，渐渐地有那联合的倾向，这就是汪老太太的家信中所说："两条裤带分两处，自会并到一处来，一男一女分两处，自会并到一床来。"

传说以前曾有天南地北相离很远的一对男女，为着彼此紧紧系上一条脆蛇裤带，天南的便向地北而来，地北的也向天南而去。直待到了折中地点，彼此迎面相逢，一对恋人从此形影不离，这就是脆蛇裤带的绝大神通，曾经屡试屡验的。为着有了这般的传说，便有人套着两句"出门日已远，衣带日已缓"的古诗，叫作"相逢日已近，裤带日已紧"，这条裤带，便是含有无上神通的脆蛇裤带。

汪慕仙上床以后，便把裤带收紧一些，他想天南地北的男女，尚且会在裤带上发生着连带关系，何况自己和招弟相逢又是很近呢？自己在今夜系上裤带，招弟也在今夜系上裤带，同床合枕的日子料想不远了。然而，看官肚里明白，他送招弟的裤带，这一夜并没有系上，要是真个同时系上了，嘿，这还了得！

汪慕仙有了几分醉意，更兼甜蜜蜜的日子在最短期内便可实现，在床上略一翻身，便已沉沉入梦。赵珍珠咬了咬牙齿，坐对明灯，要守候他深入睡乡，以便搜检他的衣带诏书。

一时鼾声大作，汪慕仙已深入睡乡了。他在甜梦中间，似乎这条脆蛇裤带已发生了效力，似乎田招弟已被这条裤带吸引而来，似乎田招弟便在他的左右把他推了一下，似乎田招弟惊异这条裤带的效力，在他的裤带上用着纤手摩挲，似乎田招弟轻轻地在说："你这冤家，我知道你了。"

其实呢，这个梦一半儿是幻，一半儿是真。汪慕仙的裤带上面，确乎有人用着手掌摩挲，可惜不是田招弟，却是他的老婆赵珍珠。

赵珍珠接了汪老太太的快信，在人前不动声色，一定要用着曹操搜检衣带诏的方法，搜出他裤带里的秘密。

她听得小汪鼾声大作，知道睡梦莫甜于头睏之中，这是搜检衣带诏的第一好机会。她先试验一下子，把小汪用力一推，小汪只哼了一声，依旧鼻息连连。她才伸手去摸小汪的裤带，原来小汪束的是一条天津出品的硬带，她便猜破了其中的奥妙。她喃喃自语着："他不是常束着西装裤带的吗？偏偏换上一条天津带，这便明人不消细说了，西装带是皮带，不能藏纳东西，天津带是棉纱带，中有很大的插袋，这劳什子一定藏在插袋里面了。"

赵珍珠轻运手掌，只在他的天津带上摩挲，尤其注意的便是带子里面的两个插袋。她摩挲了一会子，觉得一个插袋扁扁的不藏什么东西，另一个插袋有些隆隆的高起，她便用着两个指头轻轻地伸入里面，更不费力，被她抽出了一个二寸见方的纸包，轻轻地道一句："冤家的，我知道你了。"谁料小汪牵了牵腿，朦朦胧胧地说着："好小姐，你也唤我冤家的吗？我乐极了，我和你是欢喜冤家……好小姐，你不要跟那乡下小子了，你跟着我做夫妻吧，我是不曾娶过娘子的。"

他的几句梦话，引起了赵珍珠的一喜一怒。在先的几句，赵珍珠不当他是说的梦话，只道他好梦初回，听见了冤家的呼声，才向自己灌迷汤，这好小姐便是唤着自己。后来略做停顿，小汪又喃喃地说那后半截的话，赵珍珠怎不恼怒？原来这好小姐不是指着自己，是指着一个乡下小子的女人，既是乡下小子的女人，当然也是一个乡下女子了。

她想到这里，又喃喃自语着："我真红颜薄命了，竟比不上一个乡村女子吗？似我这般地位，妆奁好，门第好，姿容也不弱，哪一件亏负了他？他竟不习上，把乡下女子当作天仙化身，竟在梦魂中连唤好小姐，他不是发了痴吗？请他到天堂上坐，他不肯坐，劝他去游地狱，他便欢欢喜喜到黑暗地方去追寻。"

赵珍珠自言自语，却把这方方的纸包在灯下打将开来，要看一个仔细。但见包里面的脆蛇粉末，完全是一种粉红色的，嗅了一下，也没有什么特别的气味。她想了一下，想定了一个方法，且把这媚药抛弃了，然后冷眼旁观，看他用什么方法去勾引这个乡村女子。

她想这媚人的东西，不如抛弃在腌臜的便桶里面，这是不能经着婢女的手，只得亲自去投诸污秽，好叫没有第二人知晓。

她趁着夜深人静，走到便桶间里，亮一亮电灯，捏一捏鼻子，正待揭开盖儿，把蛇屑纳入里面，这便应着"天君司命，百体从令"的两句话了。她猛想起一件事，便舍不得把宝贝投诸污秽，鼻子不捏了，马桶盖也不想揭开了，熄了电灯，退出便桶间，回到自己房里去了。

她回到房中，顿生着一计，她便心口相商道："我把他的媚药藏去，他觉察后，或者尚有过剩的媚药，他依旧可以应用的。好在神仙不识丸散，趁着他深入睡乡，我为什么不用着调包的方法呢？"

于是，她把脆蛇屑倾入一个玻璃瓶内，以便自己应用。却把粉盒子里的扑面粉倒入他的纸包里在，嫌着太白，加一些胭脂把来调和了，便和脆蛇屑一般颜色。她又把里面衬的玻璃纸折叠好了，又把外面包的一张牛皮纸依着原痕包成二寸见方的小纸包，一切手续完备以后，又把原包轻轻地插入小汪的天津带里，人不知鬼不觉地干了这调包生活。

小汪依旧是甜睡，一瞪醒来，却见珍珠和他分着两头而睡，他又暗暗地快活，越是睡在两头，越遂了小汪的愿。他暗暗地说道："麻子姐姐，你负气，便是我的运气，我准备补充实力，做一番名誉的战争，怎肯把宝贵的精神牺牲在你麻子姐姐身上？"

待到来朝，一切梳洗完毕以后，小汪怎肯在家里闲坐，又在珍珠面前撒起谎来。

"我自己也莫名其妙，只不过离家十多天，偏有许多络绎不绝的事和我当面接洽，我的意思，准备在家中休息多天，但是事实上却又做不到。"

"你有要事，任凭你出去接洽，便是大年初一忙到大除夕，也不和我相干。"

"好小姐，你休生气，待我干完了俗事，决计闭门谢客，陪伴你好小姐。"

"你休口甜心里苦，我没有福分做你的好小姐，你也不须把好小姐唤我。"

"不唤你好小姐，唤谁好小姐呢？"

珍珠一声冷笑，待要说"你的好小姐是乡下姑娘"，但是话到口边，却又缩住了，只说："你既贵忙之至，无须在这里说闲话了，好在我也不须你陪伴，去吧！"

小汪不知她说的是真话还是假惺惺，但是听得"去吧"两个字，宛比皇恩大赦，脚底涂油般地要到虎丘去了。

看官肚里明白，小汪却一辈子不明白，他以为双方都把脆蛇裤带系上了，要是真个系上的话，那么小汪在城里若有所思，一定想到城外的田招弟，招弟在城外若有所思，一定想到城内的小汪。这番小汪去访招弟，招弟一定会得心血来潮，自到门前来守候她意中想念的人。可惜昨夜小汪系上脆蛇裤带的时候，招弟却没有系，今天招弟听了朱荷珠的怂恿，戴上了无形的高帽子，很高兴地把香罗带系上了，但是小汪的天津带已被赵珍珠掉着包了。有这相左，才不曾依了汪老太太信中的话，什么"一男一女分两处，自会并到一床来"。然而，小汪哪里知晓？

第三十回

明明这一包东西没有掉落

小汪出门时，放着自置的包车不用，却去唤那街车，出城到虎丘去。车夫索价八毛钱，他却肯出一块钱，只要跑得快，囫囵一块钱，不要车夫找。

人生的两条腿，大抵为着这个圆形的东西而奔跑，尤其是黄包车夫，他的人生完全支配于两重圆形东西之下，得着圆形的代价，便拉着圆形的车轮而奔跑。生平所得的代价，最多是圆形的铜币，其次是圆形的小银币，至于精光盛亮的大洋，很不容易和车夫的手掌接近。今天小汪一摸腰囊便是一块大洋，整个不打碎地给予车夫，车夫向着怀里一塞，喜得眉毛都在飞舞，两条飞毛腿仿佛打了吗啡针，脚打屁股般地出城而去了。

车子到了半塘，望见朱荷珠迎面而来。

小汪急于要知道田招弟系上了香罗带以后的情形，忙不迭地说道："停车，停车！还有三里路，不要你拉了，便宜了你吧！"

这又是车夫得意的事，少拉着路，多赚着钱，待到傍晚在酱园里大酒缸的盖上面喝那老酒的当儿，便要把今天所遇的幸运讲给他的同伴知晓，惹得同伴们个个艳羡不置。

小汪下车以后，荷珠也走近了，本待站在人家檐下立谈，但又觉得不大稳妥。斜对门便是小茶寮，小汪见里面都是空座子，便和荷珠到小茶寮里，坐在行人不注目的屋角落里，泡着一壶茶，秘密地交头接耳地谈话。

"这东西可曾给她拴上了吗？"

"昨晚她回来已晚，不及拴上，今天给我们娘女俩一戴高帽子，她便情情愿愿地系在腰间了。"

"可惜！"

"今天拴上，和昨日拴上可是一般的吗？"

"差了一宵，也有相当的损失。但是还好，今天果然拴上了，拴上了多少时候？"

"约莫一点钟了，我为着她明天便要下乡去，特地到山塘上来买咸肉，我的娘舅最喜吃咸肉。"

"那么，你去上咸肉庄吧。"

"放屁！你不是个好人！"

"荷珠妹妹，不要多心，是我说错了，我要说你去买你的咸肉，我要去会会她的面。"

"你休痴心，她肯和你会面吗？况且今天有人和她饯行，或者她已不在我们家里，你休白跑一趟吧。"

"那么，你不知我法宝的厉害了。她没有系上裤带，她当然不肯和我会面，或者她已先到了饯行的人家去了。她既在今天系上了我的法宝，管叫她春兴绵绵，非得和我会面一次不可。土木顽石也会感受法宝的魔力，何况是她？"

"这句话我不信，她已在我们家里更换衣服，一本正经地要去赴宴，又没有顺风耳朵千里眼，怎能知道你要出城来和她会面？"

"妹妹，你没有知道我的法宝厉害，要是她在昨夜拴上这法宝，只怕今天在这里谈话的不是你，而是你的表妹了。我今天坐车而来，到了山塘上，一路注意着迎面来的女郎，以为她一定若有所感，来到半路上欢迎我了。谁料来的是你，而不是你表妹，我本来疑惑，疑她还没有拴上这带子。"

朱荷珠听了，疑信参半，到底只有摇着头，疑的部分多，信的部分少。

"无论如何，我总不相信有这魔力。你在这里略待，待我买了咸肉，同你一路归家。如果招弟真个没有出去，还在那里等你，我便相信这法宝的神通广大了。"

"很好，很好，你快去买肉，买了速到这里，我替你雇着车，彼此坐车到虎丘。她一定没有出门，还在那里等我，灵不灵当场试验。"

充满着好奇心的朱荷珠，真个急匆匆地去买咸肉。约莫十分钟光景，她已买了两块钱的咸肉到来，见茶寮门口已歇着两部黄包车，守候她上车，不问而知是小汪雇定的了。

待到两人都上了车，没多一会子，已到了虎丘，远远望得见朱家的花树铺子了。荷珠的车子在前，她的眼光锐利，已见田招弟远远地迎面走来，便不由得伸了伸舌头，佩服小汪的神通广大。招弟拴了这条香罗带，果然立时发生了效力。

"妹妹哪里去？"

招弟闻唤，便迎上数步，笑着说："姊姊坐着车子回来了，我是来欢迎你的。"

"不见得是欢迎我吧。"

在这时候，车子便停了，招弟见荷珠提着一大块咸肉，便道："姊姊真个去买咸肉的吗？寄娘太客气了，打搅了多天，还要你们破费。"

拉小汪的车夫跑得迟了一些，荷珠和招弟立谈的时候，那车方才赶到。小汪既望见了招弟，也自信这药力的神效，以为这一番和招弟见了面，浑不似从前的生疏模样了，相亲相近水中鸥，可以当场试验，立见颜色。

招弟只和荷珠立谈，想不到小汪会随后到来。小汪赶紧停车，车钱早已预付了，堆着笑脸上前和招弟招呼："田小姐，多日不见，渴想渴想。"

口说渴想，已伸过手去，准备和招弟行一个亲亲热热的握手礼。这不是慕仙的冒昧，彼此拴上了媚药，自会发生着电力。彼此一握手，便不想分开，至少也要握着十分钟之久，彼此手掌里握出了一手的汗，才肯暂时放手。

假使田招弟一和小汪握手，张水生的未婚妻便要无条件地让渡与小汪了。谁料会得有徽州汪老太太的一封快信戳破了猪尿脬，谁料会得有吃醋的赵珍珠在小汪的天津硬带里做了一个过门。亏得这么一下子，张水生的未婚妻绝不会无条件地让渡与小汪，转是小汪的珍珠奶奶却要无条件地让渡与张水生了。

招弟陡见了小汪，立时别转了头，睬都不睬，休说握手了。

"姊姊再会，我要到周校长那边去话别，从小学校里出来后，我又要去访珠姑娘，我的动身有期，既被她们知晓了，不得不去话别。"

话才说完，早已脚底明白了。小汪奇极了，怎么伸过手去，她不睬不睬呢？难道她拴上的带子重又卸下吗？然而，小汪眼光一眨，已在招弟的旗衫开衩处，隐隐瞧见香罗带的一角，可见她明明已拴上媚药的带子，为什么不会发生效力呢？难道自己匆匆出来，没有拴着天津带吗？伸手在腰间拍这一下，明明拴着很阔的天津带。难道昨夜睡梦里面，不知不觉地把天津带里的东西掉落在床上吗？抬起两个指头，隔着西装把裤带里的法宝掀这一下，明明这一包东西并没有掉落。他的指头感觉虽灵，摸得出带里的纸包，却摸不出纸包里的药末是否原物。这便是吃了珍珠奶奶的亏，竟使那小汪失魂落魄般地在花树店门前呆呆发怔，若不是荷珠把他的衣角扯一下，不知站到什么时候才休。

"你巴巴地赶到这里来，为什么过门不入，却在我们的门前站岗呢？我们不是阔人家庭，用不着你这很体面的请愿警。"

小汪自己也觉得好笑了，便跟着荷珠同到里面。荷珠放下了咸肉，忙着倒茶。

"不必，妹妹，我在茶寮里喝过了几杯茶，你是方才看见的。"

朱二嫂嫂听得客来，撅着肥臀，搬动着缠煞脚，也来敷衍小汪了。她是鬼头鬼脑地和小汪并坐着，轻轻地说："你早来一刻便好了，她恰才出门去。我们得人钱财，与人消灾，这东西已骗着她拴在腰里了，但不知道灵与不灵。"

荷珠拖一双骨牌凳，坐在旁边，也来参与这秘密会议："这东西一半儿灵，一半儿不灵。"

"荷珠，这话怎么讲？"

"妈，告诉你，恰才遇见了他，在小茶馆里坐了片刻，他问起招弟，我说：'招弟这时大概不在我们家里了。'他说：'拴上了法宝，招弟一定不远去，一定要候在这里，和我会面。'我不相信，赶紧买了咸肉，和他同来。果然不出所料，我们的车子还没有到，招弟竟迎上前来，招弟为什么要候到这时候才出门？多分是药力作祟了，这不是一半儿灵吗？"

朱二嫂嫂的面上顿表示着惊异色彩。

"怪不得！"

这三个字的声浪响了一些，荷珠忙向着她妈歪嘴儿，含有隔墙须有耳，窗外岂无人的警告。朱二嫂嫂自己也觉察了，顿把声调放轻一些。

"怪不得她出门以后，重又折回。据她向我说，是忘记了东西，她折回以后，摸摸索索，再也不想出门。后来，经我催着，她方才匀匀粉，整整衣，有要没紧地出门而去。我只道年轻的姑娘爱打扮，去而折回，便是嫌着打扮得不好，回来细细整妆的意思，谁知是带子里的东西作祟。后来，两个拴着法宝的彼此会面时，便怎么样呢？"

"妈，那一半儿竟不灵了。论理，彼此都拴上了法宝，见面的时候便该脸儿相偎，手儿相持，再也分拆不开。谁料哥哥伸过手去，妹妹睬都不睬，掉转身体便跑了，这不是一半儿不灵吗？"

急形急状的朱二嫂嫂才放下了一块胸头石，摸一摸额上的汗。

"还好，还好，这一半儿是灵不得的了。"

小汪便不以为然了："寄娘，你不是得人钱财，与人消灾吗？我们使用法宝，你须希望着万应万验，怎说一半儿是灵不得的呢？"

"你不须着急，我的意思，希望着这一半儿待到她回了白马涧再灵不迟。现在呢，万万灵不得，如果灵了，你们一见面后，便不避着千人百眼，真个脸儿相偎、手儿相持起来，一时沸沸扬扬地传将出去，落在张水生耳朵里，他便钳着一筷了，这是我吃弗消的。你的法宝当然是万应万验的，我只希望着今天不灵，明天不灵，到了后天，便大灵特灵起来，那便不和我朱二嫂嫂相干了。"

"招弟呢？送行的来了。"

"她果真明天便要下乡了吗？伯母，为什么不留她几天？"

这声音都是游山会中的同志，拎着纸包前来和招弟送行。朱二嫂嫂母女又要忙着招待陆三宝、陈善宝。小汪见有人来，有许多话不便于说，便也离座告别了。临走时，他见这个用着粉红手帕掩嘴的女郎还不恶，他走出了庭心，兀自回转头来，却见那个女郎依旧把手帕遮住了樱唇，向着小汪盈盈流盼。

荷珠跟着小汪，送到大门口，小汪便向她打听这罗帕女郎。

"粉红帕掩嘴的是谁？姿色尚可。"

"只怕放下了罗帕，你便不愿意看。"

"难道是一个缺嘴吗？"

"轻声一些，防她听得，她听得时，便要切齿地恨。"

于是，小汪和荷珠窃窃私语。

"她是陆三宝吗？"

"你怎么知晓？"

"晓得已久了。上月小报上面刊载的虎丘花名宝卷，说什么曾在虎丘某小学里读书的女生，有一朵豁口喇叭花陆三宝，大概便是她了。"

荷珠听说，点了点头。小汪又说："这倒可惜了，很漂亮的脸，有这缺点。妹妹再会了。"

小汪走了几步，荷珠又把他唤回："你且慢行，和你说几句要紧话，站进一步，在门角落里讲。"

"妹妹，这倒笑话，人家开的庐山会议，我们开的门角会议，你是门角落里的军师，我要问你计将安出？"

"你凑耳过来，我想你迷恋招弟，只怕男有意而女无心，虽有法宝，也只灵了一半。你若肯迁就一些，我看陆三宝倒有意于你，不见她的水汪汪眼睛向你瞟了一下吗？你不嫌她缺嘴，谅是很容易结合的，用不着拴什么法宝，你只在东吴饭店开着房间，我自会叫她来陪你。"

"谁要她？豁口喇叭花。"

小汪一阵摇头，几乎把这头颅都摇了下来。

"你不须摇头，你嫌着缺嘴，自有不缺的啊。"

"谁呢？"

"我难道也是一朵缺口喇叭花？"说时，她一手指着自己的嘴唇。

"妹妹，太开玩笑了，我俩既已认为兄妹，一有暧昧，便是乱伦，如何使得呢？你说东吴饭店开房间，这倒不错，我今夜便在那里开房间。你的表妹却会假惺惺，日间不肯和我握手，到了今夜，少不得要寻到东吴，和我做一对儿。我的法宝，她拴得不久，所以只发生一半效力，要是一到夜间，包管坐不定、立不稳，非得有人救济她的饥荒不可。到了那时，她若问起我，你说一声，是住在东吴饭店二楼的房间。"

"她不问，便怎样？"

"法宝厉害，不会不问的。"

"万一她不来寻你，派个代表来，想你也不会拒绝的。"

"谁呢？"

"我，好吗？"

荷珠道这三个字，她的食指动了，只为她把食指搭上自己的鼻头。

"妹妹又要取笑了，我俩都是正人君子，怎肯做这乱伦的勾当？再会了。"

说到再会，他已急匆匆地走了，只剩了一个门角落里的她。她做了两次以身自荐的毛遂，却被他两次挡着驾。时代姑娘的面皮虽老，却也觉得烘烘地热，但不知是羞火还是愤火。

朱二嫂嫂知道荷珠在外面，总有几句要紧话和小汪密议，不便给小姊妹们知晓。所以，她陪着陆三宝、陈善宝，有一句没一句地说这许多敷衍话。陆、陈二人见荷珠久不入内，正觉得和老年人说话没多趣味，正待辞别出外，却见荷珠懒洋洋地走进来了。陆三宝隔着手帕问道："你到哪里去的？"

"我是送客去。"

"你送客送得太殷勤了，听得伯母说，这小伙子便是茶叶店小开。"

陈善宝忽地迎上前来，把荷珠细看。荷珠有些莫名其妙起来。

"善宝，做什么？我不用你相面。"

"我看你是从厨房来的，不是从门外来的。"

"胡说？我明明从门外来，没有到过厨房里。"

"既没有到过厨房，为什么面上红喷喷呢？我只道你在灶下烧火，逼得脸上烘烘地热。"

"促狭的善宝会说死话。"

荷珠摸着自己的面颊，忙去找着一面手镜，一壁照，一壁自言自语："哦！知道了，方才和茶叶店小开谈话时，我恰站在太阳光中，晒红了我的面颊。唉，夏天太阳，好厉害啊！"

第三十一回

欢喜店中的香火不绝

五月十六夜，天边的明月依旧和昨夜一般地圆。

昨夜在十五团圆的时候，珠姑娘和田招弟在冷香阁上杯酒话天良，汪慕仙和赵珍珠在自己家中同床各梦。今夜呢，珠姑娘约着田招弟灯下谈心，而且还得留着她联床共话。汪慕仙和赵珍珠却不在一处宿了，汪慕仙住在东吴饭店二楼十三号，他仗着有法宝在身，以为无论如何，田招弟总会自己寻到这里来的，而且预嘱着茶房："倘有一个唤作招弟的女郎前来寻我，悄悄地指引到这里来。"

茶房金生是做惯上海爱多亚路一带小旅馆生涯的，曾经哼过几年"人家人，要吗？外国姑娘，要吗？女学生，要吗？"的论调。现在到了东吴饭店里执役，当然欢迎雌雄雄档的住客，而不欢迎孤眠独宿住了几夜依旧是干净被褥的人。小汪是他的老主顾，他见小汪今天单身来住宿，心中本有些奇怪，后来，听得这般的嘱咐，他便笑着答应道："汪先生，你又到酒店里来取酒的吗？"

小汪枉算门槛精通，听了这句话，却给他怔住了。

"这里是东吴饭店，不是东吴酒店，我来取酒做什么？"

"汪先生，你若不是持着礼票到酒店来取酒，怎么自带家伙来呢？我知道了，你的家伙叫作招弟，但是这几天来，公安局里常有人来调查房间，你的小开牌头当然不怕什么，我却不能不预先说明。"

"不要紧，这是我的家眷，怕什么？"

每逢小汪住宿城外，总是上馆子、听戏、看电影，闹到下半夜，才回旅馆，和野鸳鸯双宿双眠。今夜却不然了，他独自在房间里守候恋人，防着招弟来访他，错过了时机。

他在房间里吃过了晚饭，坐守老营般地不肯一步相离。他知道脆蛇的历史很深，只为老汪从云南携回脆蛇以后，曾把关于脆蛇的神话讲与家人知晓，说得有声有色、有凭有据，喜煞老汪的儿子，急煞老汪的娘，所以这脆蛇归着汪老太太掌管，便是老汪在娘面前把脆蛇说得过于神异的缘故。汪老太太存着一片慈心，生怕这脆蛇落在轻佻人手里，碰坏闺门的名节，因此不许儿子掌管，尤其不许孙子掌管，非得她老人家亲自掌管不可。

　　小汪对于脆蛇的神话既已耳熟能详，趁着晚饭后没事可干，便把那些神话在他坐在沙发上吸着雪茄的当儿，一幕幕地在他脑海里涌现。

　　脆蛇研末系在兜肚里，可以发生很神异的物类相感。不但有机体，便是无机体，也会受着它的感应。某处地方有两件废弃的东西，一件是折了足的铁香炉，倒落在南山顶上；一件是百年前的无用废炮，埋藏在南山脚下的丛草里面。有一个好事者，把两段连接的脆蛇各研细末，做成两个兜肚，各藏了药粉，一个系上了铁香炉，一个系上了废炮，看这两件东西会不会发生感应。在先还不觉得什么，待到第三夜，住在山坞里的人家仰望空中，明明好月窥窗，却听得呜呜风雨的声音。到了来日，从山上来的不见了倒卧的铁香炉，从山下来的不见了埋藏在草间的废炮。后来四处搜寻，却见那两件东西都在半山亭子的旁边停顿着。一件铁香炉，它的断足埋藏在土中，却是仰口朝天；一件废炮，它的大半截炮身纳入香炉口中。香炉周围，以及大炮的腰身，兀自各各束着一条藏有脆蛇药粉的兜肚，这便显出媚药的魔力了，一在山顶，一在山下，两件没有灵性的东西，会得在半山亭子旁边互相结合，要是有灵性的动物，束上了兜肚，还当了得吗？据说半山亭子旁边的一炉一炮依然结着不解缘，游山的依旧可以摩挲观览，只不过这两个兜肚早被人偷自解去，当作法宝用了。

　　其二，东西村相距二十里，各有一所庙宇。东村只有独身主义的社公庙，而没有土地婆婆；西村只有独身主义的监生娘娘庙，而没有监生公公。又有好事者制了两个脆蛇兜肚，替他们一对泥塑木雕做马泊六，土地公公和监生娘娘身上各系着一个兜肚，不到三天，两处庙宇里面偶像都失踪了。庙祝们四处找寻，几乎要敲着脚炉盖高唤着："公公在何处？婆婆在哪里？"后来，在桑园里面发现这失踪的一对土偶，竟博得东西村的男男女女一齐拊掌大笑。原来，老土地害了色情狂，监生娘娘变作了摩登少奶奶。老土地搂着监生娘娘，做那跳脚的姿势，土地脸上极形可掬，浑不像坐在庙中的庄严气象；监生娘娘的塑像向来是眼观着鼻，鼻观着心，再要稳重也没有，现在却不然了，两只媚眼几乎滴下饧糖来，凸起胸前的两只泥乳，贴着土地公公的胸头，完全是一种摩登化，只不过拴着的兜肚已被人偷去当作法宝用了。此事宣传以后，便有善男信女买下了这座桑园，盖造起一所庙宇，取名欢喜庙，把土地公公唤作欢喜公公，监生娘娘唤作欢喜娘娘。凡夫妇口角的，只需在欢喜庙中烧过一回香，气气恼恼而来，便会欢欢喜喜而去，为这分上，欢喜庙的香火至今不绝。

有了这两种神话，其他还有种种意想不到的奇效，汪慕仙一起一起地涌上心头，因此十拿九稳田招弟一定自己会来赴这幽欢秘密会。

汪慕仙自言自语："铁香炉会得下山，监生娘娘也会赴约，她究竟是个有灵感的人，难道不受那香罗带的感应吗？

"绝无此理，她一定来的，今夜的欢会，只不过时间问题罢了。

"或者她的朋友强把她留住了，以致她不来赴约。绝无此理，凡是受着媚药感应的人，铁索都锁不住她，何况朋友？"

"小开，你的女朋友来了，唤作招弟，带些乡村口音，可要叫她上楼来？"

小汪听了茶房金生之言，喜得发狂："她来了吗？请她上楼，快请，快请！"

茶房金生忽地很慌张地说道："小开，且慢，查房间的巡官来了，查过以后，请招弟上楼可好？"

小汪正在大旱望云霓的时候，岂肯浪费这黄金时刻？

"金生，你请她悄悄地上楼便是了，有人来问，我自会说是我的家眷。况且阊门外的李巡官我又认识的，大概不会为难我的。"

"不是这般说，小开不怕李巡官，我们却怕他的。你要唤招弟上楼，也得掩人耳目，请你先把电灯熄了，没有了灯光，李巡官或者不会闯入这间房里来。"

小汪急于要和招弟会面，只得暂把灯光熄灭了，在黑暗里，坐候这一朵黑牡丹到来。无多时刻，有一个女子的黑影翩然入房。这不是出于小汪意想以外，是出于小汪意想以内，脆蛇的效力足以感动铁炉废炮，又可以感动泥塑木雕，招弟的到来十拿九稳。所抱憾的，早不来，迟不来，偏在巡官查房间的时候偷偷摸摸做那黑暗行动。为着保全巡官的面子，当然不能亮起电灯，使他下不过去，只得轻轻地和暗室女郎对话。

"你是谁？"

"我是招弟。"

"你来做什么？"

"明人不消细说。"

干柴和烈火相遇，哪有从容话谈的工夫？所有对白，当然是很简单的。但看《西厢记·酬简》一出，所有张生见了莺莺的说白，只说得"张珙有多少福，敢劳小姐下降"十二个字，以下便是"元和令""胜葫芦"地描写肉欲了。古代艳称的才子佳人尚且如此，何况十三号里一男一女，既不是才子，又不是佳人呢？

丢下十三号里的一男一女，再谈其他的两处。一是汪慕仙的娘子赵珍珠，一是王公馆里的珠姑娘。作小说的本有话分先后、书却平行的惯例，何况这一夜的事，是三条平行的，却在一个时候进行。

小汪在东吴饭店中暗室对话，小汪的娘子赵珍珠在空房中灯下怨命，左一句"我正是红颜薄命"，右一句"我正是彩凤随鸦"。

旁边伺候的小翠忽地笑将出来。珍珠哼着着麻脸，骂着她的赠嫁丫头："你是我自己身边的人，见我无聊，不来安慰我，却来笑我。"

"小姐，我笑你向着电灯念咒语，不见得会把这只野马咒到这间房里来。"

"谁是野马？"

"姑爷不是吗？才从徽州赶回来，只在家住了一宿，今天又住到外面去了。我怪小姐太好白话，似这般的野马，不把他锁在房时十天和八天，他的野性是不容易消失的。你既已放他出去，却又要咒他回家，这便是倒拔蛇，很不容易着手了。"

珍珠听到这个"蛇"字，便回想到昨夜的脆蛇粉末，不禁咬了咬牙齿道："你枉算我的知心婢子，这几句话便不知心了。从前莺莺小姐身边全仗着一个知心贴意的红娘，我很愿意做莺莺，只可惜你太蠢了，不成为红娘。"

"我为什么不成为红娘？"

"小翠，你虽不识字，但是唱西厢的来做堂差，全部《西厢记》你都听在肚里。你想红娘能知莺莺心事，知道她恋恋于张生，不是恋恋于郑恒。要是你做了红娘，便要劝着莺莺小姐把郑恒锁在房中，锁这十天和八天，我知莺莺小姐一定要骂你是个不识相的蠢婢了。”

小翠听出了话里机关，她想：小姐把姑爷当作郑恒，她一定恋上了张生，但是，小姐的张生太多了，究竟是哪一个呢？她便走上几步，一手撑腰，一手扶在珍珠所靠的沙发上面，做出那新式红娘模样，轻轻地说："请问小姐，你所恋的张生是谁？”

“张生便是张生，还有谁呢？”

“小姐，你这句话，说如未说。”

“你倘是红娘，一定猜得出的。”

“小姐要我猜吗？横竖恰才吃过夜饭，睡也嫌早，譬如猜猜谜，我便来猜这一猜。小姐，你的张生便是洋蜡烛，对吗？”

“胡说！什么叫作洋蜡烛？”

“小姐，贵人多忘了，横竖左右无人，我来提醒你。去年，姑爷在阊门外一住数夜，不想回家。小姐没人陪伴，便由我介绍那小厨房阿六进房伴你，你并不嫌阿六龌龊，你说今夜电灯没有来，只好暂把阿六当作洋蜡烛，点这么一点了。洋蜡烛便是阿六，你的张生便是小厨房阿六。”

“你这红娘，竟成了傻大姐，猜得不对。”

“既不是洋蜡烛，是土皮，小姐的张生敢怕是土皮？”

“益发胡说了，怎么叫作土皮？”

“这又是小姐说过的话，你又忘却了。上一年，姑爷害了病，住在医院里面，小姐觉得冷清清很是无聊，你遣发我约着王裁缝上楼做夜工，小姐又嫌着王裁缝的夜工做得不好，你说，宛比吸烟人没有鸦片吃，只好将就一些，吞几钱土皮。土皮便是王裁缝，你的张生，当然是王裁缝了。”

“亏你好记性，专想这些不堪人物，我的张生不是这两人。”

“小姐，你总得放些口风，你的张生在这里不在这里？”

“不在这里。”

“不在这里，一定在我们老爷那边了，是不是呢？”

“是的。”

“老爷那边有什么人值得小姐当作张生看待呢？一定不是孙落拓，也不是郑兰西，也不是宓翻孙……”

"不用猜了，你愈猜愈远了，要猜须从年轻的猜。"

"请问小姐，这张生姓什么？"

"张生当然姓张。"

"名字呢？"

"当然也有一个'生'字。"

"猜着了，张水生。"

"休得大惊小怪，幸亏夜深了，要不然被人听见，须不是耍。"

于是，小翠贴近珍珠坐着，喁喁唧唧地讲话。

"小姐的眼力很不错啊！他是我们老爷相信的人，来时节是个乡下小子，捧着赵公馆里的饭碗，宛比捧了一个推刨。"

"你好使刁，什么捧饭碗如捧推刨？"

"不是丫头使刁，小姐给我猜哑谜，我也请小姐吃一杯回敬酒。"

"你的哑谜是容易猜的，我知晓了，你说张生初来的时候，皮肤是黑黝黝的，吃了我们爹爹的饭，皮肤上的黑气去了不少，宛比把推刨刨去了一层，对吗？"

"着，着！"

小翠在鼓掌声中连唤"着，着"。

"毕竟你这位莺莺小姐胜过了红娘。"

"小丫头，叫你口轻一些，你又要发狂了。"

珍珠虽然责备小翠，却没有动怒，也没有把麻斑哼起，反而笑嘻嘻地从金烟盒中取出两支烟卷，一支自吸，一支投递小翠。于是点起烟卷，莺莺与红娘在那烟幕之中细细地讨论张生。

"你的红娘也不弱，居然被你猜中了张生。"

"小姐的哑谜，比着我的难猜。你叫我猜张生，莺莺小姐的张生太多了。厨房里有厨房张生，你当作洋蜡烛；成衣店里有裁缝张生，你当作土皮；唱小书的史柯台又是一个唱书张生，你把他比作人家姨太太房里倒出的药渣，只为史柯台色欲过度，已和痨病鬼一般模样。"

"小翠，我告诉你，洋蜡烛张生不是张生，土皮张生也不是张生，药渣张生更不是张生，这三个人，非但够不上张生，况且他们也不姓张，名字中也没有一个'生'字。你说我的张生很多，其实这是你红娘眼光中的张生，不是我莺莺小姐眼光中的张生，我的张生，是在这几天内新近发明的，便是你所猜的张水生，他是真价实货的张生。只是这个张生还是游殿的张生，而不是跳墙下棋的张生，这便用得着你小红娘了。"

"小姐，我的红娘做不成，这桩事谈也不要谈起。"

小翠说这话时，惹起了自命莺莺小姐的赵珍珠的惊异。

第三十二回

向莺莺小姐索康密兴

红娘姐放起刁来了，却叫莺莺小姐大吃惊慌。

"以前的张生都是你牵引的，怎么这个牵引不得？"

"小姐，你要择的张生，搭浆张生、起码张生，我红娘可以夸下海口，要一百张便是一百张，要一千张便是一千张。唯有这位小张师爷的张生，小姐，你休痴心妄想吧，你要他一张，只怕一张也不张。"

"你说的什么话？一张、百张、千张，这些说话好不触耳，被人听得了，岂不要当作笑话讲？"

"你休想到邪路上去，我说的一张、百张、千张，便是一个张生、百个张生、千个张生，小姐，你要这一张，难于千张。"

"不要一张千张了，怪难听的。"

"咦！小姐又要假惺惺了，你是爱吃千张的，吃都要吃，听倒不愿听吗？"

"胡说，人家和你商量要事，你却把我百般侮辱。"

"小姐，又要转到邪路上去了，你道千张是什么？"

"你说我爱吃千张，究竟是什么千张，倒要问你！"

"小姐忘了吗？千张是有肉的。"

"愈说愈放肆了，我要拧你的嘴。"

说时，珍珠真个来拧小翠的嘴。

"小姐放手，我把理由说出来，你就明白了。

"小姐，千张便是豆腐皮，苏州人唤作百叶，湖州唤作千张。今年观前街上开了一家湖州食品公司，烧的千张包肉，人人夸为美味，小姐曾经吃过多次，你说：'千张很好吃的，吃了再想吃。'那么，你却是爱吃千张

208

的，我何尝侮辱你呢?"

"算你没有侮辱我，且把张生请不到的缘由说给我听。"

"小姐有所不知，这位小张师爷是世间寻不出第二个的老实人，我们赵公馆里的阿姊妹子，谁都要和账房师爷鬼搭搭的，便没有真花样，但是打情骂俏已成了习惯。唯有小张师爷简直是风月场的门外汉，姊妹们向他说了几句风情话，他便躲到卧室里，闭着门不敢出头，虽是个男子汉，却羞人答答地和乾隆年间的闺女一般。我听得姊妹们私下议论，现在是荒淫世界，发了身的男子，谁都不能保全着童身，唯有这位老老实实的小张师爷，赵公馆里的婆婆妈妈姊姊妹妹，谁都肯替他写着保证书、签着花押，担保他是一个名不虚传的童男子。"

"不错，不错，我也肯替他写着保证书、签着花押，证明他是一瓶真正老牌的童子鸡汁。"

"小姐，你要洋蜡烛张生、土皮张生、药渣张生，都可以的，唯有这个童子鸡汁张生，请你免动馋涎吧。休说我不是真个红娘，便是真个红娘重生，也只好谢绝这牵头职务。"

"为什么呢?"

"《西厢记》上虽说红娘做了牵头，但是张生不来游殿，不来寄住西厢，红娘要做牵头，也是没法。小姐，你意想中的张生，一没有游殿，二没有寄住西厢，我红娘便算能干，也不好赶到赵公馆去请小张师爷来赴佳期。"

珍珠听到这里，笑着说："原来为着这事，这是不成问题的，张生自会到来，不用你请。吾所仰仗你的，便是张生来后，你红娘怎样地做那牵头。"

于是，珍珠把小张明日便来写字的缘由，详细说了一遍。

"小张师爷既然自己到来，我做红娘的省了一番传书递简。但是，请他来写字，不是请他来酬简，请他来运动这支笔，不是请他来运动那支笔。再者，姑爷今夜不在家住宿，到了明天难保不回来。你小姐的自由行动，姑爷虽然不敢说什么，但是你拥着小张，却叫姑爷孤眠独宿，救了田鸡饿了蛇，姑爷奈何你不得，却要在我红娘身上出气的。"

珍珠听到这里，便拉着小翠坐在一起，轻轻地告诉她。

"你休胆怯，他在明天一定不会回来的，便是回来，也不会在家中过宿，他正迷恋着一个乡村女子呢。你说的救了田鸡饿了蛇，提起蛇字，倒触动着我的一桩心事呢。他在外间迷恋女人，和脆蛇很有关系。"

"怎样地很有关系？小姐，你讲给我听，我也有话要报告小姐，和脆蛇很有关系。"

珍珠仔仔细细把那老太太寄信讲起，讲到在天津带内调包为止。

小翠听到这里，忽地连连拍掌。

"有了，有了，小姐要这一张，依着我红娘姐的计划，正如探囊取物。"

珍珠忙拍着她的肩："痴丫头，又要发舞了，隔墙须有耳，窗外岂无人？"

珍珠拽开着窗帘，只有一庭月色，静悄悄不见人踪，方才放心，重又坐下。

"小姐放心，我们这里谁敢来做侦探，只有我去侦探人，哪有人来侦探我？闲话少说，我要恭喜小姐，赵公馆里的一小张，稳稳是小姐囊中的物了。"

珍珠明知小翠口头轻薄，有意奚落她，却也不怒。一者，用人之际，正要向她询问计划，怎敢和她翻脸？二者，《西厢记》中的红娘也是口头轻薄的，也是欢喜奚落人的，什么"隔被时须奋发，指头告了消乏"都是红娘口中的话。小翠奚落人，正是善学红娘。

"你的计划可以告诉我吗？"

"计划是有代价的，皇帝不差饿兵，莺莺小姐不差饿红娘。"

"你放心便是了，你有计划，我自有相当的酬劳。"

"我虽没有酬资先惠的仿单，但至少也得论定了价值。"

"你的计划有效，酬你一百块钱，好吗？"

"不，我的志愿不在金钱。"

"定打几只金戒，好吗？"

"不，我也不要首饰。"

"到了冬天，给你做两件细毛的皮旗袍，好吗？"

"不，我也不要衣服。"

"金钱、首饰、衣服，一切都不要，你难道志在饮食吗？"

"这倒有些意思。"

小翠说到这里略点着头。珍珠小姐面有喜色,以为饮食问题,这是很易解决的了,便慷慨地说:"你既为着饮食,何不直说呢?不久我便要到上海去,带你同往,天天去上馆子,什么西菜、日本料理、广东菜、闽菜、川菜,都叫你吃一个畅,好吗?"

"小姐,我不稀罕吃这般的菜。"

"不吃这般的菜,难道要吃龙肝象肉吗?"

"益发不对了,我要吃的东西,是很寻常的东西。"

"你直说了吧,休得叫人肚肠根痒了又痒。"

"小姐,你是聪明人,方才的谜子一猜便出,现在怎么失了风呢?我要吃的东西,虽不是菜,也好算菜,菜里面有了这东西是鲜致致的,那便易猜了。"

"味之素,是吗?送你一百瓶。"

"谁要这东洋货?"

"那么便是天一味精了,送你十二打。"

"也不是天一味精。"

"你直说了吧,我猜谜失了风,猜不出了。"

"小姐吃的童子鸡汁,我也要吃。待到开瓶的时候,你先给我尝这一调羹,其他的都是小姐享用。讲妥了这个条件,再问我锦囊妙计。"

这便使珍珠怔了一怔,半晌开不出口来。小翠这时撒娇似的,宛比小孩索取糖果,把头颅左一侧右一侧的,不住地说着:"我要,我要!"

珍珠慌了:"好丫鬟,好妹妹,你换了一个要求吧,君子不夺人之好,除此以外,我都允许的。"

小翠见小姐不允许,轻唇薄舌地说道:"小姐,你忘了吗?你以前叫我做牵头,你总是这般说:'做牵头宛比借外债,做成以后,多少总有些康密兴。'我不懂康密兴的意思,你说:'便是回扣。'有了这个交换条件,我便很努力地替你借外债。借到了洋蜡烛,你便给我洋蜡烛的康密兴;借到了土皮,你便给我土皮的康密兴;借到了药渣,你当然也肯给我药渣的康密兴。但是,我不要,只为本是药渣,经你这一榨以后,药滋味都没有了,还有什么康密兴呢?我落得慷慨了,我向你声明:'这一次的康密兴我不要,但是轮到将来给我康密兴时,须得好看一些。'你应允着,你说:'下一次的康密兴,决计破例一些。'现在便要实行这句话了。照例,你吃

211

童子鸡汁，只该给我吞些余沥，但你有破例一些的预约，便把开瓶的一调羹给我尝尝滋味，也不为过。"

珍珠见小翠言之有理，却也没法辩驳她，只好再三向她央告，请她让步一些。磋商了良久，结果小翠依旧尝些余沥，另由珍珠给她一百块钱，这条件才算议定了。

"条件议妥，你可将计划说出了。"

"小姐，你有了姑爷天津带回的东西，怕什么呢？"

"你说这药粉吗？这是适用于男性一方面的，我得了依然没用。若要有用，须得另有适用于女性的药粉，才能奏这奇效。"

"小姐，要另寻一种药粉，一些也不难。"

珍珠见小翠语中有因，忙向她探问情由。

看官，小翠为什么自夸胜算？原来她得到了一种秘密。她恰才说"只有我去侦探人，哪有人来侦探我"，便是她的一种暗示。

从来富室千金出嫁时所带的赠嫁丫头，实际上是一员侦探队的队长，小翠当然不在例外的。况且，她仗着赵公馆的声势，不但履行侦探长的职务，还得兼充着监察委员，小汪的一举一动都在她的监察之下。

这一天，便是小汪从徽州回来的一天，小翠偶从备弄里经过，却见小汪在书房门口探头舒脑，带些慌张模样。她便把身子在转弯处一闪，监察小汪有什么动静。猛听得书房门闭上了，又似乎落了闩，她便知小汪在书房中一定有什么秘密行动了。

她的身子何等鲗溜，她从半墙上越过，便可以转到书房的庭院中，她进了庭院，却见书房的窗都闭着，她便蹑手蹑足地走到窗前，拣一条没有被窗衣遮蔽的窗缝，向里面仔细地看。却被她看一个差，她便有些慌张起来，暗暗心说：敢是姑爷要打算自尽吗？敢是姑爷受了小姐的气，出此下策吗？

原来她见小汪站在书课旁边，桌上放着两条带子，一条是香罗带，一条是天津带。又见小汪向带子呆看，分明在自己算盘，在香罗带子上死呢，还是在天津带子上死？

小翠已定了计较，要是小汪真个预备悬梁，她便要高声呼唤，阻止他的自杀。但是不见小汪悬带在梁，却见小汪去开动玻璃橱，取出两个纸包，一个是粉红纸包，一个是白色纸包，一齐打开了，放在桌子上面，里面仿佛是什么药粉。小翠又吃了一惊，料想是什么毒药了，以为姑爷怕在带子上死，希图要仰药自尽。这倒要阻止在先的，吃下了肚，须不是耍。

小翠正想设法援救，但瞧了瞧了小汪的面孔，很不像要觅死的。凡是觅死的面孔总带些冷酷惨淡，她见小汪的气色大有面孔笑嘻嘻，不是好东西的模样。这两包药，或者是春药吧。

又见小汪把粉红纸包裹的药粉取出三分之二，另纸包了，用小刀子割破了香罗带的纵线，把纸包插入里面，又用预备好的针线把缝线重行缝好了，又把白纸包裹的药粉取出三分之二，另纸包了，纳入天津带子的插袋里面。小汪又是笑嘻嘻的面孔，仿佛工作完毕，其乐无穷。

又见小汪把过剩的药粉依旧用原纸包好，藏入橱内，却来桌子边，玩一种小套戏法。这般的戏法，简直使窗外的小翠见了，几乎失声道怪。

原来，小汪把两条带放在桌子的两边，距离大约有二尺光景。说也奇怪，两条带子互相有吸引力，放在左边的自会移到右边去，放在右边的自会移到左边去，距离愈移愈近，待到逼近时，宛比雌雄针，受着磁性的吸引，两根针会得合并在一处。而且不但合并，这条天津带自会扑到香罗带上面，蛇绞蛇似的绞合在一起。

小翠本是聪明人，见这模样，早已心头了了。常听得小姐说起，脆蛇研为细末，藏在男女的衣带中，有撮合的奇效，这两包药粉，定是这东西了。姑爷忽然到徽州去，定是去取老家的脆蛇，取了脆蛇，定是去迷惑良家的女子。今天侦察得大秘密，快去告诉小姐知晓。

主意想定以后，她便从原路绕到短墙旁边，越过了短墙，便要去报告秘密，但是，她又有一个转念。这不是寻常的秘密，须得声色不动，待到相当的机会，才向小姐报告，这报告才有价值。

小翠探得了秘密，便要奇货可居，不肯便说，直到今夜才肯发表，而且有交换的条件，得了一百块钱的慰劳金，又有童子鸡汁的余沥可尝。小翠把她探得的秘密史卖了一个俏价，应了一句俗语，叫作"有吃有袋"，她当然是很得意的了。

珍珠听了小翠的报告，对于小汪又加着一层恶感。但不知道小翠有什么方法，可以使张生来赴佳期？

"小姐，你不用疑惑，包在我小翠身上，明天的夜里，你和小张师爷做一对没有剪开的肉团子。"

"我不信你的手段。"

"这也不需手段，有药粉咧。小姐把你所藏的药粉叫小张拴在腰里，再把书房中玻璃橱里粉红纸包中的药粉给自己拴了，那么我在书房中所窥的小套戏法；你俩便可以重演一套。不过，书房中所演的戏法，是带子做戏法，叫作小套戏法；你俩做戏法，是人做戏法，叫作大套戏法。"

"我也巴不得这套戏法做，但是，我们的药粉用什么方法叫小张拴在腰里？"

"这便用得着我红娘姐了，小姐，你附耳过来。"

于是，婢女做军师，交头接耳地传授了一番秘计。珍珠这一喜非同小可，粒粒麻斑里面，都是氤氤氲氲地透露着一股喜气。

夜间的时辰钟有催眠的作用，连打着十二下，钟声完毕，主婢俩早已大打其哈欠。

"小翠，你不须回房睡了，陪着我睡吧。"

"哟，小姐！"

第三十三回

我也不愿这般恋爱

这一夜的花头很多，休说编书的没有双管齐下的本领，便是双管齐下，也不能支配这一夜的事实。只为事实是从三方面发生的，非得三管齐下，不能把三方面的事实表现于同一的时间。

三管齐下既不可能，只得依着几何学方法，绘的是三条平行线，绘过了两条平行线，还得绘一条平行线，这叫作："绘分先后，线却平行。"

原来，小汪在旅馆里做那阳台上的楚襄王，赵珍珠在家中预备诱引张生，而珠姑娘却和田招弟在洋楼上开怀欢饮，比着隔夕在冷香阁上的饮酒，尤其殷勤而亲昵。

且住，田招弟不是黄夜私奔，到那东吴饭店去和小汪幽会了吗？田招弟没有分身法，怎么东吴饭店里有一田招弟，王公馆的洋楼上面又有一田招弟呢？

哎！田招弟果是黄夜私奔的人，编书的何必浪费许多笔墨，写这一个毫无价值的乡姑娘呢？古人云"礼失而求诸野"，古来许多好礼教，既要到乡里地方去追寻，可见得越是城市，道德越有破产之虞。古代尚且如此，现代更不容说了。黄夜私奔，算不了怎么一回事，越是旅馆林立，越是野鸳鸯逐队飞来，天天有无数黄夜私奔的无耻妇女。后来，程度益发增进了，黄夜私奔演进而为白昼公奔，很文明的都市，很体面的旅馆，每天在白昼演那琏二哥和琏二奶奶在送宫花时候合演的这么一出戏的，正不知有多少。似这般的无耻行为，吾想乡村里面一定是很少很少的，为这分上，吾对于这位乡姑娘田招弟，在可能范围中，一定加以相当的爱护。所以，小汪在东吴饭店灯光黑暗之中所搂着的招弟，绝不是本书中的主角田招弟，这是毫无疑义的。假使招弟会得私奔，那么白马涧中的流水，永远流不尽这秽恶了。

她们饮酒的所在，便在珠姑娘的闺楼上面，正靠近着二乔观书的玉像，益使招弟很有些恋恋不舍，她想来日回到了乡村，似这般的所在，只好在睡梦中幻想。乡村里面的房屋是低矮的，哪里有这高爽的洋楼？乡村里面的器具是简陋的，哪里有这精良的用品？至于其他一切的一切，乡村和城市相比，至少要差着两三世纪。若不是自己的生身老子住在乡村，自己便永远不想回乡去了。招弟在酒阑席散以后，只是这般呆呆不语。

珠姑娘道："妹妹，喝一杯橘子汁，解解酒吧。你酒又饮得不多，怎么支颐坐着一言不发，敢是要打盹吗？"

"哥哥，我没有醉，我在那里感想。"

"感想什么？"

"我自从到了虎丘，拢总不满一个月，这其间发生了许多五花八门的事，只觉得对于城市似乎有些留恋，又似乎有些厌倦。"

"留恋是应当的，你在乡间，哪里寻得出这般的好玩地方？城里是天堂，乡间是地狱，你要离天堂而入地狱，当然要留恋的。"

"哥哥，你到过乡间吗？怎说乡间是地狱？"

"我告诉你，乡间地方，我曾到过一回。那一年，下乡看菜花，菜花倒不错，只是田岸狭了一些，分明和我的高跟皮鞋作对，一脚高，一脚低，再也走不快，走得快了，便要跌入田野。我那天正穿着一双细洁无比的英国丝袜，为着要出风头，所以步步留神，拣着干燥的地方行走，不敢跳入污泥。谁料过于留神，反而脏了我的一双袜，只为田岸旁边垫着一块黄石，但看表面却是很平整的，我才跨步上去，这便上了大当，黄石的底下是不平整的，经这一踏，石便活动起来，我虽没有栽倒在地，但是石底的泥浆飞溅到我脚背上面，把这一双雪白无尘的丝袜溅得一塌糊涂。我实在恨极了，脏了丝袜事小，搠了霉头事大，我便不高兴看菜花了。待要觅路回去，谁料走错了路，田岸旁边排队似的排列了许多放着宿粪的黄土缸，待要折回，不认识路途，只好把罗巾遮了口鼻，冒着险，从粪缸边走过。谁料惊起了一队吃屎的苍蝇，纷纷地扑到我的头面上来，挥都挥不去，我真正霉头搠到印度国了。唉！你们乡下人太不讲卫生了，太不讲道路工程了，本来地狱一般的地方没人光顾，好容易黄金铺地的菜花盛开，吸引了城市中人前来欣赏风景，早该把田岸放阔一些，浇着水门汀，和城市中的人行道一般，至于臭气扑鼻的粪缸，非得一一消灭了不可。这是我的改良农村方法，你回去传授乡人，叫他们如法布置，包管一年半载以后，衰落的农村会得重新振兴起来。"

招弟听了珠姑娘的话，肚里寻思：怪不得她喜做公子，原来说的都是公子哥儿的话，大不合于世道人情，乡间人十室九空，谁有闲钱来建筑水门汀的田岸？若说把粪缸一齐扑灭了，哪里来这黄金铺地的菜花？

"你呆呆不语，敢是不赞成我的说话？"

"哥哥的主张是很好的，不过乡间人守旧者多，我把好法子传授他们，未必乐于从命的。"

"妹妹，似这般的地狱，我劝你少去居住吧。"

"这也没法，我爹爹爱住乡间，不肯搬家，便肯搬家，自己的几亩田是搬不动的。鸡吃砻糠鸭吃谷，各人自有各人福。命中该住天堂的，永在天堂中快乐，命中该住地狱的，永在地狱中沉沦。"

"又要惹动你的牢骚了，好妹妹，不要紧，你只算嫁给了我公子，包你也在天堂中快乐，包你不会在地狱中沉沦。"

招弟见珠姑娘又在说酒话了，俯垂着头不作声。

"你休怀疑，你道两个女子便不能成为夫妇吗？一般也可成为夫妇，而且可以避免生男育女的痛苦。广东人叫作十姊妹，女学校中叫作同性恋爱。上年杭州地方为着同性恋爱闹出一场妒杀的案，可见同性恋爱的魔力胜过了异性恋爱。"

招弟依旧不作声，珠姑娘便挨着她坐，笑着说："你又要羞人答答了，羞人答答是十八世纪的女子态度，现在不适用了。我向你说老实话，我一见了你，便发生着同性恋爱，你虽无意，我却有心。今夜的饯行酒，却是一举两用，又是饯行酒，又是合欢酒。现在仆婢人等，我都遣发他们去睡了，房中只有我们夫妇二人，我是夫，你是妇，这间便是洞房，我和你去同床共枕吧。"

珠姑娘说到这里，便来吻着招弟的香颊。招弟拒既不能，受又不是，心坎里扑扑地跳，深悔来到这里，被她缠住了，以致脱身不得。可见天堂是住不得的，才想住这一宵，已发生了这不堪言状的纠缠。

"妹妹，来吧，时候不早了。"

一壁说，一壁挽着招弟，催促她去实行恋爱。

"珠姑娘，休得这般，这是不可以的。"

"你不唤我哥哥吗？"

"为着唤了你哥哥，才会发生这误会。珠姑娘，放着我回去吧，天堂虽好，还不如地狱的光明，我是住惯地狱的，我只求到地狱里去。"

"你舍不得这乡下小子吗？明天唤他到来，由我给他一笔钱，以便他另娶娘子，岂不是好？"

"珠姑娘，这是万万使不得的。"

"使得也要使，使不得也要使，你今夜进了我的房，休想出去。"

"珠姑娘，饶了我吧，什么同性恋爱，我们乡姑娘是宁死不愿的。"

"难道异性恋爱便愿了吗？假使我和你是异性，愿不愿呢？"

珠姑娘说到这里，水汪汪的眼光射在招弟面上，要守着她的答复。依着招弟纯洁的性子，不难劈口道一句我也不愿，但是今天忽也奇怪，自从束上了这条香罗带，天真烂漫的招弟不知不觉地起着一种怀春的念头。向来她是别无感想的，任凭枝头作对的黄莺在她的头上嘤鸣，草里成双的粉蝶在她的足边飞舞，她总漠然无动于衷。今天却不然，出门的时候，抬头偶见了一对喜鹊，本来与她何干？但她忽动了感想，这一对喜鹊看似夫妻模样，同飞同止，何等有趣？自己和水生弟弟却不能和喜鹊一般，见了喜鹊，越发增添着自己的不快。她在路间，又见两条黄狗在面前行走，本来与她何干？但她忽又想到这两条狗，定是一雌一雄，定是夫妻关系，要不然怎会这般地形影不离？

招弟有时自作警告道："我痴了吗？向来不肯胡思乱想的，怎么今天有思必胡无想不乱呢？我要镇定了。"可是，她越想镇定，越不能镇定，她恨极了，有时暗暗地自己骂着自己："你变相了，你改志了。"其实，招弟并没有变相，也没有改志，只是一条香罗带在那里作祟。

在这当儿，招弟本待要道一句我也不愿，可是受了香罗带的冲动，心坎里偶一转念，假使珠姑娘真个成了男子，我也愿的。心里这般想，不由得冲口而出道："我也愿的。"

说了出来，忽又无限地懊悔，垂倒着头，面上烘烘地热。珠姑娘面有喜色，且笑且说："我有巧夺天工的方法，现在是同性，少顷便会变成异性。二十世纪物质文明，既会制造机器人，当然也会制造机器性，既会发明人造自来血，当然也会发明人造自来性。你既愿的，我自有方法使你

218

满意。"

招弟听了这闻所未闻的话，知道今夜大有问题，自己怎样逃出这一重难关，简直没有把握。其时，自己多喝了几杯咖啡和鲜橘水，急于小遗，待要询问方便的所在，珠姑娘早已会意，指引她到铜床后面，说这里就是了。招弟呆呆地站着，只为这里只有一张西式靠背椅子，并无便桶，叫她怎好行方便？珠姑娘猜出招弟的为难情形，便叫她把椅面揭开，便发现了白瓷溺器。招弟好生快活，原来天堂里的溺器也是这般考究，乡下的饭桶远不如这里的溺器呢。

招弟舍不得香罗带拖在地板上，先行解下，套在铜床栏杆上面，然后才去小解，说也奇怪，招弟昏沉沉的头脑陡觉一清。她坐在西式便桶上小遗，暗暗想到方才答应的话，竟是荒谬绝伦，怎说我也愿的，简直死也不愿，万死也不愿。

招弟怎样变换了论调呢？这便是和香罗带脱离了关系，便恢复了她的圣洁的心，拼着今夜和珠姑娘大闹一场，便是刀架头上，枪指胸前，她也不肯干这没廉耻的事。

她坐在洋式便桶上打算计划，迟延又迟延，只是不肯站起。她隔着珠罗纱的帐，瞧见珠姑娘在房中忙个不休，瞧见珠姑娘在玻璃橱里检寻东西，瞧见珠姑娘取出了一个长方的匣子，瞧见珠姑娘打开匣子取出一件瞧不清楚的东西，瞧见珠姑娘把热水瓶中的水倾入铜盆里面，瞧见珠姑娘把瞧不清楚的东西投入热水之中。

招弟虽是天真烂漫的女子，但是窥见珠姑娘的忙碌情形，她也瞧科了八九分，知道局势愈紧张，前途愈危险了，只得死赖在洋式便桶上，挨过一刻是一刻，只需盖上便桶的盖，这件事便要闹决裂了。

珠姑娘布置完毕，连连催着招弟起身，招弟推托着肚子痛，不肯站起。

珠姑娘咬了咬牙齿道："天下真有这般不巧的事，临时上阵马撒尿。"又等了一会子，等得不耐烦了，恨恨地说："你想躲过这难关吗？伸头是一刀，缩头也是一刀。"

招弟苦着脸央告道："珠姑娘，饶了我吧，真个肚子疼，疼得厉害。"

"肚子疼不妨，我来替你暖肚。"

珠姑娘一壁说，一壁前来强制执行。招弟暗想：不妙，她若用强，我

219

只好拼着死力相拒。谁料珠姑娘从床侧经过，眼光一瞥，瞧见一条颜色鲜艳的香罗带，忙说："这带赠给我吧，不，我和你交换，我的裤带赠给你，你的裤带赠给我，这是同性恋爱的纪念品，好吗？"

珠姑娘说话时，也不待招弟的答复，竟自宽去了旗衫，解下自己拴裤的一条丝带，一手提着裤腰，一手授给招弟。

招弟接受了丝带，又向珠姑娘央求："好小姐，好姑娘，算了吧，裤带尽可交换，但是不能有进一步的要求了。我虽是乡姑娘，却笃守着旧道德，我觉得什么同性恋爱的名词和旧道德是极端相反的，我愿做曲死，我愿做时代落伍者，我一定要抱住着旧道德，而不肯干这羞爷娘辱祖宗的同性恋爱。"

珠姑娘看了招弟一眼，很诧异地说道："你怎么变换了论调呢？我方才已告诉你了，我自有方法把同性化作了异性，我有机器性，我有人造自来性，我现在和你是同性，我上床以后，包管你不知道我是同性。你方才已应允我的要求了，假如我是异性，你说'我也愿的'，你怎么反悔呢？"

"不愿，不愿，刀架我颈也不愿，枪指我胸也不愿，万死也不愿。"

解下了香罗带的田招弟，陡然变为慷慨激昂的女子，斩钉截铁地拒绝要求，浑不似恰才的温柔模样。珠姑娘一壁拴那香罗带，一壁自言自语道："你到了这里，怎由你自己做主？愿也要和你同性恋爱，不愿也要和你同性恋爱……哎呀！"

珠姑娘也是斩钉截铁地答复这几句话，但是，说到这里，若有感触，不由得哼出"哎呀！"两个字。珠姑娘哪里来的感触？珠姑娘自己不知道，田招弟也不知道，唯有编书的却知道，她已拴上了这条香罗带，她已感受了异性恋爱的必要，她已打消了同性恋爱的观念。她停顿了片晌，她说："什么同性恋爱，我也不愿，刀架我颈也不愿，枪指我胸也不愿，万死也不愿。"

第三十四回

啪！啪！

坐在洋式便桶上的田招弟，不禁向着珠姑娘呆呆发怔。珠姑娘却安慰着招弟，叫她不须在便桶上挨磨工夫，快快起来。

"珠姑娘，珠小姐，我不起来，我是反对同性恋爱的。"

"你反对，我更比你反对，什么同性恋爱，简直是矫揉造作，不可为训，违反阴阳配合的大道理。"

"珠姑娘，你休哄我，你恰才满口的同性恋爱，才一眨眼，怎么变换了论调？你想骗我起立，施行你的压迫之计吗？唉，珠姑娘，你休多事吧，我是拼着一死，什么都不管的。"

"妹妹，你又来了，只许你变换论调，不许我变换论调吗？你没有上便桶时，你曾说：'我也愿的。'你一上了便桶，便硬朗朗地说这决裂的话，这是你的变换论调。我今天自己也很诧异，恰才很高兴地要和你实行同性恋爱，觉得蓬蓬地燃起着青春之火，但是走到了便桶旁边，不知不觉地忽对于同性生着厌弃，对于异性生起热恋来，我当然要改变论调了。妹妹，放心吧，假使你是个异性，那么无论如何，我今夜决不放你过门。你现在和我是同性，你尽可起来，不用怀疑，我今夜也不用你伴着同睡，你尽可睡在旁边的这张丝绒沙发上面，我给你一条棉被，大概不会受寒了。唉，妹妹，你是不济事的，哪里去觅得一个异性才是好呢？"

招弟察言观色，觉得珠姑娘起了特殊的状态，似乎不是谎骗自己，但是，多少有些不放心。

"珠姑娘，我总觉得不放心。"

"为什么？"

"你恰才忙了一会子，玻璃橱里取出些什么？水盆里撂下些什么？我害怕，我不放心。"

"不错，放着这些东西，累你害怕，我且毁灭了吧。在先我把它当作秘宝，现在不用它了。做了女子，合该光明正大地和异性恋爱，似这般违反人道主义的东西，要它何用？要它何用？"

珠姑娘口中说"要它何用，要它何用"，早把水盆里浸着的东西，左一剪刀右一剪刀地剪个不住。第一次剪时，剪得一段一段，和粥碗里浸着的油条一般；第二次把来再剪，剪得鸡零狗碎，和油豆腐担上的油豆腐一般；第三次，益发剪得细碎了，和一条条的海蜇萝卜丝一般。招弟才放下了心，解除了害怕，她的小便才告毕了，束了珠姑娘赠给她的裤带，才敢走到前面来。只不过行路的时候，有些举足不起，这是她久坐在便桶上，坐得脚底麻木了。

这一夜，田招弟的经历很是奇异，她以为这个洋式便桶有些神秘作用，她以为自己不上便桶，自己也有些昏陶陶地捉摸不住，一上了便桶，立时神志清明，恢复了自己的高尚纯洁。她以为珠姑娘的改变论调，定是邪不胜正，经着自己的正义宣言，便消灭了她的邪念，保全了她的名节，不过自己不坐上便桶，便不会发生这一股正义之气，珠姑娘也不会受着自己的感化。看来，这便桶要算是正义的发源地吧。

招弟睡在沙发上，只是这般地猜测，真个以为臭马桶会得化臭腐为神奇。她总想不到这关键都在一条香罗带上面，她总想不到香罗带上面有人用尽机谋，准备着害她，不知不觉地移祸江东，害了这位珠姑娘。

招弟猜测了一会子，便即睡着了，忽然啪啪之声把她在睡梦中惊起。侧耳听时，原来珠姑娘在拍床沿，在喃喃自语："作怪，今夜什么缘故，不能合眼？"啪！

"我以为着异性恋爱玩得够了，要换一个花样，和田招弟同性恋爱，怎么招弟到来，我又厌弃着同性而欢迎着异性？"啪！

"早知我抛不掉异性，唤一个异性的来救急，这是很容易的。可是，现在时候不早了，叫我何处去觅异性的来救急？"啪！

招弟暗暗好笑：珠姑娘却是心直口快的人，心里这么想，嘴里不由得道了出来。我在今天也曾念念不忘异性，可是，我藏在心里，不曾宣之于口，直到夜间上了洋式便桶，我才把这邪念和便溲一起排泄了。怎么我的邪念一经排泄了，会得引渡到珠姑娘那边去呢？我知道了，恰我才小便以后，珠姑娘临睡也去小便，难道在这当儿，我所排泄的邪念会得引渡到珠姑娘肚子里去吗？

啪！啪！啪！愈打愈紧，愈打愈响了。田招弟以为这邪气是从便桶中引渡的，其实呢，和便桶无涉，只是香罗带的关系。

"今夜睡不着了。"啪！

"唤那密司脱张到来，深更半夜，怎肯便来？"啪！

"唤那包车夫来效劳吧，他又不住在本宅，住在左近小房里，谁去唤他呢？"啪！

"难道堂堂的旅长千金，去私奔一个黄包车夫？"啪！

"便是我肯去迁就，他的江北老婆难免要吃醋。"啪！

"睡不着。"啪！

"再也睡不着。"啪！

"无论如何睡不着。"啪！

"异性的哪里去了？"啪！

"没有异性的，叫我如何睡得着？"啪！

"同性的是不能救急的。"啪！

"便能救急，我这救急的东西，已剪作海蜇萝卜丝了。"啪！

"天啊！"啪！

"妈啊！"啪！

"夜之神啊！"啪！

"苦了我啊！"啪！

田招弟忍不住要笑，忙把被掩口，才塞住了笑声。

香罗带的效力简直有些不可思议，假使小汪的天津带不曾给珍珠掉了包去，那么珠姑娘不会拼命地拍那床沿，早已皮鞋咯噔噔，连夜寻到东吴饭店里去了。

小汪在旅馆里究竟怎么样呢？他在为云为雨的时候，真不知胡帝胡天。但是暗暗地奇怪，想不到这一副正经面孔的田招弟，到了床上，竟和一只狐狸精相似，想不到任人蹂躏的田招弟，对于接吻的工作，竟下死劲地拒绝。小汪是色中饿鬼，般般遂了他的意，独欠一接香樱，这是他不肯甘休的，便行使一个狡计，假装沉沉地深入睡乡。果然，假鼻息惹起了真鼻息，她竟真个沉沉地深入睡乡了。这个好机会，小汪怎肯放过？他便捧

223

着她的粉颊，尽量地吻着她的香樱。在先，来势凶恶，紧紧地吻和接吻，还没有发现破绽，嘴唇是有弹性的，经着强有力的压迫，倒把不平的压平了。比及小汪尝透了香樱滋味，略略放松着压力，她的嘴唇便渐渐恢复了原状，那便觉得她的上下嘴唇是畸形的了，下嘴唇并无异样，上嘴唇却是中断的秦岭，其间缺去了一块。小汪猛吃一惊，暗想：难道她的香樱被我咬去了一块吗？不，咬去嘴唇，她要惊醒的，不会依旧沉沉地睡着。况且嘴唇上既光且滑，又没有流下血来，她难道是缺口喇叭花陆三宝吗？

这时候，小汪不敢怠慢，披衣下床，开着电灯，那便现出原形了。看那鸳鸯交颈的女性，不是黑牡丹田招弟，竟是缺口喇叭花陆三宝，扯开了缺口，正在甜津津做那好梦。

小汪恨极了，连把陆三宝推了几下，方才把她推醒了。陆三宝揉着倦眼，忽见房中雪亮，知道西洋镜已拆穿了。但是，拆穿虽然拆穿，遮掩仍须遮掩，赶紧在被头底下掏出这块粉红手帕，遮掩着缺口，向着小汪把秋波送媚。

小汪怒问道："你是陆三宝吗？"

"是的。"她答应时报以倩笑。

小汪咬着牙齿问道："你既是陆三宝，怎说是招弟呢？"

"我有两个乳名，我爹爹替我取的，叫作三宝，妈妈替我取的，叫作招弟。"说时，向小汪招招手，"要说话，到床上来说，和你同枕谈心，茶叶店小开，好吗？"

小汪摇了摇头："胡说，谁高兴和你谈心？你这无耻女子，冒充着田招弟前来骗人，你不羞，我倒羞。"

这几句话便激起陆三宝的不平了，忽地便从床上坐起，下半身盖在薄棉被里，光着上半身，也不管了。但是稀奇，她不惜把半截模特儿示人色相，唯有嘴唇上的缺憾比着胸前的一对玉峰尤其宝贵。所以，她袒着玉峰，兀自遮着香樱，浅嗔薄怒地和小汪交涉。

"茶叶店小开，你休含血喷人，嘴里清楚一些。"

"你来做什么？你不是招弟，却冒充招弟！"

"田招弟唤得招弟，陆招弟也唤得招弟，'招弟'两个字又没有注着册、定着商标、得着专利，你说我冒名，誓不承认。"

"既不是冒名，你跑到这里来做甚？"

"这是你害我的啊！"

陆三宝这句话却把小汪怔住了。停了片晌，才说："怎说是我害你的？"

以下的一篇鬼话，是朱荷珠和陆三宝商量定妥的对策。

原来，朱荷珠向小汪作毛遂自荐，被他拒绝以后，燃起着两颊上的愤火，她既恼羞成怒，便来捉弄小汪。知道陆三宝颇有意于茶叶店小开，便向她传授秘计，叫她如是这般，到东吴饭店去玩弄小汪在先。三宝不肯去，只怕见面以后，饱受小汪奚落。智多星朱荷珠又是如是这般地传授她锦囊妙计，朱荷珠不过借此寻寻小汪的开心，并非真个可以移花接木，成为春风一度的事实。谁料锦囊的效力，竟出于荷珠的意想以外，真个可以移花接木，真个可以成为春风一度的事实。这是李巡官来得凑巧，扑灭着电灯之火，便燃烧着性灯之火，现在，性灯之火已告着一段落，重又亮起着电灯之火。狐狸尾巴虽现原形，但是，三宝把荷珠传授的锦囊稍稍加以变化，益发有恃无恐了。

"你休嘴硬，你的阴谋都在我肚里，喊将出来，只怕你要吃官司。"

"喊也不妨，心头无事凉飕飕，怕什么来？"

"你不怕我喊吗，脆蛇？"

"轻口一些，谁向你搬唇弄舌？知道了，荷珠不是个好人。"

"荷珠倒是好人，只有你不是个好人。"

"怎说我不是个好人？"

小汪的火势退了，坐在床沿上听三宝说话。

"茶叶店小开，你存心要害田招弟，却害了我。日间田招弟到我那边来辞行，我是崇拜新妆的，对于田招弟的浑身装束，都是十二分的注意。她虽貌美，她的装束也只平平无奇，但有一角很鲜艳的香罗带露出在旗衫的开衩处。我笑问她说：'你的衣服不大漂亮，单单漂亮在一条带子上面，似乎有些不相称。'她深以我言为然，便悄悄地和我交换裤带，我束了香罗带，好生欢喜，以为从此可以出风头了。谁料拴上腰间，只落得心神恍惚，似乎有人约我在东吴饭店里欢会。幸而遇见了朱荷珠，看我在屋子里团团打转，走路也没有好相，只走着舞台上花旦所走的浪步。荷珠老大奇怪，便向我盘问情由，我把恰才和田招弟交换裤带的事述了一遍。荷珠大惊，催着我去觅田招弟，把裤带交还了，免得发生意外。我知道裤带里藏

225

着魔术，便要向荷珠盘问根由。荷珠再三不肯说，我便恫吓她，若不说破，我便要到四处去宣扬。荷珠才软化了，便把你的阴谋很秘密地向我报告，坚嘱我不要告诉他人。我恍然大悟，原来这是害人的东西，怪不得我素性贞洁的女郎，会得这般地神魂飘荡。于是，我便从了荷珠的话，赶紧寻觅田招弟，要向她换还裤带。无奈一时觅不到，直至傍晚，好容易地遇见了她，两人裤带又是秘密交还，以为从此可以没事了。谁料我已深中脆蛇的毒，便把裤带交还，也都没用，会得羞爷娘、辱祖宗，招头露面地来做淫奔之女。仔细思量，都是这条脆蛇裤带害我，我不向你交涉，你反而把我辱骂，好在你是有家室的，我明天去寻觅你的老婆，请她评一个理。"

这一篇鬼话竟骗得小汪深信不疑，知道事已至此，只好将错就错。要是和她决裂了，闹到自己家里，又要饱受麻面婆娘的气。况且，陆三宝裸着半身和小汪讲话，又把粉红帕掩着缺嘴，这叫作善用其长，善藏其短。色欲迷心的小汪一时弄不到田招弟，不得已而思其次，便只好和陆三宝重温前梦了。

五月十六夜的三处奇闻，只好把先后的笔写那三条平行线同时进行的事实，现在已告了一段落。

匆匆光阴，又是来朝了。

田招弟在这天准备下乡，朱二嫂嫂忙着要送寄女儿回家，可是不巧，偏在这一天发起痧来，大吐大泻，困惫得了不得。于是，忙着延医，唤理发匠挑痧，请师娘看鬼，忙乱了一天，总算转危为安。但是，朱二嫂嫂得到小汪的好处，都被这一场时痧化个一干二净。招弟本想在这天回家，为着寄娘害痧，不忍离开，只好稍缓几天回去，好在今天有便人下乡，可以寄一个口信回去，免叫老父望穿了秋水。

赵珍珠盼到了这一天，准备着张生到来，借着写字为名，要实行红娘定下的计划。天亮不多时，已吩咐小翠打着电话到赵公馆里，请小张师爷即刻便来。两次打不通，只为时候大早，赵公馆里的人还没有起身。待到第三次，珍珠亲自去打电话，方才打通了，却又使珍珠老大地失望。

原来张水生昨夜赴宴，多饮了几杯酒，以致酒困未醒，日上三竿时，还没有睡醒。赵大麻子宠爱他，不忍催他下床，要待他睡足以后，自行起身。珍珠只好忍耐着，左等也不来，右等也不来，口念着："倚定门儿呆打孩。"倒惹得自称红娘的小翠咯咯地好笑。

"你笑什么?"

"我笑你倒串《西厢记》了,《西厢记》是张生等莺莺,你是莺莺等张生。《西厢记》中张生口唱'倚定门儿呆打孩'了,现在是你唱'倚定门儿呆打孩'了。"

"你不替我设法,反而嘲笑我。"

"小姐,你何用着急?他越来得迟越好。"

"这话怎么讲?"

"来得迟了,日间写不完,留他吃夜饭,灯下再写。那么唱起佳期来,不是大有希望吗?"

"你不愧是红娘,说得不错呀!电铃响了,我去接话。"

小翠忙去接话。隔了片晌,笑嘻嘻来道喜:"小姐,恭喜你,小张师爷却要在饭后到这里来。"

第三十五回

她爱夜间写你便在夜间写

张水生为着酒困迟起，以致错误了他的练字时间。起身以后，受了他的叔叔半场埋怨。什么叫作半场埋怨？便如下文所说。

"你可知道这是什么时候？我已做了两点钟的工作，你兀自一声高一声低地在床上打鼾，若不是我把你唤醒，你不知睡到何时才休？唉，小人得志便癫狂。"

"谁是小人？"

说这话的并非张水生，只为水生对于尊长抱定恭敬主义，尊长责备他，便是毫无理由，也只好逆来顺受。何况自己起得太迟，明明有几分的不是呢。这"谁是小人"的问话，不是账房中的小张说的，却是从内宅出来的王妈所说。

"王妈，我是责备这小子，他竟睡起晏朝来了。"

王妈听了，不作理会，却向水生说道："小张师爷，你起来得这么早，老爷说的：'小张昨夜多饮了几杯酒，今天便睡至午饭时起身，也不算迟。'恰才姑奶奶打电话，请你去写字，老爷代你回复她，须得你睡醒以后才好遣你出门，老爷多么地体贴你啊！小张师爷，我看你一双眼睛还没有睡个舒畅，这是谁唤醒你的？不见得是老张师爷吧？"

竹轩猛吃着一惊，防着水生直说，便抢着说道："王妈，你冤枉着我了。我也知道水生是老爷宠用的人，老爷体贴他，我更比着老爷益发体贴他。我防着他惊醒，坐在账房中，只是默默地看账，连那算盘也不敢打，只怕嘀嘀嗒嗒惊醒了他的好梦。谁知道外面跑来一条黄狗，偏在账房门口汪汪地连叫几声，赶快把狗驱逐，但是水生已醒了。"

水生听了，本待扑哧一笑，但是想到财主压迫下的奴隶，逢到为难的当儿，便是自认为犬，在所不辞。记得历史上说，韩侂胄做了丞相，威权炙手可热，有一个姓赵的侍郎尤其对于韩丞相努力拍马，无微不至。一天，韩丞相与众客赴宴南园，路过山庄，见了竹篱茅舍，赞不绝口道："此真田舍间气象，但欠犬吠鸡鸣耳！"忽然树林中有汪汪的犬吠声音，韩丞相大为奇怪，仔细查问，却是赵侍郎以人做狗，点缀这田园风景，从此便得了"犬吠侍郎"的徽号。昔有犬吠侍郎，今有犬吠账房，想到这一层，便替着自己叔叔发生悲感，当然不忍嗤笑了。

"老张师爷又要说这好听话了，恰才我走近账房门口，听得你说'小人得志便癫狂'，你分明欺侮我们的小张师爷。"

"王妈，你误会了，这是我骂黄狗，放着它进了大门，它便癫狂起来，汪汪地叫个不休，这和得志的小人无异，所以骂它一声'小人得志便癫狂'。"

"你骂黄狗也罢，你骂自己也罢，但是，老爷既吩咐小张师爷多睡几点钟，你须叫他睡个爽快。"

"水生，这是大先生体恤你，快去补足你的睡兴吧。"

"叔叔，我睡得够了。"

"水生，无论如何，你须得遵着大先生的吩咐，睡一个畅快。你放心去睡，再也不放黄犬在左近乱吠，扰你的清梦。"

水生听得叔叔一再地自比为犬，这便见得寄人篱下的可怜了，便道："恭敬不如从命，我且再去睡一会子吧。"

这一次的美睡，真个睡到了将近午刻，方才起身，所以王妈通电话与姑奶奶，报告小张师爷前来写字的时刻，须在午饭以后。莺莺式的珍珠、小翠在家中盼望张生，本觉得挨一刻似一夏，但经了红娘一说，小张越来得迟，越有同赴佳期的希望，珍珠便在电话中亲自叮嘱："尽可在午饭后慢慢前来，并须要随带着好笔，这里的笔是不适用的。"

小翠听着小姐通电话，按着嘴几乎放声大笑。待到珍珠回到房里，小翠跟着入内，却把方才忍住的笑一齐发放，笑得几乎直不起腰来。

"痴丫头，吃了笑药不成？"

"小姐，我越想越好笑了。"说到这里，笑的余兴还没有完毕，又补足了这笔笑债，方才申说好笑的缘由，"小姐，你太发噱了，要小张随带着好笔前来，又说这里的笔是不适用的。小张是老实人，不懂你的意思，你却瞒不过我红娘。"

"你道是什么？"

"这是小姐的哑谜，你要他随带的一支笔，并不是写字的笔，但叮嘱也嫌多事，他的一支笔本来随带在身的，他跑到哪里，一支笔也跟到哪里。若说这里的笔是不适用的，这倒是一句老实话，姑爷的一支笔，大概要变为秃笔了。洋蜡烛张生的笔，是一支蜡笔；土皮张生的笔，是一支破笔；药渣张生的笔，是一段削剩的铅笔。都不是好笔，随带好笔的，只有这位小张师爷。小姐，红娘猜得对不对？"

珍珠听了不作声，隔了片晌，方才一声长吁。

"小姐叹什么？"

"我叹天公颠倒，知书识字的人只怕不及你这不识字的丫头。倘使小张也有了你的聪明，便该悟出我的弦外余音了。只怕你所猜得出的，他却猜不出，我想小张得了我的电话，真个在自己的一支天生好笔以外，另行去搜寻什么好笔，那便没趣了。"

列位看官，珍珠所揣测的话，却被她猜个正着。张水生吃过午饭以后，便忙着选择好笔，把平日常用的几支笔陈列在桌子上面，还有赵大麻子赐给他的笔、人家赠给他的笔，一股脑儿都取了出来。这支看看既不合，那支看看也不对，谁知道珍珠要他的好笔，并不是桌子上面的许多毛锥子，一本正经的老实孩子徒然忙碌了一番，却惹得张竹轩在旁边好笑。

"叔叔，笑什么？"

"笑你无事忙，姑奶奶要你写字，她自有笔墨给你，何用你自带笔墨？"

"叔叔有所不知，这是姑奶奶在电话中吩咐我的，要去写字，须得随带好笔。"

"既这么说，你便随意携带几支去，何用一支支都取了出来，闹这笔会？"

"姑奶奶是内家，不能够马马虎虎的。自古道：工欲善其事，必先利其器。"

张竹轩听到这里，便起着疑惑，他在赵公馆里已做了多年的账席，里面的事，无论大小都瞒不过他。他想：珍珠虽然粗通些文墨，也不过看看曲本和弹词罢了。至于书法一道，她是个门外汉，水生说她是内家，倒有些奇怪呢。便问："你怎知他是个内家？"

"她和我讨论过字画，说的都是内家的话。"

"她竟会说内家的话吗？说些什么来？"

"有一天，我在里面写泥金笺，写的是柳字，很使出我的笔力，又注意在墨色调匀。姑奶奶见了，便有'笔酣墨饱，力透纸背'的八字考语。叔叔你想，她不是内家，怎会下这正确的批评？"

"她竟这般说吗？还说些什么内家话来？"

"叔叔，凡是习柳字的，都须在骨力上见长，姑奶奶赏识我的笔力，这便是她的品评不虚。她又说我的书法一笔不苟，多么有力，这也是内家话。唯有一句不在行，她说夜深人静以后，写起字来益发有力。叔叔你想，古来书家，谁都是提倡着日间作字的，姑奶奶却说夜间作字便好，这怕不在行吗？"

"不好！不好！"

"叔叔做什么？"

竹轩说的不好，是说珍珠的存心不好。他想水生是老实孩子，竟不知道珍珠的用意，珍珠何尝要水生写字，分明是要吊水生的膀子。他连唤"不好"两个字，恐怖情状，无形流露。但一经出口以后，却又自悔着鲁莽，他是个阅历已深的人，恐怕水生疑心，便又转变了论调，但见他皱着眉，揉着肚子。

"水生，我的消化力远不如你，昨夜席散后，你醉了，一眠好睡。我觉得腹中不舒畅，翻来覆去睡不稳，直到下半夜泻了一阵，方才入睡。今天以为腹疾好了，谁知……我进房去上马桶了，出来后，再和你讲话。"

张竹轩偏会装腔，上马桶是真，腹泻是假。他把珍珠吊水生的膀子当作一种很有研究的问题，假称腹泻，便可坐在马桶上面解决这个难题。

他有一个习惯，上马桶的时候，一定要抽着水烟。他一壁抽烟，一壁喃喃讷讷，自己和自己商量，商量一会子，便扑落扑落地抽动水烟。

"这孩子太老实了，珍珠和他说风骚话，他当作赏识他的书法，好笑不好笑？

"今天珍珠约他去写字，不是写字，只怕约他去赴佳期吧。

"珍珠也太不识相了，这孩子又是老实，又是执拗，倘要勉强他运动这支笔，他一定不答应的。万一喊起救命来，便怎么样？

"我不如叮嘱水生不要去写字吧，我受了族兄族嫂的重托，带领水生到城中图个出头日子，怎好眼看他被老蟹拖去，拼命地钳个不休？人家都说，老蟹钳一钳，一条性命半条姓了阎。真个把水生断送在老蟹的钳下，我便对不起我的族兄族嫂。

"且住，我若阻止他前去，珍珠知道，一定怀恨着我。她虽是赵姓嫁出的女儿，但大麻子很肯听她的话，只需她在大麻子面前略说几句坏话，我的饭碗便保不住了。一定不要说破，由着他前去，写字也好，赴佳期也好，老蟹钳一钳也好，半条性命姓了阎也好，总而言之，统而言之，宁可对不住我的族兄族嫂，不可打碎我的饭碗。

"水生万一喊起救命来，这件事不要糟了吧！珍珠是不好惹的，她若恼羞成怒，哼起着满脸的麻子，不说她去引诱水生，反说水生去调戏她，这件事闹将起来，也和自己的饭碗有关。

"有了，我在水生面前，预作伏笔，叫他忍耐，不要闹决裂了，决裂以后，便要断送我的饭碗。那么，无论如何，他只好委屈一下子，绝不会喊救命了。"

想到这里，已解决了这个难题，水烟也抽得够了，耗费了一根长条纸吹。待到他从马桶上站起，忽地又是哟哟地喊个不止。

"叔叔怎么样？"

水生急匆匆地走入卧室，手执着一包立止腹痛药，忙道："叔叔，这腹痛药是很灵验的，只需敷在脐眼上，立时便可止痛。我差小福向内宅取来的，快快敷上，快快敷上。"

竹轩把两手撑住在桌子上，提空着一条腿，荡秋千般荡了一会子，另换一条腿，照样荡了一会子，才向水生说："你不用惊慌，我的腹痛已好了，不用敷什么药。恰才哟哟连声，是脚麻，不是腹痛。你且出去，我还有话和你说。"

水生听说，便到账房中坐定，听候叔叔训话。

列位看官，这马桶真是奇怪东西，田招弟坐了洋式马桶，躲过了一重难关，张竹轩坐了中国式马桶，解决了一个难题。有人说，马桶的神奇还不止此，马桶是人类的发源地，若没有马桶，便没有人类，所以，一般嫁女的人家，崇拜这几个子孙桶，定要供在堂中，受那贺客们的跪拜。

水生对于叔父的训诫没有不静听的。待到竹轩从房中出来，在那固定的座位中坐定，水生垂着双手，听候竹轩的训话。

"你便要到汪府中去写字吗？"

"是的，外面包车已预备了。"

"姑奶奶爱你的字吗？"

"是的，她爱我的笔力不凡。"

竹轩听到这句，本待要笑，却强制着不笑，很规矩地说："她赏识你的笔力，你便要在力字上用功夫，休得负了她的美意。"

"是的，只怕写不好。"

"只要用力，没有不得她欢喜的。再者，姑奶奶赞成你在夜间写字，倘使日间写不完，姑奶奶留你夜间写，你不可违背她的意思。"

"是的，日间写不完，只好在灯下写，料想写件不会过多的吧。灯下接写一两点钟，大概可写完了，便是写不完，明日起个清早去写，总比在灯下动笔的好。"

"水生，你听我的郑重声明。姑奶奶是很有脾气的，你到她家里去写字，一切都要听着她的主张，她爱日间写，你便在日间写，她爱夜间写，你便在夜间写，万万不可自作主张，向她反抗。她要你写半夜，你便写半夜，她要你写全夜，你便写全夜，总要满足了她的要求，你才好宣告终止，万万不可惮于动笔，使姑奶奶失望。"

"叔叔未免过虑吧。姑奶奶要写字，无论哪一天都可唤我去写，总不会要我写半夜或全夜的，况且夜间写字写不好，再加着精神疲倦，难免搁几个墨团，弄脏了笺纸。在这分上，姑奶奶绝不会叫我通夜写字的，万一她定要如此，我也好向她声明的。"

"水生，我叫你不要自作主张，你又要自作主张了。你看了我寄人篱下的苦楚，你万万不可违拗着姑奶奶的意思。假使她要你写那通夜的字，你只有不厌疲倦地运用这支笔，便是委屈你一些，你只好看我分上，委屈一会子。好在只此一回，下不为例，你写字写怕了，以后好去禀告大先生，下次不再到汪宅去写字，那么你便可脱离这困难了。"

"是的，遵叔叔吩咐，我便委屈一下子。"

"水生，还有话向你说，假使姑奶奶要你怎样写，你便依着她怎样写，要你用这支笔写，你便用这支笔写，要你用另一支笔写，你便用另一支笔写。"

"叔叔，这句话不大明了，不用这支笔，倒用哪一支笔写？"

"她要你写字，不一定要你用笔的。"

"咦！叔叔，这话好奇怪，写字不用笔，倒用什么？"

竹轩暗想：快快变换论调吧，他虽是个老实孩子，但说得太明显了，他也会知晓。忙道："你枉算是书家，写字不一定要用笔的，用香，也可写；用炭，也可写；一切工具都不用，便用指头，也可写的。你牢记着，你不用自作主张，她的主张便是你的主张，不管你会不会、愿不愿，她要你用香写、用炭写、用指头写，你便依着她用香写、用炭写、用指头写。万一她有什么新奇的发明，在那香写、炭写、指头写以外，又有什么写法，你也只有绝对服从，不参己见，那便可以博得她的欢心，在大先生面前添好话，我的饭碗便不受打击了。好侄儿，瞧我分上，把这几句话牢记在心。"

水生怎知竹轩的深心，只是诺诺连声。

值书房的小福来说道："小张师爷，车子候了多时，可以上车了。"

第三十六回

假使我要你睡着写呢

守候张水生的赵珍珠，看她不像样，她却熟读《西厢记》。《酬简》篇中的曲文，在嘴里不住地哼："他若是到来，便春生敝斋，他若是不来，似石沉大海。"

看看时辰钟已打了一下，午后便来，这时候该到来了。这时候不来，只怕"春生敝斋"的希望没有，"石沉大海"的失望是不可免的了。

她越等越焦急了，她便吸着纸烟解闷，吸得没多几口，她又丢去了烟卷，连连搔着鬓角，想不出什么妙法。她又吸另一支烟卷，吸得两三口，又丢到痰盂中去了，又在搔鬓角了。如是这般的无聊模样，不禁使那旁边的小翠哧哧好笑。

"小姐，似你这般吸纸烟，烟草公司可以多添几百家，每支烟卷只吸着两三口，便丢入痰盂里面。"

"小翠，他可要放生的吗？说着饭后来，这时还不来。"

说时，又要把烟卷丢去了，小翠向她一笑，她才把来放在贮灰的玻璃缸上。

"小姐，何用心焦？越是迟来，越有希望。"

"我怕他……"

话没说完，便有一个妈子来禀告："赵公馆里的小张师爷来了，说是求写字的，可要请他到书房中去？"

这个好消息便轰破了沉闷之云，周围上下都充满着喜气，喜得珍珠没作主张处了，忽而遣发老妈子去请小张师爷到书房中坐，忽而又加派着小翠去陪伴张生，忽而自己含着烟卷，待到外面去会客。陡地嘴唇上一阵奇痛，原来快活过分，把那燃着的一段纸烟塞到嘴上，才吃了这意外痛苦。

赶紧吐去，又喃喃地埋怨着小翠。

"都是她不好，听了她的话才没有丢去烟卷，一时心慌，烟卷颠倒衔，以致烫痛了嘴唇皮。越是心急，反而越迟了，须得添添粉，补补胭脂。"

珍珠真个在房中添粉补胭脂，整了一会子的妆，方才在着衣镜中认一认可人模样，觉得大概不错了，才出备弄到书房中去会客。这书房便是小翠瞧见小汪在里面玩弄小套戏法的所在。

珍珠是个精细的人，未入书房，先要听一听红娘和张生的谈论，因此站在门外侧耳细听。

"小张师爷，你随带的一包东西是什么？"

"这是写字的笔。"

"笔要这许多？一支便够了，一支得力的便够了。"

"这是姑奶奶吩咐的，要带着好笔到来。我不知道姑奶奶要写什么字，写大字，大羊毫；写小字，小羊毫；写条幅，长锋羊毫。我把这几支笔都带来了，所以包了一大卷。"

"你倒细心，大大小小的笔都带来了，但有一支笔，不知道可曾带来？"

"什么笔？小翠姐，请你指导我，可以回去取来。"

"这支的名目，不是大羊毫、小羊毫、长锋羊毫，好像名字很简单的，不过一个字，我的记性很不好，怎么想不起？"

"名目只有一个字，难道是'鹅'吗？这是普通的笔，并非好笔。"

"不是鹅，不是鹅，但鹅也差不多。"

珍珠听了，真觉得好笑。红娘欺侮张生老实人，把他玩弄。但是，这支笔不叫作鹅，却有鹅的右一半。张生虽老实，被那红娘说得太显了，他也要觉察的。

想到这里，她便进书房去会张生。她虽然满装着一肚子的邪火，却在相见的时候，也矜着端庄模样。敷衍了几句客套，便满口地称赞水生的书法大有笔力。

"姑奶奶，这也是小子的侥幸，小子不过略懂涂鸦，并没有什么过人之处。承蒙大先生提挈，又承姑奶奶另眼相看，这是多么幸运啊！"

"小张先生，只要你肯努力写字，你的幸运正多咧。"

主婢俩很殷勤地敬茶、敬烟、敬干点，把小张当作贵宾看待。小张是不吸卷烟的，只略喝了几口茶，便说："请赐笺纸，以便小子献丑。"

珍珠何尝有什么家藏名笺，都是临时到纸店中去购备的。虽已放在书房中，却不要小张立时便写，只推托着仆役所研的墨汁还没有研好。小翠陪着小张在书房中参观，虽然陈设的皮脊金字书，堂皇满目，但是卷轴如新，而且有不曾裁开页子的书本，可见这里的书本无一不是装饰品。书房划分内外，由外入内，居然雅洁可爱，里面设着一张单人铜床，布置得古董器皿，应有尽有。玻璃窗外几竿凤尾竹摇曳得绿影扶疏。地方是很好了，可惜主人翁是个佻侻少年，不该享受这清闲之福。

"小张先生，这里的写件很多，日间写不完，只好在夜间写。"

"姑奶奶吩咐，当然遵命。"

"又怕夜间写不完，好在这里无床榻，小张先生便在这里屈留一宵，以便明日起身，继续书写，岂不是好？"

"姑奶奶吩咐，当然遵命。"

"小翠，你去吩咐厨房，备些小酌的菜肴，以便做下酒品。"

"小子不会饮酒。"

"你又要客气了，这里和大先生的府上不是一样的吗？昨夜大先生请客，你不是畅饮的吗？"

"只为昨夜多饮了，今天头脑不清，怎敢多饮？"

"酒病还将酒药医，宿醉未醒，饮几杯便会好的，况且到了晚间，才给你饮酒。你肯饮大先生的酒，不肯饮我的酒，敢是瞧不起我吗？"

小张想到他叔叔叮嘱之言，只得说："姑奶奶吩咐，当然遵命。"

珍珠指着旁边的一张椅子，叫小张坐着讲话。小张不敢挨着珍珠坐下，只在远远的一张椅子上坐了。珍珠本待挨过去迁就他，转念一想，这又何必呢？少顷，赚他拴上了药粉，那便不能保持他的现状了，尽可等候他来调戏我，这时忙些什么？

隔了一会子，仆人托进了已经研浓的墨盘，人未入室，墨香已做了先头部队，随风而入。

珍珠吩咐着小翠："你去接取这墨盘，不要这粗人踏进书房，他懂些什么来？"

于是，书房里面一主一婢一小张，正在破题儿提笔作字。

"姑奶奶要写什么？"

"请你写一个'妙不可言'的'妙'字，要写得三尺风方。"

小张便用足功夫，照样地写了一个"妙"字。

"姑奶奶，写这'妙'字，有什么用处？"

"你是聪明人，连那'妙不可言'的'妙'字都不知道用处？"

小张呆想着，依旧不能索解。珍珠暗地里笑，表面上规规矩矩地说："这是替观世音菩萨上那一字匾额的。"

"姑奶奶，待我另写一纸吧，写那观音庵中的匾额，须得沐手敬书的。"

小张真个要了一盆清水，把双手洗了又洗，方才重写了一个"妙"字。

"小张先生，你写大字，须得站着写吗？"

"站着写，得势一些。"

"假使我要你坐着写呢？"

"坐着也可写的。"

"假使我要你睡着写呢？"

"姑奶奶笑话了，睡着不能写字。"

"那便你的见闻不广了。从前上海滩上有一位公子哥儿，他是惯于吞云吐雾的，睡的时候多，起的时候少，人家恳求他的写件，他会睡在烟榻上替人家挥毫，他会睡了写字，你怎么不会呢？"

"这是小子没有习练，写出来一定不好的。"

"假使我不管你好不好，定要你睡了写字，你肯吗？"

小张暗想：这难题如何答应？看了叔叔的饭碗分上，也只好允许。

"姑奶奶吩咐，当然遵命。"

珍珠又百般地挨延着时刻，和他谈了一会儿话，又叫他挥洒几幅字。渐渐日影西斜了，珍珠又遣发小翠去看厨房中所做的鸡汤水饺可曾煮好。

"姑奶奶，不用忙，小子吃饭没多时，腹中并不饥饿。"

"你又要客气了，粗点心垫饥，无论如何，你总该领情。"

小张顾虑到叔叔的饭碗分上，便道："姑奶奶吩咐，当然遵命。"

小翠奉了小姐之命，要到厨房中看鸡汤水饺可曾煮好。正走出书房，珍珠便跟踪而出，招着小翠轻轻地说："这一碗鸡汤水饺，关系非轻。你准备的药物，究竟灵不灵呢？"

小翠也是轻轻地答。

"这是很灵的，服下以后，大约在两个钟头里面，一阵腹痛，把宿食打下了，很舒畅地泻了一次，便没事了。"

"把他泻得乏了，也不是道理。"

"小姐放心，这种泻药，只泻一次，并不会使他疲乏的。"

"那么全仗在你的计划。"

"小姐进去陪他吧，只需他吃了鸡汤水饺，他自会把童子鸡汁给小姐享用。"

珍珠笑了一笑，回到里面看小张写字。可怜的小张，以为得了一位文字知交，很努力地在书房写字，谁知主婢俩已安排下天罗地网，无论如何，总不能洁身而去，总不能逃出这座难关。

厨房阿六也是起码张生之一，珍珠在饥荒时代，他也曾充当过代庖，号称洋蜡烛张生，今天见小翠川流不息地到厨房中来通知做点心、做菜肴，横一句要特别道地，竖一句要格外讨好，他当然要探问来的是怎样一位大宾。比及小翠说出是小张师爷，阿六腹中吃了油火虫似的，早已明白一切，暗暗地打翻着醋瓶，一壁烧点心，一壁肚里盘算：我们少奶奶也太势利了，一样地伺候她，我效劳时，她只当我奴隶般地传唤，既没有请我吃水饺，也没请我吃酒肴，只不过在工作告毕的时候，给我两块钱的工钱罢了。小张来效劳，她便这般地殷勤，难道小张有三头六臂不成？论起实力，只怕小张还不如我，唉，人比人，气杀人。

"水饺子可曾做好吗？"

"做好了，将要下锅了。"

"肉要精的，皮子要薄的，咬开时要一包汤的，你可曾一一依着办吗？"

"一一依着办的，小翠姐，这小张是怎样一位大宾，要你们这样殷勤？"

"你厨司只管厨司的事，不必多问。"

"小翠姐又说笑话了，如果我只管厨司的事，你那夜悄悄地来唤我做甚？"

"你吃了新鲜饭，又要放隔夜屁了。时候不早，饺子可以下锅了，这鸡汤须道地，休得掺着汤罐水，我来监督你一下。"

小翠真个来监督下锅吗？非也，她只是履行她的锦囊妙计，她和珍珠咬耳朵商量计划的结果，我便可以在这里披露。

原来，她预藏着一种泻药，准备放入小张所吃的点心里面，好叫他在短时间泄泻一次，然后把脆蛇药粉当作暖肚药，叫他拴在脐眼上面。明知这泻药不伤脾胃，一泻以后便不再泻，然而，借这暖肚名义，把媚药当作暖肚药，任凭一等一的滑头也要上当，何况小张是一个老实小伙子呢？只需拴上了媚药，那么胡帝胡天，不言可喻。所以，珍珠陪着小张，依旧保持她的端重态度，她便是仗这媚药做后盾，落得看那小子怎样地害起色情狂，怎样地一副穷形极相。

小翠在厨房中做监察员，眼见水饺已下了锅，眼见水饺已煮熟了，她便自告奋勇。

"小张师爷的一碗，须得我来盛在碗中，不用你动手。"

"你盛我盛，不是一样的吗？"

阿六说话时，准备把水饺盛起，却被小翠夺着碗去盛道："小张师爷非比等闲之辈，盛饺子须拣好的盛，盛了破的，便是慢客。"

她趁着阿六不注意，早把泻药下在碗里面，才把铁勺盛着饺子，盛满了一碗。

这第二碗是珍珠吃的，便把铁勺交还阿六道："小姐吃的一碗，由着你去盛吧，饺子破了，只好给主人吃，不能给客吃。"

阿六怎知小翠的用意，只道她拍小张的马屁，拍得这般周到。他又不觉动了醋意，只为昔日小翠介绍阿六以后，曾向珍珠索取康密兴，阿六和小翠当然有过花头。小翠这般地抬举水生，阿六见了，怎不妒忌？他在面子上不露妒意，心中暗暗地打算：小翠，你太欺侮人了，你要请他吃鲜鸡原汤的水饺，我偏要在里面掺一半汤罐水，除非你监视到底。

小翠的泻药已经过了门，当然无监视的必要了，她去伺候小姐了，临走时吩咐着阿六："你把点心搬到书房里，须得平稳，休要泼翻了汤，切记切记。"

吩咐完毕，她便走了，她的锦囊妙计已告一段落了。她到书房中，正值小张在那里写对。她说："小张师爷，可以停一停笔了，点心业已煮好，小厨房阿六快要搬进来了。"

珍珠也向小张说："吃了点心再写吧，你尝一尝自制的水饺，其味如何？我们裹的饺子，和外面不同。"

小张好生感激，放下手头的笔，笑着说："姑奶奶太把小子抬举了，写几个字算不得什么，却要这般款待。"

说话时，小厨房阿六已平举着饭碗，托进两碗鸡汤水饺。小翠忙着去接，她是有暗记的，把有药的一碗敬客，再把另一碗送给珍珠。

"小张师爷，为着这一顿点心，忙了阿六半天，买了三斤肉，挑精去肥，只裹得这一顿点心。而且，杀了一只鸡，吊取原汁做汤。我们小姐赏识你这书家，吃过点心，须得替小姐写一幅十二分费力的字才是道理。"

"这是当然的，小翠姐。"

"你须吃个一干二净，小姐心里才快活。小姐的脾气，凡是客人吃剩了东西，小姐便不起劲，以为客人嫌这东西不好吃。"

水生真是个老实孩子，经那小翠一说，真个把一碗水饺子吃个涓滴不遗。莺莺小姐点头拨脑，佩服红娘的枪花很大，胜过了《西厢记》中红娘。

水生吃过点心，小翠又绞过手巾，送过香茗，他真个又要写一幅十二分卖力的字了。

珍珠却止住他："小张先生，不用忙，你要卖力，卖力的时候很多，何争一刻？吃过点心以后，至少须休息一两点钟才好动笔，便不会有碍于卫生。"

小张认定这是姑奶奶的好意，况且恰才写得太认真了，正觉得手腕变麻，非得休息两小时不能恢复疲劳。他想：姑奶奶非但有赏鉴眼光，而且识得书家的甘苦，她叫我休息两小时再写，这也是她的在行语。

谁知主婢俩是专候着小张的药性发作，珍珠给一本小说与小张消遣，小翠只候着小张的动静。

第三十七回

这四如一样都不如

　　小翠吃泻药，已有了相当的经验，她每逢食阻时，只是吃一包泻药，至多隔着两句钟便要肚子里呜呜地抄动，那便是泻的先声，只需一泻，肚子里便舒畅了。她计算着时刻，在第一小时内，她不大注意；到了第二小时，她便站近着小张，听他的腹中可有异响。果不其然，小张的腹中竟呜呜地作响了。

　　既然肚皮里呜呜作响，便是泄泻的先声，刁钻的小翠笑问着珍珠："小姐，这是什么响？"

　　"没有啊，你听得什么响？"

　　"好像小人国里的丝厂，在呜呜地放气。"

　　张水生放下小说，捧着肚子，口中哟哟地呻吟。

　　"小张先生，肚子疼吗？"

　　"姑奶奶，我要寻个厕所。"说时，又呜呜地一阵响。

　　珍珠心头快活，表面上假作慌张之状："小翠，快领小张先生去上厕所。小翠，这里有暖肚药，立时暖肚止痛，把纸包贴上肚脐眼，用带扎住，不到半小时，管叫泻也好了，肚子也不疼了。"

　　这时，小翠忙着去开抽屉，这是她早已预备的药粉一包、扁带一条，把来授给小张。

　　"小张师爷，亏得我们有百试百灵的药，你上厕所时，把来扎上肚脐眼，管叫你一痛以后不再痛，一泻以后不再泻，一阵呜呜作响以后不再呜呜作响。"

　　小张接受了药与扁带，谢了姑奶奶，有些坐立不安的模样。小翠便指引他出书房，走备弄，转弯向东，靠近厨房，便有个厕所。陪着他走了一段路，远远地指着那边的门，她说："小张师爷，转弯进去便是了，臭烘烘的地方，我不陪你了。"

"多谢你！"

"小张师爷，你休忘记了。"

"什么？"

"暖肚药用带子扎上肚脐眼，切记切记。"

"晓得了，多谢你。"

小翠见小张弯着腰，急匆匆地进那厕门去了。她心头好不欢喜，这一条锦囊妙计已告成功了，只消小张把暖肚药系上肚脐，马上便可见颜色。

珍珠也在书房中自得其乐，好事儿过一刻近一刻，她套上西厢曲词，自言自语道："巫峡女，楚襄王，楚襄王，敢先在坑棚上？"

"小姐，什么坑棚不坑棚？"

"你来了吗？他当然上了坑棚。"

"万稳万妥，这劳什子一定系上了他的肚脐。小姐，你也该预备了，休得错过了时刻。"

"不瞒你说，早已系上了。"

"小姐，我想小张出书房时，是一个老实小伙子，少顷进书房的时候，一定另换了一个样子。"

"换的什么样子？"

"小姐，你看吧，这小伙子一定成了馋嘴猫，和那赶骚的雄鸡。"

"便在书房里，不妨事吗？"

"我已通知他们了，书房里面，正在动笔写字，须得一心一意，无论什么人都不许入内，免得写差了字，须不是要。"

"他们虽不入书房，但不免在书房门外走动，有什么不好听的声音给他们听得了，不要当作笑话讲吧？"

"小姐，你怕什么？便是有人听见了，也奈何你不得。况且，我已布置好了，这不好听的声音，万万不会被他们听得。"

"你布置些什么？"

"稍停，小张在小姐身上努力工作，我便在书房中不住地磨墨，把磨墨的声音掩盖你们工作的声音。工作得剧烈，我磨墨也磨得剧烈；工作得和缓，我磨墨也磨得和缓。倘有人从书房门外经过，只听得我'拿伦拿

243

伦'磨墨的声音，谁也不知道小张提起着一支笔，在床上写字。"

"小翠，你真是我的知心婢子，想出的方法总是千稳万妥。在这时候，这劳什子，他大概早已拴上了吧？"

"小姐不用性急，你只坐以待之便是了。而且，他进来时，你须得声色不动，看他怎样地发动，他做主动，你只做被动。待到工作已毕，你还可以要挟他，说你的清白都被他玷污了。从此以后，须得他时时到这里来谢罪，否则便要控告他污入闺阁，他敢不依吗？"

"声色不动，也是难事，我已拴上这东西了，只怕按捺不住。"

"他的药力比你加上几倍咧，你只拴些剩下的药粉，药力究竟不大；他的肚脐眼上拴着的药粉，是你从姑爷的天津带里调包调下来的，一经拴上，非同小可。你只需略一按捺，管叫他馋嘴猫似的，赶骚雄鸡似的，渴龙取水似的，饿马奔槽似的……还有许多话，我不说了。小姐，先到里面小床上去坐着，这一瓶童子鸡汁……我不说了，备弄里有脚步声了，敢是他到来了。小姐，快到床上去坐，做被动，莫做主动，待我来预备磨墨。"

这时的珍珠，虽然春心荡漾，但是一霎时的按捺，自揣不成问题，所以避往内书房去，坐在这张单人床上，勒住了意马心猿。小翠呢，执着一大锭的墨，在墨盘中开始磨动，一壁磨墨，一壁看那入内的是不是小张。倘是小张，今天便有好戏看了，看了好戏，自己还可以加入这戏外戏的余兴。

在那磨墨声中，小张已走入书房。小翠向他歪歪嘴儿，小张莫名其妙，小翠向书房门一指。

"把来掩上了。"

小张真个把书房门掩上了，小翠用着冷静眼光，细看这馋嘴猫怎样地馋，赶骚雄鸡怎样地赶，渴龙怎样地取水，饿马怎样地奔槽。她手头磨墨，心头思想，眼光只在小张身上打转。却见小张毫无动静，现在的小张，和以前的小张没两样。她不禁疑惑起来，疑惑小张可曾拴上了暖肚药。

"小张师爷，肚痛好了吗？"

"好了，亏得拴上了暖肚药。"

"你到书房中来，有何贵干？"

"咦，怎么问起我来？方才的写件还没有写完，待我赶完了，以便可以早些回去。"

"小张师爷，你真个来写字吗？只怕不是吧。你说老实话，觉得怎么样？"

"我说老实话，肚子不疼了，泻也止了。今天的写件，一定要赶完，防着稍停再要泻，住在这里不方便，我总得回去，还防着大先生有什么呼唤。砚池里的墨色已浓了，不要磨吧，太浓了写不开，好了，停止吧。"

小张说这话时一本正经，仍不失为老实小伙子，谁说他似猫、似雄鸡、似渴龙、似饿马，竟是鲁男子再世、柳下惠重生。

小翠只有向他呆看的份儿，自己的锦囊妙计怎么会得失效的呢？这真够她的呆想了。

坐在内书房单人床上的赵珍珠，听了小翠的话，真个按捺住性子，声色不动，摆擂台似的在床上守候着，只需有人跳上擂台，便可以一拳来一脚去和他见一个高低。在先，听得小张进书房，以为打擂台的主顾来了，早在内书房摆起了坐马势，这真是一触即发的时候了。她急于要领略猫怎样地馋，雄鸡怎样地骚，取水的龙怎样地渴，奔槽的马怎样地饿。谁料良久，又良久，竟不见那打擂台的狂吼一声陡然间跳入房来，只听得小张很从容地在外面谈什么写字问题。虽没有见他是怎么样的态度，但听得他的口吻，便可想见他是一副规而矩之、恭而敬之的模样，这擂台竟打不成了。

在这势不两立的时候，不是雄赶雌，定是雌赶雄，珍珠看这情形，雄赶雌的局势大概不行的了，没奈何，只得雌赶雄了。论着台主的身份，只有人家跳上擂台来比武，没有台主跳下擂台，却到台下去拉人。现在时势使然，炎炎地烧起着少妇无形之火，便是做一回下台拉客的野鸡台主，也顾不得许多了。

珍珠吁了一口气，懒洋洋地正待走出书房，猛听得一阵阵饿吼的声音，从外书房跳入一位张生，软玉温香抱满怀呀，刘阮上天台。打擂台的工作便在此时起始了。

这位张生，并不是珍珠期望的童子鸡汁张生，却是昔日小翠介绍过的洋蜡烛张生小厨房阿六。

张水生陡见小厨房阿六从外面奔入，小翠要拦住他，怎么拦得住？

他早已饿虎似的奔入内书房而去。赵珍珠正是急不暇择的当儿，没有童子鸡，洋蜡烛也是好的，擂台上便发生着打架之声。小翠见势不妙，赶紧"拿伦拿伦"地磨起墨来。小张虽是老实孩子，到这地步，也被他瞧破了八九分，暗想：不好了，这是黑暗之地，存身不得，还是早早离开的好。

想定主意，便自言自语道："我又要泻了。"转身便出书房，一溜烟地离开这是非之门。

张水生临走之时，带去的笔都不要了，丢在书房里面，他急匆匆地要离开汪宅，幸而没有人相阻，直到门前，却见一匹快马驮着一个摩登女郎，驰至汪姓门前，一跃下马。水生闪过一旁，看那女郎系住了马匹，直往里面大踏步而入。看门的见那女郎是不相识的，连忙追上去问讯。

"小姐，尊姓？"

"你休多问，少顷自知。"

"你访哪一个？"

"更不用问，少顷自知。"

"小姐，有卡片吗？请暂停，以便通报。"

"休得啰啰唆唆，我自会进去，何用通报？"

水生在门前听了片刻，觉得这女郎突如其来，闯到里面去，又不知要闹出什么笑话。自己侥幸离开了魔窟，还是脚下明白，管什么闲事？

趁着张水生一路沉吟，自回赵公馆，可以暂作停顿。再说汪姓书房里面，赵珍珠望眼欲穿地专候着童子鸡汁张生来赴欢会，怎么童子鸡汁没有来，来了一支洋蜡烛呢？而且，外面骑着快马来的又是谁姓女郎？急匆匆地来寻谁人？寻见了又有什么戏文做出？这许多问题，都在混沌之中，须得一一地加以说明。

原来，小厨房阿六嫉妒着小张有这艳福，还加着小翠这般吩咐，把小张当作上宾看待，盛一碗鸡汤水饺，值得这般千叮万嘱，阿六心中当然十二分地不快。待到小翠走后，阿六咬了咬牙齿。

你越要抬举他，我越要在里面掉枪花。水饺请他吃，这鸡汤却要我阿六自己来享受，呷干了鸡汤，舀些泻罐水，他也不知道。

他想定了主见，便把小张吃的一碗水饺子小掉枪花，鸡汤吃在自己肚里，加了些汤罐水，便好送入书房里去。谁知这里面有泻药，本来只泻小张一人，自经阿六掉了枪花，小张泻，他也要泻，而且他比小张先呷着泻药，他比小张先泻。小张上那坑棚的时候，阿六先在上面蹲着身子，哗啦啦地泻个不休。

泻的程度也是阿六高于小张，小张一泻以后，便可不泻了，阿六却是泻了还要泻。小张自思：方才在赵公馆里，我为着叔叔肚子痛，要把止泻药给他，后来叔叔不痛了，用不着止泻药，这药还放在我身边。后来，我觉着肚子痛，小翠又给我暖肚药，我的身边已有了两份止泻的药，何不分一份给阿六呢？

他想定了主见，便和阿六在坑棚上谈话。

"你也是腹泻吗？"

"是的，方才还是好好的，一会子便要泻了。"

"你为什么不贴上暖肚药呢？"

"小张师爷，你有吗？"

"我有两份，一份我自己带来的，一份是这里姑奶奶给我的。"

"小张师爷，你肯分给我一份吗？"

"医药是行方便的东西，有什么不肯？"

小张说时，探怀取出两份止泻药和扁带，向着阿六说："上面有仿单的，是我们赵公馆里的止泻药，是用膏药贴在肚脐上的；没有仿单的一包，是这里姑奶奶给我的暖肚药，不用膏药，是把扁带系在肚脐上的。你要哪一包？由你选择。"

阿六自思：情人给他的药，一定是好药方，我要药，当然要这里的药。

阿六心里这般想，嘴里却是那般说："赵公馆里的止泻药，一定是道地药材，小张师爷自用吧。这里的一包药，大概比不上赵公馆的，你便送给我吧。"

阿六说罢，下面又哗啦啦地一阵响。小张便把他所要的一包药，连同扁带一齐给了他。

"你取去吧，须待泻完以后，把来系在肚脐上，我却要去了。"

阿六见小张没带草纸，便分一张给他。小张揩过草纸以后，才把膏药贴上肚脐，他贴的是真正止泻药，并不是脆蛇药粉。珍珠给他的媚药，已在不知不觉之中转赠予小厨房阿六，这事她们主婢俩怎会知晓呢？所以小

247

张进了书房，不失方才的温文态度，小翠意想中的如猫、如鸡、如虎、如龙，这四如一样都不如，依旧是书生的本色。小翠出于意想以外，只有呆呆地发怔了。

阿六在坑棚上又停留了一会子，似乎没有什么可泻了，拭抹以后，慢慢地系上那小张转赠予他的暖肚药。

不系便休，系了时，一阵暖气直攻丹田，他正自欢喜这名不虚传的暖肚药，但暖肚暖过了分，暖得相火在里面焰焰地发烧。阿六自己也做不动主，觉得发泄他的相火的地方，似乎有两个所在，一个便在书房里，一个现在相离还远，少顷也可以接近的。

阿六立时害着性狂病，这一种奋不顾身的精神，比着抗日的大刀队还得十二分勇猛。他闯入内书室，仿佛冲上了前线，嗷嗷待哺的赵珍珠万万料不到洋蜡烛张生今天会得这般地卖力，珍珠虽是不怕战的黩武国，经这猛力相扑，也有些吃弗消，险些要似说大书的喊起"划呀呀，好家伙"。

小翠枉费了一番锦囊妙计，童子鸡汁不生效力，倒惹那洋蜡烛发威，她纵然玲珑，到这时候也变了糊涂虫。在她呆呆发怔的时候，小张溜之大吉，她也不大觉察。她停止了磨墨的手，正在出神，猛听得里面的打擂台声音愈逼愈紧。她又想不妙，倘有人闯了进来，须不得了，只好下死劲地磨那砚盘中墨。无论磨得怎样响，总掩不过里面醋战的声音，这便苦了小翠，磨得两条胳膊都酸了。

一波未平，一波又起，备弄里一阵很急促的高跟皮鞋声音，仿佛脚乱步忙，走路也没有好相。小翠暗想：不妙，这里来不得。

她放下了手头的墨，见书房门没有掩上，赶紧去掩上了门，还加着闩，以为稳妥了，才想返身入内，重去研她"拿伦拿伦"的墨，谁知一阵叩门声，比擂着大鼓还急。问是谁人，却没有回答。

小翠向着内书房说："你们轻一些吧，外面有人来敲门咧。"

这句话很有效力，擂台上立时停止着打架的声音。但在同时，擂台上飞下一个不挂一丝的洋蜡烛张生便向外奔，这又吓呆了小翠。

"阿六，做什么？"

"我的交战团体到了，我上前去迎敌。"

说到迎敌，阿六已把书房的门洞洞地开放。

来了一个摩登女郎，见了洋蜡烛张生，便行了一个合抱礼："我寻议你长久了，原来在这里，不用什么'哀的美敦'书，我们便不宣而战吧！"

　　这女郎是谁？小翠不认识，阿六也不认识。阅者诸君对于她却似曾认识，敢是误束香罗带的珠姑娘吧。

第三十八回

女儿害了色情狂

张水生出了汪宅，如出了魔窟，忙唤着街车，径回赵公馆去。坐在车上时，惊魂略定，今天经过的事，一一浮上他的心窝。他默默地想：今天的事，真个千奇百怪，姑奶奶约着我去写字，只道她注意着文墨，谁料来了一个厨房阿六，她便干这不知羞耻的事。看来她的爱好文墨，并不是真，她是一个追求异性的摩登妇女，我上了她的当，只道她真个赏鉴我的一笔柳字。

她既不是真个赏鉴翰墨，唤我去做什么呢？哎呀，不好了！这是很黑暗的地方，总算上苍默助，被我逃出了这个重围。

列位看官，任凭小张怎样地老实，也不过蒙蔽他一时，现在珍珠的丑态已暴露了，小张觉得主婢俩和他所说的话，无非语里藏机，含着许多猥亵的意思。什么这一支笔、那一支笔，什么要他睡着写，仔细思量，都不是好话。他越想越觉得可怕了，今天逃出重围，真个要以手加额，自称天幸。

"哎呀，不好了！我固然受了她的蒙蔽，但是叔叔心中明明白白，他不是叮嘱我忍耐吗？不是吩咐我不要自作主张吗？不是叫我顺着姑奶奶的意思，她要我怎样写便怎样写吗？我当时虽觉得突兀，但长者之言，我不敢疑到歪路上。现在明白了，叔叔要保全自己的饭碗，不惜把侄儿给姑奶奶强奸去。唉！这般可怖的地方，我不愿住了，还不如到乡村去，乡村虽称地狱，但是比着城里的黑暗天堂，毕竟光明了许多。"

比及小张到了赵公馆门首，付了车钱，下车入内。看门的老王见了便问："小张师爷，你从姑奶奶那边来，可知道她的家中闹些什么乱子？"

小张听了诧异，便问老王："这话何来？"

"这是汪公馆里打来的电话，说有一队兵把汪宅团团围住，催促老爷快去解救，老爷已坐车去了。小张师爷，你没有遇见兵队吗？"

"我离汪公馆的时候还好好的，不见一兵，什么兵围汪宅？大概是我离了汪宅以后的事，我竟毫不知晓。"

小张走到里面，又撞见了值账房的小福，迎上几步，小福便问："小张师爷，你可知道姑奶奶家中闹出了大事吗？老张师爷正惦念着你，快进去吧！"

又走了几步路，宅内的王妈瞥眼瞧见，便问："小张师爷，你可知道姑奶奶家里闹些什么事？他们在电话里不肯直说，只说是不好宣布的。"

"我竟全不知晓，只为我写完了东西，离开汪宅的时候，很太平的，没有什么事件发生。"

坐在书房里着急的张竹轩正在那里自怨自悔，暗暗地念着："今天报应来了，我明知珍珠不怀好意，却又撺掇水生去写字，谁料他们会得白昼宣淫起来？电话里不明不白，说什么来了一队兵闯入里面，把奸夫捉住了。奸夫是谁？除却水生，还有哪个？捉住以后，只怕小孩子心直口快，便要把我方才叮嘱的话一一直说，我便脱不了关系。我的多年饭碗，免不得打成了粉碎。"

看看时候不早了，电灯火已来了，大概这时的水生，一定被他们绳捆索绑，或者要捉将官里去呢。捉奸的是谁？当然是本夫了。但有可疑之处，小汪一向做开眼乌龟的，到了今天，这只臭乌龟也会发起威来吗？再者，他是一个纨绔儿，手无兵权，怎会调动一队兵呢？

张竹轩正在万分惶急的当儿，忽地门帘一动，来了他所记挂的水生。

"叔叔。"

"你回来了吗？你怎样回来的？受了惊吗？早知如此，我不放你去的。"

"叔叔问得奇怪，我好好儿去，好好儿回来，毫无惊慌，依旧保全了我的清白。"

这几句回答，竟出于竹轩意想以外，忙携了水生的手，同入卧室里面，掩上了门，动问情由。水生便把详细情形报告与竹轩知晓。

竹轩是个深心的人，听到水生吃了点心，便患肚痛，就知其中有阴谋作用，听到小翠给他暖肚药，这药包便在抽屉里，不须搜寻，一取便出，就知道这药包是预备好的，一定是很热烈的春药。听到他急于上坑棚，上了坑棚，便要拴上这暖肚药，就知道他已上了主婢的当，不禁替他捏一把汗。听到他遇见小厨房阿六，也在泄泻，却把暖肚药给了阿六，自己只贴着随带在身边的止泻药，就知道难关已过，抹一抹额上的汗，透一透憋着的气。最后听到回转书房，小翠问些不尴不尬的话，忽地阿六到来，内书房便发生怪响，本人便借此脱身。

竹轩笑逐颜开，拍着水生的肩，轻轻地说："水生，恭喜你，没事了。"

"叔叔，他们究竟闹些怎么一回事，我不明白。"

"水生，我和你说老实话。这位麻子姑奶奶，我早知她不规矩，怎懂得柳字、颜字，只懂得花花柳柳的柳、颜之厚矣的颜。她催着你去写字，我早知她不是真个赏识你的笔法，她要吊你的膀子。我在先喊着不好了肚子痛是假，猜破她的心思是真。后来推托着腹泻，其实不是腹泻，借着上马桶，可以解决这疑难问题。

"我要是早知珍珠用着媚药迷人，无论如何，总不放你去。我以为她唤你去，也不过调笑调笑，不见得真个有这么一回事。便有这么一回事，也须你应许了，方才留你过夜。万万想不到，她在青天白日，竟把这媚药给你拴上，你亏得没有拴上，要是拴上了，你便和阿六一般。

"我想，这媚药绝不是寻常药品，但听你说的阿六情形，好像拴上了脆蛇的药粉一般。听得小汪说起，他家藏有脆蛇，是世上罕有奇珍，如果把脆蛇研末拴在男女肚皮上，任凭土木形骸，也会双方结合，何况是血肉之躯？小汪又说：'脆蛇药末，至多不过用三钱，要是逾了分量，男女便要乐极生悲，男不免脱阳，女也不免脱阴。'"

"请问叔叔，什么叫作脱阳脱阴？"

"水生你不用问，过了几年，自会知晓。总而言之，这药力是非常霸道的，用得不宜，男女都死在这上面，也是意中之事。"

"叔叔，我要回去了。"

"为什么呢？"

"似这般的地方，物质上越文明，精神上越野蛮，久住在这里，非但名誉丧失，便是生命，亦岌岌可危。"

"到了乡间，你住得惯吗？"

"自小便在乡间长大，当然是习惯的。"

"你决意要走吗？"

"要走了多时，上一次便要走，为着被你叔叔追回，方才延误至今。"

张竹轩沉吟了片晌，才说："你这个问题，且到明天解决。我有些两难，放着你回去，好好的一个机缘错过了，怎会再得？留着你在这里，麻子姑奶奶又太没有灵性了，万一斫伤了你的身子，我如何对得起老哥老嫂？"

"我一定要去的，叔叔放我去，我要去；不放我去，我也要去。"

"要走也可以，到了明天，在大先生面前只说是请假回乡，且待到了乡间，再写信来，向大麻子辞职。他便要留你，也没法挽留了。但我还在担忧，今天闹的乱子，不知可要牵涉到你身上来。"

"我是光明磊落的人，心头无事凉飕飕，不怕他们什么。不过，今天的事来得诧异，阿六闯入书房，已觉奇怪，外面来的一个骑马女郎，面上红喷喷，两眼水汪汪，不服阻止地直闯到里面去，只怕又要横生着枝节。"

竹轩听得又有什么骑马女郎闯到小汪家里，任凭他怎样老辣，也觉得莫名其妙，只是频频地嗟叹。

"报应到了，我虽然猜不出是怎样的内容，但是斜刺里来了一员女将，这事情一定要扩大了。好在不和我们相干，你把暖肚药给了阿六，既已移祸江东，闹出天坍的事，也只是坍汪姓的台，丢赵姓的脸。谁叫小汪拈花惹草，见了体面女人，便要转她的念头，甚至于你的未婚妻田招弟，他也在痴心妄想。"

他们叔侄俩猜不出骑马女郎是谁。阅者诸君早已知来的便是误束香罗带的珠姑娘，但是，珠姑娘怎样到来，自有补述的必要。

媚药的魔力真大啊，珠姑娘束上了这条香罗带，五千遍拍枕捶床，闹得一夜没有合眼。待到来日，田招弟辞别而去，她也毫不挽留，她所急急追求的，是一个受着同等药力的异性，田招弟的去留，怎在她的心上？招弟去后，她的高跟皮鞋踅坏了两双，忽而从洋楼上跑下来，忽地又从下面跑上洋楼。她走路也没有好相，纯乎走的戏台上的浪步，两双高跟鞋都坏了后跟，后来换了一双自由平等鞋，才没有踅断了鞋跟，然而不多时，又踢破了鞋头。

她在这时遇见了什么异性，她不问张三李四，她不问上中下三等，总

253

是抢步上前，向他行一个合抱礼。她的母亲瞧在眼中，知道女儿这般态度大异寻常，新名词叫作色情狂，旧名词叫作花痴，岂有不着急之理？况且，当着千人百眼，青天白日，真个闹出笑话来，究竟是不大好听。

这位旅长太太在少年时也是芜湖地方著名的一个荡妇，但她自想：本人的荡，总没有女儿这般的荡，任凭面皮怎样老，总不会当着大众把别男子拦腰抱住。况且，此一时，彼一时，从前丈夫当一名小小的排长，不过比着小卒略胜一些。排长没有架子可摆，女孩儿和男子在人前搂抱，不足为奇。现在呢，丈夫当过旅长的了，新近又运动着一个差使，不日便要到差，他是跨上马背的人，多少总要讲些体面。女孩儿和男子搂抱，虽然不足为奇，究竟碍着他的面子，免不得要把女儿训导训导，才是道理。

她想定了主见，便似嗔非嗔地向女儿发话："珠，你也太过分了，你和男人不客气，做娘的知道是你的孩子气，人家不知道你孩子气，见了不好看。"

珠姑娘向旅长太太眨了一个白眼："你这般地不识相，我是少年军人派，战的热度已达到了最高点，一切都不管，只知道战战战！人家说我黩武，便是黩武，说我扰乱和平，便是扰乱和平，我自己也不知晓，怎么蓬蓬勃勃地烧起我的战焰？哎！战血沸了，战的状态已达于白热化了，一切都不管，只知道战战战，只知道觅得一个相当的交战团体而从事于主力战！"

她真不愧是将门之子，满口的主战论。她的心里只要有异性到来，不管是哪一族，不管是哪一种，只要接近，她便拦腰抱住，表示一种挑战行为。

她把男子搂抱了片刻，也便放下了，唉声叹气地说："这般步哨接触，不算什么，我只希望开始我们的主力战。"

旅长太太见女儿不成了模样，虽说步哨接触，也觉得其状不雅，她便悄悄地通知一切男仆人等："小姐中了邪，你们见小姐在内，休得闯入。"

珠姑娘闷坐在里面，见异性的裹足不来，她益发烦闷了。于是，一会子跑上楼，一会子又跑下楼，正不知跑了多少次。最后，她在楼上望见她的老子王龙骧恰恰骑马回公馆，才在门外下马。那马弁提着公事皮包，跟随主人到里面。

她又着了邪魔似的，换了第三双高跟鞋，没好相地跑下洋楼，一个謷

254

头，直向那水门汀的甬道而行，险些把她滑跌在地。

王龙骧见珠姑娘如飞地扑将过来，暗自欢喜：她不是我的亲生女儿，对我的感情倒不恶，见我回来，飞步相迎。

正在这般想，她已把他拦腰抱住。这时候，衣裳单薄，他觉得她的身子烘烘地一阵焦热。

"珠，做什么？"

她不答应，愈抱愈紧了。

旅长太太见这模样，赶出来制止女儿："珠，放了手，他是你的老子啊！"

"我不管，我只抱定着黩武主义，便是老子，我也要向他挑战。"

王龙骧这时竟弄糊涂了，他虽是个武人出身，觉得女儿的蛮力竟胜过了他，她又没有练习过国技，不知哪里来的气力？

那马弁在旁看不过，正待上前相劝，谁料珠姑娘水汪汪的眼睛瞧见了旁边的马弁，便舍却王龙骧，又把马弁拦腰抱住道："又是一个步哨接触。"

那马弁是王龙骧为着谋得差使新近雇用的。他见小姐这般多情，把他紧紧抱住，单是一阵脂香粉气已使他心醉神迷，何况又抱住了他，在甬道上走那弧步。扑的一声，公事皮包便坠地了。

"珠，你痴了吗？他是我的马弁，你竟和他跳舞。"

珠姑娘听到"跳舞"二字，益发跳得起劲了。那马弁是有生以来第一次所遇的艳福，浑身都失了自动力，和雏形的傀儡一般，只好任着珠姑娘把他操纵。

"珠，不要胡闹了，我还要去拜客，他还要随我出去，你不见马尚系在门前吗？快快放下手来。"

珠姑娘听到"马"字，忽地放下了手，忙道："我要骑马去，我要骑着马去寻我的交战团体。"

一壁说，一壁便向外跑，她忙着要去跨马了。向例，珠姑娘跨马驰驱，不算怎么一回事。这次，她发狂似的要去寻什么交战团体，这便要闹出笑话来了。

"快把她拦住了，不要放她去骑马。"

旅长太太这般喊着。

"她要去骑马了，你快快追出去，把马控制住。"

旅长这般吩咐着马弁。

但是，马弁被她搂抱的结果，浪上了虚火，学着琏二爷式地弯着腰。旅长催迫着，他依旧是鞠躬如也，站立不起。

"混账！还不去追吗？小姐跨上马背了，快去，快去！"

这一片声的吆喝才喝退了马弁的虚火，慢慢才能直起腰来。比及赶到大门口，珠姑娘已去得远了。

珠姑娘纵马向东行，本来没有一定的行踪，但是跑了一程路，忽地芳心中若有所感，已确知了交战团体的所在地，便加鞭疾驰地进城。她怎会知晓的？这是洋蜡烛张生拴在肚脐眼上的暖肚药的效力。

第三十九回

缺口喇叭花登门告密

脆蛇药粉的魔力，确实不可思议。珠姑娘跨马访寻交战团体，她究竟不知道交战团体是谁，宛比黩武的岛国，她们虽然跃跃欲试，有急于一战的趋势，但不知和哪一国构兵。和苏俄构兵呢，还是和英美构兵？和一国构兵呢，还是和列强构兵？纵然高呼着战战战，但不曾觅到正确的敌对团体以前，便不能熄灭那好战者的浪火。珠姑娘跨在马上，正觅不到一个搦战营门的所在地，忽地芳心自警，不知伊谁拍来的一个心电，仿佛告诉她这交战团体便是城中茶叶店小开汪慕仙家中雇用的小厨子阿六。

珠姑娘接到了心电，当然马不停蹄地向城中进行，这便是前回书中小张眼光中所见的跨马女郎，这便是珠姑娘跨着战马来到营门搦战。汪姓门前毫无戒备，一个守门的老头儿如何拦得住这位火绰绰的搦战女将军？当然由着她跨下鞍，直闯里面，如入无人之境了。

珠姑娘入内以后，便和小厨房阿六打个照面。在彼此腰间所拴的脆蛇药粉，正是分量相当，彼此火绰绰一阵混杀，连那来将通个名来的虚套还没暇动问。

究竟如何地酣战？编书的不是编的战史，又不曾到过战地，做过参战员，只好谨谢不敏，算了吧，算了吧。

王龙骧见着他女儿跨马加鞭，不顾而去，赶紧吩咐马弁前去追赶，但追赶也徒然，两只脚的马弁如何追得上四只脚的马匹？再者，他在被珠姑娘拥抱的当儿，做了一回弯着身子的琏二爷，益发追赶不上了。

依着王龙骧的心思，便要通电话到各处公安分局，请他们把跨马女郎设法拦住，送往王公馆，免得发生意外。但是，旅长太太却另有她的主见，而向丈夫进忠告。

"我劝你不要鲁莽，女儿跑马，不是今天这一回，她是跑惯的。今天虽然改了样子，但是这一阵虚火过去了，自会回到家里来。你若叫人把她截留，只怕她不服制止，宛比火上添油，又要闹出更大的笑话来。"

"我看不妙吧，似这般地怒马直前，踏伤了人，便怎么样？"

"亏你做过了旅长，小百姓的性命，顾虑他做甚？无论汽船撞沉的、汽车压死的、快马踹毙的，只需有了几个臭铜钱，出些周恤金便够了。何况你有财有势，女儿踹死了人，谁敢向你说一句话？"

忽地当差的进来报告说："左近邻居陆三宝到来，要见我们小姐，我说：'小姐跨马出门，不在公馆里。'她便要面见旅长和旅长太太，说有什么机密要事相告。"

王龙骧听了奇怪，便问旅长太太："谁是陆三宝？这个名字很熟。"

"你忘了吗？便是这个缺嘴姑娘，见了人，总把粉红手帕遮着她的豁嘴。"

"原来便是她。说有机密要事，当然要请她入内。"

当差的道了一个"是"字，无多时刻，便把那手执罗帕掩嘴唇的陆三宝请到会客室中谈话。

相见以后，陆三宝便问珠姑娘的行踪。旅长太太当然说些冠冕话，说女儿到郊野里试马去了。

三宝笑了一笑："今天她没有什么变态吗？她和前日一般无二吗？"

旅长听了诧异，待要依实相告，但是旅长太太向她眨了眨眼睛，她还要遮饰一下子。

"陆小姐的问话，很有些稀奇，我们的珠并无变态，苏秦原是旧苏秦。"

"那么我倒冒昧了，她既没有变态，我这秘密便无奉告的必要，我要回去了。"

陆三宝正待要走，却被旅长唤住了："陆小姐，不要走，我们很喜欢你的告密，快请坐着细谈。"

"那么，这位珠姑娘、珠小姐、珠少爷、珠公子，究竟有没有变态呢？究竟到了哪里去呢？"

王龙骧只得说老实话了。

"我们的珠，今天来确乎失了常度，好似害了桃花痴。方才骑着快马，

258

一直地向西奔跑，追都追不着，我们夫妇俩正担着心事。"

"旅长，我指示你一个地方。她骑着马，一定到城中茶叶店小开汪慕仙家里去。只为小汪有一种脆蛇制成的药，纳入香罗带里，只需女子误束在腰间，便会黲夜私奔，和小汪成那苟且的事。这建筑材料香罗带，不知怎么被府上的女公子束在腰间，以致发生这件怪事。旅长你想，青天白日之下，没有天良的小汪，竟敢私制媚药，诱引良家妇女，这不是胆大包天吗？"

"陆小姐，这话是真吗？"

"旅长，我怎敢说谎？你要追赶，快快追赶。要是寻见了女公子，她依然发狂，只需解下她的香罗带，另换上一条裤带，那便无事了。"

旅长太太也喊起不得了，原来一经说破，她却恍然醒悟。方才女儿和马弁跳舞的时候，旗衫开衩处露出一截香罗带，从来不曾见女儿束过这般的带，大约陆三宝的报告不虚了。她便催着丈夫快快进城，去把女儿救出。那个害人的小汪，不要放他逃走了。王龙骧不及向陆三宝探问详细情形，便带了马弁，急于进城去救出这位误束香罗带的珠姑娘。旅长太太的心思转变得快，又唤住了旅长，交付他一条丝绦。旅长很奇怪地说："要它何用？捆缚小汪，自有粗麻绳，不用丝绦。"

旅长太太轻轻地说："男子汉，总这般粗心的。你想解去了女儿拴裤的香罗带，要是没有丝绦更换，女孩儿家，当着众人落起篷来，成什么模样？"

旅长听了，佩服太太心思周到，便带着马弁匆促出门去了。

旅长太太挽着陆三宝的左手，同到洋楼上面的书房里面细细地坐着谈话。为什么挽她的左手？只为三宝的右手是看护缺口的常备军，更无余暇和旅长太太携手。

楼上的书室比较秘密一些，她知道三宝报告的话一定有许多不便公开的事件，所以请她上楼，屏退着下人。旅长太太自己殷勤款客，一会儿送茶，一会儿送烟。三宝饮茶，她凑嘴到茗边，也会把丝巾做屏障。唯有吸烟她却谨谢不敏了，并非她不会吸烟，她独自在房里时，也会含着纸烟不住地抽，她生就这个适用于吸纸烟的嘴唇，这小小的缺口处，插着一根纸烟，可谓恰到好处。她自己也暗暗安慰：原来我的缺嘴也有利用之处，不适用于吹火，而适用于吸纸烟，也可算得废物利用吧。偶然给一个小姊妹

259

看见了，笑着说道："三宝姊，你可算得一位大发明家，发明了红色的炮台，还发明着白色的钢炮。"

三宝听了，一时莫名其妙。

小姊妹指着她吸那纸烟的缺嘴道："这便是红色炮台，炮门里面，架着一尊白色钢炮，炮口喷出烟来，敢是要开火吧。"

三宝受了这奚落，从此以后，无论如何，总不肯对客吸烟，便是烟鳖虫在口中作祟，也只有咽几口涎沫，忍住了她的烟癖。今天旅长太太请她用烟，明知是一等拿摩温的茄克力，也只好暂时忍耐，道一句："我是不会吸烟的。"

旅长太太问她怎样地得知这秘密，陆三宝便不肯依实奉告了。要是依实报告，说自己冒了田招弟到东吴饭店去和小汪欢会，毕竟有些不大体面吧。

陆三宝的一番报告，当然有些不实不尽，但编书的偏在她告密之先，把她的来意讲个明白。

这天，五月十七日，陆三宝受了朱荷珠的秘计，到东吴饭店里去玩弄小汪，谁料弄假成真，竟在黑暗之中铸此大错。待到小汪瞧破情形，陆三宝便说着一篇鬼话，骗得小汪深信不疑。后来重温好梦，陆三宝又肆着种种要挟，要小汪替她租房屋办衣饰，按月从优津贴，作为不正式的夫妇。小汪怎肯答应，只是信口支吾。后来，三宝逼得紧急，小汪才提出一个交换条件，须得三宝帮助他把田招弟弄到手里，然后再提议租小房子按月津贴的问题。三宝知道小汪是无情无义的人，自己的种种要求万难满意。而且，只隔得一宵，小汪待她的情形远不如昨夜黑暗中十分亲热。她也是很狡猾的女子，假意满口应允，其实要在小汪口中侦探些秘密，听得小汪对于田招弟拴束的香罗带，语气中大为怀疑。小汪以为，这是万试万验的媚药，如果束在腰间，没有不起着感想的。他便央托陆三宝到朱二嫂嫂家中去访问田招弟，要在有意无意间留心她的旗衫开衩处可曾露出一截嫣红色的香罗带。

"小开，你央托我的事，一定替你干到，先去留心察看田招弟可曾拴上这条香罗带，要是不曾拴上，我自有方法，撺掇她拴在腰间，以便成就你的好事。但是，你的心愿遂了，你怎样地酬报我？"

"和你租小房子，再给你按月的津贴。"

"那么，你对于招弟呢？"

"当然和她做不正式的夫妻，在山塘上另立一个门户，对于人家，只说我们是结发夫妻。"

"你待我可和待田招弟一般？"

"伸出指头有长短，怎么可以一般相待？"

"为什么要两般看待？"

"明人不消细说了。"

"说说何妨？"

"她是一朵牡丹花，你是一朵缺口喇叭花，当然价值不同。"

陆三宝听到"缺口喇叭花"五字，恨在心头，并不露于颜色，又和小汪敷衍了一会子，在东吴饭店里用过午餐，小汪说要进城去，今夜住在家里，不住旅馆了。又把香罗带的事再三央托陆三宝，干到以后，不吝重酬。于是，二人才分别了。

小汪托言回家，其实小汪并不回家，不过调换了一个房间，仍在东吴饭店里住。他为什么托言回家呢？他怕陆三宝今夜再来纠缠，所以哄她一哄。至于田招弟呢，只需真个束上了香罗带，阴阳电受了感应，她自会寻到这里来的。所以，小汪心中异常安定，日间在阊门附近喝一壶酒，听一回书，敷衍时刻，到了晚间，坐守老营，静待女将军来到营门挑战。谁料东吴饭店里没有挑战的女将军，自己家里早来了一员火绰绰地挑战的女将军，这是小汪所梦想不到的。

陆三宝生平最忌人家嘲笑她缺嘴，假如有人说"这只茶杯可惜有了一个缺口"，又有人说"这柄刀的钢口缺了一些"，其实，并不是说她，她总以为是嘲笑缺嘴的俏皮话，她对于这"缺口喇叭花"的五字徽号，尤其恨恨不已。她常自言自语，世界上最是恶毒不堪的人，便是赠给她"缺口喇叭花"五字徽号的人。这个人，一定不得好报，活在世上，绝子绝孙，死到冥间，还要在油锅里煎，磨子里牵。

小汪有意取笑，只道了一句"缺口喇叭花"，她便和他结下了莫大的仇恨。她想：小汪真不是个东西，我昨夜牺牲着皮肉，百般地趋奉他，知他脱离了关系，便不认得人。他没有弄到田招弟，已把我看得一钱不值，要是弄到田招弟，他还有我在眼睛里吗？他央求我捭掇田招弟，把这劳什子拴上腰间，我偏要说破他的秘密，叫招弟随时注意这条带子不是好东

261

西，叫她万万不要拴上腰间，快快把来烧掉了，以绝后患。

陆三宝到了朱二嫂嫂家中，正值朱二嫂嫂在家中发痧，虽已脱离了危险，还没有起床。朱荷珠上街赎药去了，只有田招弟在房中陪伴她的寄娘。三宝在房门口向她招招手，招弟便蹑手蹑脚地走出房来，只为这时候，朱二嫂嫂疲倦之下，已入了睡乡。

"三宝姊，哪里来？"

"我是来救你的，你没有回去吗？"

"什么救我？这话很奇怪。"

"你不要高声，借一步和你说几句秘密话。"

于是，两人站在屋隅，喁喁唧唧地说起秘密话来。

"你这条香罗带，可曾拴在腰间？"

"拴了一天，昨夜珠姑娘见了心爱，和我调换了。"

"怪不得，你的名节保全了，但是无意中移祸江东。"

"三宝姊的话简直莫名其妙。"

"凑耳过来，我告诉你详细情形。"

于是，陆三宝原原本本把脆蛇药粉的厉害情形向田招弟一一报告，把小汪的阴谋完全披露无遗。

田招弟问她哪里来的消息，她不肯说，只问田招弟："你束上了这条带，可有怎么的感触？解去了这条带，又有怎么的感触？"

这两句问话，竟使田招弟毛发悚然，一切以前怀疑的事，现在都得了一个相当的解决。

怪不得寄娘和荷珠姊这般殷勤地劝我拴上这条带；怪不得拴上了这劳什子，我便觉得意乱心麻，在路上行走，便要想起许多不规则的邪念；怪不得我昨夜被珠姑娘勾引以后，我这颗心不住地在腔子里活跃；怪不得我昨夜上马桶，解去了这条香罗带，竟会心地清凉，欲念完全消灭，恢复我平日幽娴庄静的性质；怪不得珠姑娘和我交换裤带以后，她的态度也陡然一变，竟会鄙视同性恋爱，而引起着对于异性的热恋；怪不得珠姑娘睡在床上，半分钟一拍，一分钟一拍，何止蔡文姬的胡笳十八拍，而且唉声叹气，说些都是"雌鸣求其牡"的肉麻话。以前的种种疑案，现在一解百解，无一不解的了。小汪不足道，但是寄娘不该如此，荷珠也不该如此，枉算是至亲，原来她们都在一块儿谋我。唉！世道险极了，人心也险极

262

了，无论如何，我明天总得回乡去了。

田招弟的思想，霎时间涌上了胸头。编书的提笔叙述，倒写了这好几行。其实，招弟的心电，其速不可思议，她转这许多念头，不过略略地呆了一呆罢了。

"三宝姊，承你相告，感激不尽，我明天一定下乡去了，免得受了人的暗算，我的名誉便在西太湖中也洗刷不清了。珠姑娘那边，须得通一个消息，叫她把那害人的香罗带快快解下了吧。但没有人前去通信，我又不能分身，寄娘忍心捉弄我，我却不忍丢着她一个人独睡在房里。"

"你不用着急，我和珠姑娘也是很要好的，我既得到消息，自然要去报告她知晓，借着王旅长的势力，也可把这恶少年大大地……"

说到这里，忽听得朱二嫂嫂在床上呻吟的声音，于是，田招弟入房陪伴，陆三宝却到王公馆里去告密。

陆三宝出门走得没多几步，但见行人纷纷都向两旁闪避，迎面一骑快马，如飞而来，马背上坐着的正是珠姑娘。她便喊着："珠公子，哪里去？"

但见珠姑娘脸上升着红喷喷的青春之火，把那水汪汪的眼睛向陆三宝看了一下，睬都不睬地纵马加鞭而去了。

陆三宝暗想：束上了这条媚药的带子，竟会这样地失却常度，小汪害人真不浅啊！珠姑娘一定受了媚药的冲动，进城和小汪欢会去了。

谁知珠姑娘此去不是和小汪欢会，却是和洋蜡烛张生做一次很猛烈的肉搏战，这是陆三宝所梦想不到的。

第四十回

同堕落同不堕落

陆三宝在旅长太太面前当然不肯说老实话，把东吴饭店里的这么一回事都瞒去了。好在舌头是扁的，只需调动三寸不烂之舌，便会说得头头是道。

"太太，活该这小滑头要倒霉了，善恶到头终有报，只争来早与来迟。"

"陆小姐，你也会道这两句吗？那天妙因庵中三师太也曾向我道过这两句，我听了，非常赞成。善恶的报应却是不错的，休看别人，但看我们的旅长，自从当兵起，直到当了大权，真个爱民如子，从来不曾扰害百姓，遇见了苦人总是慷慨解囊，全不管自己的开销。这不是我说谎，自有信物作凭，但看楼上供着的大银盾。"

"太太，这是我知道的，今天小汪的奸谋破露，一半是他的恶贯满盈，一半也是旅长待百姓好，所以，鬼使神差，被我发现了秘密，特地前来报信。只需旅长到了汪家，一定可以救出令爱。"

"你究竟怎样发现这秘密，可是小汪向你说的？"

"太太，你猜错了，我虽在朱二嫂嫂家里见过小汪一面，但是我最面重，遇见了生疏的男子，不好意思和他讲话，明知现在是摩登派，是不怕面生男子的，羞人答答的便是落伍，不过和那小滑头有什么话讲？我只好自认落伍了。"

"陆小姐，难怪你，我也是这般的。休说见了面生男子要害羞，就是初嫁旅长的时候，在一二年内，我总觉含羞的。你既不曾和小汪讲话，他的秘密你怎样知晓的？"

"太太听我报告，今天饭后，有一个小姊妹约我去游留园。现在的留园不比从前了，房屋失修，池塘中的金鱼都不知去向了。到了里面，一味冷清清，鬼都捉得出的。我打了一个转，不见我的小姊妹，正待要出园，打从假山旁边经过，听得里面哝哝唧唧有两个男子讲着秘密话。人家讲秘密话，和我不相干，我本待要走过了，但是听得'珠姑娘'三个字，不由得便停了脚步。"

"他竟谈起我们的珠吗？这是谁？谈些什么？"

"太太不要性急，好在旅长已去救着令爱出险了，你只听我细细地报告。我听得说起珠姑娘的人，声音很熟，在胸中略一搜索，便被我想了出来，他便是小汪。我想，小汪在秘密地方谈起珠姑娘，一定不怀着好意，珠姑娘待我很不错，旅长和太太又都是好人，我为了这分上，须得听听他们的阴谋暗算，再想对付的方法。他们的密议，我不能句句入耳，但是大略情形已被我听了一个明白。那个和小汪一起密谋的人，虽没有瞧见他的面孔，但是听着他的谈论，大概和小汪一样是个流氓少爷。小汪向他自夸，有几条藏放媚药的香罗带，专做诱引女性的利器，只需设法使那女性束在腰间，任凭三贞九烈，也变作了四荡十淫，自会做那雌赶雄的勾当，不辞路远迢迢，赶到男性那边，干那风月的事。珠姑娘已上了他的当，这条香罗带已赚着她系在腰间，到了今夜，珠姑娘会得赶进城关，紧抱着他做一对儿。那人听了，似乎不信，小汪又把香罗带的灵异一一讲给他听，又说，他把香罗带诱引了珠姑娘，还得诱引田招弟，引朱荷珠。太太，说也可恨，他还要诱引我陆三宝，这是他亲口在假山洞中告诉那同党的。"

"陆小姐，这小滑头倒也可恶，还要转你的念头？"

"太太，这滑头的花头很多，不给他吃些苦头是不行的，我听到这里，触动了我的心头之怒。我陆三宝素来正气，他竟敢把我当作摩登女郎看待，怎叫人不怒？他和那人还有许多哝哝唧唧的话，我不耐烦了，很着急地到这里来报密，这便是我今天的来意。"

陆三宝的谎话说得太多了，看书的都知道她说谎。但是旅长太太却信以为真，很感慨地向她鸣谢，在那临别时，说着几句恳切话："陆小姐，亏得你来报信，珠的性命有救。待她出险以后，我们一定要大大地酬劳你。"

匆匆地过了数天，白马涧的小桥旁边，有人很注意地听那流水声，仿佛自在地流，自在地唱：

得乐，得乐，当乐，当乐。

当乐不乐，不得乐，不得乐。

堕落，堕落，同堕落，同不堕落。

不堕落，不堕落，必得乐，必得乐。

同乐乐，独乐乐，必不堕落，必不堕落。

听那流水声的是谁？便是从天堂中回来的田招弟。

田招弟是白马涧妇女里面的灵魂，田招弟在虎丘住了将近一个月，乡间的小姊妹谁也都是怅怅若有所失，听得田招弟回来了，田永根的几间屋子几乎被她们挤坍了。

"招姊姊，城里景致怎么样？"

"招妹妹，城里怎样好白相？"

"招姊姊，有人说你在虎丘大出风头，你怎样地出风头？"

"招妹妹，听说你在苏州认识了许多女朋友，你认识的是谁？"

招弟微笑作答："所有的经过，我都可以一桩桩讲给许多姊妹知晓，但事情太多了，叫我一时也无从说起。我此番上苏州，虽然不到一个月，但所闻所见的奇怪情形，简直可以编成一部很厚的书，用着最经济的写法，也可以写这一二十万字。其中有许多事，可以做得姊妹们的教训，凡是文明的地方，内容不见得和表面一样，也许是相反的。过了几天，我可以说书般地今天讲一段，明天讲一段，坐在流水旁边做那唱书人。我虽不会唱，但是听了这叮叮咚咚的流水声，仿佛在那里弹着弦子。现在呢，我要把其中的材料整理一下子，有不便讲给你们听的，也有可以扩大宣传的，在那整理期间，我只好暂缓披露。大约三五天后，我一定约着你们，按期地讲给你们听我到天堂去的一切经过，便是你们不爱听，我也要拉你们来听。诸位姊姊、妹妹，对不起，这几天内，我的心神不定，过了几天，我来一一奉邀，你们知道我是不会失约的。"

这一席话，是和缓的逐客令，小姊妹们当然一一地散去了。田招弟有什么心神不定？只为她下乡时，朱二嫂嫂还没有起床，不能陪着寄女儿同行。荷珠要相陪，招弟不许，为着荷珠要侍奉病人的，荷珠下乡，朱二嫂

266

嫂便没有了招呼。正在推却时，恰好张水生来了，便由水生陪伴下乡。在那航船中互谈经过，他俩都是同样地受人暗算，同样地险遭堕落，同样地在无意中把媚药给他人去拴着，同样地入污浊而不染，保全了本人的清白。他俩谈话时，既是喁喁细语，又多隔着文言，同船的都是乡愚，谁也不知道他俩谈些怎么一回事。

张水生送了招弟回来，他仍旧上城去。他要来去分明，只为小汪家中出了乱子，赵大麻子的麻面上大大地下不过去，回来后便发肝胃气。水生没有向东家面辞，回来便有些不大冠冕。所以，他送了田招弟下乡以后，只在家中住了一夜，明天依然上城去。上城虽然上城，但他在父母及招弟面前，都是咬金嚼铁地说："任凭东家怎样地挽留，我总要行我的素志，再不肯在黑暗天堂里面停留，把好好的人化成了魔鬼。"他的父母心里深愿水生跟着他叔叔图个出头日子，但水生报告的脆蛇药粉，老夫妇听了也都变色，所以对于水生辞职回来，并不反对。招弟呢，更不必说了，这几天内，天天望着水生的辞职成了事实。小姊妹嬲着她讲天堂情形，她当然没有这心绪，只陪着她老父谈谈说说，有时还侧着耳朵，听那咕噜咕噜的流水声音。

"招弟，你也爱听这流水声音吗？"

"约莫一个月没有听得这很自然的流水声了，我在天堂里面，所听的都是欺诈声、荒淫声、嫉妒声，以及种种不堪入耳的声，我的耳朵脏了许多，直到听了很自然的流水声，我的耳根才觉得清净。"

"你从前不是讨厌这泉水声吗？你说：'咕噜噜，咕噜噜，一天到晚地咕噜噜，流不完的破茶壶里的水，听了也惹气。'现在你又怎么爱听这一天到晚的咕噜噜呢？"

"爹，这其间有一个道理，以前厌听流水声，是叫作忠言逆耳。我现在从天堂回来，经历了许多为鬼为蜮的地方，才觉得流水先生的忠告确实不错。爹，你听，流水先生又在安慰我了。"

"怎样地安慰你呢？"

"爹，你听咕噜咕噜里面，有心人听了，都是很好的一首慰劳曲，它说：'得乐，得乐，当乐，当乐。'叫我安安逸逸地在这里，物质虽然不文明，即是个乐土，得到了乐土，当然要乐它一乐了。

"其次，'当乐不乐，不得乐，不得乐'，这便说我离却乡村当乐不乐，反去羡慕这外表好看的天堂，精神上受了许多痛苦，险些堕入泥犁，永远不见天日之面，这便叫作'不得乐，不得乐'了。

"其次，'堕落，堕落，同堕落，同不堕落'，这便说我和水生弟弟，都为着误接了脆蛇药粉的缘故，险些同时堕落。幸而绝处逢生，珠姑娘换了我的香罗带，小厨房阿六乞得水生弟弟的暖肚带，我和水生弟弟才可以同堕落，同不堕落。

"其次，'不堕落，不堕落，必得乐，必得乐'，这是勉励我们的话，这番在堕落的地方，彼此都可以不堕落，回头是岸，重返故乡，将来的日子当然'必得乐，必得乐'了。

"其次，'同乐乐，独乐乐，必不堕落，必不堕落'，这也是勉励我们的话，我和水生弟弟都回了乡村，从此可以断绝那天堂之梦，尽在乡村来做我们应做的事。工作余闲，便在这里听听流水声音，一人独乐也好，两人同乐也好，从此以后，我们便可以说一句肯定的话，叫作'必不堕落'。"

"但愿如此。本来'乡下人，万万年'，不读书，不妨；不到城里去活动，也不妨；只要不把我们的良心掉在玄色染缸中，那就好了。你肯这般，不知水生肯不肯呢？水生上城，又是多天，怎么不下乡呢？不要变了卦吧？"

"他是说一划一的人，他说不干，一定是不干的。"

"田伯伯，招姊姊！"

"咦！水生来了，真是说一划一的人，水生，你才来了吗？"

"田伯伯，我恰才回来，到了家中，只喝得半杯茶，急匆匆地便来了。田伯伯，盼望着我吗？招姊姊，可疑我失约吗？"

"哪会疑及你失约，我猜你一定会得来的。真个说着曹操，曹操便到。水生弟弟，大先生许你辞职吗？"

"大先生怎肯放我下乡？此番告退下，费了九牛二虎之力，说来话长，过一天再来奉告。"

"小汪家里的事，闹得怎么样了？你从城里来，总该知晓。"

"招姊姊，不须我报告，有那不开口的在这里，请你看一下子，便可以得其大略了。"

说时，便从衣袋中取出《吴门日报》三份，送给招弟观看。

268

田永根不能和她同看，就说："招弟，你看了，讲给我听吧。到这时候我才觉得不识字的不方便，但是不要紧，横竖闲文野账，不晓得也不妨，晓得了，也只解解闷罢了。"

水生伴着田永根说些闲话，招弟却是很注意地看那《吴门日报》，看了一份又一份，一起把三份日报都看完了。

小汪坍台记（一）

号称花式蛱蝶的茶叶店小开小汪，新从徽州原籍取到一种媚药，系用脆蛇研粉制成，名曰"贞女思春药"。凡是闺女，只需以药末少许，设法吹入衣襟以内，贞女即化为淫女。吴中闺秀受其蛊惑者，不止一人，小汪之淫恶，可谓甚矣！

诅料得陇望蜀，淫心不止。日前以药粉设法吹入某旅长之爱女衣襟中。旅长小姐素性贞洁，乃以媚药之蛊惑，陡然变态，昨日午后，跨一骏骑，登小汪之门而寻欢焉。

适小汪他出未归，其妻系城中富绅某大麻子之女，素性浪漫，有摩登老蟹之称。是日适约厨司阿六在书房中白昼宣淫，正在努力工作之际，旅长小姐竟闯然而入，于是阿六见添一生力军，遂舍摩登老蟹而与将军之女相接触。摩登老蟹大怒，将号召家奴，缚此将门之女，以惩治其私闯军事机关之罪。

谁知家奴未至，而来者为一队军人。摩登老蟹为之惶骇不已。盖摩登老蟹之权威，足以号召家奴，而不足以号召军人。赳赳军队胡为乎来哉？

事后乃知，某旅长既失掌珠，微闻系受小汪媚药之引诱，其时旅长适新得某项军事差使，势力正炽，因率麾下健儿，往救其掌珠焉。既入室中，见掌珠与阿六正做裸体运动，恬不知耻。而摩登老蟹亦复一丝不挂，如入无遮大会。旅长亟拉掌珠出，一刹那时，旅长小姐如梦初醒，亟取衣服掩体，若不胜其羞涩也者。唯摩登老蟹与阿六，不及穿衣，已受捆缚。旅长欲带回公馆，严鞫情状，且遍觅小汪不得，盛怒难平。小汪之父母长跪求恕，依然无效。幸富绅某大麻子赶往，再三缓颊，旅长限以三日内，必送小汪至虎丘某公馆，乃肯释放此一对裸虫，某大麻子唯唯如命。于是一场风波，乃得暂时平定。

旅长率其健儿，悻悻而归。

小汪坍台记（二）

小汪之滔天大祸，幸得其丈人峰之缓颊，某旅长已不复严逼矣。

日前本报记者偶见小汪自某公馆出，面颊肿如拍熟之猪肺。

据闻，是日，小汪至某旅长处服礼，某旅长痛掴其颊，左右各三，乃驱之出，前事不复追究。小汪不幸中之大幸也。

小汪坍台记（三）

小汪制造之媚药，已由官厅干涉，着令悉数缴出，以免贻害社会。小汪已遵谕缴出。凡药粉大小四包，择于某日，当众解开纸包，投翻空中，乘风扬去，俾媚药不再害人。

事后，有人议论，谓消灭媚药，宜投之烈火，或弃之粪窖，乃可无事。今乘风四散，恐淫秽之气依旧在空中作祟，此举未免失计，云云。

招弟看罢报纸，向她父亲说："爹，可要将报纸上的记载讲给你听？"

"不要讲了，水生已略告我知晓了。我幸而不识字，不会看报，要是会识字又会看报，只看些伤风败俗的淫秽事件，反而眼底不清净。"

说罢，哈哈大笑，笑声完毕，流水又在奏那安慰曲。

图书在版编目(CIP)数据

黑暗天堂 / 程瞻庐著. — 北京：中国文史出版社，
2019.3

（民国通俗小说典藏文库·程瞻庐卷）

ISBN 978 - 7 - 5205 - 0904 - 6

Ⅰ.①黑… Ⅱ.①程… Ⅲ.①长篇小说 - 中国 - 现代
Ⅳ.①I246.5

中国版本图书馆 CIP 数据核字（2018）第 272223 号

点　　校：清寒树　旷　野
责任编辑：牟国煜

出版发行：**中国文史出版社**

社　　址：北京市海淀区西八里庄 69 号院　邮编：100142
电　　话：010 - 81136606　81136602　81136603　81136605（发行部）
传　　真：010 - 81136655
印　　装：廊坊市海涛印刷有限公司
经　　销：全国新华书店
开　　本：720 × 1020　1/16
印　　张：18　　　　　字数：286 千字
版　　次：2019 年 3 月第 1 版
印　　次：2019 年 3 月第 1 次印刷
定　　价：59.80 元